I0763911

THE UNSEEN DRIVER

The Unseen Driver: Cuando ganar no fue suficiente

Humberto M. Sotomayor

Publicado por:
Humberto M. Sotomayor

Publicado anteriormente como:
Lights Out: Cuando las luces se apagan.

Cover Design: Humberto M. Sotomayor

Segunda edición: abril de 2026

Certificado SafeCreative:
2601014166232-4AZ7QR

ISBN Digital: 979-8-9930902-6-9
ISBN Impreso: 979-8-9957850-3-3
ISBN Hard Cover: 979-8-9957850-4-0

Impreso en E.E.U.U.

THE UNSEEN DRIVER:

Cuando ganar no fue suficiente

Humberto M. Sotomayor

Para quienes aprendieron a seguir adelante
cuando las luces se apagaron
y el silencio fue suficiente.

Prólogo

La recta me recibe corta, vibrante, apenas un parpadeo antes de que todo se contraiga. Freno; los cinturones me clavan contra el asiento, giro con precisión, el muro pasa tan cerca que casi roza mi piel.

No hay margen, tampoco hay error.

La ciudad me arrastra cuesta arriba, el motor aúlla en mi espalda, los edificios se inclinan sobre mí como si quisieran cerrarse.

La pendiente me empuja hacia abajo en el asiento, y por un instante siento que vuelo entre piedra y cielo.

Entro en un giro largo, el auto se desliza con hambre, los neumáticos gritan, el aire huele a caucho ardiente. La calle parece demasiado estrecha, los destellos alrededor se doblan con la velocidad. Estoy dentro de un redoble interminable que no cede.

De golpe, freno, giro a la derecha. El mundo se achica, el volante vibra en mis manos, la carrocería se sacude. Bajo, sigo bajando, y el coche quiere soltarse, pero lo sostengo. Respiro.

La horquilla me obliga a doblar las muñecas, cruzar las manos, casi quebrarme con ella. Todo se encoge, todo se tensa. Salgo apenas, y el aire vuelve.

Acelero. La calle se estrecha otra vez y me lanza hacia la izquierda. El auto muerde con firmeza, como si el neumático supiera exactamente dónde debe estar. No hay espacio, no hay error: cada milímetro cuenta.

Llego con la inercia empujando, el muro se arrima por la izquierda. Giro con precisión quirúrgica, los brazos tensos, el cuerpo entero sosteniendo el instante. El mundo se suspende, como si la ciudad contuviera el aliento conmigo.

Mis ojos ya van rumbo a la recta, hacia la boca oscura que me espera más adelante. El vértice se abre solo para mí y salgo limpio, apenas, como un hilo tensado al límite.

La sombra me traga. Oscuridad total. El rugido se multiplica, me atraviesa como un trueno que no termina. En esa cueva soy eco y vibración. Luego, de golpe, la luz me ciega. Blanca, brutal. La recta se me viene encima.

Freno duro. Cambio de dirección, una vez, otra, el muro pasa a centímetros, filo contra filo. El auto muerde el asfalto y yo con él.

Vuelvo a acelerar. Giro veloz, tan cerca del muro que siento que respira conmigo. El cuerpo se aprieta contra el asiento, la mandíbula se tensa, y aun así sonrío dentro del casco.

Ahora todo ocurre demasiado rápido. Una, dos, tres sacudidas del volante, izquierda, derecha, sin tiempo de pensar. El mundo se convierte en ritmo, en pulso, en metrónomo al rojo vivo.

Freno otra vez, la ciudad me aprieta, las paredes parecen cerrarse sobre mí. Último giro, estrecho, rabioso. El coche muerde, se suelta, y me escupe de vuelta a la recta.

Acelero a fondo y todo se repite.

—¡Y qué vuelta acaba de marcar White! Preciso, milimétrico, rozando cada muro como si lo hubiera dibujado él mismo… —la voz se rompe en la emoción—. Lidera por primera vez desde que llegó a la Fórmula 1, y lo hace aquí, en el circuito más implacable del calendario.

Otro comentarista interviene, más sobrio, casi con un dejo de crítica: —No olvidemos que la adaptación de este chico ha sido todo menos sencilla. Venía de dominar en Estados Unidos, el «prodigio americano», lo llamaban… pero hasta ahora, la Fórmula 1 le ha pasado factura. Demasiados errores, demasiada presión, y muchos ya lo dan por muerto.

—Pero hoy está manejando como si siempre hubiera pertenecido aquí. Si mantiene este ritmo, puede que estemos viendo su primer victoria en la máxima categoría.

Dicen que tengo que demostrarlo todo. Que lo que hice antes no importa. Que en este mundo no valen las coronas viejas, solo las que se ganan aquí. El chico americano, el experimento, el que no aguanta la presión. Los escucho aunque no los quiera escuchar; esas voces se cuelan hasta aquí dentro.

Un leve rebote contra el piano me sacude más de lo que debería. El corazón me golpea con rabia dentro del casco.

—Vamos, Charlie... —me lo digo a mí mismo, apenas un susurro que se pierde en el rugido del motor—. Concéntrate. Olvídate de todo. Solo conduce.

Vuelvo a respirar con el auto. La carrera sigue.

> *—¡Atención a lo que viene, porque detrás de White la presión no da tregua! Bennett lo sigue muy de cerca, vuelta tras vuelta, con esa frialdad quirúrgica que lo caracteriza. No necesita arriesgar ahora: está esperando, midiendo, sabiendo que en este circuito los muros son implacables y tarde o temprano terminan cobrando factura.*
>
> *—Ojo también con Weissmann —interrumpe el segundo comentarista, más exaltado—, que no entiende de paciencia. Cada vez que encuentra un hueco, aunque no exista, mete el coche. Así ha ganado antes, así presiona siempre: con agresividad pura, sin concesiones. White tendrá que resistir el asedio de dos estilos opuestos, y eso es un reto monumental.*
>
> *El primero retoma, con tono analítico:*
>
> *—Ferrari venía de un campeonato el año pasado, pero con el cambio de piloto el panorama parecía cuesta arriba. La apuesta por White fue criticada, se habló de un salto demasiado arriesgado, de traer a «la joya americana» que dominó en IndyCar, pero que aquí, en Fórmula 1, todavía no ha demostrado nada.*

Cada curva es igual que la primera, pero ahora duele. El cuerpo se me resiste, pero no cedo. No puedo.

En los espejos, el naranja se asoma una y otra vez, constante, pegado a mi sombra. Sé que está ahí. Demasiado cerca. El instinto quiere que lo mire, que calcule la distancia, que lo vigile.

—No mires atrás. —Me lo digo con los dientes apretados—. No pueden pasarte aquí. No les des un espacio.

Miro al frente, solo al frente. La pista es todo lo que existe. El muro, la curva, el vértice. Repito el mantra que me mantiene vivo: conduce, conduce, conduce.

Cada curva es un filo, yo la tomo al límite, y sé que él hace lo mismo detrás. Nos movemos como sombras en la misma línea, dos trazos que se buscan y se repelen. El muro es juez y verdugo: si fallo yo, me traga; si falla él, no perdona.

—Entramos ya en la vuelta cincuenta y uno. Aquí empieza otra carrera dentro de la carrera: la estrategia de pits. Cada equipo está calculando al milímetro, cada décima de segundo en la parada puede decidirlo todo.

—Exacto, aquí no se trata solo de velocidad en pista, sino de precisión absoluta. En Mónaco, un error en boxes es imperdonable. No hay espacio para recuperarse, no hay rectas largas donde adelantar. El que se equivoca aquí, se queda atrás para siempre.

El primero retoma, casi con solemnidad:

—Es como un juego de ajedrez a tres bandas: White al frente, Bennett detrás, Weissmann un poco más atrás pero siempre al acecho. Cada movimiento cuenta, cada decisión en boxes se vuelve una trampa o una oportunidad. Y basta un milímetro, un pestañeo, para perderlo todo.

—«Box, box, »

—¡Atención, Ferrari llama a White a boxes! Será su segunda y última parada. Todo tiene que salir perfecto.

Charlie se acerca a la entrada de pits, clava los frenos, baja marchas con precisión. El motor ruge, rebota contra el limitador y desacelera en seco al cortar velocidad.

—Lo vemos entrar, no se desvía ni un centímetro, el coche alineado... aquí no hay margen para fallar, un exceso y le podría costar una sanción.

El camino de boxes lo recibe más estrecho todavía, como un túnel de concreto. El Ferrari rojo avanza despacio, cada mecánico en posición, inmóvil, como estatuas a punto de despertar.

—¡Y se detiene! Justo en la marca, exacto, ni un milímetro de más. Eso es concentración absoluta después de más de cincuenta vueltas al límite.

De golpe, todo se convierte en coreografía:

Las pistolas neumáticas chillan, las llantas viejas salen disparadas, cuatro juegos de brazos se mueven al unísono. Un neumático nuevo, otro, otro más.

—¡Atención al reloj... uno, dos...!

El coche tiembla un instante cuando la última pistola golpea la tuerca. El mecánico del alerón da la señal.

—¡Se acabó, dos segundos justos, una parada perfecta! Ferrari no se podía permitir nada menos.

El auto arranca con un rugido y se lanza hacia adelante, quema el aire de la calle de boxes. Charlie vuelve al asfalto con neumáticos medios.

—Con esto tendrá que ir hasta el final, no habrá más margen. La estrategia está jugada. Ferrari ha cumplido su parte, ahora todo depende de él.

—Sale de boxes y... ¡justo cuando Bennett pasaba por la recta principal! White mantiene la posición, por muy poco. Ferrari ha rozado la perfección.

El calor me quema la cara, siento la tela del casco pegada a la piel. El cuello es un hierro, cada curva me arrastra como si quisiera arrancármelo. Los brazos pesan, las manos se resbalan dentro de los guantes empapados. Cada respiración es vapor.

La mente se me escapa. Dicen que fui un error. Una cuestión comercial. Que lo de antes no cuenta. Esas frases se mezclan con el rugido del motor, como un eco que no puedo apagar.

Intento volver. Conduce. Solo conduce. Pero ya no suena firme, suena frágil.

El coche se me va apenas centímetros en la salida de curva.

Sigo adelante. El error lo salvé, pero lo sentí como un abismo. Un parpadeo más largo de lo debido. Aquí un pestañeo basta para perder la carrera, para perderlo todo.

En los espejos, el naranja se agranda. Cada vuelta más cerca, más implacable. No necesita atacarme, solo recordarme que está ahí, esperándome. Presiona sin tocarme. Respira en mi nuca.

El miedo me muerde dentro del casco. No solo al muro, no solo al error. Es el miedo a que tengan razón. A que no pertenezco aquí. A que este lugar nunca haya sido mío.

Acelero, pero siento que no corro: huyo.

El túnel me traga otra vez. Oscuridad, rugido multiplicado. Siento que todo vuelve a estar bajo control. Soy eco y vibración, sombra que corre dentro de una cueva de piedra.

La luz blanca me golpea al salir, ciega, brutal. Freno, cambio de dirección, el coche obedece. Salgo de la chicana. Todo parece seguir su curso.

Llego a Tabac, vuelta a la izquierda, un suspiro más tarde de lo debido. Apenas un metro, apenas nada... pero aquí nada es nada. Entro pasado, las suspensiones se tensan, el auto se estremece como si dudara en obedecer. Lo corrijo, lo enderezo.

Salgo, pero siento el vértigo en la garganta.

Siguiente curva. Chiron. Izquierda. El vértice se me viene encima con violencia. Giro, demasiado fino, demasiado justo.

La trasera izquierda roza el muro.

Un golpe seco, apenas un beso de metal. Pero suficiente.

Escucho un ruido ensordecedor, un tronido que me estremece el pecho, un calambre que recorre todo mi cuerpo. El tiempo parece detenerse. El coche se sacude, pierde la línea, gira sobre sí mismo. El muro de contención crece de frente, inevitable.

El impacto es un estallido de carbono y humo.

Silencio.

Todo se apaga, no hay ciudad, no hay carrera, no hay público, no hay nada. Solo un pitido agudo en mis oídos y la oscuridad.

«—¿Charlie... estás bien? —ruido, interferencia— ¿Charlie, responde?»

—Estoy bien, respondo.

El pitido en mis oídos empieza a desvanecerse y, con él, regresa la realidad. No de golpe, sino a pedazos. Primero el peso del cinturón clavándose en mi pecho. Luego la respiración, cortada, áspera, como si hubiera tragado humo. El sabor metálico me llena la boca.

El dolor llega después, como una oleada. Hombros rígidos, el cuello ardiendo, las costillas apretadas contra el arnés. Me obligo a mover los dedos. Estoy aquí. Sigo aquí.

Los colores se vuelven nítidos otra vez. Un comisario se acerca corriendo, gesticulando. Otro ya está a mi lado, tocando el coche. Levanto la mano para decirles que estoy bien. Apenas puedo, pero lo hago.

Desabrocho los cinturones. Siento cómo la presión desaparece de mi pecho. El volante cede con un clic seco, lo retiro despacio. Un brazo fuerte me ayuda a salir. Afuera el aire es distinto, más limpio, más cruel.

El Safety Car aparece primero, deslizándose como un fantasma verde. No viene por mí, no me mira. Pasa de largo, implacable, y detrás de él comienzan a llegar los demás.

Uno tras otro, los coches avanzan en fila, obedientes, callados en su furia contenida. Los motores no rugen; murmuran. El eco se arrastra por las paredes de la ciudad, como si la carrera estuviera de luto, aunque siga viva.

Los observo pasar a mi lado. Los colores se suceden como un desfile distante: naranja, azul, plateado, rojo. Cada coche lleva dentro una historia que continúa, mientras la mía se ha detenido aquí, frente al muro que me destrozó.

No hay ojos que me busquen. No hay miradas. Soy un espectador de mi propio final.

Doy unos pasos fuera de la pista. Apenas metros, pero me pesan como millas. El suelo vibra todavía, recordándome que el mundo sigue corriendo aunque yo ya no esté dentro.

Miro atrás. La grúa engancha mi coche destrozado, lo eleva con frialdad, como si arrancara una cicatriz de la pista.

El auto cuelga en el aire, muerto, y la carrera se lo traga sin detenerse.

I

En el corazón de Monforte d'Alba, donde el tiempo parece susurrar secretos entre las piedras, la plaza respira con la serenidad de un pueblo que ha aprendido a ir despacio.

Bañada por la luz dorada de una tarde de verano, se adorna con mesas y sillas de hierro forjado, dispuestas como un convite al descanso; sus sombras danzando sobre los adoquines desgastados por siglos de pasos.

Los edificios que la rodean conservan el alma de la Langhe: fachadas en tonos de blanco perlado y crema suave, persianas color vino que contrastan con balcones de hierro intrincado. Desde algunos cuelgan macetas rebosantes de flores, y los tejados de tejas rojizas capturan los últimos destellos del sol.

El aire huele a vino, café recién molido y piedra caliente. Las voces lejanas se mezclan con el roce de cucharas contra tazas; el rumor constante de un lugar que parece flotar fuera del tiempo.

La plaza es pequeña, demasiado tranquila para que alguien imagine que aquí podría comenzar una historia.

Estoy sentado en una esquina, con un café que se enfría frente a mí. El calor sube desde las losas del suelo; el aroma es amargo, con un dejo de mar.

Juego con la taza sin beber. Mis dedos trazan círculos en la mesa, como si necesitara un volante para no perder el rumbo.

No vine a esconderme, pero casi lo parece. Lejos de cámaras, lejos de ruido. Aquí nadie me pide una foto, nadie me reconoce.

No debería estar aquí. Pero aquí estoy, esperando a una mujer que apenas conozco, a punto de hablar de lo que nunca quise contar.

No fue mi decisión. Fue la suya.

Él me convenció.

Me dijo que callar me estaba matando más despacio que cualquier accidente, que cualquier derrumbe. Si no lo decía ahora, no podría decirlo nunca. Y aunque lo odié por tener razón, vine.

Ella llegará en cualquier momento. Y cuando lo haga, no habrá vuelta atrás.

Por un instante pienso en salir corriendo. No porque no quiera verla, sino porque sé que cuando se siente aquí, lo que llevo guardando tantos años ya no tendrá dónde esconderse.

Y entonces la veo. Dobla la esquina con paso firme, como si supiera exactamente a dónde va. No busca llamar la atención, pero el aire parece abrirse a su alrededor.

Delgada, elegante, con un brillo natural que no tiene nada que ver con apariencias, con un andar seguro que no tiene nada de prisa ni de duda. Todo en ella parece auténtico, como si no supiera ser de otra forma.

Se detiene apenas un instante, observa las mesas, y luego me encuentra. No sonríe todavía. Camina hacia mí con esa calma que parece de otra época.

Cuando llega a mi mesa, me pongo de pie.

—Es un gusto finalmente conocernos en persona —digo, mientras le señalo la silla frente a mí.

—Gracias —responde con una sonrisa leve, contenida. Su voz es tranquila, firme, como si cada palabra pesara lo justo.

—Por favor, toma asiento.

Deja el bolso a un lado y se sienta con serenidad. No hay torpeza ni pose en sus movimientos; todo en ella parece medido, natural. Un camarero se acerca y le ofrece la carta, pero ella niega con una sonrisa.

—Un espresso, por favor.

Su italiano suena suave, sin pretensión, como si llevara tiempo practicándolo.

Por un momento ninguno de los dos habla. El silencio no es incómodo, pero pesa.

Finalmente, rompe ella:

—Gracias por aceptar verme.

—No suelo aceptar muchas cosas últimamente —respondo.

Sonríe, apenas. No la típica sonrisa de cortesía, sino una que parece reconocer la verdad detrás de mis palabras.

—Lo sé. Me dijeron que no sería fácil convencerte.

—¿Quién te lo dijo? —pregunto, aunque ya sé la respuesta.

—Él. —No dice el nombre. No hace falta.

Vuelve a mirar la plaza, como si no quisiera presionarme.

—No busco titulares, Charlie. Busco entenderte.

El aire entre los dos se llena de algo distinto. No de expectativa ni de tensión. Solo esa sensación de estar a punto de abrir una puerta que tal vez nadie debería abrir.

El camarero regresa con el expreso, ella agradece y da un pequeño sorbo. Deja la taza sobre el plato con un sonido leve, casi un suspiro.

—Sé que no estás acostumbrado a este tipo de conversaciones —dice—. Tampoco vine a hacerte una entrevista.

No digo nada. La miro, esperando que complete la idea.

—El libro que pretendo escribir no trata de tu carrera, al menos no solo sobre eso. —Hace una pausa, elige las palabras con cuidado—. Quiero que sea sobre ti. Sobre el hombre detrás del casco.

Sus palabras flotan entre nosotros, ligeras pero cargadas de algo que no sé si quiero tocar.

—Ya se ha escrito bastante sobre mí —respondo—. La mayoría de esas cosas ni siquiera las dije yo.

—Lo sé. —Su tono no cambia. Ni a la defensiva, ni con prisa—. Por eso estoy aquí.

Vuelve a mirar la plaza. El sol ya no es tan fuerte; la luz empieza a volverse dorada, más baja.

—No busco contar tu historia como los demás. No me interesan los titulares ni las polémicas. Quiero entender lo que te hizo seguir después de todo eso.

No sé si reír o levantarme e irme.

—¿Y si te dijera que no hay nada que entender?

Ella me observa en silencio. No me reta, no me contradice. Solo me mira.

—Entonces sería la primera vez que alguien me dice la verdad tan pronto.

Bajo la mirada. No tengo respuesta para eso.

El silencio se instala entre nosotros, pero no pesa. Es un silencio que respira.

A nuestro alrededor la plaza sigue viva en su propia calma: el tintinear de los cubiertos en alguna mesa cercana, el murmullo de una pareja que discute bajito, el sonido de una moto que pasa despacio por la calle empedrada y se pierde colina arriba.

Ella no dice nada. Tampoco yo. Ambos dejamos que el momento se estire.

Pienso en él, inevitablemente. En las veces que me dijo que huir no sirve de nada. Y aquí estoy, sin saber si vine para quedarme o para seguir corriendo.

Levanto la vista. Ella me observa con la misma paciencia con la que uno espera que un motor frío vuelva a encender.

—¿Por dónde quieres empezar? —pregunto.

Ella toma un último sorbo de café, deja la taza sobre el plato con un clic suave.

—Por el principio —responde.

2

Por el principio... Su voz suena tranquila, pero no neutra. Hay algo en la forma en que lo dice, como si el principio fuera un lugar al que también le costara volver.

El camarero pasa cerca, retira una taza vacía de la mesa de al lado. El sonido del plato contra la loza me devuelve por un instante al presente.

Asiento, aunque no estoy seguro de por dónde empezar.

—El principio... —repito, más para mí que para ella.

Saca una pequeña grabadora digital del bolso y la coloca sobre la mesa. También una libreta, una de tapas negras, sin logotipo ni pretensiones. La abre despacio, apoya el codo sobre la mesa y espera.

El bolígrafo está listo, pero no escribe todavía. Me mira como si entendiera que, antes de hablar, tengo que recordar.

—¿Te molesta si grabo? —pregunta.

Niego con la cabeza.

—Hazlo. Pero si en algún momento te pido que pares, ¿lo haces?

—Por supuesto —responde, con la calma de quien sabe escuchar.

El aire se vuelve más fresco. Las sombras se estiran.

Por un momento no estoy en Monforte ni en esta mesa. Estoy otra vez en Houston, en el calor espeso de una tarde cualquiera, el olor a gasolina y a tierra seca, el rugido de un motor viejo en el fondo del garaje.

—Supongo que todo empezó ahí —digo.

Ella no interrumpe.

—Tenía seis años. No recuerdo el día exacto, pero recuerdo el ruido. Mi padre lo encendió solo para que yo escuchara cómo sonaba. Y desde entonces... no supe escuchar otra cosa.

Ella baja la mirada, anota algo.

—¿El ruido o la promesa de lo que podías hacer con él? —pregunta sin levantar la voz.

No contesto.

La plaza sigue igual de tranquila, pero dentro de mí ya se movió algo.

—¿Sabes? —digo después de un momento—. Yo estaba fascinado. Emocionado de poder tener un auto de carreras, pero creo que lo que realmente me hacía feliz era saber que de esa forma podía complacer a mi padre... conectar con él.

Por primera vez sentía que hablábamos el mismo idioma. Que había encontrado una manera de estar cerca.

El ruido era más grande que yo.

No sabría decir si era un rugido o una respiración, pero llenaba todo. El aire olía a gasolina y a aceite, una mezcla que me raspaba la garganta y me hacía sentir vivo.

El motor temblaba en el centro del garaje, viejo y brillante, con manchas de aceite como cicatrices. Mi padre lo observaba con los brazos cruzados, las lámparas pegándole en la cara, la sombra del kart dibujada a sus pies.

—Escucha —me dijo sin mirarme—.

Asentí, aunque no sabía qué debía escuchar.

—Eso es potencia. —Su voz era grave, seca. Como el propio motor.

Yo solo veía cómo sus manos tocaban la carrocería con cuidado, casi con cariño.

En ese momento quise ser parte de eso, de lo que fuera que veía en ese ruido, en ese olor, en esa máquina que parecía respirar.

Era la primera vez que no me pedía que me alejara, que no me decía «ten cuidado».

Solo me dejó estar ahí.

Ella no ha dicho nada; su mirada sigue fija en mí, esperando que el silencio haga su trabajo.

Baja la vista, anota algo en su libreta con letra pequeña, precisa.

—¿Cómo era él? —pregunta al fin, sin levantar la voz.

—Intenso —respondo casi sin pensarlo—. Todo en él lo era. Lo que amaba, lo que detestaba. Nada tenía término medio.

Ella asiente, levanta la mirada, pero no pregunta más.

Podría hacerlo. Podría pedirme fechas, lugares, detalles. Pero no lo hace.

Su silencio no es falta de curiosidad, es respeto. Y eso me desconcierta más que cualquier pregunta.

—¿Por qué dejaste de hablar de él? —dice al fin, con voz suave.

—Porque cuando lo hacía, todo giraba a su alrededor —respondo, casi sin pensar—. Y me cansé de girar.

Ella asiente. No toma notas. Solo me observa, como si supiera que insistir sería romper algo que todavía se sostiene con alfileres.

No sé qué es exactamente, pero hay algo en su forma de escuchar que se siente distinta. No está buscando una historia que vender. Está buscando entender.

Y no sé si eso me tranquiliza o me asusta más.

—Semanas después, mi padre me llevó a un circuito pequeño en las afueras de Houston. No era más que un trazado de asfalto agrietado, rodeado de árboles y vallas de metal que brillaban bajo el sol. El aire olía a caucho y a verano.

El kart era brillante, impecable, rojo con franjas blancas. Todavía cubierto por el plástico transparente y el olor a goma fresca. Decía que era para mí, pero lo supe desde el principio: también era para él.

Salimos temprano, en la pickup que había comprado solo para eso. En la caja, el kart brillaba al sol, asegurado con dos correas nuevas. Junto a él, un bidón de gasolina, una caja de herramientas y un par de llantas de repuesto, todo perfectamente alineado.

Él manejaba con una concentración que me intimidaba.

Yo iba a su lado, en silencio, mirando cómo el camino se abría entre calles y edificios. Cada tanto él cambiaba de estación en la radio, buscando algo que nunca encontraba.

—Hoy vas a correr de verdad —dijo, sin mirarme.

—¿Solo yo? —pregunté.

—Por supuesto —respondió, como si la pregunta fuera absurda.

El trayecto duró poco más de media hora, pero lo recuerdo como un día entero.

Cuando llegamos el sol caía a plomo.

—Vamos, pruébalo —me dijo.

No hubo instrucciones, ni consejos, ni advertencias. Solo eso.

Recuerdo cómo se inclinó detrás de mí, sus manos en el volante, girándolo apenas, corrigiendo mi postura.

—No lo pienses. Acelera cuando sientas que puedes hacerlo —dijo, y me dio un pequeño empujón.

El motor rugió.

Las ruedas chirriaron sobre el asfalto nuevo. Por un instante todo fue perfecto: el aire en la cara, el temblor del volante, el ruido llenando el pecho.

Cuando completé la primera vuelta lo miré y vi su figura de pie, con las manos en los bolsillos.

No corría detrás de mí. Solo miraba.

—¿Qué sentiste ese día? —pregunta ella, rompiendo el silencio con cuidado, como si temiera desarmar el recuerdo.

Tardo en responder. Sigo viendo el circuito, el polvo flotando en el aire, el sol cayendo sobre el casco.

—Lo que sentí aún no puedo explicarlo —digo al fin—. Pero fue algo tan natural y sencillo... más sencillo incluso que caminar.

Fue la sensación de libertad. De sentir que, por primera vez, las cosas tenían sentido.

Asiente despacio. No anota nada, pero esta vez no se queda callada.

—No puedo imaginar cómo un niño tan pequeño, tan inocente, puede estar en esa situación —dice—. Subirse a un kart y sentir lo que tú sentiste ese día... debe haber sido abrumador.

—No lo fue —respondo—. No para mí. Era simple. Lo difícil vino después, cuando entendí que lo que para mí era libertad, para mi padre era solo el comienzo.

Ella sostiene la mirada, sin escribir, sin hablar más.

Solo deja que mis palabras queden suspendidas entre nosotros, como el eco de un motor que se apaga a lo lejos.

El aire en la plaza ha cambiado. El sol casi se ha ido y una brisa ligera mueve las servilletas sobre las mesas vacías. Por un momento, ninguno dice nada. El recuerdo se disuelve, y todo vuelve a oler a café.

Ella apaga la grabadora, cierra la libreta y la deja a un lado.

—Creo que por hoy es suficiente —dice con una sonrisa leve—. No quiero que me odies tan pronto.

Suelto una risa breve, la primera del día.

—No te podría odiar. Solo me cuesta hablar de algunas cosas.

—Lo imagino. —Hace una pausa—. Pero lo estás haciendo bien.

El camarero se acerca y pregunta si queremos algo más. Ella mira su reloj, luego me mira a mí.

—¿Te gustaría que siguiéramos mañana? —pregunta.

—Sí, claro —respondo, casi sin pensarlo.

—Perfecto. —Guarda la libreta en el bolso y se levanta—. Aunque... podríamos hablar en otro lugar. Tal vez durante la cena. Mañana te escribo para decirte el lugar, ¿te parece?

Yo asiento.

—Está bien.

Ella sonríe, esta vez de verdad.

—Entonces hasta mañana, Charlie.

—Hasta mañana, Kate.

Camina hacia la esquina por donde había llegado, mientras la plaza recupera su calma habitual.

3

El hotel se levanta en lo alto de una colina, rodeado de viñedos que parecen extenderse hasta perderse en la neblina del valle. Desde la terraza, la vista es una secuencia interminable de verdes y dorados que se mezclan con el azul suave del mediodía.

Las paredes del edificio son de un tono terracota profundo, y los tejados de teja envejecida reflejan la luz del sol como si respiraran calor. Los caminos que lo rodean son estrechos y curvos, como si el paisaje los hubiera dibujado a mano.

En la terraza, las mesas blancas y los sillones de madera con cojines grises miran hacia el horizonte. El silencio no es absoluto: se oye el zumbido de los insectos, el crujido de las ramas movidas por el viento, y de vez en cuando, el golpe metálico de algún cubierto en la zona del restaurante.

Mi habitación es simple y perfecta. Paredes claras, madera rubia, arte abstracto sobre los muros. No hay nada de más, ni un adorno que distraiga. Todo parece diseñado para que uno se quede quieto, pensando. Las cortinas se mueven apenas, dejando pasar el aire cálido que huele a piedra y vino.

Tomarme unos días lejos era necesario. No por cansancio físico, sino por espacio. El ruido de la ciudad, los paparazzi, los viajes, las entrevistas, los cuestionamientos, los flashes... todo termina pegándose a la piel. A veces, para recordar quién eres, necesitas el silencio de un lugar donde nadie te conozca.

Sobre la mesa, el teléfono vibra una vez. Mark.

Dudo un instante antes de contestar. No porque no quiera hablar, me encanta hablar con Mark, pero sé que con él nunca se puede fingir.

—¿Cómo estás, muchacho? —su voz suena igual que siempre: firme, algo áspera, como si el tiempo se negara a gastarla.

—Bien, descansando. —Respondo, aunque los dos sabemos que no significa mucho.

—¿Cómo fue ayer?

—Diferente —digo, apoyándome contra la baranda de la terraza—.

No pensé que hablar de cosas pasadas fuera tan difícil.

Mark suelta una risa breve, cansada.

—Porque no pasaron. Siguen ahí, esperando. Siempre lo hacen.

Miro hacia los viñedos. La luz del mediodía brilla sobre las hojas.

—Supongo que tenías razón. Aunque aún no entiendo cómo lograste convencerme de este proyecto, no lo sé, aun dudo que sea buena idea, pero confío en ti.

—¡Siempre la tengo muchacho! Gracias por la confianza —responde, con ese tono entre broma y consejo que solo él puede usar.

Se hace una pausa. Solo se escucha el viento moviendo las cortinas.

—¿Y la escritora? —pregunta por fin.

—Bien. Profesional, tranquila. No hace las preguntas que todos harían.

—Eso te asusta, ¿verdad? —dice—. Que te escuche, en lugar de juzgarte.

Sonrío apenas.

—Me conoces demasiado bien.

—Te entrené para ser fuerte, no para esconderte —dice.

Su voz suena más suave ahora, casi paternal.

—Creo que todo esto: el libro, la entrevista, no es para que el mundo te entienda... sino para que tú lo hagas.

No contesto.

El silencio entre nosotros tiene algo de consuelo.

—¿Dónde estás ahora? —pregunta.

—En la habitación. Esperando la cita con Kate.

—¿Ya saliste a conocer el pueblo?

—Sí —dudo un momento. —Aunque hoy me la he pasado en el hotel, tiene una vista hermosa y, aunque parezca broma, siento que me desconecto.

Mark suspira.

—Te hacía falta Charlie. Recuerda, no te preocupes por lo que digan. Por lo que inventen. Todo eso se desvanece. Lo único que importa es lo que haces con lo que te queda.

—Lo intentaré.

—No lo intentes, hazlo. —Su voz vuelve a endurecerse un poco—. Y cuando necesites algo, llámame. Sabes que estoy a una llamada de ti.

Asiento, aunque él no puede verlo.

—Gracias, Mark.

—Siempre, muchacho.

La llamada termina y, por un instante, vuelvo a escuchar otro teléfono, en otro lugar.

Fue en mi departamento, unos días después del final de temporada. Afuera el cielo estaba cubierto, de ese gris metálico que anuncia lluvia sin cumplirla. No había ruido, solo el murmullo del televisor encendido en silencio, imágenes de carreras que ya no eran mías.

El teléfono vibró sobre la mesa baja y contesté sin mirar. Era el director deportivo de Ferrari. Su voz sonaba correcta, pulida, como si estuviera leyendo un comunicado. No hubo preámbulos, ni falsas cortesías. Solo frases medidas, perfectamente ordenadas, que no dejaban espacio para una respuesta. «Decisión conjunta. Reestructuración del equipo. Un ciclo que termina. Te deseamos lo mejor.»

Después vino la línea final, dicha con precisión quirúrgica: «Nuestra gente se pondrá en contacto con tu agente para cerrar el asunto. No te preocupes por eso.» Y la llamada terminó, fue todo.

El reloj marcaba las 5:03. La lluvia empezó a golpear el cristal, y por un momento me quedé mirando mi reflejo en la ventana.

Caminé por el departamento sin rumbo. Todo olía a metal y a humedad, a algo que se apagaba. En la sala quedaban las revistas del año anterior, los trofeos pequeños de circuitos menores, una gorra firmada que ya no significaba nada. El silencio era tan grande que podía escuchar mi respiración.

No sentí enojo, ni tristeza. Sentí vacío.

Como si de pronto alguien hubiera bajado todas las revoluciones, como si el motor, sin avisar, se hubiera apagado y me quedara detenido a mitad de la pista.

Me senté en el suelo, junto al sofá, y me quedé ahí, sin moverme, mirando las luces de la ciudad reflejarse en el agua de la ventana.

No lloré. No podía. Solo esperé a que se hiciera de noche.

El recuerdo se desvanece con el sonido de un auto que pasa por la carretera, abajo en el valle.

Respiro profundo y todo vuelve a tener color. El cielo sobre las colinas ha cambiado de tono; el azul del mediodía se ha vuelto ámbar, y el sol, cansado, roza el paisaje de los viñedos como si también buscara descansar.

El aire pasa por la terraza, tibio, cargado del olor a tierra húmeda y vino. Se escucha el zumbido lejano de un tractor, el canto breve de un pájaro que parece perderse en el horizonte.

No pienso en Ferrari, ni en lo que vino después. No quiero hacerlo. Hay momentos donde es mejor no mover lo que ya quedó en el pasado.

Me quedo un rato mirando el paisaje. Las hileras de viñedos bajan por la colina como líneas escritas a mano, ordenadas y pacientes. Hay algo en esa geometría que se me hace interesante, como parece desde lejos que los viñedos son campos verdes con texturas uniformes.

El silencio cambia con la tarde. Ya no es el silencio del mediodía, sino el de una pausa que parece contener algo.

Muevo el vaso de agua sobre la mesa y veo cómo el reflejo del sol se parte en mil fragmentos. El vidrio está frío, la superficie húmeda.

Pienso que es extraño lo rápido que cambia todo: la luz, el aire, las cosas que uno siente sin saber por qué.

El teléfono vibra una vez.

Lo miro, sin prisa.

Un mensaje.

—Cena a las siete. Borgo Sant'Anna. K.

Respondo de inmediato.

—Ahí estaré. Charlie.

Sonrío, casi sin querer.

No sé si lo hago por el mensaje o por la sensación que me deja leerlo.

Me apoyo contra la silla, dejo que el aire me roce la cara. Por alguna razón, el corazón me late más rápido de lo normal. No es ansiedad, tampoco nerviosismo. Es... algo distinto, algo leve, como si el cuerpo recordara que todavía queda mucho por vivir.

La luz se va apagando despacio, derritiéndose en los campos. El cielo se tiñe de cobre, luego de rosa, y finalmente de un gris tenue que se confunde con la neblina del valle.

En la distancia, las luces del pueblo comienzan a encenderse una a una, como estrellas que se despiertan tarde.

4

El camino hasta el restaurante serpentea entre colinas y hileras de viñas que parecen dormidas bajo la luz del atardecer. El aire es más fresco que en el valle, y cada curva deja ver un fragmento distinto del pueblo, con sus tejados rojos y el campanario que asoma entre los árboles.

Llego unos minutos antes. El restaurante está en lo alto, discreto, con paredes color arena y ventanas amplias que se abren hacia el horizonte. El cartel dice Borgo Sant'Anna, letras simples sobre madera oscura. No hay ostentación, solo silencio y una calma que invita a quedarse.

El host me recibe con una sonrisa amable y me guía hasta una mesa junto al ventanal. Desde allí se ve todo: el valle extendido, las luces que comienzan a encenderse abajo, y el reflejo del último sol sobre los campos.

Pido una botella de vino. El camarero me sirve en la copa, el cristal se empaña un poco al contacto con el aire fresco.

La atmósfera del lugar que me tranquiliza, quizá el orden, la luz, o esa sensación de estar en pausa. La gente habla bajo, casi en susurros. Se escuchan risas suaves, el sonido de los cubiertos, el chasquido del corcho al abrir un vino.

No me gusta llegar tarde, no me molesta esperar, por eso preferí llegar antes que ella. Miro la puerta de entrada de vez en cuando, sin saber exactamente qué espero.

No sé si es curiosidad, o algo parecido al nerviosismo, pero el cuerpo me traiciona: el pulso, leve, en la yema de los dedos.

Escucho que la puerta se abre, volteo y la veo entrar.

No hay nada que anuncie su llegada: ni ruido, ni prisa, ni gestos innecesarios. Solo la calma de alguien que parece moverse al compás del lugar.

Lleva el cabello suelto, rubio, con reflejos que se encienden apenas la luz del restaurante los toca. Viste un abrigo claro, sencillo, y un vestido del mismo tono. No hay artificio, pero todo en ella parece pensado, no podría ser de otra manera.

Su forma de mirar es distinta a la de ayer. Menos atenta, menos profesional. Como si hoy no viniera a escucharme, sino a estar.

Cuando me ve, sonríe.

Una sonrisa breve, sincera, sin intención.

Camina hacia la mesa y, por un momento, el ruido del restaurante desaparece.

—¿Llevas mucho esperando? —pregunta al llegar.

—No, solo lo suficiente para convencerme de que el vino es bueno —respondo.

Su risa es suave, apenas un aire.

Se sienta frente a mí. Suspiro y siento que el tiempo vuelve a sentirse ligero.

El camarero se acerca con la botella de vino, la inclina con cuidado sobre nuestras copas y deja que el líquido caiga lento, reflejando la luz cálida del restaurante.

Kate lo observa con atención, como si el gesto del vino al caer también dijera algo.

—Dicen que este lugar tiene una estrella Michelin —comenta, mirando la copa.

—Con razón el vino es tan bueno —respondo, levantándola con una sonrisa leve.

Ella sonríe también, y el gesto le ilumina los ojos.

Brindamos sin palabras. El cristal suena apenas, un golpe suave, casi un suspiro.

—Tenías razón, el lugar es increíble —digo después de un sorbo.

—Sabía que te gustaría. Es tranquilo, y la vista hace que todo se sienta más cómodo.

—Supongo que eso es justo lo que necesitaba. —Apoyo la copa sobre el mantel—. Un poco de silencio.

—Y buen vino —añade, riendo apenas.

Su risa es suave, cálida, casi un reflejo natural del momento.

Por un instante el resto del restaurante desaparece. Solo quedan la luz sobre la mesa y el sonido distante de una botella abriéndose en una mesa cercana.

Ella mira hacia el ventanal, luego vuelve a mirarme.

—Ayer estabas más tenso —dice con una calma que no incomoda—.

Hoy pareces distinto.

—El vino ayuda —respondo.

—No es el vino —dice, con una leve sonrisa—. Quizá la confianza se está abriendo entre nosotros.

El silencio que sigue tiene algo distinto. No es incómodo, solo más consciente.

Kate juega con el borde de la copa, girándola entre los dedos. El reflejo del vino le tiñe la piel de rojo.

—Quería hablarte del libro —dice al fin.

Su tono cambia, pero no se endurece. Es la misma voz, solo un poco más clara, más firme.

Asiento, dejo la copa sobre la mesa y espero.

—He estado revisando todo lo que se ha publicado sobre ti —continúa—. Entrevistas, notas, documentales, declaraciones, hasta los comerciales. Todos cuentan la misma historia, pero ninguna dice nada.

Hace una pausa, respira, busca las palabras con cuidado.

—Hablan del talento, del carisma, del récord, los fracasos... pero no del silencio. No del peso de las expectativas, ni de las veces que uno se cae y nadie lo ve. Todo está contado desde afuera, como si fueras una idea más que una persona.

Levanta la mirada y me observa. Su voz baja apenas, más cercana.

—Y no quiero repetir eso. No me interesa el héroe, ni el piloto, ni el personaje público. Quiero escribir sobre el hombre que hay detrás de todo eso. El que se levanta cuando no hay cámaras. El que carga con el ruido y aun así intenta escuchar algo propio entre tanto eco.

No habla como una periodista que busca una historia. Habla como alguien que ya la conoce, pero necesita confirmarla.

Su forma de decirlo no tiene pretensión. Lo dice con convicción, pero sin peso, como si entendiera lo delicado que es tocar algo que apenas empieza a cicatrizar.

—El libro tiene que contar lo que pasa cuando el ruido se apaga —añade, más despacio—. Lo que queda cuando todo lo demás desaparece. No quiero glorificarte ni explicarte. Quiero entenderte. No con preguntas, sino con presencia. A veces, eso basta para que una historia se revele sola.

No digo nada.

El sonido de las copas en otras mesas llena el silencio.

Ella vuelve a girar el vino en su copa, lo observa, y luego me mira otra vez.

—He leído y visto tanto sobre ti, y aun así siento que nadie te conoce.

Hace una pausa breve.

—Me gustaría hacerlo... conocerte.

Miro hacia el ventanal. Afuera, las luces del valle parecen flotar entre la niebla.

—No sé si te conviene conocerlo —respondo al fin—. A veces ni yo sé quién es.

Ella sonríe apenas, sin apartar la vista.

—Por eso estás aquí —dice—. Y por eso estoy yo.

Da un sorbo a su vino, lo deja sobre el mantel y continúa:

—Para lograrlo necesito estar cerca de ti. No me refiero a seguirte cada día ni a invadir tu espacio. Hablo de acompañarte, de observar lo que te rodea. Cómo hablas, cómo callas, cómo existes cuando nadie espera nada de ti. Es la única forma de escribir algo que sea verdad.

Me quedo en silencio. Ella también.

Por un momento, el restaurante parece detenerse.

Las luces, el murmullo, el aroma del vino... todo se queda suspendido entre nosotros.

Su voz regresa más suave:

—Prometo no escribir lo que no deba. Solo quiero estar lo suficientemente cerca para comprender lo que el mundo nunca se detuvo a mirar.

—¿A qué te refieres con estar cerca de mí? —pregunto—. con curiosidad pero sin entender realmente que es lo que quiere.

La veo entrelazar los dedos sobre la mesa, con esa calma que parece venirle natural.

—A compartir espacio —dice—. A escuchar sin grabar, a mirar sin anotar. No busco controlarlo todo. Solo quiero entenderte desde donde ocurre la vida.

Sus palabras caen despacio, y por un momento siento que el aire cambia.

No hay presión en su voz, pero algo en ella me desarma. No está tratando de convencerme, solo de estar, y quizá eso es lo que más me inquieta.

Asiento, aunque no sé si lo hago porque la entiendo o porque necesito que el silencio vuelva a su lugar.

El camarero se acerca a preguntar si queremos que nos traiga la carta, y el sonido de su voz me arranca del pensamiento.

Kate sonríe, asienta con un gesto y pide un poco más de vino.

Yo sigo observándola. Hay algo en esa calma suya que me resulta tan familiar como extraña.

Como si reconociera en ella la parte de mí que llevo años evitando mirar.

5

El camarero regresa con el menú. Nos deja dos cartas de cuero oscuro y se aleja sin ruido, parece que sabe que el silencio aquí también forma parte del servicio. Kate hojea el menú con curiosidad tranquila.

—No sé tú —dice—, pero yo nunca entiendo por qué ponen nombres tan rimbombantes a los platillos en los lugares con estrellas Michelin.

—Yo tampoco —respondo—. Siempre termino pidiendo lo único que sé pronunciar.

Ella ríe.

—Eso explica por qué la gente te quiere —dice—. No finges saber más de lo que sabes.

—En el fondo soy un tipo sencillo —respondo, aunque ambos sabemos que quizá no es del todo cierto.

Dejo la carta sobre la mesa.

—¿Por qué no pides tu por los dos?

—¿Seguro? —pregunta, levantando una ceja.

—Prometo no quejarme. —Sonrío—. Al menos no mucho.

Kate lo mira un momento, pasa las páginas y sonríe.

—Ok, yo elijo —dice, levantando la vista—. ¿Te molesta si pedimos algunos platillos al centro y compartimos? Así podemos probar más cosas.

—No me molesta —respondo—. Aunque admito que me da un poco de miedo esa frase cuando alguien la dice en un restaurante elegante.

Ella ríe, el ambiente se suaviza un poco más.

—Prometo no pedir nada extraño —dice—. Al menos no demasiado.

—Confío en ti.

—Eso dijiste ayer, y aquí estamos. —dice, con una sonrisa que no pide explicaciones.

Ella hace un gesto al camarero y ordena en un italiano suave, casi musical. Pide para los dos:

—Linguine, polpo alla graticola e cipollotti —dice, sin mirar la carta—. Ravioli di coda di vitello, alghe all'italiana e zebrino bruciato.

Hace una breve pausa, como si eligiera algo que no piensa compartir.

—E... reale di fassona, pane, cipolla rossa e salsa veneziana. Per due, da condividere.

El camarero asiente, anota y se aleja con una ligera inclinación de cabeza.

—¿Siempre hablas así de bien italiano? —pregunto.

—Más o menos —responde, encogiéndose de hombros—. Viví un tiempo en Roma, hace años.

—¿Por trabajo?

—Por curiosidad. —Sonríe—. A veces pienso que todo lo importante que me ha pasado empezó por curiosidad.

Asiento, y por un instante la observo sin disimularlo. Hay algo en la forma en que habla que no se puede fingir: esa mezcla de ligereza y sinceridad que la hace parecer completamente presente.

—¿Y tú? —pregunta ella—. ¿Qué te trajo a Italia esta vez?

—Lo mismo —respondo, girando lentamente la copa—. Curiosidad.

—¿Por el vino o por el silencio?

—Por lo que hay entre los dos.

Ella ríe, y el sonido es distinto al de antes: más abierto, más cálido. Se reclina apenas en la silla y deja la copa sobre el mantel.

—No sé si eres un poeta o si solo te entrenaron muy bien para sonar como uno.

—Te aseguro que nadie me entrenó para eso. —Sonrío—. Y si lo hicieron, fracasaron.

Kate lo deja pasar, pero noto que la sonrisa se queda un poco más. Afloja el aire entre nosotros, lo llena de esa pausa cómoda que empieza a sentirse como confianza.

—¿Sabes qué me gusta de este lugar? —dice, mirando hacia el ventanal.

—¿La vista?

—La calma. Aquí todo parece tener su ritmo, como si la gente supiera cuándo hablar y cuándo guardar silencio.

—Eso no pasa en todos lados.

Brindamos sin decir nada.

—¿Sabes? Por un momento llegué a molestarme con Mark por pedirme que empezaras el libro justo ahora, que vinieras aquí. A veces necesito desaparecer, quedarme solo y escucharme en el silencio.

Hago una pausa, dejo la copa sobre la mesa.

—Pero ahora pienso que quizá fue la mejor idea que pudo tener. Este parece el momento justo para comenzar, y tú... —la miro, apenas— eres la persona correcta para hacerlo.

Ella sostiene mi mirada un instante. No dice nada al principio; solo deja que el silencio se acomode entre los dos. Toma su copa, da un sorbo y la deja sobre el mantel.

—Mark me habló de ti —dice al fin, con una sonrisa leve—. Pero supongo que no me dijo todo.

—¿Y eso es bueno o malo? —pregunto.

—Creo que es justo lo necesario —responde—. Lo demás prefiero descubrirlo yo.

Su voz tiene algo que me calma. No hay artificio, ni intención de llenar el espacio. Solo una verdad sencilla, dicha en el momento preciso.

El aroma llega antes que los platos. Todo tiene esa armonía que parece pensada para detener el tiempo. El camarero coloca los platos uno por uno: el linguine, los ravioli, el cordero con una rama de romero que todavía humea, todo en el centro.

Kate toma el cubierto y prueba primero la pasta.

—Es increíble —dice—. No sé si por el sabor o por el silencio que se hace cuando algo está tan bien preparado.

Asiento.

—Cada cosa tiene su propio sonido.

Ella levanta la vista, curiosa.

—¿Cómo?

—El vino, la lluvia, un motor... cada uno suena distinto cuando está bien. Mi padre decía que se podía saber si algo iba mal solo con escucharlo.

—¿Y tú podías hacerlo?

—No al principio. —Sonrío, recordando—. Pero lo aprendí. Era casi un juego entre nosotros: yo le decía que pensaba que tenía el motor, y él me decía si estaba cerca.

—Supongo que ahí empezó todo.

—Tal vez sí —respondo, mirando el vino moverse en la copa—. Aunque, si soy honesto, no lo recuerdo como un inicio. Solo como un ruido que siempre estuvo ahí.

Hay algo en la forma en que lo digo que me sorprende. No lo planeé, no era lo que pensaba contar.

Kate lo nota, pero no pregunta. Solo asiente y vuelve a probar la pasta. Deja el tenedor sobre el plato, sin romper el silencio. Por un instante, solo se oye el golpeteo lejano de una copa y el crujido del pan al partirse.

—Debió ser bonito —dice al fin, con voz baja—. Aprender a escuchar algo tan especial así de pequeño. No todos tienen a alguien que les enseñe a oír el mundo.

No lo dice por compromiso. Lo dice como quien entiende lo que eso significa: lo que se gana, y lo que se pierde cuando uno aprende a escuchar demasiado pronto.

—Sí, lo era —digo al fin—. Creo que con el tiempo logré hacerme un experto, entender cada sonido del auto.

—¿Y eso es importante?

—¡Por supuesto! cuando empiezas a correr, los sonidos lo cubren todo. En la pista, es importante entender tu auto, saber escucharlo. Es tan importante como lograr terminar o no una carrera.

—No estoy segura de poder entender todo lo que eso significa —dice—, pero quiero intentarlo.

Sus palabras no suenan a promesa, sino a propósito.

Asiento, sin mirarla.

Me quedo mirando la copa. El vino se mueve como si siguiera un pulso propio.

—A veces el silencio se vuelve más difícil de encontrar que la velocidad.

Kate asiente, y su mirada tiene ese tipo de comprensión que no necesita palabras.

Corto un trozo del cordero. La carne se separa con facilidad, húmeda, casi tierna al tacto del cuchillo. El primer bocado tiene el sabor justo: intenso, pero limpio, con ese fondo dulce del vino y el romero.

—Está increíble —digo, sin pensarlo—. Es suave, pero tiene carácter.

Kate sonríe, como si esperara escucharlo.

—Sabía que te gustaría. —Toma su copa—. Tiene algo de ti: calma y fuego al mismo tiempo.

Sonrío, creo que me sonrojé, espero ella no lo haya notado. Solo pienso en lo cierto que suena, aunque ella no lo sepa.

El murmullo del restaurante se mezcla con la música suave que llega desde algún rincón. Comemos despacio, sin prisa, disfrutando de cada bocado. Cada plato desaparece sin que nos demos cuenta.

El linguine es ligero, casi dulce; los ravioli, profundos, como si guardaran el olor de la tierra húmeda.

Entre bocado y bocado, la conversación fluye sin rumbo. Hablamos de Roma, de música, de viajes; de esas cosas que parecen pequeñas, pero que llenan los silencios. El vino hace lo suyo, redondea las palabras, suaviza las pausas.

En algún momento me doy cuenta de que el restaurante se ha ido vaciando. Las luces son más tenues, la noche más cerrada. Afuera, el valle es una sombra y el cielo parece un espejo sin reflejo.

Kate sonríe, con esa calma suya que ya empiezo a reconocer.

—El tiempo se fue rápido —dice.

—Siempre sucede cuando uno la pasa bien —respondo.

No lo digo con intención, pero ella asiente como si lo entendiera. El silencio vuelve, y esta vez no necesita explicación.

—¿Te das cuenta? —dice—. Hemos terminado de cenar y todavía no mencionamos el libro.

—Creo que eso también es parte del libro —respondo.

Ella sonríe, despacio.

—Tal vez sí. A veces, las mejores historias empiezan sin darnos cuenta.

6

Las copas están casi vacías, el vino se ha vuelto más oscuro con la luz tenue. Kate mira hacia el ventanal; afuera, el reflejo de las farolas se confunde con las estrellas. Luego me mira a mí.

—¿Te parece si salimos a la terraza con una botella? —dice, con esa serenidad que parece venirle natural—. Ya se nos fue la cena, pero la noche todavía es joven.

—Estaba esperando a que tuvieras esa idea. —Sonrío.

El camarero se acerca con discreción y ella pide otra botella.

—¿Podemos cambiarnos a la terraza? —añade—. Queremos aprovechar el clima inmejorable que se siente esta noche.

—Por supuesto, elijan la mesa que más les guste —responde con una sonrisa profesional y se aleja.

Kate me observa, divertida.

—No quiero que creas que es un truco periodístico. Solo quiero aprovechar que la noche es perfecta... y que ya me tienes con curiosidad.

—¿Curiosidad por qué?

—Por ti. —Toma su copa y da el último sorbo—. Por lo que no está en las entrevistas.

Nos levantamos de la mesa.

El restaurante se ha quedado casi vacío; las últimas voces suenan lejanas, como ecos de una conversación que ya no nos pertenece.

Caminamos por un pequeño pasillo que se abre hacia la terraza. El aire cambia: más fresco, más limpio. El olor a viñedos, a madera y a campo húmedo se mezcla con el sonido leve de los grillos. La terraza está iluminada solo por unas lámparas pequeñas, el resplandor de la luna y las estrellas. Dos copas nuevas, una botella recién abierta.

Kate deja su bolso sobre la mesa, saca su libreta y la grabadora.

—Vaya... —digo, sonriendo—. Ya llegó la Kate escritora. Esto empieza a parecer un interrogatorio elegante.

Ella ríe.

—Prometo no hacerte sentir en una rueda de prensa. Solo quiero que me cuentes cómo empezó todo.

Me recuesto en la silla.

—¿Y por dónde quieres que empiece?

—Cuéntame de la primera vez que ganaste —dice, con voz tranquila—. Aunque no fuera importante, me gustaría conocer la primera.

Kate enciende la grabadora, pero no la mira. Solo la deja encendida sobre la mesa, como si quisiera olvidarse de que está ahí.

El sonido de la terraza se disuelve poco a poco. El aire, las lámparas, incluso la voz de Kate, todo se va desvaneciendo hasta que solo queda un zumbido lejano, como el eco de un motor en la distancia.

Tenía ocho años y el mundo me cabía en aquel kart rojo con franjas blancas. Brillaba bajo el sol como un juguete nuevo, impecable, con el olor a goma fresca que se quedaba pegado a las manos. Había sido su idea, su elección, su proyecto. Desde el primer día que lo llevó al garaje, lo trató como si fuera algo sagrado. Lo revisaba cada noche con la precisión de un relojero: encendía el motor, lo escuchaba, lo apagaba, lo cubría con una manta, y yo lo miraba en silencio, esperando que un día pudiéramos ganar con el.

Durante meses me llevó a esas pistas pequeñas donde la gente rentaba karts lentos solo por diversión. Para mí era emoción; para él, entrenamiento. Se quedaba junto a la barda con las manos cruzadas, observando cada curva, cada frenada, corrigiéndome con gestos que yo ya conocía. A veces me hacía dar vueltas hasta que el tanque se vaciaba. Cuando terminábamos, me daba una palmada en el hombro y decía: «Bien. Pero todavía puedes hacerlo mejor.»

La primera carrera oficial fue un domingo, en un circuito a las afueras de Houston. El calor subía desde el asfalto y el aire olía a gasolina. El ruido de los motores me atravesaba el pecho, mezclándose con un latido que no sabía controlar. El casco me apretaba y el traje me pesaba. Todo era demasiado, pero no había tiempo para pensar en eso.

Mi padre estaba en la línea de salida, con las manos en los bolsillos. Llevaba pantalón, camisa de mezclilla y una gorra roja que se ponía siempre que corría. Me miraba sin decir nada. No necesitaba hacerlo. Su silencio era suficiente. Lo vi levantar apenas la barbilla, una señal mínima, y supe que era hora.

Cuando la bandera cayó, el ruido fue total. Los motores rugieron al unísono, un rugido que me sacudió por completo. El kart vibró bajo mis manos, y salí disparado. El viento golpeaba la visera, el mundo se volvió una sucesión de destellos y curvas. Solo pensaba en ganar, en llegar a la meta antes que todos.

Cada curva era un salto, cada recta un pulso acelerado. Las manos me dolían del esfuerzo, los brazos se tensaban, pero el cuerpo seguía, guiado por algo más fuerte que el miedo o el cansancio. Había algo que se sentía natural, como si esas llantas, ese kart, fueran mis alas, hechas justo para mí. Todo fluyó, no me esforcé para lograrlo; simplemente pasó.

La recta final fue como un instante suspendido: el sol reflejándose en el volante, el olor a carreras y la línea de meta acercándose como una promesa. Crucé sin entender del todo lo que acababa de pasar.

Al llegar de regreso a los pits, frené con fuerza y levanté la visera. El aire caliente me golpeó la cara. Busqué con la mirada y ahí estaba: mi padre, al otro lado de la cerca, con la misma postura de siempre, las manos en los bolsillos. Pero esta vez sonreía. No era una sonrisa cualquiera. Era amplia, genuina, casi incrédula. No gritó, no me levantó en brazos, no me dijo «ganaste». Solo sonreía, y en su rostro vi algo que hasta ese momento no conocía: orgullo.

Recuerdo muy poco de la ceremonia, de las fotos, del trofeo que me dieron después. Pero recuerdo esa imagen claramente, como si fuera ayer: su sonrisa, el ruido del motor apagándose y una emoción que no puedo explicar. Era alegría, pero también vértigo; como si mi corazón fuera demasiado pequeño para contenerla.

El ruido del motor se apaga en mi cabeza, igual que una canción que termina sin avisar. Por un instante, no sé dónde estoy: si en la pista o en la terraza.

El murmullo de los grillos reemplaza el de los motores, y la luz dorada del recuerdo se mezcla con la plateada de la luna.

Kate no dice nada. Tiene la grabadora encendida frente a ella, pero sus manos están quietas sobre la mesa, los dedos entrelazados. Me mira con esa atención que no pesa, como si supiera exactamente lo que tiene que hacer o decir.

—Tenías ocho años —dice al fin, muy despacio, como si hablara para sí misma.

—Ocho —repito, y sonrío apenas—. Solo sentía la emoción pura de la velocidad, ese temblor del aire dentro del kart.

—Supongo que ese es el encanto de las primeras veces —responde ella—. No sabes que estás haciendo historia. Solo vives el momento.

Su voz tiene algo cálido, una nota de ternura que no busca consolar.

—Ocho años... —repite, con una sonrisa leve—. ¿De verdad entendías lo que estabas haciendo?

—No. —Sonrío—. No entendía nada. Solo sabía que quería ir rápido y que él me estaba mirando; eso era suficiente.

—¿Y qué pensabas antes de la carrera? —pregunta, girando lentamente la copa entre sus dedos.

—Que no debía fallar. —Miro el vino moverse—. Pero no por miedo a perder, sino por miedo a decepcionarlo.

Kate asiente, sin quitarme los ojos de encima.

—Y aun así ganaste.

—Sí, pero creo que no lo hice por mí. Creo que lo hice para verlo sonreír. O no se, probablemente solo lo hice sin pensar en nada más.

Ella deja la copa sobre la mesa.

—¿Y tú también sonreíste?

—No lo sé. —Hago una pausa, buscando en la memoria—. Supongo que sí. Pero no lo recuerdo. Lo único que recuerdo es su cara, su sonrisa.

El silencio vuelve, pero no es incómodo. Es un silencio que parece cargado de algo que ambos comprenden sin decirlo. Kate rompe esa quietud con un tono aún más suave:

—¿Y después? ¿Qué pasa con un niño de ocho años que gana una carrera? ¿Sigue jugando o empieza a vivir para volver a ganar?

No sé responder de inmediato. La pregunta me toma por sorpresa, como si hubiera abierto una puerta que no esperaba.

—Creo que dejó de jugar —digo, al fin—.

—¿Tan pronto?

—Sí. —Tomo un sorbo de vino, y la voz me sale más baja—. Porque a veces, cuando ganas muy pronto, descubres que no hay vuelta atrás. Sin darte cuenta, empiezas a pensar solo en correr. En ganar.

Kate me escucha sin moverse, con esa atención limpia, sin juicio. Sus ojos tienen algo de tristeza, pero también de respeto.

—Debió ser mucho peso para alguien tan pequeño.

—Tal vez. Pero a esa edad no lo sabes. Solo corres.

Ella asiente y sonríe, no con lástima, sino con admiración.

—Entonces ese niño ya sabía quién era, aunque no lo entendiera todavía.

—O tal vez solo sabía quién tenía que ser —respondo.

El mesero se acerca con paso discreto, como si temiera interrumpir algo importante.

—Signori, disculpen —dice con una sonrisa amable—, el restaurante está por cerrar. Pero si lo desean, pueden quedarse en la terraza el tiempo que quieran.

Kate levanta la mirada, todavía con esa expresión tranquila de quien no ha salido del todo de una conversación profunda.

—¿Podemos pedir otra botella? —pregunta.

—Por supuesto —responde él—. ¿La misma etiqueta?

Kate asiente y gira hacia mí, con una sonrisa que se adivina en la penumbra.

—¿Te parece bien? —pregunta.

—Claro —respondo—. La noche lo merece.

El mesero asiente, se aleja con paso ligero y pronto regresa con la botella recién abierta. Sirve las copas con cuidado, deja el vino respirar y se despide con una inclinación cortés.

Cuando se aleja, Kate me mira con una sonrisa tranquila.

—No quiero que creas que lo hago por seguir preguntando —dice—. Pero tengo la sensación de que tu historia... apenas empieza a tomar forma.

—Eso lo dices porque eres escritora.

—No, lo digo porque lo siento.

7

El aire de la terraza se ha enfriado un poco, pero nadie parece notarlo. Kate sostiene la copa entre las manos, sin moverla, mirándome con esa calma que invita a seguir hablando.

—¿Sabes? —digo, sin saber muy bien de dónde viene la frase—. Él nunca corrió.

—¿Tu padre?

Asiento.

—Jamás se subió a un auto de carreras. Ni siquiera le gustaba manejar rápido. Pero vivía como si cada domingo tuviera una carrera pendiente.

Me tomo un segundo antes de continuar.

—Veía todas las transmisiones. Grababa las repeticiones, recortaba artículos de revistas viejas. Tenía un cuaderno donde anotaba estadísticas, tiempos, nombres de pilotos que jamás conoció. Decía que la perfección estaba en los detalles.

La casa olía a gasolina aunque nunca hubo un motor encendido. En el garaje guardaba cascos, trofeos comprados en mercados de segunda mano, fotos en blanco y negro de autos que no eran suyos. Todo eso lo hacía feliz, o al menos eso creía.

Cuando nací, ya tenía cincuenta y seis años. Y supongo que pensó que todavía había tiempo, solo que no para él. Para mí.

Kate no habla. Su silencio es una forma de escuchar.

—Decía que tenía que aprender a manejar antes de aprender a escribir —sigo—. Y no lo decía en broma. Me mostraba las curvas con cucharas sobre la mesa, me hacía ver carreras hasta quedarme dormido. No me hablaba de ir rápido. Me hablaba de no fallar.

El recuerdo se vuelve más nítido con cada palabra, como si el aire de la noche lo trajera de vuelta.

—Mi madre era distinta —añado—. Nunca le importaron las carreras, solo cómo se veían. Decía que tener un hijo piloto era elegante, algo que la gente recordaría. Le gustaba más la idea de ganar que el ruido de los motores.

No le gustaba ir a la pista. Decía que el sonido le daba dolor de cabeza. Pero cuando ganaba, aparecía con su vestido blanco y su sonrisa de foto. Era buena mujer, supongo. Solo que vivía en otro tipo de carrera.

Kate deja la copa en la mesa y me mira con esa mezcla de curiosidad y empatía que solo ella tiene.

—¿Y tu padre? —pregunta.

—Mi padre vivía a través de mí, o eso creía —digo—. Se que me amaba, pero más amaba la idea de lo que podía hacer con ese amor.

El viento sopla entre los viñedos.

—Recuerdo una vez —continúo—, fue en Dallas. Yo tenía nueve años. Era una carrera grande. Había entrenado semanas enteras. Salí en primera posición, pero a mitad de carrera me distraje, fue la primera carrera en donde mi concentración no estaba totalmente en la carrera.

Terminé segundo.

Cuando crucé la meta, lo busqué. No estaba. Caminé hasta el camión y lo encontré ahí, con la puerta abierta, mirando el piso. No me gritó. No me tocó. Solo dijo: «Los grandes no pierden por distracciones». Luego se fue.

A un costado, mi madre observaba en silencio. Nunca discutía con él delante de mí, pero tenía esa manera de desarmar la tensión sin decir palabra: un gesto leve, una mano en mi hombro, o un simple «ya está bien» que siempre llegaba cuando más lo necesitaba. No hacía ruido, pero su calma llenaba el espacio que dejaban los silencios de mi padre.

Mientras me dormía, escuché cómo le decía a ella que no podía distraerme, que si quería ser campeón del mundo, no podía fallar. A la mañana siguiente, todo estaba igual que siempre, como si nada hubiera ocurrido. Pero yo ya no era el mismo.

La voz se me apaga un poco, y el silencio que queda tiene peso. Kate se inclina apenas hacia adelante.

—¿Y qué sentiste?

—Que ganar era la única forma de no quedarme solo. —Sonrío, pero la sonrisa no dura—. Tenía nueve años, y ya corría para no perder a nadie.

Ella no responde. Solo asiente, con esa delicadeza que hace que su silencio sea la mejor frase posible.

—Mi padre podía pagar todo —digo, después de un momento—, porque durante años construyó algo que lo hizo sentir invencible.

No éramos ricos por accidente. Había levantado una compañía petrolera en Houston, de esas que empiezan con un par de socios y terminan manejando más dinero del que alguien puede imaginar. Nunca hablaba de cifras, pero en casa se respiraba ese aire de triunfo silencioso, el de quien ya ganó su propia carrera.

Cuando vendió la empresa, se retiró convencido de que había hecho todo lo que debía hacer. Y supongo que, al quedarse sin metas, me convirtió en la siguiente.

—Nunca hablaba de dinero —continúo—. Decía que el dinero solo servía si podía comprarte tiempo. Supongo que eso hizo: compró tiempo para estar en cada carrera, cada entrenamiento, cada revisión del kart. Pero no era tiempo conmigo, era tiempo con su sueño. Cada boleto de avión, cada neumático, cada casco... no era una inversión en mí. Era su manera de demostrar que todavía podía construir algo que funcionara.

Kate apoya un brazo sobre la mesa, se inclina un poco hacia mí.

—¿Y tú? —pregunta, con suavidad—. ¿Qué sentías al verlo tan cerca y tan lejos al mismo tiempo?

No respondo de inmediato. Miro las luces que iluminan la terraza.

—Creo que al principio lo admiraba. Lo veía como un genio. Era el tipo de persona que podía arreglar cualquier cosa: un motor, una puerta, un reloj. Lo que fuera. Pero con el tiempo entendí que nunca supo arreglarse a sí mismo.

Cuando algo fallaba en casa —una pelea, un mal resultado, cualquier cosa— él lo tomaba como una falla mecánica. Algo que debía corregirse, no sentirse.

Kate asiente despacio.

—Por eso te enseñó a no fallar —dice.

—Sí. —Respiro hondo—. Pero nadie me enseñó qué hacer cuando todo empieza a romperse por dentro.

El silencio se instala otra vez, profundo, casi físico. Me apoyo contra el respaldo y miro hacia el campo oscuro.

—Supongo que por eso corrí. —La voz me sale más baja, como si hablara para mí mismo—. Porque en la pista todo tiene sentido. El motor responde, las curvas están donde deben estar, y si algo falla, sabes por qué. Fuera de eso... todo se vuelve ruido.

Kate toma un sorbo de vino. La copa tintinea apenas cuando la deja sobre la mesa.

—¿Y tu madre... qué hacía mientras todo eso pasaba?

—Ella... —Sonrío, pero es un gesto breve—. Ella cuidaba las apariencias. Nunca discutía con él frente a mí. Pero la veía cansada. Creo que se enamoró de un hombre que prometía un futuro brillante, y se quedó con uno que solo sabía mirar hacia atrás.

Miro mis manos sobre la mesa.

—A veces pienso que se quedó por miedo a lo que diría la gente. O tal vez por mí. Pero cuando alguien se queda por obligación, el amor empieza a oler distinto. Ya no es dulce. Es como el aire del garaje después de apagar un motor. Todavía caliente, pero vacío.

El viento vuelve a moverse entre los viñedos y el sonido de las copas se mezcla con el rumor de la noche. Kate me observa sin prisa, con esa expresión que no necesita palabras.

—Debió ser extraño —dice al fin, casi en un susurro—, crecer rodeado de tanto.

—No lo parecía —respondo—. Cuando eres niño, la abundancia no es un privilegio, es una costumbre. El silencio de la casa, los pasillos demasiado grandes, los regalos que llegaban antes de que los desearas... todo eso se vuelve normal hasta que descubres que nada de eso te pertenece realmente.

—¿Y qué te pertenecía? —pregunta ella.

—El garaje —digo, sin pensarlo.

—¿El garaje?

Asiento.

—Era el único lugar donde podía hacer ruido. Donde el eco me devolvía algo. En el resto de la casa, si algo sonaba demasiado alto, era un error. Todo tenía que parecer perfecto, incluso el silencio.

Kate sonríe, apenas.

—¿Fue difícil crecer entre personas que no saben detenerse?

—No fue difícil —digo—, fue agotador.

Mi padre medía todo en resultados. Mi madre medía todo en apariencias. Entre los dos, no quedaba espacio para mí. Yo solo existía cuando algo salía bien, cuando ganaba, cuando el mundo parecía ordenado. Pero cuando las cosas se torcían, cuando el motor fallaba o yo lo hacía, el silencio volvía. Y en mi casa, el silencio era castigo.

El vino se ha quedado quieto en la copa. Lo miro un momento antes de seguir hablando.

—A veces pienso que lo que más me marcó no fueron sus exigencias, sino su manera de callar. Esa forma suya de mirarme sin decir nada, de hacerme sentir que el ruido que hacía el mundo era culpa mía.

Kate apoya los codos en la mesa, la barbilla sobre una mano.

—¿Y qué te queda de eso ahora?

—Supongo que todo —digo, sonriendo apenas—. Todavía me cuesta disfrutar algo sin pensar en cuánto durará antes de romperse.

Kate mueve la copa, la observa contra la luz de la lámpara.

—¿Y los querías? —pregunta al fin, con la misma delicadeza con que se pronuncia una oración.

Tardo en contestar.

—Sí —respondo—. A los dos.

—¿Mucho?

—Todo lo que podía. —Hago una pausa—. Aunque a veces siento que los quise más de lo que ellos supieron entender.

Kate no aparta la mirada.

—¿Y nunca los odiaste?

—No —digo, despacio—. Pero hubo días en los que lo intenté.

—¿Por qué?

—Porque era más fácil odiarlos que aceptar que nunca los tuve del todo.

Ella baja la mirada, gira la copa entre los dedos, pero no bebe. El vino refleja el brillo tembloroso de la lámpara.

—Eso duele —murmura.

—Sí —respondo—. Aunque duele menos que seguir corriendo para ganarte un lugar en la foto familiar.

La sonrisa que aparece en sus labios es breve, triste, comprensiva.

El vino se acabó sin que lo notáramos. Las copas vacías descansan en el centro de la mesa, reflejando la luz dorada de las lámparas. A nuestro alrededor, la terraza está en silencio. No hay voces, no hay pasos. Solo el murmullo lejano del viento sobre los viñedos.

Kate mira la botella y sonríe apenas.

—Creo que el tiempo nos ganó —dice.

—No lo creo —respondo—. Solo se nos olvidó contarlo.

Ella asiente, se queda un momento más, observando el valle oscuro. Pero no dice nada. Ni yo tampoco. El silencio que queda entre los dos no es incómodo. Es ese tipo de silencio que solo existe cuando ya no hace falta hablar.

—Supongo que ya es hora —dice, finalmente.

—Sí —respondo—. Pero no parece.

Se levanta despacio. Acomoda su bolso en el hombro y se detiene frente a mí.

—Gracias por contarme todo esto —dice.

—Gracias por escucharlo —respondo.

8

Las turbinas zumban con la constancia de un corazón ajeno. No es ruido, pero tampoco silencio. Es ese punto intermedio donde uno puede pensar sin querer hacerlo.

La luz entra oblicua por la ventanilla, blanca, demasiado limpia. Cierro los ojos, pero sigue ahí detrás de los párpados. Parecería que el sol se hubiera metido dentro.

Me duele la cabeza, solo un poco. El vino de anoche me dejó una resaca fina, desalineada. No estoy mal, solo fuera de eje. Es de esas que no duelen, pero te recuerdan que el cuerpo también piensa.

No sé en qué momento se volvió costumbre no mirar por la ventana en los vuelos. Antes lo hacía, cuando todo esto todavía era un sueño. Contaba nubes, buscaba ciudades, trazaba circuitos imaginarios sobre los campos. Ahora solo espero que el trayecto termine.

Por ejemplo, todavía me cuesta recordar la última vez que dormí en un avión. No porque no pueda, sino porque no sé cómo dejar de pensar mientras el motor sigue encendido. La gente cierra los ojos y desaparece. Yo, en cambio, los cierro y escucho más: el zumbido, la presión, el aire filtrado que es frío y huele a nada.

Bebo un sorbo de agua. Sabe metálica, tibia. El vaso tiembla un poco entre mis dedos. En el asiento de al lado hay una revista doblada en la mitad: la foto de un piloto sonriendo con el casco bajo el brazo. Podría ser cualquiera, incluso yo. A veces pienso que la fama tiene ese efecto: te convierte en una imagen que sigue sonriendo incluso cuando ya no estás ahí.

No sé si es el cansancio o el silencio, pero la cabeza empieza a aflojar. Todo se siente como después de una carrera: ese momento donde el ruido se apaga, los músculos tiemblan y no sabes si estás aliviado o vacío.

Anoche, cuando Kate sonrió sin decir nada, sentí algo parecido. No al alivio, sino al vacío amable que queda cuando alguien te entiende sin hacer preguntas. Quizá por eso bebí más de lo que debía. No para celebrar, sino para extender el momento.

Siento una ligera turbulencia. Nada grave, apenas un recordatorio de que seguimos en movimiento. El cuerpo se tensa por reflejo, pero enseguida se suelta. La sobrecargo pasa ofreciendo café, pero niego con la cabeza. No quiero café. No quiero nada que me devuelva al ritmo del mundo.

Pienso en Inglaterra, en la humedad, en los entrenamientos. En Mark con su cronómetro y su mirada que no necesita palabras. En cómo el silencio del gimnasio no pesa, sino que ordena.

Italia ya se siente lejos. La calma del pueblo, el vino, las conversaciones con Kate... todo empieza a desvanecerse como las luces de una pista vista desde arriba.

En Monforte, la plaza olía a pan recién hecho y a piedra caliente. Esa combinación absurda de fragilidad y permanencia. Tal vez por eso quise quedarme. Tal vez por eso también supe que no podía hacerlo.

Me pregunto si ella también lo sabe, si entiende que lo nuestro —si es que existe un «nosotros»— solo puede ocurrir en lugares intermedios: aeropuertos, cafés, tardes grises donde nadie tiene que llegar a ningún sitio.

La nave atraviesa una nube espesa y todo se vuelve blanco por unos segundos. No hay arriba ni abajo. Solo ese vacío mullido donde el tiempo se suspende. Pienso que esto se parece mucho a la vida que llevo: un tramo entre dos destinos que nunca terminan de pertenecerme.

Recuerdo que cuando tenía diez años y viajábamos con mi padre a las carreras de kart, él siempre decía: «el viaje también es parte de la competencia.» Yo lo tomaba como una frase más, pero creo que lo decía en serio. Hoy lo entiendo distinto. El viaje es donde uno se enfrenta a lo que no puede controlar: el tiempo, el ruido, la memoria.

Respiro hondo. El aire seco del avión me llena el pecho. Me pregunto cuántas veces más tendré que volver y salir para sentir que llego a algún lado.

El altavoz anuncia la altitud y el descenso. No escucho las palabras. Solo percibo el cambio de tono en la voz del piloto, esa seguridad ensayada que intenta convencerte de que todo va bien. Podría ser yo quien habla. Otra voz que asegura control cuando en realidad solo intenta no pensar demasiado.

Empezamos a descender con suavidad. El sonido del motor cambia de tono, se vuelve más grave, más terrenal. La presión en los oídos me obliga a tragar saliva. Siempre me ha gustado ese momento: cuando todo parece ir más despacio, pero en realidad el suelo se acerca con una precisión brutal.

Hay algo casi humano en eso: la ilusión del control antes del impacto.

Apoyo la frente contra la ventanilla. El vidrio está frío. La voz del piloto anuncia el clima: diecisiete grados, cielo nublado. Inglaterra siendo Inglaterra.

Pienso en Kate. En su forma de escuchar sin apuro, de mirar como si lo que uno dice no fuera una respuesta, sino un punto de partida. Nunca conocí a alguien que hiciera tan poco ruido y, aun así, llenara tanto el espacio.

Me descubrí hablando de cosas que nunca conté, sin saber en qué momento la conversación se desvió. No es que me pregunte demasiado. Es que logra que uno se escuche mientras responde. Como si su silencio funcionara como un espejo.

Cuando se inclina apenas hacia adelante, no lo hace por interés, sino por respeto. Y cuando anota algo, no lo hace para registrar lo que dije, sino para no olvidarse de lo que entendió. Hay una diferencia sutil entre esas dos cosas, y ella la conoce. No sé si lo hace a propósito o si simplemente es así. Pero cada vez que la veo concentrada, con el bolígrafo suspendido sobre la libreta, siento una especie de calma que me tranquiliza.

La turbulencia vuelve. Pequeña, apenas un temblor. La azafata pasa revisando cinturones y bandejas. Todo está en orden.

Recuerdo la forma en que Kate movía las manos al hablar. Es un gesto mínimo, casi imperceptible, pero parece que las palabras le pesan menos cuando las acompaña con movimiento. Parecería necesitar dejar que algo fluyera.

Supongo que todos tenemos una forma de hacerlo. Yo corro. Ella escribe.

Cuando terminamos aquella cena, en la terraza del restaurante, ella me dijo «Gracias por contarme todo esto» con una naturalidad que me desarmó.

No era la frase lo que me sorprendió, sino la forma. No sonó a cortesía. Sonó a alguien que realmente había escuchado. Creo que contar algo no siempre es hablar. A veces es permitir que alguien mire donde tú ya no quieres mirar.

Seguimos bajando. Las nubes se abren y aparece el paisaje: una mezcla de verde y gris, caminos que serpentean entre campos, techos rojos dispersos. Todo se ve demasiado quieto desde aquí. Desde arriba, las cosas siempre parecen más fáciles de ordenar.

Pienso que si pudiera mirar mi vida con esa distancia, todo tendría más sentido. Pero basta con tocar el suelo para que el orden se deshaga otra vez.

Siempre que llego al taller y escucho el sonido de las herramientas, siento que todo se acomoda por unos segundos. Es una especie de oración mecánica: el golpe del metal, el zumbido de los compresores, la respiración del equipo. Y, sin embargo, en cuanto me quedo solo, el silencio se convierte en eco.

El avión gira a la izquierda y las alas se inclinan. La gravedad cambia de lugar. Me dejo llevar por la inercia.

Recuerdo que de niño, cuando viajaba con mi padre a las carreras, siempre esperaba este momento: el descenso. Me gustaba sentir cómo el cuerpo se adelantaba al suelo, era como saber que estábamos llegando. Hoy, en cambio, no sé si estoy llegando o volviendo. Tal vez ambas cosas.

La voz del piloto vuelve a sonar, anunciando el aterrizaje.

Aprieto el cinturón apenas y cierro los ojos. El rugido de las turbinas se intensifica.

El suelo se acerca. Todo vibra. El golpe de las ruedas contra la pista es seco, breve, definitivo. El cuerpo se va hacia adelante y luego vuelve, obediente, como si también recordara la costumbre.

El avión rueda hasta detenerse. No hay aplausos. El silencio posterior se siente más honesto que cualquier celebración. El cielo de Londres está gris, perfecto, idéntico al de siempre.

Recojo mis cosas sin prisa. El vaso de agua sigue a medio tomar. En la bandeja hay una servilleta arrugada, con una línea escrita a mano que no recuerdo haber escrito:

«No confundas llegar con permanecer.»

Sonrío.

Supongo que, de una forma u otra, mi padre sigue viajando conmigo.

9

El amanecer inglés se estira despacio, como si le costara despertar. La luz entra con timidez, gris y delgada, y se posa sobre los prados cubiertos de niebla. El vidrio está frío al tacto. Afuera, el campo todavía duerme; los prados se extienden húmedos y pálidos, y el aire parece moverse en silencio.

En la cocina, el sonido de la cafetera rompe la quietud. El olor a tierra húmeda se mezcla con el del café recién molido y llena la casa. Todo se siente quieto, ordenado, como si el día no tuviera prisa. Tomo el primer sorbo de café y el calor me devuelve al presente.

La casa es grande para uno solo. El eco de mis pasos se confunde con el de mis pensamientos. No hay ruido, ni movimiento. Los días comienzan todos igual, con una rutina que no necesita pensarse. El agua, la ducha, la ropa doblada, la sudadera gris.

En la mesa del comedor hay una libreta abierta, un par de notas sueltas y un casco que nunca guardo. Lo miro cada mañana. No sé por qué, pero siempre termino haciéndolo, como si me recordara que mi vida siempre girará en torno a él.

Afuera, la niebla se disuelve despacio, dejando ver las líneas del camino que lleva hacia Croughton. Siempre es el mismo trayecto, los mismos árboles, los mismos muros de piedra, pero cada día parece distinto. El cielo nunca repite el mismo gris.

El gimnasio aparece entre los árboles, discreto, con el mismo tono gris del cielo. Las luces del interior ya están encendidas.

No hay música, no hay distracciones, solo el golpe del metal, el sonido preciso del cronómetro y la voz firme de Mark.

Él ya está ahí cuando llego, puntual como siempre, con esa mirada que no necesita palabras. Asiento. Él asiente. No hay más. Las rutinas comienzan. Todo se mide, se repite, se ajusta. Cada movimiento tiene un propósito, aunque hay días en los que ya no sé cuál.

Entre repeticiones me miro en el espejo. La respiración empaña el reflejo. Por un instante no me reconozco. No porque haya cambiado, sino porque con él siento que mi vida ha tomado el rumbo correcto.

Mark detiene el cronómetro. —Otra vez —dice. Su tono no es duro, pero tampoco deja espacio para el descanso. Respiro hondo, tomo la barra, y vuelvo a empezar.

Comenzamos con los ejercicios de cuello. Mark ajusta el arnés que se sujeta a la cabeza y engancha el peso con precisión. Es un movimiento extraño, poco común fuera del automovilismo, pero me gusta hacerlo. Siento cómo los músculos se tensan, cómo el cuello resiste y el cuerpo se alinea con el esfuerzo.

—Listo —dice Mark, y anota algo en su cuaderno.

Empiezo las repeticiones. El sonido metálico del cable se mezcla con mi respiración. El peso sube y baja: lento, exacto, repetitivo.

Entonces escucho la puerta.

No hace ruido, pero sé que alguien entró.

Levanto la vista y la veo. Camina con paso tranquilo, sin decir nada, observando el lugar, mirando todo con atención.

El instante de distracción es suficiente. El arnés cede, la carga se libera, la pesa golpea el suelo con un sonido seco. El tirón me sacude el cuello y me deja a punto de caer al suelo. Mark levanta la vista, sin sorpresa. Yo lo miro, aturdido, y luego miro el piso. La pesa descansa a un lado, quieta, como si nada hubiera pasado.

El silencio pesa más que el metal. Luego, Mark suelta una risa breve, contenida.

—Parece que pones nervioso a Charlie —le dice a Kate, sin levantar mucho la voz.

Ella sonríe, solo con los labios. Yo me paso la mano por el cuello y respiro hondo, intentando recuperar la dignidad.

—No fue nada —digo, pero la frase sale entre risas. Mark niega con la cabeza, anota algo más en su cuaderno y sigue sonriendo.

Kate sonríe apenas, sin saber si debe disculparse o reírse también. Mark deja el cronómetro sobre la mesa y se aparta unos pasos para revisar sus notas, mientras yo intento recomponerme.

Me quito el arnés, lo cuelgo de nuevo en el soporte y paso la mano por el cuello; la piel está caliente, el pulso todavía acelerado. No duele, pero siento cómo la tensión se quedó atrapada en los hombros.

Kate se acerca despacio, con esa forma suya de moverse que no altera nada, como si cuidara no romper el equilibrio del lugar. Solo observa el equipo, los cables, el peso que aún se balancea apenas.

Mark vuelve a hablar sin levantar la vista. —No te preocupes —dice—, pasa más seguido de lo que crees.

Yo niego con una sonrisa leve que se me escapa sin querer. Kate levanta la mirada hacia mí y nuestras miradas se cruzan; no hay nada que decir, solo el reflejo de la luz en sus ojos y el eco breve de la risa de Mark que todavía flota en el aire.

Ella se detiene a unos pasos y apoya la libreta sobre una banca. La abre, pero no escribe. Se queda ahí, mirando los movimientos de Mark, las máquinas, el orden de todo. La rutina vuelve a empezar. Mark hace una señal, indica la siguiente serie.

Tomo posición otra vez, con el arnés vuelto a sujetar, concentrado esta vez en no pensar en nada. El metal roza la barra y el sonido vuelve a llenar el espacio. El ritmo regresa, constante, exacto. El silencio se acomoda otra vez entre los tres, como si nada hubiera pasado.

Termino la serie, abandono la pesa y con cuidado suelto el arnés de mi cabeza. Me incorporo, dejo que el aire entre otra vez en los pulmones y ruedo los hombros hacia atrás, intentando soltar la tensión del cuello. El cuerpo tarda en entender que ya puede descansar. Me paso las manos por la nuca y miro alrededor; el lugar sigue igual.

Kate da unos pasos hacia mí. No parece querer interrumpir, solo acercarse lo suficiente para que su voz no tenga que levantar el tono.

—Perdón por llegar sin avisar —dice, con una sonrisa leve—. Mark me dijo que podía venir.

Asiento, todavía respirando un poco agitado.

—Sí, claro —respondo, tomando la toalla del banco—. Lo recuerdo.

Ella duda un instante antes de continuar.

—Solo quería observar —añade—. ¿Está bien?

—Sí, está bien —digo, limpiando el sudor del cuello—. Aunque elegiste una mala parte del entrenamiento para hacerlo.

Kate suelta una risa corta, suave.

—Parece que llegué justo a tiempo para causar un accidente.

—Solo una pequeña distracción —respondo con una sonrisa—. Nada grave.

Mark, al fondo, guarda el cronómetro y revisa unas anotaciones en su cuaderno.

—Cinco minutos —dice sin levantar la vista.

Su voz corta la conversación con naturalidad, como si el silencio volviera a tomar su lugar.

Kate se sienta en la banca más cercana y deja la libreta sobre sus rodillas. No escribe todavía. Observa el lugar, el aire espeso del gimnasio, los reflejos sobre las máquinas, el sonido leve de la respiración mezclada con el zumbido del aire acondicionado. Yo tomo un sorbo de agua y me inclino hacia adelante, con los codos sobre las rodillas, dejando que la cabeza caiga un poco. El cuello late, pesado, pero firme.

—Quería ver cómo es tu rutina —dice, al fin—. A veces para entender una historia hay que verla moverse.

—¿Y qué es lo que ves? —pregunto, sin levantar demasiado la mirada.

—Precisión —responde—. Y una forma extraña de silencio.

Sonrío apenas, dejo la botella de agua a un lado y me apoyo contra la pared.

—No hay mucho misterio —digo—. Solo hay que mantenerse listo. Siempre.

—¿Incluso cuando no hay carrera?

—Sobre todo cuando no hay carrera.

Kate asiente, como si entendiera más de lo que dice.

—Supongo que tiene sentido —añade—. Algunos trabajos no te dejan elegir cuándo descansar.

—Quizá, aunque esto no es un trabajo —respondo—. Es otra cosa.

Ella me observa unos segundos, con esa manera suya de escuchar sin presionar.

—En Italia pensaba en eso —dice de pronto—, en la disciplina que hay detrás de lo que haces. Esa noche, en la terraza, cuando el viento soplaba entre los viñedos... parecía que el silencio te pesaba distinto.

—Italia tiene otra clase de ruido —digo—. Más suave.

—Y mejores vistas.

—Eso también.

Sonríe.

—Me gustaría seguir hablando de esa parte de tu vida —dice, casi con timidez.

—Por supuesto —asiento despacio—. Y hablaremos. En estas semanas hay mucho tiempo.

—Yo también lo tengo —responde—. Y mucha paciencia.

Mark vuelve con el cronómetro en la mano, ajustando la correa en la muñeca.

—Listo para la siguiente —dice.

La pausa se disuelve sin que nadie lo note.

Vuelvo al centro del gimnasio. Mark señala el siguiente aparato sin decir palabra; la rutina ya está establecida, no hace falta explicarla. Tomo posición. El cuerpo responde antes que la mente. Pesas, tracción, resistencia. El sonido del metal marca el ritmo del tiempo, un compás que se repite hasta volverse parte de la respiración.

Mark se mueve a mi alrededor, midiendo cada gesto, cada ángulo, cada segundo. Habla poco, pero cuando lo hace, cada palabra pesa lo justo.

—Más rápido —dice.

Acelero. El golpe del aire contra el pecho se vuelve más profundo. Nada se escapa. Ni un movimiento, ni un respiro, ni un error.

Cambiamos a trabajo de fuerza. El peso se multiplica. Las manos tiemblan, pero el cuerpo sostiene. Mark ajusta las cargas sin avisar. El esfuerzo llega antes que la queja.

—No cuentes —dice—. El cuerpo sabe cuándo parar.

Asiento, sin voz.

El sudor cae sobre el suelo con un ritmo propio. La música inexistente del gimnasio se llena con el ruido del esfuerzo, el zumbido de las luces, el leve chirrido de las cuerdas de acero. Todo suena ordenado, preciso, como si el cansancio también tuviera su estructura.

Pasamos a ejercicios de explosión. Saltos, desplazamientos, control. Cada arranque corta el aire, cada aterrizaje resuena en el piso. Mark observa, anota algo, asiente apenas.

—De nuevo.

—¿Cuántas más?

—Hasta que salga perfecto.

Kate sigue en silencio. A veces la veo de reojo, en el reflejo del vidrio, con la libreta sobre las piernas. No escribe. Observa. El eco de las respiraciones, el golpe seco de los pies contra el suelo, el conteo breve de Mark; todo se mezcla en un solo sonido que no deja espacio para otra cosa.

Sigo. Los músculos arden, el cuerpo se tensa, pero hay algo hipnótico en el ritmo. Un punto donde el dolor se vuelve costumbre.

Mark se acerca, revisa la postura, corrige con un toque en el hombro.

—Eso es —dice. Su voz no felicita, solo confirma.

El tiempo se alarga. No hay reloj, no hay pausa. Solo la repetición, el esfuerzo, y la sensación de estar haciendo lo necesario.

El último ejercicio termina con un golpe seco en el suelo. El sonido rebota en las paredes y se queda suspendido un instante antes de apagarse. Respiro hondo, con el pecho abierto, y dejo que el aire me devuelva el peso del cuerpo. Mark detiene el cronómetro. No dice nada al principio; solo asiente, anota algo más y se cruza de brazos.

Me inclino hacia adelante, apoyo las manos en las rodillas y dejo que el sudor caiga. El cuerpo todavía vibra, como si siguiera moviéndose por inercia. Mark se acerca y me extiende una toalla.

—Bien —dice, sin levantar la voz—. Eso fue todo por hoy.

Tomo la toalla y me limpio la cara, el cuello, los brazos. La piel arde. Me siento en el banco, y él se queda a mi lado, revisando las anotaciones del cuaderno.

—Estás más rápido —añade después de un momento.

—Pareces saberlo antes que yo.

Mark sonríe, sin levantar la vista.

—Para eso estoy.

Hay algo en su tono que no suena a simple comentario técnico. Es más profundo, más viejo, como si las palabras cargaran con años de entrenamientos, derrotas y redenciones compartidas.

—Descansa —dice antes de salir.

Asiento, todavía recuperando el aire.

Kate se acerca despacio. Tiene la libreta cerrada entre las manos, pero no la levanta. Se detiene frente a mí, observa el equipo, el suelo marcado por el sudor y las huellas.

—No sabía que era así —dice—. Pensé que eran solo rutinas de fuerza.

—No hay solo en esto —respondo—. Cada movimiento cuenta.

—Lo sé —añade—. Pero verlo es distinto. No sé si admiro más la fuerza o la concentración.

La luz del gimnasio empieza a volverse más tenue. El aire está cargado del olor metálico del esfuerzo. Tomo otro trago de agua, me paso la toalla por la nuca y la dejo caer sobre el banco. Kate se sienta a mi lado, sin hablar. El silencio se acomoda otra vez, pero ya no pesa igual.

IO

Salimos del gimnasio cuando el sol apenas logra abrirse paso entre las nubes. El aire es frío y huele a pasto húmedo. Camino junto a Kate, todavía con la toalla sobre los hombros, dejando que el contraste del aire en la piel me devuelva el cuerpo al ritmo normal. Ella observa el lugar con curiosidad, mirando los edificios bajos, los caminos de concreto, las antenas que se recortan contra el cielo.

RAF Croughton tiene algo de ciudad cerrada, pero sin su ruido. Todo parece diseñado para funcionar en silencio: las calles limpias, las señales alineadas, los autos que se mueven con precisión, los grupos de soldados que pasan trotando en formación. Incluso el viento parece obedecer una rutina.

—¿Por qué entrenan aquí? —pregunta Kate después de un momento.

—Mark consiguió el lugar —respondo—. Está cerca de «La capital» del automovilismo europeo, pero lo bastante aislado para no tener distracciones.

Ella asiente, mirando alrededor.

—Tiene sentido.

—El gimnasio es perfecto. Hay equipo suficiente y espacio para correr al aire libre. Mark dice que no hay mejor sitio para trabajar sin que nadie te interrumpa.

—¿Y los militares no ponen problemas con eso?

—No. —Sonrío—. La Fuerza Aérea de Estados Unidos usa estas instalaciones para su propio personal, pero también las presta a socios y colaboradores. No les cuesta nada compartir un poco de espacio mientras todo se mantenga en orden.

Kate suelta una risa breve, casi un suspiro.

—Orden no parece ser un problema para ustedes.

—No cuando Mark está cerca. —Sonrío de nuevo, sin pensarlo.

Seguimos caminando por uno de los senderos que bordea los edificios. El suelo todavía está húmedo por la niebla de la mañana, y el sonido de las pisadas se mezcla con el de un grupo que corre a lo lejos. La base tiene algo hipnótico: todo se mueve con ritmo, pero sin prisa.

—Debe ser cómodo entrenar aquí —dice Kate—. Se siente... contenido, de alguna manera.

—Eso le gusta a Mark. —Asiento—. Dice que el entorno correcto define el resultado.

—Y tú le haces caso.

—Siempre. —Miro hacia adelante—. Tiene buen instinto para estas cosas.

Ella se queda pensativa un momento, mirando cómo el vapor de su aliento se mezcla con el aire frío.

—Hablas de él con admiración —dice al fin.

—No es solo eso —respondo—. Le debo más de lo que puedo explicar.

—¿Lo conoces desde hace mucho?

—No tanto. —Hago una pausa, buscando las palabras—. Lo conocí cuando todo estaba... en pausa.

—¿Después de Ferrari?

Asiento.

—Fue él quien me encontró —digo al fin—. No sé cómo, ni por qué. Yo no estaba buscando a nadie.

—¿Y qué hizo?

—Nada espectacular. Llegó un día, me vio, y me pidió que me levantara.

—¿Así, sin conocerte?

—Así. Yo no tenía fuerzas ni ganas de hacer nada.

Kate me pregunta cómo nos conocimos. No sé si quiero responder, no porque me moleste, sino porque no sé por dónde empezar. No fue una gran historia. Al menos no al principio.

Habían pasado unos meses después de que Ferrari terminara mi contrato. Tenía un departamento en Miami, justo frente al mar. Pasaba los días en silencio, sin ganas de hablar con nadie, evitando las llamadas que todavía llegaban de vez en cuando. El sol entraba por las ventanas con una claridad que dolía. Todo lo demás estaba quieto.

No salía mucho. Solo caminaba por la playa o manejaba sin rumbo. A veces paraba frente a los muelles a ver cómo se movían los barcos, sin saber por qué. No pensaba en volver a correr, ni en dejarlo. Simplemente no pensaba. Pero había algo que se sentía como estar al borde de un precipicio: esa sensación de que, si daba un paso más, no habría forma de regresar.

Volver al gimnasio fue más una reacción que una decisión. Una mañana me levanté y simplemente fui. No llevaba una rutina ni un objetivo, solo la necesidad de moverme, de cansarme.

Quedaba a unas cuadras. Era uno de esos lugares que mezclaban el ruido de las máquinas con música de fondo y conversaciones cortas. Olía a sudor y a desinfectante. Los ventiladores giraban lento, moviendo el aire húmedo de Miami.

Al principio iba solo a correr. Me subía a la trotadora, ponía los auriculares y corría hasta que el cuerpo se vaciaba. No contaba los kilómetros, no buscaba mejorar. Lo hacía para no pensar.

Sin notarlo, empecé a quedarme más tiempo. A usar pesas, a estirar, a pasar más horas ahí que en mi departamento. Era una forma de estar rodeado de gente sin tener que hablar con nadie.

Y fue ahí donde lo vi por primera vez.

No trabajaba para el gimnasio, pero lo conocían todos. Entrenaba a un par de personas por cuenta propia. Se movía con calma, sin llamar la atención, pero todo el que lo miraba entendía que sabía lo que hacía. Tenía esa manera de observar que hacía que la gente corrigiera sus movimientos antes de que él dijera algo.

Yo lo veía desde lejos. Siempre con su libreta y ese reloj que parecía marcar el ritmo de todo. No cruzábamos palabra. Supongo que me veía como a cualquiera.

Hasta que un día se acercó.

Recuerdo que estaba sentado al borde de una banca, con la toalla sobre los hombros y el sudor cayendo por la frente. Él pasó caminando, se detuvo a un par de metros y dijo, sin rodeos:

—Yo sé quién eres.

No levanté la vista. ¿Otro fan del automovilismo dispuesto a señalar mi fracaso?

—Y sé lo que estás pasando.

Esa segunda frase sí me hizo mirarlo. No sonaba a juicio ni a curiosidad. Solo a certeza.

No respondí. Él tampoco dijo más. Solo asintió, como si ya hubiera conseguido lo que quería, y siguió su camino.

Al día siguiente volvió a saludar. Y al siguiente también. A veces con un gesto, otras con un comentario «Buen ritmo hoy», «Eso fue mejor que ayer», «Bebe más agua». Nada más.

Poco a poco, esas palabras comenzaron a llenar el silencio.

Durante semanas lo vi entrenar a otros, corregir, observar. Nunca insistió conmigo. Pero cada vez que me veía, sonreía y levantaba la mano.

Un día, mientras estiraba frente al espejo, se acercó y me ofreció una botella de agua.

—No parece que vayas a parar pronto —dijo.

—No tengo nada mejor que hacer —le respondí.

—Eso ya es un comienzo.

Esa fue la primera conversación real.

Después de eso, nos cruzábamos cada mañana. A veces intercambiábamos un par de frases. Otras, simplemente compartíamos el mismo espacio sin decir palabra. No sé cuándo empezó a convertirse en una rutina, pero cuando no lo veía, el gimnasio parecía distinto.

Con el tiempo empezamos a hablar fuera del entrenamiento. Nos encontrábamos a veces al final del día, en un pequeño restaurante cerca del puerto. Él pedía café aunque fueran las nueve de la noche. Yo casi no comía, pero lo acompañaba. Hablábamos de todo menos de carreras. Nunca lo mencionó. Creo que por eso me cayó bien.

Una noche me preguntó directamente por qué entrenaba tanto.

Le dije la verdad.

—Para no hundirme —contesté.

Él no dijo nada, solo asintió.

Pasaron unos segundos, y entonces habló:

—No puedes correr solo para alejarte de algo. En algún punto, tienes que tomar un rumbo.

No supe qué decirle. Fue la primera vez que alguien me habló sin compasión, sin usar palabras vacías.

Un par de días después, mientras terminaba de levantar peso, se acercó con esa calma suya y me dijo:

—Déjame entrenarte.

—¿Para qué? —le pregunté.

—Para que vuelvas a ser tú.

Me reí. No podía creer que hablara en serio.

—No hay carrera que salvar, Mark. Ya está.

—Eso lo decides tú. Yo solo puedo ayudarte a estar listo para cuando cambies de opinión.

Y así empezó. Sin contrato, sin promesas. Solo la idea de que podía volver a moverme con propósito.

Al principio se enfocó en lo básico: fuerza, resistencia, descanso, alimentación. Me hacía correr al amanecer, comer a las horas justas, dormir sin alcohol. A veces lo odiaba. Me sacaba de la cama cuando todavía era de noche, me hacía repetir series hasta que el cuerpo no respondía.

Pero cada día que pasaba, algo cambiaba.

Mark no hablaba mucho. Nunca me preguntó por Ferrari, ni por lo que había hecho después, ni por los titulares. Solo hablaba del presente, del trabajo que tocaba ese día.

«Un día a la vez», repetía. Y yo, que había pasado meses corriendo sin rumbo, empecé a entender lo que eso significaba.

Con el tiempo, el cuerpo se fortaleció. Pero lo que realmente cambió fue otra cosa. Mark tenía esa habilidad para hacerte creer que todavía quedaba algo dentro, incluso cuando ya no lo sentías. No prometía nada, pero lo demostraba todo.

Un día, después de una sesión de entrenamiento particularmente dura, me senté en el suelo, exhausto. Él me lanzó una botella de agua y se sentó a mi lado.

—¿Ves? —dijo—. No estás roto. Solo olvidaste cómo seguir.

Nunca me olvidaré de esa frase. Desde entonces, empecé a escuchar. A confiar. A dejar que alguien más llevara un poco del peso.

Kate me observa, en silencio.

—Entonces confías en él completamente.

—Sí. —La miro directamente a los ojos—. Es lo más parecido a tener un hermano mayor. O algo así.

—O algo así —repite ella, sonriendo.

II

El sol ya domina el cielo. La niebla se ha deshecho del todo. Las sombras del mediodía caen cortas, precisas. Kate se acomoda el bolso en el hombro y sonríe antes de irse. Tiene esa forma de despedirse que no cierra del todo las cosas, como si siempre dejara una frase pendiente.

—Nos vemos mañana, Charlie —dice, con su voz tranquila, esa que suena igual en cualquier idioma.

—Mañana —respondo, apenas, mientras la veo alejarse hacia el coche.

Se detiene un segundo antes de subir, levanta la mano en un gesto leve, casi un saludo silencioso.

Mark aparece poco después, saliendo del edificio con la mochila en un hombro y la libreta bajo el brazo. El cronómetro todavía colgando de su cuello. Tiene el cabello húmedo, pegado por el sudor, y la mirada de quien ya revisó el día completo en su cabeza.

—Buen trabajo hoy —dice, sin levantar demasiado la voz.

Asiento.

—Gracias.

Se queda un momento observando el cielo despejado, los reflejos del sol sobre las ventanas del gimnasio.

—¿Tienes algo que hacer más tarde? —pregunta.

—Nada en particular.

—Perfecto. Entonces ven a comer conmigo —dice, mientras ajusta la correa de la mochila—. A las cuatro, en el pueblo. The Greyhound Inn.

Lo dice como si fuera una rutina más, una parte invisible del entrenamiento.

—¿El mismo lugar del otro día?

—El mismo —confirma, con esa media sonrisa que usa cuando ya decidió por ambos—. Te hará bien.

No añade nada más. Camina hacia su coche y levanta la mano al despedirse. Me quedo un momento frente al edificio, sintiendo el aire fresco sobre mi rostro. El cielo está limpio, sin una sola nube.

El silencio del estacionamiento me envuelve como una toalla fría después del entrenamiento. Me quedo un momento mirando la fachada del gimnasio, las ventanas empañadas por el vapor, la puerta que se cierra detrás de mí con ese sonido que ya reconozco como el final de cada jornada.

No tengo prisa. Mark me citó a las cuatro, y todavía queda tiempo de sobra.

A lo lejos, un avión cruza el cielo, lento, dibujando una línea que se disuelve antes de llegar al horizonte. Me siento en el borde del auto y dejo que el tiempo pase. A veces olvido lo extraño que se siente no tener nada que hacer. La quietud puede ser más incómoda que el cansancio.

Pienso en el entrenamiento, en la manera en que cada músculo parece recordar antes que la mente. El cuerpo sabe cuándo algo está bien antes de que uno lo entienda. Tal vez por eso sigo corriendo, entrenando, repitiendo: no por disciplina, sino por memoria.

Cierro los ojos. Escucho el zumbido de los insectos, el viento entre los árboles, el eco lejano de un auto que pasa. Todo suena más nítido cuando uno se detiene. No sé si eso es calma o simplemente falta de ruido.

Pienso en Kate. En cómo se mueve sin alterar nada. En su forma de estar presente sin ocupar espacio. Me pregunto si eso es lo que busco en la gente: alguien que sepa estar sin llenar el silencio.

Abro los ojos, el sol ya cambió de lugar. Las sombras se estiran sobre el asfalto, y el aire empieza a enfriarse. No sé cuánto tiempo ha pasado, pero lo suficiente para que el cuerpo vuelva a sentirse ligero. Me incorporo despacio y miro hacia el horizonte; el cielo sigue limpio, pero ya no es el mismo azul de hace rato.

Es hora de moverme. Voy a casa a darme una ducha rápida antes de salir al restaurante. Mark odia la impuntualidad, y aunque nunca lo diga, sé que la nota todo. El agua me despejará la cabeza, me devolverá al presente.

Aún queda tarde por delante.

Llego al restaurante un poco antes de las cuatro. El sol ha bajado apenas, lo justo para que las sombras empiecen a alargarse sobre el empedrado. El lugar está en la esquina de una calle angosta, con paredes de ladrillo pintadas de blanco y ventanas pequeñas que huelen a pan y madera vieja. Afuera, un letrero de madera roja con letras doradas que dice The Greyhound.

El pub tiene esa luz que parece venir del tiempo más que de las lámparas.

Adentro, el aire huele a madera envejecida y a pan recién salido del horno. Las paredes están cubiertas con papel tapiz oscuro, lleno de motivos vegetales y aves doradas que se pierden entre las sombras.

Las lámparas de pared proyectan una luz ámbar, suave, que cae sobre las mesas de roble y los respaldos gastados de las sillas. Algunas están pintadas de azul, otras de gris, todas diferentes entre sí, como si el pub hubiera ido reuniendo piezas con los años.

En la esquina, una pizarra escrita con tiza anuncia los especiales de la semana: Burger Night, Pie Night, Fish Friday. Las letras son torcidas, imperfectas, pero tienen algo de calidez. Al costado, un espejo con marco dorado refleja la barra del fondo, donde el barman seca vasos con un paño blanco. Las botellas se alinean bajo la luz de unas bombillas pequeñas que parpadean con el movimiento del aire.

Hay algo en el lugar que invita a bajar la voz, a quedarse más de lo necesario. No es un restaurante de paso, es uno de esos sitios donde el tiempo puede volar.

Mark ya está ahí, sentado en una mesa junto a la pared del fondo. Tiene un vaso de cerveza frente a él y el cuaderno abierto, lleno de notas. No necesita buscarme; me ve entrar y levanta la mano apenas, con ese gesto suyo que no pide atención, solo confirma que todo sigue en orden.

—Puntual —dice, sin mirar el reloj.

—¡Siempre! Como tiene que ser, sobre todo en Inglaterra. —respondo sonriendo.

Asienta y cierra el cuaderno con un movimiento rápido, casi automático.

—Pedí por los dos.

—Déjame adivinar —respondo, dejando la chaqueta en el respaldo de la silla—. Fish and chips.

—Exacto. No me gusta cambiar las cosas que funcionan.

El camarero pasa cerca, deja una cesta con pan caliente y un pequeño plato de mantequilla. El olor llena el aire.

—Buen lugar —digo, mirando alrededor.

—Sí. —Mark se recuesta en la silla—. Es uno de esos sitios donde nadie te molesta y nadie te mira demasiado. Perfecto para comer sin pensar en el resto del mundo.

—Parece que vienes mucho.

—Cuando estoy por aquí, sí. Siempre a la misma hora. La costumbre es una forma de descanso.

Nos sirven el almuerzo. El pescado brilla bajo la luz tibia del pub, levanta un olor que corta el aire. Comemos sin hablar durante un rato. Mark mastica lento, siempre con esa calma que parece ensayada.

—¿Cómo te sientes hoy? —pregunta al fin.

—Bien. Cansado, pero bien.

—Eso está bien. El cansancio es parte del proceso. Si un día no terminas agotado, hiciste algo mal.

—A veces pienso que lo haces a propósito.

—Lo hago —responde, sin inmutarse.

Sonrío, corto otro pedazo de pescado.

—Kate vino temprano al gimnasio —digo, sin pensarlo mucho.

—Lo sé —responde Mark—. Le di permiso.

—¿No te parece raro que esté ahí mientras entreno?

—No. —Toma un trago de cerveza—. Te está observando. Es parte del trabajo.

—¿Trabajo para quién? —pregunto.

—Para los dos —responde con naturalidad—. Ella escribe, tú te descubres.

—Suena fácil cuando lo dices así.

—Nada que valga la pena es fácil. —Se encoge de hombros—. Pero ella es buena en lo que hace. Por eso la elegí.

—¿La elegiste tú?

—Claro. —Me mira por encima del vaso—. ¿Creías que fue casualidad?

No respondo. Me encojo de hombros, como si la respuesta no estuviera ahí todavía.

Mark deja el vaso sobre la mesa y me observa un segundo.

—Tú no confías fácil, Charlie. Y ella tampoco. Me pareció una buena combinación.

—¿Y qué esperas que salga de esto?

—Que dejes de mirar el pasado como si todavía estuviera frente a ti.

El murmullo del pub se mezcla con el sonido de platos y cubiertos. El reflejo del sol se cuela por la ventana, tiñendo el mantel de un dorado irregular.

—Siempre tienes una respuesta para todo —le digo.

—Solo para lo que importa —responde, sin levantar la voz.

Nos quedamos callados un rato. Cada quien ocupándose de su platillo. Mark termina su comida, limpia el plato con un trozo de pan y deja los cubiertos cruzados.

—Tienes que confiar en el proceso —dice, más para sí mismo que para mí.

—Siempre lo intento.

—No, no lo intentes. Hazlo.

Esa frase me hace sonreír.

—Ya me habías dicho eso más una vez.

—Y te lo diré las veces que haga falta.

El camarero se acerca, retira los platos y deja la cuenta doblada sobre la mesa. Mark paga sin revisar el total, deja unos billetes de más. Se queda un momento mirando la mesa vacía. No tiene prisa por levantarse.

—¿Sabes? —dice, sin mirarme—. La primera vez que te vi, pensé que estabas completamente perdido. No por lo que hacías, sino por cómo te movías. Entrabas al gimnasio, ibas directo a la trotadora y corrías como si intentaras escapar de algo invisible. No había propósito, solo velocidad.

Hace una pausa corta, toma un trago de agua.

—No me malinterpretes, todos los que llegan ahí lo hacen buscando algo. Algunos quieren verse mejor, otros callar una culpa. Pero tú... tú no buscabas nada. Y eso era lo más peligroso. Los primeros días pensé que no durarías. Te veía agotarte y volver al día siguiente, como si no supieras para qué. Pero un día cambió algo. No fue grande, ni heroico. Solo dejaste de correr con los audífonos puestos. Dejaste que el ruido entrara. Fue la primera vez que supe que querías volver a escuchar el mundo.

Me mira por un momento, pero su mirada no busca respuesta.

—Cuando empecé a entrenarte, lo hice porque necesitabas estructura. Pero con el tiempo entendí que lo que necesitabas no era eso. Era confianza. No en mí, en ti. Te costó meses entenderlo. A veces parecías avanzar, y al día siguiente retrocedías todo lo ganado. Pero nunca te rendiste. Ni una sola vez.

Sonríe apenas.

—Por eso sigo aquí. No porque seas un talento, ni porque tengas una historia que valga la pena contar. Estoy aquí porque, cuando todos te vieron caer, fuiste el único que todavía quiso levantarse. Aunque no supieras por qué.

Guarda silencio unos segundos. Mira hacia la ventana, donde la luz del atardecer tiñe el vidrio de un color ámbar.

—Lo demás vino después: la forma física, la técnica, la precisión. Pero eso es lo fácil. Lo difícil fue enseñarte a confiar en que todavía podías hacerlo sin destruirte en el intento. Y no creas que no me diste trabajo, muchacho. Eres terco como pocos.

Suelta una risa leve, sincera.

—Solo recuerda esto: el cuerpo sigue al alma, no al revés. Cuando te vuelvas a caer, porque volverá a pasar, no te castigues por eso. El valiente no es el que nunca fracasa. Es el que aprende a levantarse una y otra vez aun sabiendo que puede volver a caer.

Deja unos segundos de silencio, los justos para que las palabras se asienten.

—Ahí está la diferencia entre los que corren y los que se rinden —añade, mientras me ve directamente a los ojos—. Y tú, Charlie... tú todavía estás corriendo.

Me quedo mirando la mesa un momento, sin saber muy bien qué decir. Tomo aire, justo para que las palabras salgan sin apuro.

—No te lo digo mucho, pero gracias —empiezo—. No solo por entrenarme o por estar aquí. Por todo lo demás. Por llegar cuando estaba perdido, cuando ya no sabía a dónde ir. Por no tratarme como a un caso perdido, ni como a un proyecto que podía arreglarse para obtener algo a cambio.

Mark no dice nada, pero me escucha.

—Cuando te conocí, no quería mejorar. Solo estaba sin rumbo, sin saber qué dirección tomar, ni hacia dónde moverme. Y tú no me diste discursos ni consejos, solo apareciste cada día, como si fuera lo más normal del mundo. Y eso... eso fue lo que me sacó del abismo. No la fuerza, ni el entrenamiento, ni las metas. Fue saber que había alguien que creía en mí, que me veía por quien era, no por lo que había conseguido ni por lo que podía llegar a conseguir.

Suelto una leve risa.

—Supongo que eso no es parte del programa.

Mark me observa en silencio, con esa expresión suya que es difícil adivinar. Después asiente apenas, una vez, y me mira con esa tranquilidad reconfortante que parece siempre tener.

—Charlie —dice, sin cambiar el tono—. Creo que cuando te conocí me vi un poco en ti. Yo también he caído y he sabido levantarme. Quizá conocerte y estar aquí, lejos, entrenando contigo, no estaba en mis planes. Pero, sin querer, fue la mejor decisión que pude tomar. Me gusta el equipo que estamos construyendo.

Mark toma una servilleta, la dobla con cuidado y la mantiene entre los dedos, como si necesitara ordenar algo más que el papel.

—Hay algo más que quiero pedirte —dice, mientras se ajusta la correa del reloj.

Lo miro, esperando que siga.

—Dale una oportunidad a Kate —añade—.

Tardo en responder.

—¿A qué te refieres?

—La estás dejando cerca, no dentro. Ella sabe lo que hace, sabe mantenerse al margen, pero para hacer bien su trabajo tiene que entenderte más allá de las palabras. Déjala entrar en tu rutina, deja que te vea trabajar, que entienda cómo vives. No se va a meter en medio, no lo hace con nadie. Solo observa... escucha.

Suelta al fin la servilleta y la deja sobre la mesa.

—La elegí porque no se deja llevar por lo que dicen los demás. No está aquí para escribir titulares, sino para encontrar lo que hay dentro. Eso la hace distinta.

Asiento, sin saber muy bien qué decir.

—No me molesta que esté —respondo—. Solo me cuesta acostumbrarme.

—Lo sé. —Mark esboza una media sonrisa—. Te cuesta dejar que alguien vea lo que hay detrás del control. Pero confía en mí: ella no va a entrometerse. Solo va a observar, escuchar... entender.

Se inclina hacia atrás en la silla.

—Y cuando lo haga, vas a descubrir cosas que tú mismo habías dejado de ver.

—¿Tan fácil?

—Nada es fácil —dice, sin dudar—. Pero a veces hace falta una mirada nueva para recordar quién eres.

Guarda silencio. Afuera, el día comienza a apagarse; la luz entra por las ventanas como un reflejo cansado.

Mark se levanta y acomoda la silla en su lugar.

—Nos vemos mañana, a la misma hora.

—Mañana —respondo.

Sale sin prisa, y la puerta se cierra despacio detrás de él.

El pub queda en calma, iluminado por la luz dorada de las lámparas.

12

Los días comienzan a confundirse entre sí. El amanecer en Inglaterra tiene siempre el mismo color: gris con un borde pálido, como si la luz dudara antes de atravesar las nubes. Desde la ventana de mi habitación, los campos se extienden igual que el día anterior, húmedos y silenciosos. A veces se escucha el motor de un camión en la carretera, otras, solo el viento que roza las ramas del roble frente a la casa.

Todo parece medirse en repeticiones. Las mañanas transcurren en el gimnasio. El sonido del metal al chocar, el eco de las pesas cayendo sobre el suelo acolchado, el sonido del cronómetro que marca los tiempos.

Mark no habla mucho: da indicaciones cortas, precisas, y anota todo en su libreta. Yo sigo el ritmo sin pensar. Un movimiento, luego otro. Un minuto más, una respiración más profunda. El cuerpo se acostumbra a la exigencia, la mente se aquieta. Creo que lo que más me gusta del entrenamiento es no tener que pensar en nada.

Kate aparece todos los días. Llega sin ruido, siempre a la misma hora, cuando la sesión ya ha comenzado. Se instala en un rincón del gimnasio, la libreta abierta sobre las piernas, el bolígrafo entre los dedos. Observa. No interrumpe. Solo escucha y anota.

Tiene esa manera de moverse que no altera nada, de sentarse sin llamar la atención, de respirar en silencio. No parece una periodista ni una escritora. Parece alguien que intenta entender cómo funciona algo que no puede ver, algo que no conoce.

Mark la saluda con un gesto de la cabeza, y luego vuelve a su trabajo. Ella le responde igual, con un asentimiento breve, respetuoso, como si existiera entre ellos un acuerdo tácito de no interferir. Se ha acostumbrado a su presencia.

Cuando hace falta, le explica en voz baja qué estamos haciendo. «Trabajo excéntrico, poca carga, más control», dice. O «reacción, estímulos, cambia de pie». Ella anota y se aparta. No repregunta. A veces Mark le señala la pantalla del teléfono para mostrarle un tiempo o un pulso, y ella asiente sin hacer ningún comentario. Supongo que entiende que todo lo que se dice aquí tiene un tamaño preciso. Las palabras se gastan si se usan de más.

Durante los descansos, él le explica algo sobre los ejercicios, sobre los tiempos o la resistencia. Ella toma notas rápidas y luego se aparta, como si no quisiera robarle un segundo de su rutina.

Cuando se dirige a mí, lo hace con una cortesía suave: un «¿cómo vas?» o un «¿todo bien hoy?» que no espera respuesta. A veces solo sonríe. Y aunque no dice mucho, su presencia llena el espacio. Hay algo distinto en el aire cuando está cerca. No incómodo, pero distinto.

No hace falta verla para saber que llegó: basta con notar cómo cambian los sonidos, cómo el aire acondicionado se vuelve más presente, cómo las pausas entre series se alargan medio segundo más.

La mayoría de los días no me habla. Se instala en el mismo rincón, con la espalda contra la pared y una pierna cruzada sobre la otra. Cruje el papel cuando pasa la página. Apoya el bolígrafo en el borde y lo hace girar con los dedos. Es un gesto mínimo, pero termina volviéndose parte del ruido del sitio, como el choque de las pesas o los cronómetros de Mark. Hay momentos en los que alzo la vista y la encuentro mirándome a través del espejo; no aparta la mirada enseguida, solo un segundo después, como si confirmara algo y volviera a sus notas.

He intentado imaginar qué escribe. Si anota cosas técnicas o si registra otra clase de detalles: los silencios, la respiración, la forma en que Mark me corrige el hombro con dos dedos, la manera en que dejo el agua siempre en el mismo lugar.

No sé si mira el esfuerzo o lo que queda después. Cuando termina una serie larga y me siento en el banco, a veces la veo inclinar la cabeza apenas, como si el descanso también le dijera algo.

Las tardes las paso en casa. Ahí el tiempo se mueve más lento. Está en las afueras del pueblo, rodeada de árboles que crujen con el viento. El suelo de madera guarda el eco de mis pasos, y el olor a café parece quedarse pegado en el aire desde la mañana.

En el estudio, frente a la ventana, está el simulador. El asiento negro, el volante desmontable, las tres pantallas que rodean la cabina. A veces paso horas ahí, otras apenas unos minutos. No hay un horario fijo, solo el impulso de sentarme, encenderlo y dejar que la pista digital se despliegue ante mí.

El ruido del motor virtual es distinto, pero mi cuerpo lo entiende igual. Los reflejos, las correcciones, la respiración contenida antes de una curva. El mundo se reduce a la línea de carrera. A veces, cuando apago las pantallas, la habitación queda en silencio absoluto y me toma unos segundos recordar que sigo en Inglaterra.

Kate aún no ha estado ahí. No porque no lo haya pedido, sino porque no se lo he ofrecido.

Mark me pidió que la dejara entrar. Lo repite sin apuro, como todo lo que dice. «Dale una oportunidad, no te va a estorbar.» Lo tengo presente. Tal vez por eso empiezo a notar en el gimnasio cómo se mueve alrededor: siempre bordeando, siempre a distancia. Llega con tiempo, se marcha sin despedirse en voz alta, deja un gesto leve al pasar junto a la puerta. Si alguien pudiera dibujar la huella de sus pasos, creo que veríamos una línea limpia, sin choques, sin atajos.

La idea de invitarla se queda rondando. No es miedo. Es otra cosa. Pero aún no sé cómo hacerlo. El simulador es distinto. Es un espacio que no comparto casi con nadie. Es parte del entrenamiento pero es algo más personal, una extensión de todo lo que soy y de todo lo que me cuesta explicar.

Es el lugar donde el ruido se transforma en calma. Es más parecido a cerrar una puerta y apagar la luz. Tal vez por eso me cuesta abrirla. Y aunque sé que ella no invadiría nada, todavía no he encontrado la forma de invitarla.

He imaginado, mientras reviso los datos o repito una tanda de vueltas, cómo sería tenerla ahí, observando, preguntando en voz baja, anotando algo en su libreta. Me pregunto qué vería. Si entendería que para mí correr no es velocidad, sino el único lugar donde me siento completo.

Hay tardes en las que, de camino a casa, recuerdo la terraza de Italia, el vino, la grabadora encendida sobre la mesa, su voz diciéndome que quería entender al hombre y no al piloto. Supongo que esto es parte de lo mismo. Entender cómo funciona el ruido y cómo se sostiene el silencio. Me doy cuenta de que su manera de preguntar apenas roza las cosas. Las deja enteras para después.

A la mañana siguiente Mark alarga el descanso dos minutos más. «Respira», dice. Ella no toma notas entonces. Mira el reloj de pared, calcula por instinto el momento en que volveremos a empezar. Cuando su mirada y la de Mark se cruzan, no hace falta que digan nada. Él levanta un dedo. Ella asiente. Hay un acuerdo que no conozco, pero que funciona.

Por las noches, cuando la casa se queda en silencio y el simulador espera en el estudio, vuelvo a pensar en la invitación. La frase que le escribiría aparece y se va. Cierro las cortinas, enciendo solo una lámpara, paso la mano por el borde del asiento como si comprobara que todo sigue en su sitio. No envío ningún mensaje. Al día siguiente, todo vuelve a empezar: el café, el camino, el olor a goma, la libreta en el rincón.

El día termina igual que los anteriores: el gimnasio vacío, el eco del metal apagándose, la voz de Mark despidiéndose con un gesto. Kate se ha ido hace unos minutos. Al salir me dio esa sonrisa leve que parece una pausa más que una despedida.

Manejo de vuelta a casa por el mismo camino de siempre. Los árboles proyectan sombras largas sobre el asfalto. El aire entra por la ventanilla entreabierta y trae el olor a pasto mojado, a motor tibio, a tierra recién movida.

Cuando llego, el silencio me recibe como un hábito. Dejo las llaves sobre la mesa, enciendo la lámpara del comedor y camino hacia el estudio. Las pantallas oscuras reflejan apenas mi silueta. Hay algo en ese espacio que siempre me calma. A veces pienso que para mí este cuarto es lo más parecido a un templo.

Me siento, paso los dedos por los botones del volante. Cada marca, el desgaste, me recuerda una carrera distinta. Enciendo el sistema. Las pantallas se iluminan al mismo tiempo, inundando la habitación con una luz azulada.

Empiezo una tanda corta. Las curvas, las frenadas, los cambios de marcha. Todo responde al movimiento, al reflejo. La concentración llega sola. El tiempo desaparece.

No sé cuánto llevo hasta que, sin darme cuenta, reduzco la velocidad y detengo el coche en la recta virtual. La pista queda frente a mí, inmóvil. Las pantallas muestran el horizonte digital. Y ahí, justo en ese momento, pienso en ella.

Kate. «Déjala entrar.»

Llevo días posponiendo esa idea, pero esta vez no se siente como una obligación. Se siente como algo que debe suceder. Si quiere entenderme, tiene que ver esto. No las pesas ni los cronómetros. El lugar donde todo se detiene, pero el corazón sigue corriendo.

Apago las pantallas. La luz azul desaparece, y el silencio vuelve. Busco el teléfono sobre la mesa. Dudo un instante antes de escribir.

La frase aparece sola, sin pensarla demasiado:

Mañana, si quieres, ven a casa. Te mostraré cómo se entrena sin moverse.

La leo un par de veces antes de enviarla. No hay signos de más, ni palabras innecesarias. Solo eso. El mensaje se va, y el sonido breve de confirmación se pierde en el aire.

Dejo el teléfono a un lado, apago las luces y me quedo sentado un momento más, con la oscuridad llenando la habitación.

Pienso en lo que viene después, en lo que aún no le he contado. En cómo todo empezó a volverse serio, mucho antes de que entendiera lo que significaba ganar.

13

El domingo amanece más claro que de costumbre. No hay niebla, ni el sonido del cronómetro de Mark, ni el eco metálico del gimnasio. Solo el silencio, el mismo que se instala cuando todo está en pausa. Me despierto temprano, sin alarma. El reloj marca las siete y, por costumbre, me levanto igual.

La casa está quieta, inmóvil. Camino descalzo por el suelo de madera y abro las cortinas. La luz entra despacio, como si también necesitara acostumbrarse al día.

No hay motivo para apresurarse, pero empiezo a ordenar. Recojo las tazas del día anterior, acomodo los cojines del sofá, doblo la manta sobre el respaldo. Paso un trapo por la mesa, reviso el polvo en los marcos, enderezo un cuadro que —ahora lo noto— llevaba semanas torcido. Doy un suspiro mientras enrollo los cables del simulador y limpio el cristal de las pantallas con un paño seco.

Enciendo la cafetera. El olor a café llena la casa. El vapor empaña por un instante el vidrio de la cocina, y en ese reflejo veo mi propia figura moviéndose sin rumbo fijo, como si buscara algo que no está fuera, sino dentro.

La casa no había estado tan ordenada en semanas. Todo parece en su sitio, casi demasiado. Me sorprendo mirando los detalles —la lámpara alineada con la mesa, el ángulo de las sillas—, y me pregunto: ¿cuándo me volví tan meticuloso? Quizá siempre lo fui.

A las nueve reviso el teléfono. Ningún mensaje todavía, aunque no lo necesito para saber que vendrá. Quedamos ayer, después de la sesión. «Domingo tranquilo», dije, y ella respondió. «Perfecto».

Dejo dos tazas limpias sobre la barra. No sé si querrá café o té, pero ambas estarán listas.

La mañana avanza lenta, y cuando escucho el timbre, todo en la casa parece detenerse por un segundo.

Suena breve, sin insistencia.

Camino hacia la puerta, y sin motivo reviso el reflejo en la ventana del pasillo antes de abrir.

Kate está ahí, de pie, con el abrigo claro y una bolsa de papel en una mano. Su cabello se mueve apenas con el viento. Sonríe, no con sorpresa, sino con esa naturalidad suya que parece desactivar cualquier intento de formalidad.

—Traje desayuno —dice, levantando un poco la bolsa.

—No debiste —murmuro—, pero gracias.

Noté la cara caliente. Ridículo.

Me aparto para dejarla pasar.

—Sabía que si te decía, me habrías dicho que no hacía falta. —Su voz es tranquila, casi divertida—. Y no confío mucho en lo que comes cuando estás solo.

El olor del café la recibe antes de que cierre la puerta. Deja el abrigo en el perchero, mira alrededor y sonríe otra vez.

—Ahora entiendo por qué tardaste tanto en responder anoche —dice, recorriendo la sala con la mirada—. Esto parece un catálogo.

—Solo ordené un poco.

—¿Un poco? —ríe—. Todo parece estar en su lugar.

Kate deja la bolsa sobre la mesa del comedor. Saca un par de envases de cartón y una pequeña caja blanca.

—Unos croissants y algo de fruta. No sabía si ya habías desayunado.

—No pensé en hacerlo.

—Perfecto, entonces fue buena idea.

El aroma del pan recién horneado se mezcla con el del café. El sonido del papel al abrirse parece más fuerte de lo normal en medio de tanto silencio. Ella observa la habitación como si estuviera tomando notas mentales, pero sin la libreta.

—Tenías razón —dice al fin—. Este lugar se siente distinto al gimnasio.

—Aquí no hay cronómetros.

—Ni Mark —añade con una sonrisa.

—Eso también ayuda.

Ríe suavemente, toma un trozo de croissant y lo deja sobre el plato sin probarlo todavía.

—Pensé que me costaría verte aquí, en un espacio tan tuyo. Pero en realidad... encaja contigo.

—¿No te pasa a ti? —pregunto.

—A veces. —Baja la mirada hacia la taza—. Supongo que todos tenemos un lugar donde nos quitamos todas las máscaras.

El comentario queda flotando. Yo la observo sin querer que note cuánto la observo. El cabello suelto, el pulso tranquilo, esa forma suya de escuchar incluso cuando hay silencio.

—¿Quieres verlo funcionar? —pregunto al fin, señalando el simulador.

Levanta la mirada, y sus ojos se iluminan apenas.

—¿Seguro?

—Sí. —Sonrío—. Prometí mostrarte cómo se entrena sin moverse.

—¿Después del desayuno?

—De acuerdo —respondo, sintiendo un poco de alivio que se pospondrá por un momento.

Comemos en silencio unos minutos. El sonido del pan al romperse llena el espacio que el silencio deja libre. Kate toma un poco de café y mira por la ventana; la luz de la mañana entra pálida y difusa. Le toca apenas el perfil.

—¿Puedo preguntarte algo? —dice, sin mirarme todavía.

—Claro.

—Ayer, cuando hablábamos del simulador... dijiste que era el lugar donde todo se detiene, pero el corazón sigue corriendo. —Hace una pausa—. ¿Cuándo empezó eso para ti? Esa necesidad de correr incluso cuando no hay carreras.

No lo pienso.

—Cuando era adolescente —respondo—. Supongo que fue cuando las carreras se convirtieron en mi vida entera.

Ella asiente despacio, sin interrumpir. Me mira como si las palabras que vienen no fueran una respuesta, sino una historia que ya esperaba.

—A los catorce ya corría en categorías nacionales. Era el más joven casi siempre. Todo era nuevo, y a la vez, no lo era. Había entrenado tanto que la sensación de novedad duraba apenas unos segundos. Luego venía la presión.

Kate apoya el codo en la mesa y me observa con atención.

—¿Te gustaba o te pesaba?

—Ambas. —Sonrío apenas—. Me gustaba el ruido, el olor, el vértigo... pero me pesaba todo lo demás: los adultos que hablaban de mí, los periodistas que esperaban que repitiera lo que hacía a los ocho. La gente empezaba a verme como un producto terminado, y yo apenas estaba aprendiendo a vivir.

—En esa época todavía estaba mi madre —digo, sin saber por qué la menciono—. Ella organizaba todo: las entrevistas, los trajes, las fotos, incluso las cenas con los patrocinadores. Mi padre ya sólo iba a las carreras. Dejó de acompañarme a los entrenamientos cuando comencé a correr los seriales de fórmula.

—¿Y tú qué querías? —pregunta.

—Solo correr. No ganar, no figurar. Correr. Sentirme vivo dentro del auto.

Kate se queda un momento mirando el borde de su taza.

—Suena a que creciste muy rápido —dice.

—Supongo. Aunque no me di cuenta hasta años después. —Tomo aire—. A veces pienso que mi adolescencia fue una carrera tan intensa que, cuando me tocó detenerme, no supe qué hacer con el silencio. Como si todo lo que había aprendido a mover de pronto se quedara quieto.

El silencio se instala por un momento.

—¿Cuál fue tu primer campeonato importante? —pregunta al fin.

Su voz tiene ese tono que no exige respuesta.

—US F200 Juniors —respondo—. Tenía catorce años.

—¿Y ganaste?

—Sí. Fue mi primer campeonato real. ¿Quieres que te cuente cómo sucedió?

—Me encantaría escuchar esa historia. —me responde con una sonrisa que me hace sentir que le importa de verdad.

Fue en St. Petersburg. El sol caía a plomo sobre los techos blancos de los edificios y el rugido de los motores se mezclaba con el viento del golfo.

El traje pesaba más de lo normal, no por el calor, sino por lo que estaba en juego. Era la última carrera del campeonato. Bastaba con llegar segundo para ganarlo, pero mi padre no creía en cálculos. «Nunca corras para llegar segundo, solía decir. Corre para ganar.»

El campeonato no solo significaba un trofeo. Para el equipo era una beca importante, el pase para seguir subiendo en el camino hacia los grandes circuitos, hacia Indy. Para nosotros, era la validación de todo lo que habíamos sacrificado.

El paddock vibraba como una colmena. Los mecánicos caminaban rápido, con radios en la cintura, los cascos en las manos. Yo estaba en el borde de los pits, con el casco a medio abrochar y las manos húmedas dentro de los guantes. Mi padre revisaba la presión de los neumáticos con la precisión de siempre, sin mirarme. Llevaba esa camisa blanca de mangas dobladas que ya era parte del uniforme, el reloj caro que jamás se quitaba y la gorra roja que decía "White Racing", un invento suyo que nadie más llevaba.

—¿Listo? —preguntó sin mirarme.

Asentí.

—Hoy no basta con ganar —añadió, sin levantar la voz—. Tienes que dejar claro que eres el mejor.

Me subí al auto. El motor rugió, el aire tembló. Frente a mí, el muro pintado de azul del circuito y, más allá, el mar. Detrás, una fila de motores que gritaban promesas de velocidad. La bandera verde se ondeó y todo lo demás se borró. El ruido, el calor, el miedo. Solo existía la línea de la pista que marcaba el vértice.

Salí bien, segundo en la primera curva. El auto se movía firme, ligero, con ese balance que solo se consigue una vez en toda la temporada. Las manos me temblaban por los nervios, pero el cuerpo sabía qué hacer. La ciudad pasaba a los costados: las gradas, los balcones, los flashes. Cada curva era una decisión entre el riesgo y la perfección.

A mitad de carrera, escuché por la radio la voz seca de mi ingeniero, un tipo callado que solo repetía lo esencial. «Sigue empujando». No necesitaba más. El de adelante frenó tarde en la chicana y ahí lo vi: un hueco de apenas medio metro. Fui. El coche saltó sobre el piano, el motor vibró como un rugido metálico, y cuando volví a acelerar ya estaba primero.

El resto fue instinto. Mantener el ritmo, cuidar los neumáticos, ignorar el cuerpo que pedía aire. La última vuelta fue eterna. Cuando crucé la meta, el pit wall se volvió una franja de colores. Levanté el puño. La radio estalló en gritos del equipo, pero entre todas las voces solo buscaba una.

Mi padre estaba al final del pitlane. No aplaudía, no sonreía. Solo me miraba. Sostenía la gorra en la mano y tenía esa expresión que conocía demasiado bien: la de alguien que intenta contener el orgullo para que no se confunda con satisfacción. Cuando bajé del auto, caminó hacia mí.

—Buen trabajo hijo —dijo, sin emoción—. Aún queda mucho por trabajar.

Eso fue todo. Me dio una palmada en el hombro, una de esas que pesan más que un abrazo, y se alejó hacia el box. Lo seguí con la mirada, esperando que se volviera, que dijera algo más. No lo hizo.

Diez minutos después apareció mi madre. Llegó impecable, como siempre, con el teléfono en la mano y el mismo perfume que dejaba olor a almendra en el aire. No había visto la carrera, pero sabía que había ganado. Me abrazó con cuidado, sin mancharse de polvo ni de aceite.

—Mi campeón —dijo, sonriendo para las cámaras que ya se habían acercado.

Posamos frente al coche. Detrás de nosotros, el trofeo brillaba sobre el podio.

La ceremonia fue una ráfaga de ruido y luz: los himnos, los flashes, el sabor del festejo. No recuerdo los nombres de los que subieron conmigo, ni las palabras que dije al micrófono. Solo recuerdo mirar hacia abajo, entre la multitud, y verlo en la sombra del muro, los brazos cruzados y esa media sonrisa contenida, mostrando, como pocas veces, el orgullo.

Ganar se volvió mi manera de quedarme cerca de él. Era su idioma. Y aunque nunca me lo dijo, creo que ese día, lo hablé con fluidez.

14

El café ya se había enfriado. El vapor que antes se escapaba de la taza era ahora solo una marca tenue sobre la porcelana.

Kate la giraba entre las manos, sin apuro, siguiendo con la mirada las líneas que dejaba el líquido en el borde.

—Charlie... —dijo al fin, sin mirarme todavía—. Te escucho hablar de tu padre, de su forma de ser, de lo exigente que era contigo. De lo frío que podía parecer, visto desde fuera.

Su voz tenía una cadencia tranquila, como si buscara suavizar lo que estaba a punto de decir.

Dejó la taza sobre el plato y levantó la vista.

—Me gustaría entender más. —Hizo una pausa breve—. ¿Puedo hacerte una pregunta... más personal?

Asentí, sin decir nada.

—Claro, Kate. —Mi voz sonó más baja de lo que esperaba—. Prometí contarte lo que quieras saber.

Ella sostuvo mi mirada un instante.

—Entonces dime —susurró—, ¿cómo era tu padre en realidad? No el padre. El hombre.

La pregunta quedó flotando.

Afuera, el sol entraba por la ventana, llenando la habitación con una claridad poco común. Todo parecía más nítido, como si el día también escuchara.

No respondí de inmediato. No porque no supiera qué decir, sino porque nunca antes me había obligado a pensarlo así.

—Era... —empecé, y mi voz salió más baja de lo esperado—. Era un hombre de silencios.

De esos que parecen hablar con los ojos y con las manos, pero casi nunca con la boca. Decía más con un gesto que con diez frases seguidas. Su reloj era su mejor amigo. Decía que un día se puede perder, pero un segundo jamás se recupera. Por eso medía todo: los tiempos, las palabras, los gestos.

Me quedé mirando el borde de mi taza, como si ahí pudiera ordenar los recuerdos.

—Se levantaba antes del amanecer, incluso cuando no tenía nada que hacer. Decía que la disciplina no era cuestión de horarios, sino de respeto. Tenía esa forma de caminar, firme, sin ruido. Cuando entraba a una habitación, el aire cambiaba un poco, como si el espacio lo reconociera.

Kate no interrumpió. Solo me miraba, con la atención de quien sabe que, si habla, podría romper algo que aún no termina de formarse.

—De chico lo admiraba —continué—. Creía que podía arreglar cualquier cosa. Un motor, un reloj, una puerta que no cerraba bien. Todo. Tenía ese talento para desarmar el mundo y volver a armarlo sin que sobrara una pieza.

Pero con las personas... con las personas no era igual. Con ellas, cuando algo se rompía, no sabía qué hacer. Y creo que por eso fue tan duro conmigo: porque yo era lo único que no podía reparar.

Me quedé callado un momento, sintiendo cómo el recuerdo se hacía más nítido.

El sonido de su voz, el olor a aceite en sus manos, el roce de su camisa cuando me corregía la postura en el kart.

—Siempre decía que la perfección no existía, pero igual la buscaba todos los días. Y supongo que me enseñó a hacer lo mismo. A veces lo odié por eso... por no dejarme ser un niño, por convertirme tan pronto en una extensión de sus sueños.

El silencio se hizo más largo. Podía sentir el peso del aire entre nosotros. El sol se filtraba por las cortinas y llenaba el comedor de un brillo tibio.

—Durante mucho tiempo le guardé rencor —admití—. Pensaba que quería vivir a través de mí, que yo era su segunda oportunidad. Y quizá en parte era verdad.

Con el paso de los años entendí que no lo hacía por ego. Lo hacía por amor. Su forma de amar era así: exigente, directa, sin adornos. No sabía decir «te quiero», así que decía «puedes hacerlo mejor». No sabía abrazar, así que me enseñaba a resistir.

Kate seguía sin moverse, con la mirada fija, como si mis palabras fueran una pista que no quisiera perderse.

—¿Y tú? —preguntó al fin, apenas un susurro—. ¿Alguna vez se lo expresaste?

Su pregunta no sonó a reproche. Fue más bien una mano que empujó el recuerdo hacia la superficie.

—Si fallé en algo —dije—, fue en el silencio. Nunca le dije que lo amaba. Ni una sola vez. Tuve muchas oportunidades. Momentos donde bastaba abrir la boca... pero no lo hice. Y cuando quise hacerlo, ya era tarde.

La última vez que lo vi estaba cansado. Se le notaba en la mirada, no en el cuerpo. Me habló de cosas prácticas: los seguros, la casa, las llaves del garaje. Yo asentía, sabiendo que lo que quería escuchar no estaba ahí. Y cuando por fin me miró, lo supe: él también quería decirme algo, y tampoco pudo.

Kate bajó un poco la vista.

Yo respiré hondo.

—No lloré cuando se fue —dije—.

No me salían las lágrimas. Me quedé quieto, con la sensación de haber perdido algo más que a mi padre. Era como si una parte de mi brújula se hubiera apagado. Y aun así, durante mucho tiempo seguí corriendo como si él me estuviera mirando. Cada victoria, cada error, cada intento de volver a empezar... eran una conversación muda con él.

Lo seguía buscando en el ruido de los motores, en los relojes, en cada gesto que llevaba su sombra.

Me pasé una mano por el rostro.

—Con los años entendí que los padres no nacen sabiendo serlo. No hay manual. Solo hacen lo que pueden, con lo que saben. Y el mío... el mío lo hizo desde el amor, aunque le costara demostrarlo. Lo que no pudo darme en palabras, intentó compensarlo con todo lo demás. Me sostuvo, me rodeó de todo lo que creía que necesitaba, como si con eso bastara.

—Eso... lo entiendo —dijo Kate, en voz baja—. A veces amar también es equivocarse.

La miré un segundo antes de continuar.

Si pudiera decirle algo ahora, sería simple: Gracias por intentarlo. Gracias por amarme a tu manera. Gracias por enseñarme que el valor no está en no caerse, sino en levantarse sin esperar aplausos.

Me quedé en silencio un rato, mirando hacia la ventana.

Kate seguía ahí, inmóvil, pero su expresión había cambiado. Ya no era la mirada analítica de quien observa una historia, sino la de alguien que siente que está dentro de ella.

—Creo que al final solo fue un hombre —dije, por fin—. Uno que amó como supo hacerlo. Y yo... yo tardé años en entender que eso bastaba.

Ninguno de los dos dijo nada más. Solo se escuchaba el tic leve del reloj de la cocina. La luz que entraba por la ventana se volvió más cálida, dorada. Ella me miró, con una ternura que no buscaba mostrarse. No era compasión. Era algo más silencioso, más hondo. La clase de mirada que no se olvida.

Y aunque ninguno lo dijo, algo cambió entre nosotros. Un hilo invisible, tenso y suave se tendió en el aire. Ambos lo sentimos.

Kate sonrió apenas, bajó la mirada.

—Gracias por confiarme eso —dijo.

Y su voz, tan tranquila como siempre, fue suficiente para romper el silencio sin romper el momento. Asentí sin poder decir nada más. Solo sentí el pulso en mis manos, igual que antes de una carrera. Esa sensación que no se puede controlar.

15

El silencio entre nosotros se había vuelto tan cómodo que daba miedo romperlo. Así que fui yo quien habló primero.

—Bueno, bueno —digo, soltando una risa leve—. Basta de profundidades, ¿no? Se suponía que hoy ibas a ver cómo trabajo en el simulador, no a escuchar mis dramas familiares.

Kate sonríe sin moverse de la silla, como si esperara esa salida.

—No lo llamaría trauma. Lo llamaría contexto.

—Yo lo llamaría exceso de sinceridad. —Me pongo de pie y señalo el pasillo—. Ven, antes de que me arrepienta y te cobre entrada.

Camina detrás de mí con las manos dentro del abrigo. El estudio está en penumbra; en cuanto aprieto el interruptor, las pantallas despiertan con un azul frío que deja ver el contorno del asiento y el volante.

—Así que aquí es donde todo ocurre —dice, deteniéndose en el umbral.

—Aquí y en mi cabeza. —Le hago un gesto para que pase—. Pero lo de mi cabeza no tiene manual de usuario.

Kate ríe por lo bajo y deja el abrigo en el respaldo del sofá pequeño junto a la ventana. No saca la libreta. Mira el cuarto como si se ubicara en un mapa invisible: el rack con los pedales de repuesto, las llaves Allen en una bandeja, el ventilador de piso alineado con la cabina, las tiras de cinta en el suelo marcando posiciones. Nada se mueve un centímetro sin motivo.

—¿Empiezas tú o me das una clase teórica? —pregunta.

—Teoría mínima, práctica inmediata. —Me siento en el asiento, ajusto la distancia y saco el volante de su base para encajarlo. Un «clic» seco avisa que quedó firme—. Si te explico todo, vamos a aburrirnos los dos.

—Prometiste que no ibas a hablar mucho —dice, con una media sonrisa.

—Y estoy a punto de cumplirlo. —Enciendo la base del volante; las pantallas cambian a un gris con líneas de menú. El ventilador susurra. La luz azul le dibuja un borde a sus ojos.

Le indico el lugar junto al sofá.

—Puedes quedarte ahí. Si te colocas frente a mí me desconcentras. Y lo digo por tu propia seguridad.

—¿Vas a atropellarme? —se cruza de brazos.

—No, pero puedo darte un susto. —Se sienta. —Antes de empezar, dos reglas.

—A ver.

—Regla uno: si empiezo a apretar los dientes, ignóralo. No estoy enojado. Solo me estoy hablando.

—Anotado. ¿La dos?

—Si me ves muy quieto, no estoy pensando en nada raro. Estoy respirando.

—De acuerdo. —Acomoda un pie detrás del otro y baja el mentón apenas—. Empieza cuando quieras.

Abro la sesión. La pista aparece limpia, sin rivales, sin banderas: solo el asfalto, los pianos, las referencias. El motor virtual despierta con un ronroneo contenido que el cuerpo reconoce de inmediato. Coloco primera. El volante vibra lo justo.

Respiro una vez por la nariz, larga. Otra por la boca, corta.

—¿Qué pista es? —pregunta ella, sin subir la voz.

—Una que conozco. —Dejo que la frase flote y suelto el embrague.

El auto digital avanza desde boxes con un tirón suave. Aprieto el botón de limitador, salgo a la recta. No miro a Kate; el mundo se contrae hasta ser negro a los lados y gris por delante.

La primera vuelta es solo para entrar en ritmo: calentar brazos, muñecas, cuello; calentar la cabeza. Paso por la curva uno sin forzar, dejo que los neumáticos imaginarios encuentren el sitio. Los pianos tienen el mismo diente que recuerdo, incluso si aquí son píxeles; el cuerpo reacciona como si fueran reales.

—¿Ahora sí puedo preguntar? —dice, ya desde el borde del sofá.

—Una a la vez.

—¿Qué escuchas ahí? Porque aquí... —señala el cuarto— ...no hay nada.

—Estoy escuchando si freno antes o después de lo que debo. El ruido me lo dice.

—Pero no hay ruido.

—Mi ruido, Kate. —Acelero en la pequeña recta—. El que conozco.

La siguiente secuencia se acerca como cuando uno pronuncia una palabra que dijo mil veces. Dos curvas enlazadas, freno progresivo, suelto en el vértice, dejo ir el coche al límite del piano y vuelvo a cuadro. El volante se aligera donde debe, se endurece donde corresponde. La segunda vuelta empieza a parecer una oración que repito con una cadencia que no escribí, pero que sé.

—¿Duele? —pregunta, pasados unos segundos.

—No. Cansa.

—¿Cuál es la diferencia?

—Que el cansancio se resuelve con agua. El dolor te cambia el día.

No responde. La tercera vuelta entra más apretada; marco el primer sector rápido. No me emociono. La emoción distrae, la distracción cuesta. Las manos sostienen el volante con la presión exacta que pide este coche imaginario, que en realidad es un coche real que conozco; el pedal de freno pide la misma entrada de presión que en pista, la misma curva de carga. Respiro.

—¿Vas a hablarme de tu adolescencia mientras manejas? —me tantea, con humor.

—Te prometo que no. —Freno más a fondo; giro.

El cuarto ya no es un cuarto; es un túnel de azul que respira como yo. Los dedos se aferran sin reventar la sangre. La vuelta cuatro cae con un tiempo mejor, solo por unas centésimas. No busco récords, busco repetir.

En la quinta, cambio: retraso el freno tres metros.

—Solo tres —digo sin darme cuenta.

—¿Tres qué? —pregunta ella.

—Nada. —Sonrío.

La salida de la chicana pide que el coche se suelte como un pez en agua; lo dejo ir. Paso por línea. La vuelta aparece en el HUD: +0.072. No busco márgenes; busco control.

—Ahora entiendo por qué dijiste que era «entrenar sin moverse» —dice, más para sí que para mí—. Está todo en la cabeza.

—No todo —respondo—. El cuerpo todavía manda.

Bajo marchas con la mano izquierdas; la derecha angula el volante apenas un grado más; el pie izquierdo toca el freno un suspiro. Todo está calibrado para que no piense. Donde pienso, llego tarde.

Hago cinco vueltas iguales, como perlas en un hilo. No miro a Kate. No miro nada que no sea la pista y mi respiración. El cuarto ya no existe; donde antes había pared hay un muro de boxes, donde había lámparas hay cielo. Cuando por fin levanto el pie en la recta, no por cansancio sino por método, el ventilador se vuelve aire de cuarto y la luz azul vuelve a ser luz de pantalla.

—¿Qué tal? —pregunta, en voz baja.

—Sirve. —Siento el latido en las muñecas—. Quieres verlo de cerca.

No lo dice, pero la veo incorporarse un poco, como si tratara de entrar en la cabina con la mirada. Le hago un gesto; se acerca dos pasos, lo justo para estar donde no estorba y donde los detalles no se le escapan.

—¿Qué estás viendo ahora? —pregunta, sin mover los ojos de la pantalla.

—Estoy revisando dónde respiro. —Le señalo un punto invisible, sobre la recta—. Aquí entra aire, aquí lo suelto.

—¿Lo medían así cuando eras adolescente?

—No. Antes respiraba porque sí. —Sonrío—. Ganaba porque no me daba cuenta de que estaba ganando.

—¿Y cuándo empezó a pesar?

—Cuando todos empezaron a mirar. —Acomodo las manos—. ¿Seguimos?

Asiente.

Cierro un momento los ojos. No pienso en nada. Dejo que el cuerpo recuerde, que el cuarto se vuelva pista otra vez, que el aire del ventilador sea viento de recta.

—Esta será más corta —aviso—. Solo para sentir si queda algo.

—Queda mucho —dice, pero no suena a cumplido. Suena a observación.

Salgo otra vez. Dos vueltas. Tres. El ritmo aparece sin esfuerzo. En la cuarta, la mente se hace transparente: veo la curva desde afuera y desde adentro a la vez; escucho el motor donde no hay motor; siento el piano en la planta del pie aunque no haya piano. Estoy, como alguna vez estuve, donde todo se reduce a una pregunta simple: ¿puedes sostener esto tres minutos más?

Cuando levanto definitivamente, tardan unos segundos en volver los bordes del cuarto. Apago el motor virtual y el ventilador.

—¿Qué viste? —pregunto, quitándome el arnés.

—Que aquí no estás actuando —responde, sin titubear—. En el gimnasio trabajas para algo; aquí pareciera que... eres ese algo.

La miro. No sonríe, pero hay una claridad en su cara que no había visto antes. No busca una frase bonita. No busca cerrarme una idea. Solo describe.

—¿Quieres probar? —pregunto por reflejo.

—No —dice, con una sonrisa que le llega a los ojos—. Prefiero ver lo que pasa en ti cuando manejas. Lo otro sería turismo.

—Tiene su encanto.

—Lo sé. —Se aparta medio paso—. ¿Te molesta si me siento aquí y te pido que me cuentes una más? ¡Sólo una! La que vino después de tu primer campeonato. Tu debut real.

—¿Mi debut?

—Sí —dice, acomodándose en el asiento del simulador—. Cuando por fin dejaste de ser el niño prodigio y empezaste a ser el piloto.

Ahora que ella está en el asiento del simulador, me acomodo en el sofá, como si los papeles se hubieran invertido: ella en el lugar del piloto, y yo observando. La escena me resulta extraña. Ella rodeada por las pantallas, el volante frente a ella, y yo viéndola desde afuera, en silencio.

—De acuerdo —digo, recostándome un poco—. Te contaré del día que debuté en la USF2000.

16

Por un momento, el silencio llena la habitación. Kate se acomoda mejor en el asiento del simulador, apoya las manos sobre sus rodillas y espera. Yo la observo desde el sofá. La luz entra por la ventana en una línea delgada, tibia, suficiente para marcar la distancia entre nosotros.

Todo está quieto.

El motor no suena, pero en mi cabeza vuelve a rugir.

—De acuerdo —digo, más para mí que para ella—. Ese día que debuté fue muy especial, quizá tienes razón: dejé de ser el niño prodigio y comencé a ser el piloto.

El silencio de Inglaterra se convierte en un murmullo distinto, más agudo, más vivo. El aire huele a caucho y a gasolina. El mundo vuelve a girar a otra velocidad.

Fue en Road America, Wisconsin. Un circuito largo, de curvas amplias y rectas que parecían no tener fin.

Los árboles rodeaban la pista como una muralla verde, y el sonido de los motores rebotaba contra las colinas como si el aire mismo estuviera lleno de electricidad. Yo tenía quince años y un traje nuevo que me quedaba grande en los hombros.

Era mi primera carrera en la categoría, y aunque venía de ganar el campeonato Junior, esto era distinto. Era el siguiente escalón, el lugar donde los nombres comenzaban a importar.

El equipo era pequeño, pero preciso. Tres mecánicos, un ingeniero, y mi padre, siempre en medio de todos.

No hablaba mucho. Solo miraba. Cuando estaba cerca, el aire se tensaba un poco, como si el ruido del circuito supiera que tenía que callar. El auto era blanco con una línea azul en el alerón.

La mañana empezó fría. El sol apenas se filtraba entre las nubes, y el asfalto aún estaba húmedo del rocío. Caminé hacia el pitlane con el casco en la mano y los guantes apretados contra el pecho. Cada paso sonaba hueco sobre el concreto. Podía escuchar el zumbido de los motores calentando a lo lejos, como un enjambre que se preparaba para atacar.

Mi ingeniero me habló antes de comenzar.

«Sin prisa. No tienes que demostrar nada hoy. Solo aprende.»

Pero mi padre, desde atrás, corrigió:

—Siempre hay que demostrar algo.

Y entonces supe que ya no había espacio para la calma.

Los autos se alineaban en la parrilla, motores encendidos, la vibración subiendo desde el suelo hasta los huesos. El olor a combustible crudo se mezclaba con el aire frío. Los mecánicos se movían con gestos rápidos, últimos ajustes, un pulgar arriba.

Mi padre estaba detrás del muro, los brazos cruzados, la gorra roja, esa mirada fija que no sabía si era orgullo o miedo.

Cuando encendí el motor, sentí que el ruido lo llenaba todo. Ya no había cielo ni árboles, solo el temblor del volante y el pulso que latía con el mismo ritmo que el motor. Bandera verde y la pista se abrió como una herida brillante.

La primera curva fue un golpe de instinto. Fui por dentro, ganando una posición. El coche era más nervioso que en las prácticas; el eje trasero se movía con cada cambio de marcha. Sentía el volante vibrar, vivo, como si respirara conmigo.

Por la radio, el ingeniero decía algo que apenas entendí: «mantén el ritmo, no arriesgues».

Pero el cuerpo ya había decidido.

Las vueltas siguientes fueron una mezcla de vértigo y precisión. Las manos se movían solas, el pie derecho obedecía una coreografía aprendida sin palabras.

A mitad de carrera, el líder —un chico con más experiencia, con un coche que sonaba más limpio— empezó a escaparse. Intenté seguirlo, pero el tren trasero comenzó a patinar en las curvas largas. El volante se aligeraba donde debía estar firme. Sentí que el auto me hablaba en otro idioma.

«Calma», me dijo el ingeniero por la radio.

Pero no había calma. Solo el rugido del motor y el cuerpo peleando por no dejarlo escapar.

En la penúltima vuelta, logré acercarme. Lo veía cada vez mas cerca. En la curva antes de la recta principal, cambié mi frenada para lograr salir más rápido. Llegué a su aspiración, lo intenté por fuera.

Frené un segundo tarde. El coche se desacomodó, el neumático trasero tocó el pasto húmedo, y tuve que soltar. El auto se enderezó de milagro.

Lo perdí por unos metros, pero no más.

Cuando crucé la meta, el tablero marcaba P2. Segundo.

El casco estaba empapado de sudor. El ruido todavía me atravesaba el pecho. Bajé la velocidad, levanté el pie del acelerador y respiré por primera vez en media hora.

En el pitlane, el equipo aplaudía. Mi ingeniero me felicitó por radio. «Excelente carrera, Charlie. Bien hecho.»

Apagué el motor. El mundo volvió a tener sonido. El viento, las voces, los pasos. Y ahí, por primera vez, lo sentí de verdad: no era el niño que corría para complacer. Era el piloto que acababa de demostrar que podía quedarse.

Pero no sonreí. Nadie lo notó, pero por dentro algo me dolía. No por el segundo lugar, sino por cómo lo había perdido. Lo tuve, lo sentí en las manos, y lo dejé escapar por un error mínimo. Un segundo tarde. Tres metros de más. A esa edad no se necesita mucho para convertir la alegría en insatisfacción.

Todos celebraban en el equipo. Chocaban las manos y gritaban de emoción. El ingeniero me abrazó con un «bien hecho, campeón». Yo asentí, pero dentro de mí solo escuchaba el eco del neumático tocando el pasto. Podía oírlo una y otra vez, como si el sonido quedara pegado en mis oídos.

Mi padre se acercó más tarde.

—Sé que no te gustó quedar segundo —dijo—. Lo vi en tu cara antes de bajarte del coche.

Asentí, sin poder sostenerle la mirada.

—Frené tarde. —Lo dije casi en un susurro.

—Lo sé. Vi el neumático rozar el pasto. Pensaste que podías aguantar la línea, pero cuando el auto se aligera ahí, ya no hay agarre.

Me sorprendió su tono. No había reproche, solo análisis.

—Tarde un segundo en frenar —admití.

—Exactamente —asintió—. Un segundo puede ser eterno en este mundo. Pero no te equivoques: ese error te enseñó más que una victoria limpia.

Se agachó junto al neumático delantero, todavía manchado de polvo.

—Mira la goma —dijo, pasándole el dedo por el borde—. Esto es lo que pasa cuando confías demasiado en el instinto y olvidas escuchar al coche. No lo domines, entiéndelo.

Me quedé en silencio. No sabía si disculparme o agradecerle.

—Esperabas que te dijera que podías hacerlo mejor, ¿verdad? —añadió con una sonrisa leve, casi invisible—. Y sí, podrías. Pero hoy no hacía falta. Hoy aprendiste.

Lo miré. No vi al hombre que me exigía ganar, sino al que me estaba enseñando a perder sin romperme.

—Buen trabajo, hijo —dijo, por fin—. El coche no era el mejor, pero lo hiciste parecerlo.

Se alejó después de eso, caminando despacio hacia el camión del equipo.

17

—¿Y ganaste después? —pregunta Kate.

Su voz me saca del recuerdo como una curva que llega demasiado pronto.

Por un segundo sigo viendo el verde de Wisconsin, el casco empañado, las gradas lejanas. Luego todo se apaga, y solo queda el estudio, el aire quieto, la luz que entra en diagonal por la ventana.

Kate sigue sentada en el simulador, con las manos sobre las rodillas, observándome con esa mezcla de curiosidad y respeto que la define. No interrumpe el silencio, solo lo acomoda.

—Muchas veces —respondo, después de unos segundos—. Más de las que recuerdo. Pero creo que en esa primera carrera fue la última vez que corrí sin pensar en lo que venía después.

Ella asiente, sin apartar la mirada.

—No lo dijiste, pero se notaba —dice—. No hablaste de la victoria. Hablaste de cómo se sentía correr.

Sonrío.

—Tal vez eso era lo único que me importaba entonces.

La tarde parece haberse quedado suspendida entre nosotros. Kate se pasa una mano por el cabello y se levanta del asiento.

—¿Tienes hambre? —pregunto al fin.

—Un poco —dice, sonriendo.

—Perfecto. Se me ocurre algo simple para cerrar el domingo.

—¿Pizza? —adivina.

—Pizza. —Sonrío—. En Italia cenamos muy bien, pero nunca probamos una. Y cerca de aquí hay un lugar que podría funcionar —digo, tomando mi abrigo—. Forno Bianco.

Kate sonríe mientras asiente, y su voz suena distinta, más cálida.

—Entonces vamos antes de que se enfríe la tarde.

Caminamos hasta el lugar. Fue una distancia corta, pero suficiente para dejar que el aire fresco despejara lo que quedaba del silencio del estudio. La tarde se apagaba con suavidad, y el cielo empezaba a teñirse de un gris azulado que anunciaba la noche. A cada paso, las casas del pueblo parecían más quietas, y el sonido de nuestros pasos sobre la banqueta se mezclaba con el de las hojas arrastradas por el viento.

La pizzería estaba en la calle principal, entre una óptica y una tienda de antigüedades. Forno Bianco no llamaba la atención a primera vista: una fachada sencilla, con letras doradas sobre un fondo crema y un pequeño toldo verde oliva que se movía apenas con el aire. Desde la acera se veía el resplandor cálido del horno al fondo del local, y el olor a masa recién horneada escapaba cada vez que alguien abría la puerta.

Dentro, el ambiente era acogedor. Las mesas de madera clara tenían velas en frascos pequeños que parpadeaban con cada corriente de aire. Sobre ellas colgaban lámparas redondas, de luz tenue, que bañaban el lugar con un tono ámbar. El murmullo de las conversaciones se confundía con el sonido seco de las palas entrando y saliendo del horno. Había algo hipnótico en ese ritmo: la espera, el fuego, el olor a pan.

No era un lugar de turistas. Era uno de esos restaurantes que parecen haber existido desde siempre, donde los dueños conocen a cada cliente por su nombre.

Nos sentamos junto a la ventana. Afuera, las luces de la calle comenzaban a encenderse una a una, reflejándose en el vidrio.

El camarero se acerca con una sonrisa amable, deja dos menús sobre la mesa y una botella de agua sin gas.

—Les doy unos minutos —dice, y se aleja con la ligereza de quien conoce bien el ritmo del lugar.

Kate recorre la carta con la vista, mientras yo observo el horno al fondo, donde una llamarada breve ilumina los ladrillos.

—No puedo decidir —dice—. Todo suena demasiado bien.

—Entonces déjame elegir. —Sonrío—. Prometo no fallar.

—Eso dijiste antes de la última curva de tu historia.

—Y no me caí —respondo.

Ella ríe, y el sonido se mezcla con el golpeteo de los platos y el murmullo de otras conversaciones.

—Dos pizzas medianas —le digo al camarero cuando vuelve—. Una margherita y una con prosciutto y rúcula. Y una botella de tinto, Montepulciano d'Abruzzo, por favor.

Kate asiente, complacida.

—Clásico. Me gusta.

—En las cosas simples está el peligro —digo, sin pensarlo.

—¿Peligro o perfección?

—Depende del día. —Sonrío.

El vino llega primero, servido en copas pequeñas. Brindamos por un domingo diferente. Es suave, con ese punto justo entre lo terroso y lo dulce. El primer sorbo deja un calor lento en la garganta, y el segundo ya sabe a costumbre.

Kate apoya la copa sobre el mantel y me mira con una expresión más ligera, sin esa atención profesional que suele tener.

—¿Hace cuánto que no tenías un domingo así? —pregunta.

—Demasiado —respondo, sin pensarlo mucho.

—¿Y eso cuánto es en tiempo de piloto?

—El tiempo de un piloto no se mide en días, sino en carreras.

—Entonces... ¿cuántas?

—Muchas. —Sonrío—. Demasiadas.

Ella asiente, da un sorbo más de vino y mira hacia el horno, como si el fuego la hipnotizara.

—Me gusta este lugar —dice—. Tiene algo... doméstico. Como si todos los que están aquí vinieran a curarse un poco del ruido.

—Tal vez por eso me gusta a mí también.

Las pizzas llegan humeantes, el aroma a masa recién salida del horno lo llena todo.

El camarero deja los platos sobre la mesa y se aleja sin decir palabra.

Kate toma el primer trozo, lo dobla con cuidado entre los dedos, y sonríe después del primer bocado.

—Definitivamente, elegiste bien.

—Ves —digo—, sabía que podía redimirme.

—¿De qué?

—De ser demasiado serio.

—No eres serio. —Me mira un instante, evaluando—. Solo pareces alguien que aprendió a no desperdiciar las palabras.

—O a esconderlas.

—Eso también —responde, con una sonrisa apenas visible.

Nos quedamos un momento en silencio mientras comíamos, solo el sonido del fuego y el murmullo del local llenan el aire. La conversación ya no parece entrevista, ni curiosidad. Es solo eso: dos personas hablando de nada y de todo, como si el domingo se estirara para ellos.

—¿Puedo preguntarte algo yo esta vez? —digo, dejando la copa sobre el mantel.

—Depende. —Sonríe—. ¿Es una pregunta fácil?

—Eso lo decides tú. —Hago una pausa—. ¿Por qué escribes, Kate?

Ella deja el trozo de pizza en el plato. Se limpia los dedos con la servilleta y mira un momento hacia el fuego del horno, como si buscara ahí la respuesta.

—Supongo que porque fue la primera forma que encontré de entender el mundo —dice al fin—.

—¿Y funcionó?

—A ratos. —Ríe con suavidad—. Cuando era niña hablaba poco. Mis padres trabajaban todo el tiempo, y la casa siempre estaba llena de ruido: televisión, teléfonos, relojes. Yo dibujaba letras en los márgenes de los libros viejos, escribía cosas que no mostraba a nadie. No eran historias. Eran... intentos.

—¿Intentos de qué?

—De callar el ruido, supongo. —Se queda pensativa unos segundos, girando la copa entre los dedos—. Cuando llegué a la adolescencia, empecé a leer de verdad. Me escondía en la biblioteca del colegio, o en el patio, con un libro abierto sobre las piernas. Me fascinaba cómo algunas personas podían escribir lo que uno siente y ni siquiera sabe poner en palabras. Era como si alguien se hubiera metido en mi cabeza.

Hace una pausa.

—Recuerdo que una profesora me prestó To Kill a Mockingbird. —Sonríe apenas—. No lo entendí del todo, pero me hizo sentir algo nuevo: que las historias no solo cuentan lo que pasa, también enseñan cómo mirar. Desde entonces supe que quería hacer eso. Mostrarle a la gente otra forma de mirar las cosas, incluso las más simples.

—¿Y lo lograste? —pregunto.

—A veces. —Levanta la vista, sincera—. A veces escribo y pienso que sí.

Otras, solo dejo que las palabras me acompañen. No escribo para entenderlo todo, sino para no sentirme tan sola cuando no entiendo nada.

Se hace un silencio leve.

Kate toma un sorbo de vino antes de continuar.

—Con el tiempo entendí que escribir no era solo contar, sino ordenar el caos. A veces lo hago para entender a los demás, y a veces para entenderme.

—¿Y este libro? —pregunto—. ¿Cuál de los dos eres ahora?

—Ambos. —Asiente despacio—. Es un libro sobre ti, pero también sobre lo que significa intentar ser algo más que lo que los demás esperan de ti.

Su voz no suena solemne. Lo dice con una naturalidad que me desarma un poco.

—No sabía que las entrevistas podían ser tan personales.

—No lo son. —Sonríe—. Además, tú no eres una entrevista.

—¿Entonces qué soy? —pregunto.

Sostiene mi mirada, con esa calma suya que parece medir las palabras antes de dejarlas salir.

—Eres... una historia que todavía se está escribiendo. —Hace una pausa leve, apenas perceptible—. Y tengo la suerte de verla mientras ocurre.

La luz del horno proyecta un resplandor anaranjado sobre su rostro; el brillo del vino en su copa parece un reflejo del fuego. Pienso en todo lo que acaba de decir, en cómo logra convertir algo tan simple en una frase que me deja sin respuesta.

—No sé si eso suena alentador o peligroso —digo, al fin.

—Depende de quién escriba el final —responde, sin perder la sonrisa.

Ambos reímos, pero la risa se disuelve rápido, como si ninguno quisiera romper del todo el momento. Afuera, la noche ya cayó por completo, y las luces del pueblo se reflejan en el vidrio como pequeñas constelaciones.

Kate apoya los codos sobre la mesa y deja caer la mirada sobre su plato.

—En realidad, nunca planeé escribir biografías. —Hace una pausa breve—. Me gustaban las ficciones. Pero un día entrevisté a un músico retirado, alguien que no quería hablar con nadie. Lo hice solo para pagar las cuentas. Y cuando terminó, me dijo: «gracias por escucharme».

—Y eso cambió todo.

—Sí. —Asiente, con una media sonrisa—. Descubrí que la gente no necesita que la entiendas. Solo que la escuches de verdad.

—Kate —digo, con voz más baja de lo que esperaba—. ¿Te lo había dicho antes?

Ella levanta la mirada, curiosa.

—¿Qué será?

—Que al principio no estaba seguro de querer hacer esto contigo. —Hago una pausa, buscando las palabras—. No por ti, sino por mí. Por miedo a abrir cosas que pensaba que era mejor dejar cerradas... y también por la idea de ver mi vida convertida en un libro.

Kate me mira, sin parpadear.

—No es fácil aceptar que alguien escriba sobre lo que uno intenta olvidar. Que los momentos que preferirías borrar acaben impresos, fijos, cuando tú pasaste años intentando que se disolvieran.

Kate no interrumpe. Solo espera.

—Y quizá aún no esté del todo seguro de si fue buena idea. Pero sí sé algo con certeza.

—¿Qué cosa? —pregunta, apenas un susurro.

—Que agradezco haberte conocido. —Suelto una sonrisa breve—. Porque desde que llegaste, todo esto... —señalo el aire, la mesa, el fuego, el día— ...se siente un poco más real.

Kate sostiene la mirada un segundo, luego la baja hacia su copa. No hay rubor, ni sorpresa. Solo una calma nueva en su rostro, como si entendiera el peso exacto de mis palabras.

—Gracias por decirlo —responde al fin.

Su voz es suave, pero tiene una firmeza que no necesita adornos.

—Y, para que lo sepas... —añade—, yo tampoco estaba segura de querer hacerlo contigo.

—¿Ah, no? —pregunto, fingiendo desconcierto.

—No. —Sonríe—. Pero supongo que las mejores historias no empiezan con certezas.

Nos quedamos mirándonos un instante más, hasta que el camarero pasa a un costado y nos saca del trance.

—¿Algo más? —pregunta.

—Solo la cuenta —respondo, y él asiente con una sonrisa amable antes de alejarse.

Kate juega con el borde de su servilleta, la dobla con cuidado antes de hablar.

—Cuando Mark me habló de ti —dice al fin—, pensé que sería otro encargo más. Una historia sobre redención, talento, caída y regreso. Las he visto todas. Son todas iguales.

Hace una pausa, y su voz baja un poco.

—Pero cuando lo escuché hablar de ti, de la forma en que entrenas, en que trabajas, supe que no era una historia de éxito. Era una historia de resistencia. Y eso... me tocó más de lo que quise admitir.

—¿Por qué?

—Porque también he estado ahí —responde, sin dudar—. En ese punto donde uno parece tener todo ordenado, pero algo dentro ya no encaja.

Sus palabras flotan sobre la mesa, ligeras pero cargadas de algo que no necesita explicación.

—Supongo que, en el fondo, acepté este trabajo porque necesitaba entender cómo alguien puede reconstruirse sin mentirse en el intento.

Me quedo en silencio. La miro, sin saber si lo que siento es empatía o una especie de espejo.

—Entonces los dos vinimos a buscar algo —digo.

—Puede ser. —Sonríe apenas—. Aunque tú corres para entenderte y yo escribo para hacer lo mismo.

—Y los dos terminamos hablando de eso frente a una pizza.

—Tal vez era el único final posible para un domingo así.

Nos reímos los dos, bajito.

El camarero vuelve con la cuenta, la deja sobre la mesa sin decir palabra.

Kate mira el papel, luego me mira a mí.

—Esta vez invito yo.

—No pienso discutirlo —respondo, con una sonrisa.

Ella deja el dinero dentro del pequeño cuadernillo de cuero y se recuesta en la silla, cruzando los brazos.

—¿Me contarás tu historia algún día? —pregunto.

Kate me mira, pero no responde enseguida. Juega con el borde de la servilleta, la dobla con cuidado antes de hablar.

—Quizá —dice, al fin—. Pero no creo que sea tan interesante como la tuya.

—No lo sabes —respondo—. A veces las historias más silenciosas son las más interesantes.

—Y las que más enseñan —añade, apenas audible.

Su mirada se pierde un momento en el fuego que todavía parpadea al fondo del local.

—Supongo que cuando la recuerde sin que duela, te la contaré.

Asiento, sin insistir. Hay cosas que necesitan su propio tiempo.

Kate deja la servilleta sobre el plato y se incorpora despacio. Yo hago lo mismo.

El camarero nos despide con una sonrisa discreta desde la barra, y le devolvemos el gesto con un leve movimiento de cabeza.

El aire de la noche nos recibe más frío de lo esperado. La calle está casi vacía; solo un par de luces siguen encendidas en las ventanas de los edificios.

Caminamos sin prisa, con las manos en los bolsillos, dejando que el sonido de nuestros pasos marquen el ritmo. No hablamos de nada importante: del clima, de lo raro que es ver un pueblo inglés tan tranquilo, del vino, de lo buena que estaba la pizza. Esas pequeñas cosas que rellenan el silencio sin romperlo.

El camino de regreso es corto, pero se siente más largo de lo que debería. A cada paso, el pueblo parece hundirse en el sueño.

Al llegar a la casa, Kate se detiene junto al coche.

—Gracias por el domingo—dice, con esa voz que logra sonar ligera incluso cuando guarda más cosas detrás.

—Gracias a ti por venir —respondo.

—Nos vemos mañana.

—Mañana.

Abre la puerta del coche, deja el bolso sobre el asiento y antes de entrar me dedica una última sonrisa.

18

Los días que siguieron al domingo tuvieron un ritmo distinto. Nada cambió en apariencia —las mañanas en Croughton, las rutinas con Mark, el ruido de las pesas, los silencios del simulador—, pero algo dentro de todo eso empezó a sentirse más liviano.

Quizá era yo.

O tal vez era ella.

Kate siguió apareciendo en el gimnasio, puntual, con su libreta y esa paciencia que parecía hecha a medida del lugar. Pero ahora había algo nuevo entre nosotros: una confianza que no se buscó, simplemente llegó.

Ya no sentía la necesidad de medir mis palabras ni de esconder el cansancio detrás de los cronómetros. Si algo me dolía, lo decía. Si algo salía mal, lo dejaba pasar. Y, sin darme cuenta, las conversaciones con ella comenzaron a ocupar el lugar de mis silencios.

A veces hablábamos durante los descansos: de música, de viajes, de cosas que ninguno tenía por qué contar. Otras, bastaba con un gesto o una sonrisa breve para entendernos.

Mark lo notó, claro. No dijo nada, pero se le escapaban esas miradas cómplices que solo alguien como él puede tener.

Por las tardes, Kate venía a casa. Ya no con la misma formalidad del principio, sino con la naturalidad de quien sabe cuál es su lugar. Se sentaba en el sofá mientras yo trabajaba en el simulador, a veces escribía, a veces solo escuchaba el ruido del motor y anotaba cosas sueltas.

No preguntaba tanto. Y cuando lo hacía, sus preguntas parecían elegidas con precisión quirúrgica: no para hurgar, sino para abrir espacio.

Después de ese domingo, entendí que el libro ya no era solo su proyecto. También era el mío.

De alguna manera, hablar con ella me ayudaba a ordenar cosas que yo mismo nunca había puesto en palabras. Lo que antes eran recuerdos sueltos —mi padre, las carreras, el ruido— empezaban a tener forma. No necesariamente sentido, pero sí forma.

Quedamos de continuar con las pláticas para el libro el jueves.

Me preguntó al inicio de la semana, mientras se ponía el abrigo, con esa naturalidad suya que no deja espacio para la duda. Y desde entonces, los días han pasado en una calma distinta.

El lunes y el martes fueron casi idénticos: gimnasio, simulador, silencio. Pero ya nada se siente igual. La rutina sigue ahí: los mismos movimientos, los mismos sonidos.

El miércoles llovió todo el día. El viento golpeaba las ventanas del gimnasio, y el olor a humedad se mezclaba con el metal y el sudor. Entrenar así siempre me ha gustado: hay algo en la lluvia que limpia más que el cansancio. Mark hablaba poco, y el agua se llevaba el eco de su voz antes de que llegara a la pared del fondo.

Cuando salí, el cielo era una mancha gris sin bordes, y el aire olía a pasto mojado. Manejé despacio hasta casa, con el limpiaparabrisas marcando un compás que me recordó a las vueltas en circuito: repetitivas, hipnóticas, necesarias.

Kate no fue a casa, pero su presencia se mantuvo. La noto en las pequeñas cosas: en el modo en que me descubro pensando cómo explicaría un detalle, cómo describiría un momento. Es curioso... nunca había pensado mi vida con palabras. Siempre la medí en tiempos, en vueltas, en décimas.

El jueves amaneció gris, con ese cielo espeso que parece quedarse colgado sobre los tejados sin decidirse a llover. El aire es fresco, y la luz —difusa, pareja— lo envolvía todo en un silencio amable. No hacía frío, pero tampoco calor: ese punto exacto donde el clima parece suspenderse.

Desde la ventana del gimnasio podía verse el vapor que salía del asfalto húmedo, como si el suelo aún recordara la lluvia del día anterior. Estaba más silencioso de lo normal. Mark llegó puntual, con el mismo gesto de siempre, pero sin prisas. Todo se movía con un ritmo más tranquilo, como si incluso el cronómetro hubiera aprendido a esperar.

Kate ya estaba ahí. Sentada en el mismo rincón de siempre, con la libreta apoyada en las piernas y un mechón de cabello suelto cayéndole sobre la frente. No escribía todavía. Solo observaba. Como lo ha hecho estas semanas, desde que nos acompaña en el día a día.

Mark me hizo una seña con la cabeza, el gesto de rutina que marca el inicio de cualquier día.

—Cinco series, luego estiramiento —dijo, sin levantar la voz.

Asentí, sin preguntar más.

Las pesas golpeaban el suelo con un eco contenido. Entre repeticiones, la vi anotar algo rápido, casi sin mirar el papel. Pensé en cómo debía verme desde ahí: un hombre que se repite en movimientos idénticos, día tras día, intentando controlar lo que no siempre puede explicarse.

Cuando Mark marcó el descanso, ella cerró la libreta y se acercó unos pasos.

—Hoy el clima decidió quedarse a mitad de camino —dijo, mirando hacia la ventana—. Ni sol ni lluvia.

—El clásico día inglés —respondí—. Perfecto para no tener excusas. Sonrió.

—Justo lo que pensé.

Guardó la libreta en el bolso y tomó el abrigo del respaldo de la silla.

—Por cierto —añadió—, ¿recuerdas que hoy quedamos en reunirnos para seguir con tu historia?

—¡Por supuesto! —exclamé.

—Hay un café a las afueras del pueblo. Esquires Coffee. Es tranquilo, tienen buen café, y mesas junto a la ventana.

—Con eso basta.

—Paso por ti a las dos —dijo, abrochándose el abrigo—. Está algo lejos, así evitamos que te pierdas.

—No me pierdo —protesté.

—No, claro que no —dijo, con una sonrisa leve—. Solo te distraes fácil cuando no estás manejando un auto.

Mark, al fondo, soltó una risa breve.

—A las dos entonces —repetí.

Kate asintió, y su voz volvió a tener ese tono suave, casi en susurro.

—Nos vemos mas tarde, Charlie.

La observé mientras salía. La puerta del gimnasio se cerró sin ruido, dejando tras de sí un olor leve a perfume y aire frío.

Mark levantó la vista del cronómetro y me miró con una media sonrisa.

—Parece que ahora también tienes agenda —dijo.

—Algo así.

—Bien —asintió—. Los días con propósito son mejores.

Me quedé un momento más en el gimnasio, después de que Mark se fue. El lugar vacío sonaba distinto: el eco de las pesas, el aire que todavía olía a esfuerzo. Me senté en el banco, mirando la puerta por la que Kate había salido.

No era ansiedad, pero algo en mí seguía en movimiento, como si el cuerpo todavía quisiera correr. A veces pienso que el descanso no es dejar de hacer, sino aprender a esperar sin sentir que pierdes el tiempo.

Pensé en la tarde que viene, en el café, en la forma en que ella mirará antes de escribir, como si cada palabra tuviera que ganarse su espacio. Tal vez por eso me cuesta tanto no pensar en ella cuando no está: porque su silencio también se queda.

Cuando apagué las luces y salí, el sonido del viento en los árboles me acompañó hasta el auto. Había algo distinto en el aire, una sensación leve, parecida a cuando sabes que una carrera importante está por empezar. No miedo, ni nervios. Solo la certeza de que todavía hay mucho por decir.

19

El trayecto hacia el pueblo fue tranquilo, de esos recorridos donde no hay prisa. El aire aún guardaba algo de esta mañana, ese gris suspendido que parece prometer silencio más que lluvia. Kate conducía con una mano en el volante y la otra apoyada sobre la palanca de cambios, como si conociera el camino de memoria. El auto se deslizaba entre las calles estrechas, bordeando casas de ladrillo cubiertas de hiedra y jardines que olían a lavanda húmeda.

La radio iba encendida, pero el volumen era tan bajo que apenas se distinguía una melodía de fondo, algo suave, casi un susurro. Afuera, las nubes se movían despacio, estiradas sobre el cielo pálido. El verano inglés tenía esa forma suya de parecer detenido, como si el tiempo se midiera en respiraciones en lugar de minutos.

Charlamos de cosas simples. De cómo el café del gimnasio siempre sabe a «calcetín», de los libros que ella guarda en la cajuela para leer entre viajes, del color imposible del cielo sobre Italia. Nada importante, pero suficiente para llenar el aire.

—¿Siempre es así de tranquilo? —pregunté, mirando por la ventana.

—Depende del día —respondió, sonriendo apenas—. Pero hoy el pueblo parece haberse puesto de acuerdo para dejarnos pasar sin ruido.

Había algo hipnótico en esa rutina: el sonido de las ruedas sobre el asfalto húmedo, el parpadeo de las luces que empezaban a encenderse en las tiendas, el olor a pan que salía de alguna panadería cercana. Llegamos al centro poco antes de las dos y cuarto.

El tráfico era leve, apenas un par de autos detenidos frente a un semáforo que parpadeaba en ámbar. Kate estacionó junto a una librería antigua, frente a la que colgaba un cartel de madera con letras doradas que decían Esquires Coffee.

El aroma a café recién molido escapaba por la puerta abierta, mezclado con el sonido de la máquina de vapor.

Apagó el motor y me miró con esa sonrisa suya que no necesita palabras.

—Llegamos justo a tiempo —dijo.

—No esperaba menos —respondí, desabrochándome el cinturón.

—Admito que tenía curiosidad por este lugar. Mark lo recomendó. Dijo que venía aquí cada vez que necesitaba pensar.

—Entonces es territorio seguro.

Bajamos del coche y cruzamos la calle.

Dentro del café, las lámparas colgaban bajas, iluminando las mesas de madera gastada. En una esquina, un par de estudiantes compartían un portátil; en otra, un hombre hojeaba un periódico que ya nadie leía. Todo tenía el ritmo amable de un sitio donde nadie tiene nada urgente que hacer.

Nos sentamos junto a la ventana. Kate dejó su abrigo sobre el respaldo de la silla y pidió dos flat white.

—Necesitarás energía —dijo, con una media sonrisa—. Hoy quiero que sigamos con la parte más complicada.

—¿Complicada para quién?

—Para los dos.

El mesero deja nuestro pedido con cuidado en la mesa. El vapor se eleva en espirales breves antes de desvanecerse en el aire, dejando un aroma profundo a café. Dos flat white, de esos cafés suaves y densos, con una capa fina de leche vaporizada que brilla como seda bajo la luz. El aroma mezcla algo tostado y dulce, el mundo parece reducirse a eso: el calor que sube de la porcelana y la calma del lugar.

Kate toma la suya entre las manos, como si buscara algo más que calor.

El ruido del vapor, las cucharas golpeando las tazas, el murmullo de las conversaciones al fondo... todo parece atenuado.

—A ver... —digo, apoyando los codos sobre la mesa—, ¿por qué dijiste que hoy sería complicado?

Ella levanta la vista del café y me observa con una media sonrisa, de esas que no anuncian tormentas, solo verdad.

—Porque creo que todas las adolescencias son complicadas —responde—. Las tuyas, las mías, las de cualquiera. Nadie sale ileso de esa etapa, solo aprendemos a contarlo de maneras distintas.

Sonrío.

—¿Y tú cómo la contaste?

—Con tinta —responde, riendo bajo—. Y con dramatismo, por supuesto.

—Supongo que es un requisito.

—Totalmente. Si no sufrías por algo que no existía, no estabas viviendo tu adolescencia como debía ser.

La escucho mientras revuelve su café con la cucharita, dibujando círculos lentos, como si marcara un compás secreto. El sonido del metal contra la porcelana se mezcla con el murmullo de la lluvia que vuelve, leve, contra el cristal.

—Lo bueno —añade— es que en algún punto todo eso se convierte en material.

—¿Material para escribir?

—Para sobrevivir —dice, encogiéndose de hombros.

Me recuesto un poco, observando cómo la luz tenue cae sobre su rostro.

—Entonces, si lo pienso así, mi adolescencia fue un taller intensivo.

—Sin duda —responde—. Y bastante costoso, por lo que me has contado.

—No tienes idea.

Ella ríe, esa risa corta que deja el aire un poco más liviano. Es uno de esos momentos donde el tiempo parece conceder una tregua, donde nada urge y todo está bien dicho en voz baja.

Kate toma un sorbo de café y deja la taza con cuidado sobre el plato. La observo y me doy cuenta de que ya no la escucho como quien responde una entrevista. La escucho como quien teme perder alguna parte de sus palabras.

—Sabes, a veces pienso que la gente no cambia tanto —dice—. Que lo que fuimos en la adolescencia sigue ahí, solo aprende a disimularse.

—Entonces hay un chico de quince años dentro de mí que todavía corre por su vida.

—Exactamente. —Asiente—. Y una chica dentro de mí que todavía intenta entender el mundo con palabras.

Nos quedamos un momento en silencio, escuchando la lluvia que comenzó en el momento que entramos a la cafetería. No es incómodo. Es el tipo de silencio que no interrumpe.

—Recuerdo una tarde —dice, con voz baja—, tenía quince o dieciséis años. Estaba en la biblioteca del colegio, en uno de esos días grises en los que no pasa nada. Había terminado mis deberes demasiado pronto y me escondí en la sección de literatura solo para no tener que hablar con nadie.

Hace una pausa, como si el recuerdo necesitara espacio.

—Tomé un libro al azar. Ni siquiera recuerdo el título. Lo abrí y había una frase subrayada por alguien más: «You don't have to be brave, just willing.» —Sonríe, apenas—. No supe quién la había marcado, pero sentí que alguien me hablaba desde otra vida.

—¿Y qué hiciste? —pregunto.

—La copié en la contraportada de mi cuaderno. Y creo que desde entonces empecé a escribir en serio.

—No era valor lo que buscaba —añade—, era voluntad. Quería entender por qué algunas personas podían seguir adelante incluso cuando no tenían respuestas.

—¿Y las encontraste?

—Algunas. —Se encoge de hombros—. Otras solo cambiaron de forma.

Bebe un sorbo más de café, y el gesto tiene algo casi melancólico.

—A veces creo que todos buscamos eso, ¿no? —dice—. Que alguien nos deje una frase subrayada para encontrarla justo cuando la necesitamos.

La observo. La luz gris del exterior se mezcla con el ámbar del interior y le dibuja sombras suaves en el rostro.

—Y ahora eres tú quien subraya las frases para los demás.

Kate sonríe.

—Tal vez. O tal vez solo intento que alguien se detenga un segundo antes de seguir corriendo.

20

—¿Te molesta si saco la grabadora? —pregunta Kate, mientras busca algo en su bolso.

Su voz suena distinta, más suave que los otros días, como si la confianza se hubiera vuelto parte del aire.

—Últimamente no he grabado nada, pero no quiero perder ningún detalle.

Asiento, sin pensarlo demasiado.

La luz entra por la ventana del café en líneas oblicuas. Kate coloca la grabadora sobre la mesa, sin encenderla todavía.

—Tranquila —digo—. Hoy no hay prisa.

Ella sonríe, deja el dedo sobre el botón de grabar, pero no lo presiona.

—Entonces dime... ¿qué pasó en la USF2000.? —pregunta.

Por un momento no respondo.

El vapor del café sube entre nosotros y se disuelve antes de alcanzar la luz.

—Pasó que todo empezó a moverse muy rápido —digo al fin—. Demasiado rápido.

Kate asiente, en silencio.

—Cuéntame —dice, encendiendo la grabadora.

El clic resuena en el aire como un disparo pequeño, un punto de partida.

—Tenía quince años —empiezo—.

El primer año en USF2000 fue una locura. Pasé de correr en pistas que apenas conocía a viajar cada dos semanas por todo el país. Florida, Alabama, Ohio, Wisconsin. Cada circuito tenía su propio lenguaje: el asfalto, el viento, las sombras sobre las curvas. Y yo aprendía cada palabra sobre la marcha.

La categoría era distinta. Los autos eran más pesados, más agresivos. Los ingenieros hablaban de telemetría, de estrategias, de ventanas de rendimiento... cosas que hasta entonces solo había escuchado en boca de mi padre o en documentales de Fórmula 1.

A mí solo me importaba una cosa: ser el más rápido.

El equipo creció conmigo. Mi ingeniero, Paul, tenía la paciencia que a mi padre le faltaba. Me dejaba equivocarme. Me enseñó que una vuelta perfecta no sirve si no puedes repetirla diez veces.

Recuerdo que el primer fin de semana en Alabama terminé cuarto, pero con la vuelta más rápida.

Cuando volví al box, Paul solo dijo:

—Ya sabes lo que puedes hacer. Ahora hazlo siempre.

Y lo hice. Gané las siguientes tres carreras.

En Mid-Ohio crucé la meta con doce segundos de ventaja, algo casi obsceno en una categoría así. En Road America repetí el podio. En Laguna Seca, con el auto vibrando como si fuera a romperse, gané bajo una bandera amarilla.

Ese año terminé campeón con más puntos que nadie en los últimos diez años.

—Arrasaste —dice Kate, apenas un susurro.

Asiento.

—Sí. Pero a los quince años no entiendes lo que eso significa. Crees que estás demostrando lo que vales, pero en realidad estás firmando un contrato invisible con la exigencia. Después de eso, ya no se te permite ser humano.

Hago una pausa. El recuerdo se siente nítido y lejano a la vez.

—A los dieciséis ya era el favorito para repetir el título. Todos esperaban que dominara, y lo hice. Pero ya no corría con el mismo corazón. Corría con cálculo. Con miedo a perder. Cada error se sentía como un crimen. Cada segundo lugar, como un fracaso personal.

Kate se inclina un poco hacia adelante, sin dejar de observarme.

—¿Y tu padre? —pregunta.

—Seguía ahí —respondo—. Pero algo había cambiado. Ya no hablaba tanto. Me miraba como si ya no supiera si debía felicitarme o exigirme más. Supongo que él también empezó a entender que ganar no siempre se siente bien.

—En St. Louis llovía a cántaros. Los comisarios dudaban si cancelar la carrera. Yo quería correr. Le dije a Paul que no importaba el clima, que podía hacerlo. Gané por veinte segundos. Mi padre me abrazó en el podio. Fue la primera vez en años. Pero incluso entonces, mientras sonreía, me dijo al oído: «Lo difícil no es ganar, es continuar haciéndolo.»

Y creo que esa frase se me quedó grabada más que el trofeo.

El café ya se enfrió. Kate apaga la grabadora, aunque no lo nota; su mirada sigue fija en mí.

—Entonces —dice, con voz baja—, a los dieciséis ya eras lo que todos querían que fueras.

—Sí —respondo—. Un campeón que todavía no sabía qué hacer con la palabra éxito.

Ella asiente, despacio.

—Suena a que ese fue el principio de todo.

Asiento también, sin buscar una frase que cierre.

Ella juega con la cuchara, la hace girar en el borde del plato.

—¿Y fuera de las pistas? —pregunta, de pronto—. ¿Cómo eras cuando no estabas dentro del casco?

Sonrío, sin saber si por la pregunta o por el recuerdo.

—No lo sé. Creo que estaba aprendiendo a ser persona. —Hago una pausa—. Pasaba más tiempo en talleres que en fiestas. Vivía con un calendario en la cabeza: entrenamientos, viajes, reuniones. A veces ni siquiera sabía qué día era. También tenía que estudiar. Siempre viajaba una tutora que se encargaba de mantenerme al día con las materias del colegio.

Kate sonríe.

—Pero tenías quince, dieciséis... ¿No te interesaba hacer las cosas normales? Salir, conocer gente, mirar a las chicas.

—Claro que sí —respondo, riendo apenas—. Pero era complicado. Mis fines de semana eran carreras, y mis amigos estaban en Houston. La mayoría de mis conversaciones eran con adultos que hablaban de motores, alguno que otro piloto, patrocinios o logística. Así que sí... miraba a las chicas, pero desde lejos.

—¿Y ellas te miraban a ti? —pregunta, con una ceja levantada.

—Algunas, supongo. —Me encojo de hombros—. Pero yo era torpe. En la pista sabía exactamente qué hacer, fuera de ella no tenía idea. Si una chica me hablaba, pensaba que quería preguntarme por el auto.

Kate suelta una risa leve, cálida.

—Eso suena encantadoramente adolescente.

—Lo era. —Sonrío—. Hubo una vez, en una entrega de premios, una chica del equipo rival se me acercó para felicitarme. Y yo, nervioso, le expliqué toda la estrategia de neumáticos. No volví a verla.

—Un romántico —dice, divertida.

—Un desastre —corrijo.

Se ríe otra vez. El sonido se mezcla con el murmullo suave del café.

—Supongo que todo eso cambió cuando empezaste a ganar más —añade.

—Sí, pero no necesariamente para bien. Ganar te da visibilidad, pero también te roba tiempo. A los diecisiete, todos me veían como «el chico prodigio». Y cuando te ponen una etiqueta así, lo último que esperan es verte haciendo cosas normales.

—Entonces eras un adolescente con talento, fama, y cero tiempo libre.

—Y mucha curiosidad —añado—. Por todo. Por la vida, por la gente, por lo que había más allá de los circuitos. Creo que por eso recuerdo esa época con cariño, a pesar del ritmo. Había algo... puro en todo eso. Como si cada día fuera la primera vuelta de algo.

Kate asiente.

—Eso explica mucho —dice, y lo hace con una voz que no suena a periodista, sino a alguien que intenta entenderte de verdad.

Se queda un momento pensativa, como si dudara en decir algo. Luego sonríe, baja la mirada y se ríe apenas, con ese gesto que siempre anuncia una confesión.

—Tengo que serte muy sincera —dice, y la risa se le escapa entre las palabras—. Ayer, antes de dormir, me puse a buscarte en Google.

Levanto las cejas.

—¿Ah, sí?

—Sí. —Asiente, divertida—. No por trabajo, lo juro. Solo... curiosidad profesional.

—Eso suena peor. —Sonrío.

—Lo sé. —Ríe más abiertamente ahora—. Pero encontré una foto tuya de cuando tenías quince años. En una entrega de premios, creo.

Saca el teléfono del bolso, desliza la pantalla y me lo muestra.

Ahí estoy: con el traje demasiado grande, el cabello desordenado y una expresión que no sé si era timidez o miedo.

—Por favor... —digo, llevándome una mano a la cara—. Me veía fatal. Esa era mi etapa de «adolescente confundido».

—Confundido, sí —dice ella, observando la foto—, pero adorable.

—Tenía espinillas, y esa sonrisa... parecía que me dolía existir.

—A mí me parece que eras un adolescente atractivo —responde, y su voz baja apenas un tono.

Sonrío, intentando disimular el rubor que sube sin permiso.

—Gracias... supongo —digo, tratando de sonar casual.

—No lo niegues. —Guarda el teléfono, todavía riendo—. Todos tuvimos esa etapa. Algunos solo tuvimos menos cámaras alrededor.

Nos reímos los dos, con esa risa sincera que limpia el aire. La distancia entre nosotros parece acortarse. Ya no hay entrevista, ni pasado, ni guion. Solo dos personas riéndose de lo que fueron.

21

Por un momento, seguimos riendo. El sonido se va apagando despacio, como si se mezclara con el murmullo del café y el tintinear de las tazas.

Kate se limpia una lágrima del ojo de tanto reír y suelta un suspiro corto.

—Necesitaba eso —dice—. Un poco de ligereza entre tanto pasado.

—Yo también —respondo—. A veces uno se toma demasiado en serio.

Ella asiente, sonríe, y durante unos segundos ninguno de los dos habla. Luego, como si el momento lo pidiera, Kate vuelve a su tono más suave, el que usa cuando sabe que la conversación va a dar un salto.

—¿Y qué vino después? —pregunta.

—Después de eso... vino el vértigo. —Apoyo los codos sobre la mesa—. La Pro 2000.

Ella inclina la cabeza apenas, expectante.

—¿Te gustó?

—Sí —respondo, casi en un suspiro—. Pero fue diferente. La velocidad era la misma, pero el ambiente ya no. Ahí entendí que las carreras no solo se ganan en la pista, también fuera de ella.

Kate no interrumpe. Sabe que la historia está por desplegarse sola. Con un movimiento leve, casi instintivo, acerca la grabadora y presiona el botón. El clic suena discreto, como si respetara el momento.

—Tenía diecisiete años. —Sonrío apenas, sin mirar el café—. Era la edad en la que todo debería parecer una promesa... pero para mí, ya era una prueba.

La USF Pro 2000 era otro universo. Ocho fechas, dieciséis carreras. Los autos ya no eran juguetes con motor, eran armas. El mismo chasis Tatuus, pero con el corazón distinto: el Mazda MZR 2.0 litros rugiendo a más de 275 caballos. Más velocidad, menos margen. En esa categoría ya no competías por aprender, competías para sobrevivir.

El salto desde la USF 2000 fue brutal. Las curvas llegaban antes, el error se pagaba caro, y los rivales eran todos pilotos experimentados. Cada fin de semana era una guerra silenciosa entre los que soñaban con Indy NXT.

El coche vibraba distinto, más tenso, más vivo. Paul me repetía: «Este motor no perdona los caprichos. Escúchalo antes de empujarlo».

En St. Petersburg abrimos la temporada. Clasifiqué segundo, gané las dos carreras. En Barber terminé tercero en la primera y primero en la segunda, con un adelantamiento en la última vuelta que todavía siento en las manos. En Road America logré el hat trick: pole, vuelta rápida, victoria. A mitad de temporada, seis victorias y un podio ya me habían dado el título sin que hiciera falta la última ronda. Pero seguí corriendo igual.

La prensa empezó a llamarme «el chico que no se equivoca». No sabían que en cada curva pensaba que todo podía acabarse ahí. Había aprendido a correr sin margen, con la precisión de quien sabe que una décima lo separa del olvido.

A veces, después de cada carrera, me quedaba solo en el box cuando todos se iban. Tocaba el coche, la fibra caliente, el metal aún vibrando, y me decía: «todavía no llegas». Era mi forma de no creérmelo.

Kate escucha en silencio. La grabadora parpadea con la luz roja encendida, pero ella no toma notas.

—Seis victorias —dice, casi en un suspiro—. Eso suena a dominio absoluto.

—Y a cansancio absoluto —respondo—. No por el cuerpo, sino por la mente. Ganar tanto no se siente como uno cree. Es una mezcla de alivio y vacío.

—¿Y qué seguía?

—La segunda mitad del campeonato —respondo—. Lo más difícil no fue ganar, fue sostenerlo. Cuando todo el mundo espera que ganes, cada curva deja de ser una oportunidad y se convierte en una amenaza.

A partir de Toronto, todo se volvió más intenso. Las diferencias entre autos eran mínimas. El motor rugía con un tono distinto en cada circuito, como si también se cansara. Paul lo notaba antes que yo. «Escúchalo —me decía—, hoy suena más tenso que tú». Ganamos allí también. Y después en Mid-Ohio, donde el asfalto se rompía con el calor y las frenadas parecían latidos.

El equipo era una máquina perfecta. No teníamos presupuesto para errores, pero tampoco excusas. En cada parada todo ocurría en sincronía: el sonido seco del gato neumático, las ruedas cayendo al piso, el golpe del casco contra el reposacabezas. No hacía falta hablar. Sabíamos que un segundo perdido en boxes podía tirar abajo todo un fin de semana.

En Road America volví a dominar. En Portland sellé el campeonato con una carrera que todavía recuerdo en cámara lenta: el sol cayendo sobre el alerón, los neumáticos gastados, y la radio llena de gritos. Once victorias y cuatro podios en dieciséis carreras. Un récord.

Pero no lo sentí así. El trofeo era pesado, el aplauso largo, y aun así, dentro del casco, solo escuchaba mi respiración. No alegría, no euforia. Solo el alivio de no haber fallado.

Esa noche, después de la premiación, me quedé en el box vacío. Afuera, el circuito dormía.

Paul pasó a despedirse.

—Lo lograste —me dijo.

—Sí —respondí—, pero no lo siento.

Él me miró, pensativo, y dijo algo que todavía recuerdo:

—A veces, cuando alcanzas lo que soñaste, el silencio es el único aplauso que queda.

Kate baja un poco la mirada, como si necesitara procesarlo.

—Once victorias —repite, con tono bajo—. A los diecisiete.

Asiento.

—Sí. Fue un gran año, y creo también el más solitario. Ganar tanto te deja sin rumbo. Cuando todo sale bien, dejas de saber qué hacer después.

El café ya está frío. El ruido del local se apaga por un instante, y solo queda la voz de ella.

—Y fue entonces cuando llegó IndyCar —dice, casi adivinándolo.

—Sí. —Sonrío apenas—. Fue entonces cuando el mundo se abrió y, sin saberlo, empezó a cerrarse también.

—¿Por qué llegó tan rápido? —Me pregunta con curiosidad.

—Porque en este mundo, cuando todo va bien, nadie quiere esperar —respondo—. Y yo menos que nadie.

Los equipos grandes ya estaban mirando. AJ Foyt Racing fue el primero en llamar. Me dijeron que había un asiento disponible para la siguiente temporada. Que podía dar el salto directo, sin pasar por Indy NXT. Que era mi momento.

A los dieciocho, cualquier frase que suene a «tu momento» se convierte en una orden.

Kate asiente, despacio.

—¿Y tú qué sentiste?

—Orgullo, miedo, y una especie de vértigo. Era el sueño, ¿no? Lo que todos decían que venía después. Pero nadie te prepara para lo que implica convertir un sueño en rutina.

—¿Y tu padre? —pregunta Kate, con esa suavidad suya que ahora reconozco sin pensar, esa forma de hablar que parece abrir espacio incluso en el silencio.

—Estaba feliz —respondo—, aunque no lo dijera así.

Hizo lo que hacía siempre: me llevó al garaje. Tenía el viejo tablero cubierto de recortes y fotos de pilotos, de autos legendarios, de frases que escribía en papeles amarillos... y, entre todo eso, los recortes de mi propia carrera.

Ese día añadió una nueva hoja, con una sola línea. Decía: «No confundas llegar con permanecer.»

Kate me mira, sin interrumpir.

—No me dio un discurso, ni un abrazo. Solo eso. Luego me puso una mano en el hombro y dijo: «Ahora sí vas a conocer el mundo real.»

—¿Y tenías idea de lo que significaba?

—Ninguna. —Sonrío apenas—. Pensaba que el mundo real era la pista. No entendía que lo difícil empezaba fuera de ella.

Hago una pausa, buscando entre recuerdos que huelen a aceite y a papel.

—Él no me acompañó a firmar el contrato. Dijo que no quería ser el tipo de padre que se roba el momento de su hijo. Me pidió una sola cosa: que no me olvidara de por qué empecé a correr.

—¿Y lo hiciste? —pregunta ella.

—Lo intenté —respondo—. Pero cuando subes de categoría, el porqué empieza a diluirse entre los patrocinadores, las cámaras, los horarios, los compromisos. Ya no corres para ti, corres para sostener la maquinaria que te rodea.

Kate asiente, despacio.

—Suena como si hubieras tenido que aprender a correr de nuevo.

—Exactamente —digo—. Solo que esta vez, ya no había margen para equivocarse.

—Mi padre tenía razón —añado, casi en un susurro—. Llegar no es nada. Lo difícil es seguir cuando todos creen que ya lo lograste.

La semana siguiente fue un torbellino. Las revistas especializadas hablaban del «piloto que se saltó Indy NXT», el «niño récord», el «nuevo heredero del automovilismo americano».

Mi rostro aparecía en portadas que hasta ese momento solo mostraban a veteranos. Había sesiones de fotos, conferencias, entrevistas que se repetían con distintas preguntas pero las mismas respuestas. Sonreír, mirar a cámara, contar cómo empezó todo. El ruido era distinto, más frío.

La prensa me perseguía hasta en mi casa, los reporteros buscaban la historia perfecta, la frase que resumiera lo que nadie entendía: que detrás del casco había un chico que todavía no sabía en qué se estaba convirtiendo.

Las primeras semanas después del título fueron un desfile de presentaciones. Firmas de patrocinio, galas, eventos benéficos. Mi calendario dejó de tener espacio en blanco.

Me acostumbré a los trajes, a las luces, a las preguntas de «¿cómo se siente ser el futuro?». Nadie preguntaba cómo se siente perder el control de tu propio tiempo.

Paul solía bromear diciendo que yo respondía igual en todas las entrevistas, palabra por palabra, como si fuera parte del entrenamiento. Y quizás lo era. En cada respuesta aprendí a sostener una versión de mí mismo que no siempre reconocía.

Una tarde, después de una sesión de fotos en Nueva York, miré la portada recién impresa de una revista. «Charlie White: el chico que no conoce límites.»

La frase me dio miedo. Porque si no tienes límites, tampoco tienes dónde detenerte.

Kate escucha sin interrumpir. La grabadora sigue encendida, pero su mano está sobre el botón, como si dudara en detenerla.

—Entonces fue ahí —dice, apenas un susurro—, cuando cambió todo.

—Sí —respondo—. Ese fue el comienzo de algo más grande que yo.

—¿Y lo disfrutabas?

—A veces —digo, encogiéndome de hombros—. Pero el éxito, cuando llega tan pronto, no se celebra... se sobrevive. No quería perderme en el, había leído tantas historias de personas que logran la fama a muy temprana edad y terminan por ahogarse. No quería terminar así.

Kate me mira, con esa expresión que mezcla ternura y análisis.

—¿Y lo lograste? —pregunta.

—Lo intenté. —Me paso una mano por el cabello—. Nadie te enseña a ser conocido. Un día despiertas y descubres que la mitad del mundo sabe tu nombre y la otra mitad opina sobre él.

Había días en que mi vida parecía un tráiler que alguien más había editado: imágenes rápidas, frases correctas, música de fondo.

Yo solo veía pasar las luces desde la ventana, tratando de recordar cuándo fue la última vez que manejé sin una cámara enfrente.

En una entrevista, un periodista me preguntó:

—¿Qué se siente ser la nueva promesa de América?

Respondí lo de siempre: «Un honor, una responsabilidad.»

Pero por dentro pensé: Se siente como estar en un coche sin frenos, bajando una montaña sin saber si la meta existe.

Kate me observa en silencio.

—Entonces —dice, en voz baja—, la velocidad no estaba solo en la pista.

—No —respondo—. A veces iba tan rápido que ni siquiera podía escucharme.

El sonido de una taza al ser colocada sobre la barra los saca del ensimismamiento. El mesero se acerca con una sonrisa educada, la libreta en una mano.

—Disculpen —dice, con esa cortesía británica que suena más amable que cualquier disculpa—, pero vamos a cerrar en unos minutos.

Kate lo mira, sorprendida.

—¿Ya son las cinco?

—Cinco en punto, señorita.

Asiento, aturdido. El reloj del local lo confirma. El tiempo se nos fue como si alguien hubiera cortado algunas horas del día sin avisar.

—No me había dado cuenta —digo.

—Ni yo —responde ella, recogiendo la grabadora y apagándola con cuidado. El pequeño clic suena como un punto final que ninguno de los dos esperaba escribir. El mesero nos deja la cuenta y se aleja sin prisa. Pagamos casi al mismo tiempo, insistiendo en cubrirla, hasta que Kate cede con una sonrisa.

—La próxima corre por mí —dice.

—Lo tomaré como una promesa.

—No te acostumbres —responde, riendo apenas.

Nos levantamos. Las lámparas empiezan a apagarse una a una, y el sonido del vapor se disuelve como un suspiro. Afuera, la luz ha cambiado: el gris del cielo se mezcla con un naranja suave, ese tono que solo existe entre la tarde y la noche. La puerta se cierra detrás de nosotros con un tintineo leve. El aire es fresco, casi inmóvil.

—¿En serio son las cinco? —pregunta Kate, mirando el reloj de su muñeca.

—Parece que el tiempo también se tomó un descanso —respondo.

Nos quedamos un momento en la acera, sin decidir hacia dónde ir. El pueblo está tranquilo y el viento huele a la lluvia que estuvo cayendo mientras platicábamos en el café.

—¿Tienes prisa por volver? —pregunta ella.

—No —respondo—. ¿Y tú?

—Tampoco.

El silencio entre los dos es distinto esta vez. No hay prisa, pero tampoco pausa.

—Podríamos seguir hablando en otro lugar —dice al fin.

—¿Dónde?

Ella mira alrededor, pensativa.

—Podríamos caminar —propone—. O buscar algo más tranquilo.

—¿Tranquilo como qué?

—No sé... —Sonríe—. Sorpréndeme.

Nos miramos, y el mundo parece quedarse suspendido otra vez.

22

Kate abre el coche con un clic del llavero. El sonido breve del seguro rompe la calma de la calle.

—Bueno —dice, sonriendo—, te toca cumplir tu promesa. ¿A dónde?

—Ya lo verás. —Le hago un gesto hacia el asiento del copiloto—. Conduce hacia el sur. Te digo cuando.

—¿Sin mapa?

—Confía.

—Eso siempre suena peligroso viniendo de un piloto.

—Solo cuando manejo yo —respondo, riendo.

Subimos al coche. El interior guarda el olor de su perfume. El motor arranca con un murmullo suave, y la luz del atardecer se filtra por el parabrisas en tonos dorados que ya comienzan a volverse grises.

El camino de regreso al pueblo es estrecho, flanqueado por árboles que parecen inclinarse sobre la carretera. Las farolas empiezan a encenderse una a una, y el cielo, de un azul deslavado, se refleja en el capó.

—¿Siempre sabes adónde vas? —pregunta Kate, sin apartar la vista del camino.

—En la pista sí. Fuera de ella, la mayoría de las veces solo finjo que lo sé.

—Eso me tranquiliza. —Sonríe, y acelera apenas.

A los pocos minutos, el letrero aparece entre los árboles: The Greyhound Inn. La fachada blanca contrasta con la penumbra del campo; las ventanas brillan con una luz ámbar que se adivina cálida.

Kate aparca frente al pub y me lanza una mirada curiosa.

—¿Aquí?

—Aquí. —Asiento—. Mark me trajo aquí. Dijo que en este lugar las cosas se piensan mejor.

—Entonces debe ser perfecto para seguir hablando.

El interior huele a madera y cerveza. Las mesas están llenas de conversaciones bajas, de risas contenidas, del sonido de los vasos chocando. Elegimos una mesa junto a la pared del fondo. La misma donde nos sentamos Mark y yo la última vez que venimos.

Kate deja su abrigo en el respaldo y se acomoda.

—Ahora entiendo por qué te gusta —dice, mirando alrededor—. Tiene ese tipo de ruido que no estorba.

—Sí. —Asiento—. Es el tipo de ruido que acompaña.

El camarero se acerca, el mismo de siempre.

—Buenas noches, Charlie —dice, con un acento amable—. ¿La cerveza de siempre?

—Sí, por favor. Y para ella... —¿Vino o cerveza? —le pregunto a Kate.

—Cerveza —responde—. Pero una de esas oscuras.

—Perfecto —dice el camarero, anotando con una sonrisa antes de alejarse.

El fuego del pub crepita al fondo, llenando los silencios que ninguno de los dos parece querer romper todavía.

Kate apoya los codos sobre la mesa.

—Me gustó —dice—. Tiene algo... familiar.

—Es un buen sitio para empezar algo o para terminarlo —respondo, sin pensarlo.

—¿Y nosotros qué estamos haciendo?

—No lo sé. —Sonrío—. Tal vez un poco de ambos.

El mesero regresa con dos vasos altos, dejando atrás una estela de olor a cebada tostada. Coloca la cerveza frente a mí, otra frente a Kate, y la espuma densa brilla bajo la luz del pub.

—Dos de la casa, una clara y otra oscura —dice, con su tono amable—. Si necesitan algo más, estaré al fondo.

Asiento, y el sonido del vaso al tocar la madera parece llenar el silencio que dejó su voz.

Llevo la cerveza a los labios, pero Kate levanta una mano.

—Espera, Charlie —dice, sonriendo.

—¿Qué pasa?

—No puedes empezar sin brindar.

—¿Por qué vamos a brindar?

—Por la buena compañía. —Sus palabras salen suaves, pero firmes. Levanta su vaso, y el reflejo del fuego tiembla en el ámbar de la cerveza. Chocamos los vasos con un golpe leve, apenas un golpe de cristal.

El primer trago llega como un descanso: frío, amargo y perfecto. Afuera, el viento se desliza contra los ventanales, pero dentro, todo parece suspendido en esa chispa breve que dura justo lo que tarda un brindis en convertirse en silencio.

Kate deja el vaso sobre la mesa y, mientras el ruido del pub se acomoda alrededor, busca algo en su bolso. Saca la grabadora. La sostiene un momento entre las manos, como si dudara.

—Sé que no es el mejor lugar para traer una grabadora —dice, con una sonrisa casi culpable—, pero no quiero perderme de ningún detalle.

El fuego de la chimenea parpadea detrás de ella, reflejándose en el metal del aparato.

—No te preocupes —respondo—. Aquí nadie nos escucha más que el ruido.

—Eso espero —dice, divertida. Coloca la grabadora sobre la mesa, justo entre los dos vasos, y presiona el botón.

El clic es casi imperceptible, pero suena como una señal.

—¿Por dónde seguimos? —pregunta, inclinándose un poco hacia adelante.

—Por lo que vino después —digo—. Indy.

Ella asiente, con esa mezcla de curiosidad y respeto.

—¿Cómo fue tu debut en IndyCar? —pregunta, con la voz casi un susurro.

—Una locura —respondo, después de una pausa.

—¿En qué sentido?

—En todos. —Sonrío—. En la pista, en los medios, en mi cabeza. Era como si todo lo que había soñado desde niño llegara de golpe, pero sin darme tiempo a entenderlo.

Muevo la cerveza en la mesa, el líquido se mece como si marcara el pulso de la memoria.

—Fue en St. Petersburg —digo al fin—. El mismo circuito donde había ganado mi primera carrera de Pro 2000. Solo que esta vez, todo era más grande: más ruido, más gente, más presión. La noche anterior no dormí. No por nervios, sino por el peso del silencio.

Kate no interrumpe; el reflejo del fuego le dibuja sombras suaves en la mirada.

—Cuando me subí al coche por primera vez —continúo—, sentí que el mundo se encogía. Los muros estaban más cerca, los frenos eran más bruscos, los ingenieros hablaban en otro idioma, y las cámaras... estaban en todas partes. Ya no era el chico rápido de las categorías menores. Era el novato al que todos miraban para ver si fallaba.

Bebo un sorbo, dejo el vaso en la mesa.

—No me fue mal. Terminé octavo. Para muchos, eso fue un milagro. Para mí, fue una derrota. Quería más. Quería demostrar que no estaba ahí por casualidad.

—¿Y lo lograste? —pregunta Kate.

—En parte. —Sonrío, pero no del todo—. Cada fin de semana era un aprendizaje, y cada error se sentía como una deuda. AJ Foyt me trató bien, pero sabía que el asiento no estaba asegurado. En IndyCar, si no eres rápido, desapareces.

Mi primer podio llegó en la quinta carrera, en Road America. Todavía puedo sentirlo. La pista temblaba con el rugido de treinta motores listos para tragarse el asfalto. Clasifiqué quinto, y no me sentí fuera de lugar. Esa carrera fue una especie de redención silenciosa: cincuenta y cinco vueltas persiguiendo a pilotos que, hasta hacía un año, solo veía en televisión.

A falta de diez vueltas, el cielo se nubló y el viento cambió de dirección. El auto se movía con una precisión que no había sentido antes; cada curva era una respiración contenida. Paul, desde el muro, me dijo: «Ahora, Charlie. Ahora o nunca.»

Pasé al segundo lugar en la recta de Kettle Bottoms. Ni siquiera lo pensé. Solo fui. Cuando crucé la meta, el grito por radio me devolvió a la realidad. Paul reía, el equipo lloraba, y yo... yo solo respiraba. No fue euforia. Fue alivio.

Me quedo en silencio un momento.

—Hubo una carrera en Mid-Ohio donde lideré durante veinte vueltas. Tenía la victoria en las manos... y a cuatro del final, el motor falló. No dije nada por radio. Solo respiré y dejé que los demás pasaran. Cuando volví a pits, Paul me miró y dijo: «Ahora sí eres piloto de verdad.»

—¿Por qué? —pregunta Kate.

—Porque aprendí que a veces perder con dignidad te hace más fuerte que ganar con suerte.

Kate asiente, sin decir nada. El fuego del pub proyecta reflejos dorados sobre su rostro.

—AJ Foyt era un equipo pequeño —continúo—. Honesto, trabajador... pero pequeño. Teníamos más corazón que recursos. El coche no siempre llegaba con lo que pedíamos, y muchas veces las piezas llegaban el viernes para una carrera que empezaba el sábado. Aun así, cada mecánico lo daba todo. Había fines de semana en los que solo acabar la carrera ya era una victoria.

Tomo un trago de cerveza. El sabor amargo se mezcla con el recuerdo.

—En la pista éramos rápidos, pero el auto tenía límites. Lo sabíamos todos. En este deporte, hay veces que el talento no alcanza para compensar el presupuesto. Pero eso también te enseña humildad. A manejar el riesgo, a cuidar la máquina, a exprimir cada vuelta como si fuera la última.

—¿Y aun así lograste tanto? —pregunta Kate.

—Sí. Terminé el año dentro del top diez del campeonato y me nombraron novato del año. No fue un título oficial, pero sí una forma de decir: «Estamos viendo lo que haces.»

Sonrío al recordarlo.

—No gané ninguna carrera, pero aprendí más que en todos los años anteriores. Aprendí a esperar, a escuchar al equipo, a entender que no siempre se trata de ser el más rápido... sino el más constante.

—¿Y después? —pregunta, bajando la voz.

—Después llegó la llamada de Ganassi. —Hago una pausa breve—. No sabía que la vida podía cambiar con una sola frase: «Queremos que corras para nosotros.»

El fuego del pub cruje en la chimenea, llenando el aire con el olor a madera encendida.

—Y dijiste que sí —susurra Kate.

—Claro que sí —respondo—. No era una decisión difícil. Sabía que para pelear por campeonatos necesitaba algo más que talento. Un equipo grande significaba recursos, estrategia... la posibilidad real de ganar. Ganassi me ofrecía eso: un entorno donde cada detalle contaba y donde un error no era una condena, sino parte del proceso.

Hago una pausa.

—No lo vi como un salto al cielo, sino como un paso necesario. Había llegado el momento de dejar de ser la promesa.

23

El salto a Ganassi fue distinto a todo lo anterior. No era solo un cambio de auto, era un cambio de mundo. En AJ Foyt me conocían por quién era; en Ganassi, por mi nombre y por el piloto que era. Todo estaba medido, cronometrado, controlado. Desde la primera reunión entendí que allí no bastaba con ser rápido: había que ser exacto.

El garaje era una orquesta silenciosa. Ingenieros, mecánicos, estrategas, todos moviéndose en sincronía, sin levantar la voz. Los monitores mostraban cifras que parecían más importantes que las personas. Era el lugar donde los detalles decidían las carreras.

—¿Y tú cómo te sentías? —pregunta.

—Como un estudiante nuevo en un colegio que ya empezó el año. —Sonrío apenas—. Todos sabían qué hacer menos yo. Me tomó semanas entender el ritmo, la jerarquía, el lenguaje. Pero cuando me subí al auto, todo eso se calló.

El Dallara DW12 rugía distinto: más pesado, más estable, pero con una agresividad que parecía domada solo por respeto. Ganassi tenía todo lo que AJ Foyt soñaba tener. Por primera vez, sentí que podía competir por algo grande.

La primera carrera fue una lección disfrazada de rutina. Terminé sexto. No hubo errores, pero tampoco magia. Solo números: tiempos, parciales, consumo. En Ganassi, bien no significaba nada. «Bien» era lo mínimo.

La segunda carrera fue distinta. Long Beach tenía algo que siempre me gustó: el olor a mar mezclado con el de los frenos calientes, el público colgando de los balcones, el rugido de los motores rebotando entre los edificios.

Clasifiqué tercero. Desde la primera vuelta supe que el auto estaba vivo, equilibrado, casi perfecto. Cada curva tenía el pulso exacto, cada frenada caía en su sitio. A mitad de carrera, el líder cometió un pequeño error saliendo de la chicana y dejé que el instinto hiciera el resto. Cuando crucé la meta, nadie gritó por radio. Solo un aplauso breve, contenido, seguido de un «Excelente manejo Charlie. Felicidades por tu primer victoria.» Así era Ganassi: incluso la euforia tenía protocolo.

Kate sonríe, inclinándose apenas hacia adelante.

—¿Y cómo te sentiste en ese momento?

—Distinto. —Hago una pausa—. No era la felicidad de ganar, era la sensación de haber cumplido con algo inevitable, incluso un alivio. Como si, por fin, todo lo que había hecho hasta ese día tuviera sentido.

Kate asiente despacio, pero su mirada se queda fija, como si buscara algo detrás de la frase.

—¿Y Paul? —pregunta—. Me has hablado de él muchas veces, pero nunca me contaste cómo era realmente.

—Paul... —repito, dejando que el nombre flote un momento—.

Mi ingeniero y el único que sabía cuándo no debía decir nada. En un mundo donde todos hablan, él sabía escuchar. No celebraba, no reclamaba, solo observaba. Podía pasar una hora frente a la pantalla de telemetría sin mover un músculo, y de pronto decía una frase que cambiaba todo. «Frena dos metros antes.» «Respira más profundo en la curva cuatro.» «No pienses tanto.»

—Cuando firmé con Ganassi —continúo—, pedí una sola condición: que Paul siguiera conmigo.

No podían registrarlo como ingeniero del equipo; ya tenían su propio grupo técnico, gente con contratos blindados y jerarquías inamovibles. Pero aceptaron que viniera como asesor.

—¿Asesor? —pregunta Kate.

—Sí, una forma elegante de decir «la única persona que me calma antes de subirme al coche». —Sonrío apenas—.

Ganassi entendió rápido que no era negociable. Paul no hablaba con la prensa, no opinaba en reuniones, no cruzaba información con nadie. Solo estaba ahí. Y aun así, su presencia lo cambiaba todo. Lo curioso es que terminó ganando más que antes, aunque nunca le importó. Cuando se lo conté, solo dijo: «Perfecto, así puedo invitarte un café sin sentir que me debes nada.»

Kate ríe con suavidad.

—Suena como alguien que sabía su lugar en tu historia.

—Lo sabía —respondo—. Y nunca intentó ocupar más espacio del necesario.

Kate da un trago a su cerveza, que ya se ha quedado sin espuma. El fuego del pub proyecta sombras suaves sobre la mesa; el aire huele a madera tibia y cebada.

—A veces olvido que todo esto que cuentas pasó antes de que cumplieras veinte —dice, mirando el vaso vacío—. Es demasiado para una sola vida.

—Yo también lo olvido a veces —respondo.

Nos quedamos callados un momento. El ruido del pub baja un poco. En una mesa cercana, alguien ríe. En otra, alguien juega con las llaves de un auto.

—¿Sabes qué me impresiona? —dice ella, después de un rato—. Que cuando hablas de todo eso, no hay rencor.

—No lo hubo nunca —respondo—. Solo cansancio.

Kate asiente, y la luz del fuego le ilumina la mirada.

—¿Y si platicamos de algo más que no sea carreras? —propone—.

—¿Y de qué hablamos, entonces?

—De cualquier otra cosa. —Sonríe—. Llevas todo el día corriendo en el pasado. Quédate quieto un rato.

Pienso en decirle que no puedo, que no sé hacerlo. Pero solo asiento. El silencio se acomoda entre los dos, tibio, como el calor del fuego que crepita al fondo. No quiero seguir hablando de mí. O tal vez solo quiero ver qué hay del otro lado de su voz.

—Entonces cuéntame tú algo —digo al fin—. Algo que no tenga que ver con libros, ni entrevistas, ni frases subrayadas.

Kate levanta la vista, sorprendida, pero no se resiste.

—¿Algo como qué?

—No sé... algo que casi nunca cuentes.

Sonríe, con ese gesto que mezcla duda y curiosidad.

—Eso suena a pregunta peligrosa.

—Prometo no citarte —respondo.

Se queda mirando la cerveza que queda al fondo de su vaso, moviéndolo con suavidad, como si buscara tiempo en el fondo.

Duda un instante.

—¿Qué quieres saber, exactamente? —pregunta al fin.

—Nada complicado —digo, encogiéndome de hombros—. Solo te

haré una pregunta.

—Está bien. —Asiente, algo divertida—. Dispara.

—¿Te has enamorado alguna vez?

Kate levanta la mirada, sorprendida, pero no ofendida. Suelta una pequeña risa, de esas que rompen el aire sin hacer ruido.

—Vaya —dice—. Ese sí que fue un cambio de tema abrupto.

—Lo sé. —Sonrío—. Pero me pareció más interesante que seguir hablando de motores.

—Y más peligroso —añade, con ironía.

Por un momento se queda en silencio. Como si en el movimiento encontrara las palabras que aún no decide decir.

—No es gran cosa —dice al fin—, pero ya que insistes...

Hace una pausa breve, lo justo para tomar aire.

—En la universidad me enamoré de alguien. No fue una historia extraordinaria, ni trágica. Solo... intensa. Estudiábamos juntos literatura, y pasábamos horas hablando de libros, de viajes, de todo lo que íbamos a escribir cuando saliéramos de ahí. Teníamos esa confianza ingenua de pensar que el amor podía con todo, incluso con nuestras ambiciones.

Sonríe apenas, con un gesto que mezcla ternura y resignación.

—Pero no fue así. A él le ofrecieron una beca en otro país y la tomó. Yo me quedé. No hubo peleas ni promesas, solo una despedida corta en un café, de esas que duelen porque no hay a quién culpar.

Bebe el último trago de cerveza de su vaso, sin mirar.

—Durante meses seguí esperando que volviera, aunque nunca lo dijo. Aprendí que a veces el amor no se acaba, simplemente se dispersa. Y con el tiempo... entendí que lo que más me dolía no era perderlo, sino haber apostado por alguien que no quería quedarse.

Su voz se suaviza.

—Desde entonces me prometí no poner mi vida en pausa por nadie. El trabajo vino después, y con él los viajes, las historias, los nombres. Y de algún modo, eso me bastó. Me acostumbré a moverme, a no tener nada fijo. Supongo que es más fácil escribir sobre los demás que explicarte a ti misma.

Hace una pausa larga.

—Así que no —dice, sin dramatismo—. No he vuelto a enamorarme. No porque no haya tenido la oportunidad... sino porque, honestamente, no sé si sabría qué hacer con alguien que decidiera quedarse.

Se queda callada después de eso, como si la frase final le hubiera salido más honesta de lo que esperaba. Nadie dice nada, pero algo en el aire cambia.

El mesero se acerca con una sonrisa discreta, con la libreta en la mano.

—¿Les hace falta algo más? —pregunta, con ese acento británico que siempre suena más amable de lo necesario.

Kate levanta la vista y sonríe, agradecida por la interrupción.

—¿Otra cerveza? —dice, preguntando con complicidad.

—Otra cerveza será —respondo.

El mesero asiente y se aleja entre las mesas, dejando tras de sí el murmullo leve del pub y el olor a cebada tostada.

Kate apoya los codos sobre la mesa, vuelve a encontrar mi mirada y deja que una sonrisa ligera le cruce el rostro.

—Entonces... —dice, con ese tono suyo que mezcla curiosidad y calma—, ¿me cuentas cómo terminó tu primera temporada en Ganassi?

—¿Quieres la versión oficial o la real? —pregunto.

—La real, por supuesto —responde, inclinándose un poco hacia adelante—. La otra ya la leí en todos los titulares.

24

—Entonces la real... —repito, dándole un trago corto a la cerveza—.

Fue una temporada que empezó con cálculo y terminó con vértigo. Ganassi me dio lo que siempre había buscado: un coche capaz de ganar cada fin de semana. Y eso, paradójicamente, fue lo que más me asustó. Cuando tienes todo, ya no puedes culpar a nada. Si fallas, el error lleva tu nombre.

Las primeras carreras fueron una lucha por adaptarme al sistema, por encontrar mi sitio entre pilotos que ya eran leyenda y mecánicos que podían cambiar una estrategia con una mirada. Después de Long Beach, todo empezó a encajar: el coche, las paradas, incluso el ritmo del equipo. Cada victoria llegaba con la misma mezcla de euforia y alivio.

Paul decía que el secreto era correr sin pensar en los puntos, pero yo pensaba en ellos todo el tiempo. En cada salida, cada curva, cada milésima. El campeonato se volvió una especie de partida de ajedrez a doscientas millas por hora.

Ganamos en Road America y después en Toronto. En Iowa subí al podio con las manos temblando, no por cansancio, sino por la sensación de que todo se movía demasiado rápido. Cuando nos dimos cuenta, ya éramos líderes del campeonato.

A partir de ahí, cada fin de semana era supervivencia. El coche no fallaba, yo tampoco podía hacerlo. Paul empezó a quedarse hasta tarde en el box, repasando telemetrías que nadie le pedía revisar. «El auto respira contigo —me dijo una noche—, si tú te aceleras, él también.»

Kate escucha sin moverse. La luz del fuego le marca la línea de la mandíbula; la cerveza olvidada frente a ella se está quedado tibia.

—¿Y ganaste? —pregunta al fin.

—Sí. —Sonrío, pero sin euforia—. Gané el campeonato en Laguna Seca. Última carrera, último sol del día. Paul no dijo nada por radio cuando crucé la meta. Solo respiró. Yo también. Fue como si ambos hubiéramos estado conteniendo el aire toda la temporada.

El ruido del pub se disuelve por un momento, reemplazado por el crujido de la madera en la chimenea.

—Fue distinto a todo —añado—. Esa vez sí hubo celebración. No éramos mucho de festejar las victorias de carrera, pero el campeonato... ese sí se festejó. El equipo entero se quedó en el box, con la música alta, los cascos sobre las mesas y el olor a combustible todavía en el aire. Había risas, abrazos, incluso champagne, aunque nunca me gustó demasiado.

Chip se me acercó como nunca antes. Tenía esa mirada suya, contenida, como si analizara todo incluso cuando sonreía. Me puso las manos en los hombros y me dijo: «No me equivoqué contigo. Desde que te vi en AJ, supe que tenías un hambre distinta.»

No supe qué responder. Solo asentí, y él añadió, casi en voz baja: «Ahora no la pierdas. Los campeones verdaderos no se alimentan del título, sino de lo que sigue después.»

Por primera vez sentí orgullo por mi trabajo. No por el trofeo ni por los titulares que vendrían después, sino porque alguien que lo había visto todo creyó que valía la pena apostar por mí.

Kate inclina un poco la cabeza. Sus ojos brillan con ese tipo de atención que no busca una respuesta, solo entender el peso de lo que escucha.

—¿Y qué hiciste después? —pregunta.

—Cuando todo se calmó —respondo—, me senté en el muro de boxes y miré la pista vacía. Paul estaba a mi lado, con el casco en la mano. Nadie más.

Le dije: «Lo logramos.» Él sonrió apenas, como siempre, y respondió: «No, Charlie... tú lo lograste.»

Kate se queda en silencio, con una sonrisa leve que no es de admiración, sino de empatía.

—Debe haber sido un momento enorme —dice, casi en un susurro.

—Lo fue. Pero lo curioso es que no se sintió como un final. Más bien como si todo empezara de nuevo, solo que más arriba y con menos espacio para respirar.

—Sonrío—. Sobre todo porque ellos estaban ahí. Mi madre había volado a la carrera sin avisar. Apareció en el paddock con su sombrero enorme, saludando a todos como si fuera parte del equipo. Mi padre, en cambio, se mantuvo donde siempre: detrás del muro, con su cronómetro y esa expresión que no sabías si era orgullo o cálculo.

Cuando crucé la meta, los vi a los dos. Ella aplaudía, él asentía. Y por primera vez entendí que, aunque fueran tan distintos, los dos me querían de la única manera que sabían: esperando algo de mí.

Después del podio, mi madre me abrazó con fuerza. Llevaba perfume de siempre. Mi padre se acercó más tarde, cuando el ruido ya había bajado.

—Buen trabajo —me dijo—. Estoy orgulloso de ti.

Sonrió apenas, y se quedó ahí, conmigo, sin decir nada más.

Kate escucha en silencio, pareciera que el fuego del pub se apaga poco a poco.

—Suena a que fue un día perfecto —dice.

—Lo fue. —Asiento—. Uno de esos que no sabes que vas a necesitar recordar hasta que los pierdes.

—¿Y después de eso? —pregunta, sin levantar la voz.

—Después vino el silencio. No el de los boxes, ni el de los motores apagados... otro. Uno más hondo. El que llega cuando consigues lo que querías y te das cuenta de que, por un segundo, no sabes hacia dónde ir.

Me quedé en la habitación del hotel, con el traje de piloto todavía colgado de la puerta. Había mensajes, llamadas, entrevistas que no contesté. Me bastó con mirar el trofeo en la mesa: pesado, brillante, quieto.

Era extraño. Toda la vida me entrené para alcanzar eso, pero en ese momento solo quería volver a correr. No por ambición... por costumbre.

Kate sonríe con ternura.

—El vértigo.

—Exacto. —Asiento—. Nadie te advierte que cuando llegas, lo que más cuesta es quedarte quieto.

El fuego chisporrotea detrás de nosotros. Los últimos clientes se marchan; el pub empieza a vaciarse. El camarero limpia la barra, con la delicadeza de quien conoce el valor de un cierre tranquilo.

Ella deja la mano sobre su vaso vacío, pensativa.

—¿Te diste cuenta de que mientras me cuentas esto no hablas de ganar, sino de sentir?

—Puede ser. —Sonrío apenas—. Supongo que al final eso es lo que queda. No las vueltas, ni los trofeos, sino la sensación de haber estado ahí, completamente presente, aunque fuera solo por un instante.

Por un momento todo parece detenido: los vasos vacíos, el humo leve que se disuelve en el aire, el olor a madera caliente. Kate mira la chimenea, pensativa. Yo sigo su mirada.

El camarero pasa con un trapo en el hombro y apaga una de las lámparas del fondo. El gesto me saca una sonrisa: es la forma más amable que existe de decir que la noche está llegando a su fin.

Kate se levanta despacio, abrochándose el abrigo. Yo termino el último sorbo de cerveza.

Pagamos, dimos las gracias y salimos al aire frío. El pueblo está casi vacío; el olor a lluvia todavía flota sobre las calles.

Kate camina a mi lado con la mirada perdida entre los reflejos de las farolas. El silencio entre nosotros no incómodo, solo está lleno de cosas que ya no hace falta explicar.

Cuando llegamos al coche, ella se detiene antes de abrir la puerta.

—Hoy hablaste distinto —dice, sin mirarme.

—¿Distinto cómo?

—Como alguien que ya no cuenta una historia... sino que la recuerda.

Asiento, sin encontrar una respuesta mejor.

El motor enciende, y el sonido rompe el aire quieto del pueblo. Mientras nos alejamos, miro por la ventana el resplandor del pub que se apaga detrás.

—Ya casi es viernes —dice ella mientras maneja, con una sonrisa leve.

—Sí... —respondo—. Solo queda este fin de semana y las vacaciones habrán terminado.

—Entonces mañana seguimos —añade—. No pienso dejarte escapar justo ahora.

Sonrío.

Pienso que cada conversación con ella deja un eco parecido a ese fuego: se apaga despacio, pero sigue dando calor mucho después.

25

La habitación está casi a oscuras. La cortina deja pasar una línea pálida que se quiebra en el borde del armario y se pierde sobre el piso. No hay música, no hay televisión. Solo los ruidos mínimos de una casa que ya se acostumbró a mi silencio: el zumbido del refrigerador, el clic esporádico de la tubería, el viento rozando la ventana como si probara la cerradura. El reloj del celular marca una hora que no dice nada. Demasiado tarde para estar despierto. Demasiado temprano para llamarlo insomnio.

Hay noches en que el cuerpo descansa, pero la cabeza sigue corriendo. Esta es una de ellas. Me quedo boca arriba, mirando un techo que no ofrece respuestas. La sábana tibia, el peso del edredón sobre las piernas, la almohada que conserva una forma que no termino de encontrar. Cierro los ojos y, en lugar de apagarse, el día vuelve con sus bordes limpios: la luz ámbar del pub, el olor a madera, el brillo opaco de los vasos vacíos, la voz de Kate moviéndose sin apuro dentro de la conversación.

Repaso la escena. No la versión que se cuenta, sino la que se siente. El campeonato dicho en voz baja, sin fanfarria, como si la euforia hubiera decidido quedarse afuera de la puerta. El gesto de Chip, firme, casi ritual. La mano de Paul, esa forma suya de celebrar sin alterar nada. Y, detrás de todo, mis padres en el borde de la memoria: ella aplaudiendo, él asintiendo. Podría dormirme sobre esa imagen, pero no sucede. Me quedo ahí, detenido, como si el sueño tuviera semáforos.

Me doy la vuelta. El colchón cruje apenas. Un latido en la sien marca su propio ritmo, sin prisa. No es dolor, es residuo. El día que todavía no termina aunque ya no quede nada por hacer. Me sorprende lo mucho que pesa una historia cuando por fin se dice. No porque cueste sostenerla, sino porque ocupa el lugar exacto donde el silencio solía estar.

Pienso en ella. Hay algo en su forma de escuchar que vuelve real incluso lo que uno quiso borrar. Deja espacio y lo sostiene, como quien ofrece una silla sin preguntar por cuánto tiempo. A ratos siento que su libreta es un espejo colocado en el ángulo justo: no devuelve la imagen, devuelve la postura.

Y de pronto uno se descubre con el cuerpo inclinado hacia donde no sabía que estaba mirando.

Esta noche tiene un sonido que reconozco. No es silencio, es una suma discreta: un auto lejano, una puerta que se cierra, el murmullo de un avión que pasa muy alto y deja una vibración que tarda en apagarse. Siempre me ha gustado esa vibración. Me recuerda que hay movimiento incluso cuando nada se mueve.

Me siento en la cama. El piso está frío bajo los pies. Tomo el vaso de agua de la mesa de noche y doy un trago corto. El reflejo de la calle dibuja una geometría tenue en el piso. Podría contar los rectángulos hasta quedarme dormido, pero no busco trucos.

Cierro los ojos otra vez. Vuelve la chimenea del pub. El fuego sube y baja como si respirara con nosotros. La voz de Kate: «Hoy hablaste distinto». ¿Distinto cómo? pregunté. «Como alguien que ya no cuenta una historia, sino que la recuerda.» La frase se queda prendida en el cuarto, como si también necesitara una cama. Me pregunto cuándo fue la última vez que recordé sin defenderme. Tal vez hoy. Tal vez por eso no puedo dormir: porque la velocidad del día bajó de golpe y todo lo que venía detrás me alcanzó al mismo tiempo.

Apoyo la nuca en la almohada y dejo que los brazos caigan a los lados. Respiro hondo. El aire entra seco, ordenado, con esa disciplina que no enseña nadie. Pienso en la frase de mi padre —«no confundas llegar con permanecer»—, por un momento la casa parece asentir conmigo. No es una advertencia, ni una exigencia. Es un modo de estar. Permanecer no es quedarse inmóvil. Permanecer es poder respirarte sin correr. Y hoy, la idea no me amenaza.

No intento dormir. Simplemente cierro los ojos y lo dejo venir: el ruido lejano de una lluvia que no termina de decidirse, la memoria ordenando sin pedirme permiso, el cuerpo encontrando posiciones que no conocía. Tal vez el descanso sea eso: no una meta, sino una superficie. Un lugar donde el día deja de empujar y, aun así, no se cae.

No sé cuánto tiempo llevo despierto. A veces la noche se alarga como una recta sin línea de meta. Enciendo el teléfono solo para ver la hora: 1:37 a.m. La pantalla ilumina el cuarto por un segundo, suficiente para recordarme que sigo aquí. La apago enseguida.

Cierro los ojos otra vez, pero no aparece el sueño. En cambio, aparece la imagen del fuego. Kate frente a mí, con el vaso entre las manos, la luz de la chimenea moviéndose sobre su rostro. Hay algo en esa imagen que me acompaña. Supongo que algunas personas dejan ecos, no recuerdos. Los recuerdos se archivan; los ecos se quedan vibrando hasta que aprendes a respirar con ellos.

Me sorprende pensar en ella tan seguido. No en su voz, ni en su forma de hablar, sino en los espacios entre sus palabras. Hay algo raro en sentirse tan cómodo con alguien que aún no conoce las partes rotas. Quizá porque no las evita, solo las deja pasar, como quien camina descalzo por un terreno irregular sin miedo a lastimarse. Eso hace que uno quiera quedarse un poco más, aunque no sepa decir por qué.

Respiro hondo. El aire nocturno tiene ese olor del clima inglés cuando la lluvia está cerca pero no llega. El viento roza el vidrio.

Me acuerdo de la sensación en los boxes, justo antes de salir a una carrera: el mismo silencio contenido, la misma calma que huele a vértigo. Quizá por eso no puedo dormir; porque mi cabeza todavía cree que algo está a punto de empezar.

Pienso en todo lo que conté hoy. Las victorias, mis padres, el campeonato. Me doy cuenta de que lo que más me pesa no es el cansancio, sino la claridad. Hablar limpia, pero también deja expuesto lo que uno había escondido demasiado bien.

No es dolor, es una forma nueva de vacío, más limpio, más respirable. Y aunque me asusta, también me calma.

Recuerdo el momento en que apagaron la luz del pub. El sonido leve del vidrio al chocar con la mesa, el aire frío al salir, nuevamente la frase de ella:

«Hoy hablaste distinto.»

Quizá tenía razón. Hoy no hablé como un piloto.

Me acomodo en la cama. El cuerpo por fin parece soltar algo. Pienso que la confianza se construye así, despacio, sin avisar. Primero es una conversación, luego una mirada, y de pronto te das cuenta de que le estás contando a alguien cosas que ni tú sabías que recordabas.

No sé si eso es peligroso o necesario. Tal vez ambas cosas.

Mi vida se parece mucho a avanzar con la sensación de que siempre falta una curva más para llegar. Pero esta noche, por alguna razón, no espero ninguna curva.

Recuerdo a mi padre. En su forma de hablar sin levantar la voz, en cómo convertía las frases en mandatos sin imponerlas.

«No confundas llegar con permanecer.»

A veces creo que lo decía por sí mismo, no por mí. Quizá por eso sigo repitiéndola, como si hacerlo fuera una manera de tenerlo cerca. Hay frases que no se heredan; se infiltran. Y un día te descubres viviendo adentro de ellas.

Cierro los ojos. El sueño no llega todavía, pero el cuerpo ya no pelea. Las ideas se desarman, pierden la forma que tenían hace unas horas. Recuerdo el reflejo de la lluvia en el parabrisas mientras Kate manejaba, la última frase antes del silencio.

«Solo queda este fin de semana.»

La escuché como si hubiera dicho «solo queda este momento».

Y quizás tenía razón. Todo esto —el descanso, el libro, el fuego, incluso esta calma rara— también terminará. Pero hay finales que no se sienten así; solo se disuelven en el aire, como una nota que sigue sonando después de que la canción terminó.

El viento arrecia por un instante y golpea la ventana.

El circuito de Laguna Seca llega a mi mente. El rugido del motor que aún se cuela en mis sueños, en las manos de Paul, en la mirada de mi madre, en el cronómetro de mi padre.

Kate. La forma en que su silencio no pesa, sino que ordena. Me tranquiliza pensar que mañana volverá a preguntar, y que yo, sin darme cuenta, volveré a responder.

26

El viernes amaneció con un cielo gris que no prometía nada nuevo. Ni sol ni lluvia. Solo ese tipo de claridad plana que parece hecha para quedarse quieta.

Llegué al gimnasio a la misma hora de siempre, más por costumbre que por obligación. Mark ya estaba ahí, de pie frente al pizarrón donde anota rutinas, aunque no tenía un marcador en la mano. Me miró apenas entré, con esa expresión suya que mezcla cálculo y calma.

—Hoy no hay entrenamiento —dijo, sin rodeos.

—¿Perdón?

—Te ganaste el día. —Cerró el cuaderno con un golpe seco y se lo metió bajo el brazo—. A veces entrenar también es saber parar.

Lo dijo como quien entrega una lección sin explicarla. Me quedé quieto, un poco desconcertado.

—¿Y tú? —pregunté.

—Tengo pendientes. —Sonrió con media boca—. Tú deberías aprender a tener ninguno por un día.

Salió del gimnasio dejando tras de sí el sonido del cronómetro colgando del cuello, como un recordatorio de que el tiempo también entrena.

El silencio que quedó fue distinto al habitual. Más liviano, pero también más grande. Me senté en el banco, todavía sin saber qué hacer con la libertad recién concedida. A través de la ventana, el campo de Croughton se extendía hasta perderse en un horizonte borroso. Los hangares parecían dormidos; el viento movía la hierba en una sola dirección, como si también obedeciera rutinas.

No tenía plan. Ni ganas de volver a casa. Quizá porque la quietud pesa más cuando no la eliges.

Me quedé sentado, mirando cómo una bandada de pájaros cruzaba el cielo en formación. Me pregunté qué haría la gente con un día libre. Los que no necesitan llenar el silencio con ruido.

El sonido de un motor me sacó de los pensamientos. Un coche se detuvo frente a la entrada. Reconocí la silueta antes de verla bajar.

Kate salió del auto con una bolsa de papel en una mano y dos termos en la otra. Tenía el cabello suelto y un suéter claro que el viento parecía intentar llevarse.

—Mark me dijo que te dio el día libre —dijo, sonriendo apenas—. Pensé que no sabrías qué hacer con eso.

—Parece que me conoces demasiado rápido.

—Digamos que lo intuía.

Alzó la bolsa.

—Traje café y pan. ¿Te parece si estrenamos tu día libre como gente normal?

Caminamos hasta el borde de la vieja pista, una de esas franjas de concreto que ya casi no se usan. Nos sentamos donde el pavimento se funde con el pasto. Kate sirvió en los vasos metálicos, el vapor se elevó entre los dos y se deshizo con el viento.

—No recordaba que Croughton fuera tan silencioso —dijo.

—Solo lo es cuando no hay motores —respondí.

—Entonces supongo que hoy es un milagro.

Nos quedamos un rato mirando la pista. No tenía marcas de colores ni curvas; solo líneas rectas que se perdían hacia los campos del fondo. La pintura blanca parecía recién trazada, perfecta, como si nadie la hubiera usado aún. A los costados, el pasto crecía parejo, cortado al milímetro.

Le di un trago al café; era fuerte, sin azúcar.

—No te gusta el descanso, ¿verdad? —preguntó.

—Nunca supe cómo hacerlo.

—Entonces hoy podrías practicar.

Sonreí.

—¿Y tú? ¿Practicas algo?

—Escuchar. —Se encogió de hombros—. Y tomar café, mucho café.

El viento movió su cabello, por un instante me pareció verla distinta, más cercana, menos periodista.

—¿Qué vino después del primer campeonato? —preguntó, finalmente.

—El ruido. —Respondí sin pensar—. Y después, el silencio.

La miré, y su gesto me dio permiso para continuar.

—El segundo año fue distinto. Gané cuatro carreras, pero no el título. El auto no era el mismo. El equipo cambió de personal, de estrategia, de ritmo. Todo se sentía... más pesado. Ganar seguía siendo posible, pero ya no era sencillo. Creo que fue una pequeña crisis después de tantos cambios en un equipo que lo tenía todo.

—Ese año mi madre enfermó —dije—. Al principio nadie lo decía con claridad, pero todos lo sabíamos.

Al comienzo de la temporada todavía la veía fuerte. Viajaba con nosotros, se reía con los mecánicos, preguntaba por los neumáticos como si entendiera de compuestos. Pero con las semanas empezó a cansarse. Primero dejó de ir a los entrenamientos, después a las clasificaciones. Aun así, insistía en estar presente cada domingo, aunque fuera solo un rato. Decía que no soportaba ver las carreras por televisión; que el ruido, aunque la agotara, le recordaba que estaba viva.

—¿Y tú? —preguntó Kate, en voz baja.

—Yo corría. —Sonreí sin alegría—. Es lo único que sabía hacer.

El silencio volvió, distinto al de antes. Más cálido. A lo lejos, una avioneta cruzó el cielo, lenta, apenas un punto.

—A veces pienso que ese año aprendí lo que significa no tener control —dije—. Puedes ganar carreras, pero no puedes cambiar ciertas cosas.

—Y aun así seguiste.

—Sí. —Miré la pista vacía—. Porque seguir era más fácil que detenerme.

Kate me escuchaba, con los dedos jugando distraídos en el borde del vaso.

—A veces correr también es una forma de quedarse quieto —dijo.

Asentí. No era una frase bonita, era verdad.

Nos quedamos un momento sin hablar. El vapor del café se había disipado y el pan seguía dentro de la bolsa, aún tibio, sin tocarse. Kate lo abrió al fin, rompió uno de los trozos y lo partió en dos. Me pasó una mitad sin decir nada.

—Ese año —dije, después de un rato— las cosas empezaron a moverse más despacio. No en la pista, sino afuera.

Ella me miró, sin preguntar.

—Con el tiempo, sus visitas se hicieron más breves. Ya no caminaba por el paddock, se quedaba en un rincón, observando desde lejos. Pero cada vez que salía a pista, sabía que me buscaba entre los cascos y los colores. Y yo también la buscaba a ella.

Tragué saliva.

—Había algo en su forma de sonreír. Como si cada vez le costara más sostenerla.

El viento se levantó apenas; una hoja cruzó frente a nosotros y se perdió en la hierba.

—Recuerdo Milwaukee. Llovía a ratos. Ella estaba sentada en una silla plegable, con una manta sobre las piernas, como si fuera una espectadora más. Paul me preguntó si estaba bien, y no supe qué decir.

Me llevé el vaso a los labios.

—A veces pienso que ella lo sabía, pero no quería nombrarlo. Seguía repitiendo que el ruido la hacía sentir viva. Supongo que el ruido también la ayudaba a no pensar.

Kate apoyó las manos sobre sus rodillas, sin interrumpir.

—Yo corría más que nunca. Gané dos carreras seguidas, pero ya no sentía nada. Era como si el cuerpo hiciera todo solo. Cruzaba la meta y, en vez de celebrar, buscaba su cara entre la gente. Cada vez la encontraba más lejos, más pequeña, como si el público la fuera empujando hacia el fondo.

Me pasé una mano por el cuello.

—Cuando me enteré del diagnóstico real, ya era tarde. Estaba en Indianápolis, en la clasificación. Mi padre me llamó y solo dijo «Cuando puedas, ven.» No hubo explicaciones. No hacía falta.

El viento trajo un olor leve a lluvia. Kate bajó la mirada, tocó el borde del vaso.

—¿Pudiste verla? —preguntó, apenas un susurro.

Asentí.

—Sí. Fui directo al hospital después de la carrera. Me pidió que no dejara de correr, que no me quedara allí. No dijo «se campeón» ni «te quiero». Solo «Sigue corriendo.»

Guardé silencio un momento.

—Volví a la pista para la siguiente fecha. Gané la carrera. Pero no recuerdo nada de ella. Ni la largada, ni la meta. Solo recuerdo la llamada de mi padre, tres días después.

Kate mantuvo la vista fija en el horizonte. No buscaba consolarme. Solo estar ahí.

—¿Qué hiciste? —preguntó, sin levantar la voz.

—Nada. —Sonreí apenas—. Estaba en el box, sentado en el suelo y me quedé mirando las manos. Chip me alcanzó una botella de agua y me dijo: «Está bien si hoy no quieres correr.» Y le hice caso.

El ruido de un avión rompió el silencio por un instante. Lo seguimos con la vista hasta que desapareció detrás de las nubes.

—Ese año terminé subcampeón —continué—. Cuando me subí al podio en la última carrera, me di cuenta de que no estaba mirando al público. Miraba el cielo, como si todavía pudiera verla en las gradas.

Kate respiró hondo.

—Hay victorias que se sienten como derrotas —dijo.

—Y hay victorias que te enseñan a recordar —añadí.

Ninguno de los dos sonrió.

Nos quedamos en silencio, mirando cómo el viento aplanaba el pasto y el cielo se oscurecía de a poco. El café se había acabado, pero ninguno de los dos quiso levantarse todavía.

—¿Habrías ganado el campeonato si no te hubieras retirado de aquella carrera? —pregunta Kate, sin mirarme, como si temiera romper algo.

—No. —Sacudo la cabeza—. Quedé subcampeón, pero por mucha diferencia. No hubiera cambiado nada.

Miro la pista, ese trazo largo y perfecto que corta el paisaje.

—A veces pienso que perder también fue una forma de descanso. Ganar se había vuelto una obligación, y cuando todo se vino abajo, entendí que el cuerpo también se cansa de cargar victorias.

Kate juega con la tapa del termo, haciendo girar el metal entre los dedos.

—¿Y tu padre? —pregunta.

—Él estaba en todas las carreras —respondo—. Pero no hablaba mucho. Creo que sufría en silencio. A su manera.

Respiro hondo.

—Nunca lo vi llorar, ni siquiera cuando me contó lo de mamá. Solo me dijo que ella había dejado de sufrir. Y después, como si nada, empezó a hablar de motores, del auto, del calendario del año siguiente.

Kate aprieta los labios, sin decir palabra.

—Supongo que era su forma de seguir. —Hago una pausa—. No sabía cómo estar sin algo que arreglar.

Nos quedamos mirando el horizonte. pero ya no supe hacia dónde.

—Ese invierno no toqué un coche durante semanas —añado—. No fue una decisión, simplemente no pude. Pero el día que volví al taller, el olor al aceite, al metal, al caucho, me devolvió algo. Como si la vida siguiera sin pedirme permiso.

Kate asiente despacio.

—¿Y qué hiciste después?

—Correr. —Digo—. Lo único que siempre supe hacer.

27

El viento se detuvo un instante, como si el campo también estuviera escuchando. Kate no dijo nada al principio. Me observó en silencio, con esa mirada suya que no invade, pero tampoco se aparta. Entonces, sin pensarlo demasiado, extendió las manos y tomó las mías.

No fue un gesto teatral. Fue simple, cálido, casi torpe. Sus dedos estaban fríos por el viento, los míos aún temblaban por dentro.

—Lo siento —dijo.

Su voz era baja, tan baja que apenas se distinguía del murmullo del aire—. Sé que debió doler mucho.

Asentí, sin poder responder.

No sé si por el tacto o por la forma en que lo dijo, pero algo dentro de mí se aflojó. Una corriente mínima, un pulso que no venía de la sangre sino del recuerdo.

La miré.

Tenía los ojos húmedos, no de llanto, sino de empatía. Esa clase de humedad que solo aparece cuando alguien realmente siente lo que escuchó.

—Nunca hablé mucho de ella —dije al fin, con un hilo de voz—. Y no porque no quisiera. Creo que... no sabía cómo hacerlo.

Kate no soltó mis manos. Solo esperó.

—Mi madre era todo lo contrario a mi padre. —Tragué saliva—.

Él vivía midiendo los segundos; ella los ignoraba por completo. Podía pasar horas mirando una receta, o arreglando flores, o escuchando el mismo disco una y otra vez. Era el ruido que equilibraba la casa.

Recuerdo que cuando yo era chico, antes de las carreras, ella siempre metía un pañuelo rojo en el bolsillo de mi overol. Decía que me traía suerte. Nunca creí en eso, pero igual lo llevaba.

Hice una pausa, mirando nuestras manos unidas.

—Cuando murió, encontré uno de esos pañuelos en mi maleta.

Debía de llevar años ahí, arrugado, sin color. No lo tiré. Lo guardé en un cajón, junto a las cosas que no se explican pero tampoco se olvidan. A veces pienso que todos guardamos algo así: una prueba mínima de que fuimos queridos, incluso cuando el tiempo intenta borrarlo.

Es curioso cómo las cosas pequeñas sobreviven a todo lo que parecía importante.

Kate apretó un poco los dedos, apenas un gesto, y eso bastó para que las palabras siguieran saliendo.

—Mi madre no hablaba mucho de mí en público, pero cada vez que ganaba, llenaba la casa con flores. Ni siquiera las compraba. Las cortaba del jardín, las ponía en frascos viejos de mermelada. El olor era insoportable, pero ella decía que así la casa respiraba conmigo.

Sonreí sin querer.

—Mi padre odiaba eso. Decía que las flores distraían. Que el olor se metía en los motores. Ella solo le contestaba: «Entonces aprende a ganar con distracciones.»

El viento volvió, moviendo su cabello.

—A veces pienso que ella entendía el equilibrio mejor que nadie. Sabía cuándo empujar y cuándo dejar ir. Nunca me pidió que ganara, solo que fuera feliz.

Me quedé mirando el horizonte. El cielo había cambiado de tono: el gris se abría, y entre las nubes empezaba a filtrarse una luz casi dorada.

Kate soltó mis manos despacio, como si el gesto tuviera que deshacerse sin romperse. El calor de sus dedos quedó un momento más, pegado a mi piel.

—Debiste quererla mucho —dijo, casi como una afirmación.

—Sí —respondí—. Y sigo haciéndolo. Solo que ahora el amor tiene otro idioma.

—¿Y cómo se dice «te extraño» en ese idioma? —preguntó.

—Corriendo —dije, con una media sonrisa.

—Claro —susurró ella—. Como siempre.

Nos quedamos así, con el eco de la conversación flotando entre los dos, mientras el campo recuperaba su sonido: el zumbido de un avión, el roce del viento sobre el pasto, el rumor leve del día volviendo a empezar.

—Fue una temporada rara —continué—. Muchos cambios en Ganassi que, según Chip, asegurarían el éxito a largo plazo. Nuevos ingenieros, nuevas estrategias, incluso un nuevo simulador. Todo tenía ese aire de transición que nadie sabe cómo manejar.

Las victorias llegaron, pero no bastaron. Terminamos segundos en el campeonato, detrás de Penske, y la sensación era de haber perdido mucho más que un título.

Cuando acabó la temporada, el ambiente era de funeral. Nadie hablaba demasiado; los mecánicos recogían las cosas en silencio, Paul revisaba telemetrías que ya no importaban. Yo solo pensaba en volver a casa.

Hice una pausa.

—Entonces Chip convocó una junta.

Kate levantó la mirada.

—¿El lunes siguiente?

—El mismo día que regresamos del circuito —respondí—. Nos reunió a todos en la sala principal del taller. Nadie sabía qué esperar. Entró con las manos en los bolsillos, caminando despacio, sin mirar a nadie. Se detuvo frente a la mesa y dijo: «¿Saben qué es lo peor de perder? No entender por qué duele.»

Sonreí con la memoria.

—Después nos azotó un poco, con su estilo. Pero no por perder, sino por no entender que a veces hay que dar un paso atrás para agarrar vuelo. Dijo que confiaba en nosotros, que este nuevo equipo todavía estaba aprendiendo a ganar, y que el siguiente año seríamos más fuertes. Mucho más.

El recuerdo todavía tiene el peso del silencio posterior.

—Y luego se acercó a mí.

Kate inclinó la cabeza, en espera.

—No dijo nada al principio. Solo me miró. Yo estaba agotado, vacío. Supongo que él lo notó. Me puso una mano en el hombro y dijo: «Lamento lo de tu madre, hijo. Nadie debería correr con ese peso.»

Tragué saliva.

—Lo abracé. No por necesidad, sino por respeto. Él me devolvió el gesto y agregó: «Ella estaba muy orgullosa de ti. Pero si quieres honrarla, no lo hagas ganando. Hazlo aprendiendo a vivir.»

Guardé silencio un momento.

—Nunca nadie me había dicho eso. Ni siquiera mi padre.

Kate no respondió. Tenía los ojos bajos, las manos cerradas sobre el termo de café, como si sostuviera algo frágil.

—Supongo que ese fue el primer momento en que entendí que correr no siempre era avanzar —dije—. A veces también era resistir.

En algún punto, se escuchó el eco de una puerta metálica cerrándose a lo lejos; el sonido se extendió como una nota que nadie quería dejar ir.

—A veces pienso que lo de mi madre fue el punto donde todo cambió —dije, sin mirarla—.

Antes de eso, cada carrera tenía un motivo. Después... solo una dirección.

Kate me observó en silencio. No tomaba notas, no hacía gestos. Solo estaba.

—Nunca supe qué hacer con su ausencia. Ganar dejó de tener peso, y perder ya no dolía igual. Era como si todo el ruido del mundo se hubiera apagado.

Miré la pista.

—Durante un tiempo pensé que si seguía corriendo lo suficientemente rápido, podía dejar atrás la tristeza. Pero uno no puede ganarle al vacío.

Me reí apenas, sin humor.

—A veces me encontraba hablando solo, dentro del casco. No rezaba ni gritaba. Solo decía su nombre. Era mi forma de mantenerla cerca sin admitir que se había ido.

Kate estiró una mano y me tocó el antebrazo, sin decir nada.

—¿Y funcionaba? —preguntó después, en voz baja.

—No. —Sonreí con suavidad—. Pero ayudaba a no olvidar por qué corría.

Tomé aire, profundo.

—Después de la junta con Chip, entendí algo. Había pasado años tratando de correr para alguien: para mi padre, para el equipo, para el público. Y por primera vez, sentí que podía hacerlo por mí.

—Eso suena a liberación.

—Sí, pero también a miedo. —Suspiré—. Porque cuando ya no corres para nadie más, te quedas sin excusas.

—El siguiente año fue distinto —dije—. No solo por el coche o el equipo. Era yo. Corría sin tanto cálculo, sin pensar en el punto exacto del campeonato. Paul lo notó antes que nadie. Me dijo: «Parece que manejas como si no debieras nada.»

—¿Y era cierto?

—No lo sé —respondí—. Sentía que el auto me entendía.

Miré a Kate.

—Tal vez eso sea lo más parecido a la paz que conozco.

Ella me sostuvo la mirada unos segundos y luego sonrió, con esa mezcla de ternura y firmeza que siempre tiene.

—Tu madre estaría orgullosa —dijo.

—Quizá. —Sonreí también—. Aunque seguro me diría que me corte el cabello.

Se rió, bajando la mirada.

El viento movió la bolsa vacía de papel, haciéndola rodar unos metros antes de que se detuviera junto al borde del pavimento. La recogí, más por instinto que por orden.

—¿Sabes? —dije, doblándola con cuidado—. Cuando era niño, mi madre decía que lo importante no era llenar las cosas, sino saber qué guardas dentro.

—Suena como algo que ella diría.

—Sí. —Asentí—. Creo que recién ahora empiezo a entenderlo.

Nos quedamos un rato más, sin hablar. El sol apenas asomaba entre las nubes, proyectando un reflejo de luz sobre el concreto. Podía sentir el frío en las manos, pero no me molestaba. El silencio entre nosotros ya no era el mismo; se sentía más limpio, más necesario.

No había preguntas pendientes, ni respuestas urgentes. Solo esa calma que llega cuando todo se ha dicho, aunque duela un poco.

Kate giró la cabeza y me miró.

—Gracias por contarme esto —dijo.

—Gracias por saber escucharlo.

Ella sonrió.

—No sé si fue por el café, o por el viento, pero la conversación se sintió distinta.

—¿Distinta cómo?

—Como si no hubiera prisa.

Se levantó despacio.

—Y cuando no hay prisa, casi siempre pasa algo bueno.

28

—Tengo una deuda pendiente contigo —dijo Kate, mientras sacudía la hierba del abrigo.

—¿Ah, sí?

—Prometí invitarte la próxima vez. Y esta parece una buena ocasión.

—¿Ocasión para qué? —pregunté, medio sonriendo.

—Para recordar que la vida también pasa fuera de las pistas —respondió, alzando las cejas—. Y para comer algo que no venga en una bolsa de papel.

La seguí hasta el coche.

—¿A dónde vamos? —pregunté.

—A un sitio donde sirvan algo decente —dijo—. Y no me digas que no, ya tengo la reserva hecha.

—¿Reserva? —arqueé una ceja.

—Sí, señor campeón. No todo se improvisa en la vida.

Nos subimos al coche. El motor arrancó con un ronroneo tranquilo. A través del parabrisas, el cielo parecía haberse limpiado un poco; el gris daba paso a un azul tímido.

El trayecto hacia el restaurante fue corto, pero suficiente para que el aire cambiara. Las carreteras se estrechaban entre campos húmedos, y el sol, apenas filtrado por las nubes, pintaba un brillo tenue sobre los árboles. A los costados, el pasto todavía guardaba el color oscuro de las lluvias.

Kate conducía con esa tranquilidad suya, sin necesidad de llenar el silencio. A veces tarareaba muy bajo con la radio, apenas una melodía que se deshacía antes de reconocerse.

Yo miraba el paisaje moverse en cámara lenta. Había algo en la calma de esa tarde que parecía ajeno al tiempo, como si el mundo estuviera tomando aire.

El coche se detuvo frente a una entrada de madera clara, algo muy parecido a una cabaña, estaba coronada por un letrero ovalado con el dibujo de un pato. The Muddy Duck.

La puerta, enmarcada por vigas gruesas, tenía ese tipo de simplicidad que no busca impresionar, sino invitar. Desde adentro llegaba un olor a pan recién horneado, y el murmullo de conversaciones suaves que se confundía con el viento del campo.

Kate aparcó junto a un viejo Land Rover y apagó el motor.

—Te lo dije —dijo, mirando el edificio—. No hay forma de entrar aquí con prisa.

—Prometo comportarme. —Sonreí.

—Eso ya sería un avance.

Entramos. El interior parecía sacado de otro tiempo. La luz de las lámparas colgantes caía en círculos suaves sobre las mesas, y el techo de madera se arqueaba como si contuviera el sonido de antiguas sobremesas.

En el fondo, una estantería enorme —llena de libros, frascos, viejas botellas y objetos que nadie recordaba para qué servían— daba la impresión de ser más una biblioteca que un restaurante.

Había olor a madera vieja, a cerveza oscura y a romero.

En una mesa cercana, alguien reía en voz baja. En otra, un perro dormía a los pies de su dueño. Todo tenía la calidez de un lugar donde nadie tiene prisa por irse.

El camarero nos guió hasta una mesa en un rincón. Afuera, los campos se estiraban hasta perderse, verdes y suaves bajo la luz que empezaba a caer.

Kate dejó el abrigo en el respaldo y se sentó frente a mí. Sus ojos recorrieron el lugar con esa curiosidad suya que observa sin analizar.

—¿Qué opinas? —preguntó.

—Tranquilo —dije—. Como si el tiempo aquí tuviera permiso para quedarse un rato más.

—Exacto. —Sonrió—. Por eso lo elegí.

Pidió un «ribeye para dos», sin consultar demasiado. «Confía en mí», dijo, y lo hice.

El vino llegó después, tinto y espeso, servido en copas que reflejaban la luz de las luces.

Cuando el plato llegó, el aire cambió de olor: carne asada, mantequilla. El mesero dejó una tabla de roble en el centro, el corte ya fileteado, rodeado de tomates al grill, papas gruesas apiladas como una torre, y tres salsas servidas en pequeñas jarras de cerámica.

—Esto sí se ve decente —dije.

—¿Ves? —sonrió ella—. Sabía que no podía fallar.

El primer bocado fue un golpe de sabor: carne jugosa, con el borde apenas caramelizado, un rastro de mantequilla y romero que se quedaba en el paladar. El jugo tibio se mezclaba con el vino, redondo, casi dulce.

—A veces pienso que los buenos lugares son como las buenas personas —dijo Kate, jugando con el tenedor—. No hacen ruido, pero te hacen sentir a salvo.

—¿Eso es un cumplido para el restaurante o para ti? —pregunté.

—Depende de quién lo escuche. —Sonrió con un gesto que apenas rozó la ironía.

Brindamos sin decir nada. Por el momento, por el día libre, o tal vez por algo que ninguno se animó a nombrar.

—Déjame preguntarte algo —dije, apoyando la copa sobre el mantel—. ¿Por qué la idea de un lugar tan bonito y formal?

Kate sonrió, girando la copa entre los dedos.

—Porque las vacaciones se acaban —respondió—. Y me pareció justo aprovechar los últimos días en un sitio que no tenga relojes a la vista.

—¿Sin prisa ni cronómetro? —pregunté, con una sonrisa leve.

—Exactamente. —Levantó la vista—. Un almuerzo sin horarios, sin ruido, sin nadie mirando de reojo la siguiente cita.

Hizo una pausa, tomó un sorbo de vino y añadió, divertida:

—Aunque no te salvas de seguir hablando de tus carreras en Indy.

—Lo sospechaba. —Sonreí—. Así que era una trampa elegante.

—Digamos que una entrevista con mejor comida.

Nos reímos los dos. El sonido quedó suspendido entre las copas, mezclado con el murmullo bajo del lugar.

El sonido del restaurante era una melodía sin instrumentos: el roce de los cubiertos, una risa lejana, el susurro de las pláticas. Me sorprendió lo bien que se sentía estar ahí, sin plan, sin prisa, sin la necesidad de llenar el silencio con algo más.

A veces me cuesta no pensar en lo que viene después, pero en ese instante el mundo parecía alineado: la luz cayendo suave sobre la mesa, la voz de Kate moviéndose sin apuro, el tiempo tomándose un respiro.

Pensé que, si la calma tuviera un lugar, se parecería mucho a esto: un rincón escondido del mundo, con una trampa elegante frente a mí y la sensación de que la vida había decidido bajar la velocidad.

29

El vino ya casi se había terminado cuando Kate se recargó en el respaldo de la silla y me miró con una mezcla de curiosidad y cuidado.

—¿Y qué pasó después del subcampeonato, Charlie? —preguntó.

—Ruido —dije, sonriendo apenas—. Pero esta vez, yo era distinto.

Ella esperó, sin interrumpir.

—No corría para escapar de nada —añadí—. Corría porque sabía exactamente quién era cuando estaba dentro del coche.

Me quedé mirando el fondo de la copa. El vino tenía ese color profundo que parece guardar secretos.

—Todo volvió a alinearse. Habíamos evolucionado. Aprendimos a trabajar en equipo. Chip cambió la forma de planear los fines de semana; Paul estaba más cerca que nunca. Hablábamos mucho, pero era tanta la confianza que bastaba una mirada para saber qué hacer.

Kate se inclinó hacia adelante, los codos sobre la mesa.

—¿Y tú? —preguntó—. ¿También cambiaste?

—Sí. —Asentí—. Dejé de correr con los dientes apretados. Aprendí a soltar.

Hice una pausa breve.

—Ganamos en St. Pete, en Road America, en Mid-Ohio, en Laguna... cada fin de semana parecía una repetición de algo que el año pasado parecía imposible. Pero no era la misma alegría.

—¿Por qué?

—Porque el ruido ya no me llenaba igual —respondí—. Empezaba a sentir que detrás del casco, la calma se estaba acabando.

Kate jugaba con el tallo de la copa, sin apartar la vista. Con la otra mano, levantó apenas dos dedos y el camarero asintió desde la barra.

—¿Otra botella? —pregunté.

—Otra botella —dijo, con una media sonrisa—. Estas historias merecen vino nuevo.

Tenía razón. Hay recuerdos que no se cuentan con una sola copa; necesitan aire, tiempo, un poco de espacio para dejar que el pasado respire.

—¿Qué te hizo cambiar? —preguntó.

—Nada, y a la vez todo. —Sonreí apenas—. Ganar seguía siendo ganar, pero la euforia ya no me empujaba. Era más bien... una confirmación de que podía seguir haciéndolo.

—¿Y tu padre? —preguntó, casi al pasar, pero con esa precisión suya que siempre da en el centro.

—Seguía viniendo a las carreras. —Respiré hondo—. Aunque cada vez hablaba menos. Ya no se acercaba al box, se quedaba detrás, observando. Tenía esa costumbre de anotar cosas en una libreta que nadie más entendía. Números, tiempos, frases sueltas. Creo que lo hacía para sentirse todavía parte de todo.

Hice una pausa.

—Después de que mamá murió, algo en él cambió. No de golpe, sino con esa lentitud que solo se nota cuando miras atrás. Iba al taller todos los días, pero se movía distinto. Más despacio. Más frágil, aunque intentara disimularlo.

Me llevé la copa a los labios.

—A veces me lo encontraba sentado junto al auto, sin decir nada. Lo miraba como si esperara que arrancara solo. Y cuando lo saludaba, solo respondía: «Se ve bien. Cuídalo.»

Sonreí.

—Era su manera de decir que todavía creía en mí.

Kate bajó la mirada.

—Debe haber sido difícil verlo así —susurró.

—Lo fue. —Asentí—. Pero también fue la primera vez que sentí que podía cuidar de él, aunque no hiciera nada. Era como si, después de tantos años, se hubieran invertido los papeles.

Me quedé callado unos segundos.

—Nunca hablamos de la muerte de mamá. No había palabras para eso. Pero cuando le gané a Dixon en Mid-Ohio, me mandó un mensaje corto, en sus papeles amarillos, sin firma. Solo decía: «Ella estaría contenta».

Kate sonrió, pero sus ojos se nublaron un poco.

—A veces las frases más simples son las que más pesan —dijo.

—Sí. —Asentí—. Y esa me acompañó todo el año.

Kate giró la copa entre los dedos, pensativa.

—¿Y después de eso? —preguntó—. ¿Cómo continuó la temporada?

—El calendario marcaba una pausa de quince días entre una carrera y otra. Chip me sugirió que me quedara en casa. Dijo que el cuerpo y la mente necesitan descanso, pero en su forma de decirlo había más decisión que sugerencia. No discutí. Hacía tiempo que no pasaba por ahí, y la idea de volver a la casa de mi padres me pesaba, pero de algún modo, me aliviaba. No era exactamente nostalgia, era algo más tenue, difícil de explicar.

Cuando llegué, todo seguía igual. Las persianas medio cerradas, el aire con ese olor a madera y polvo que se adhiere a los años, y un silencio que parecía tener dueño. Nada parecía fuera de lugar, y sin embargo, todo tenía un orden distinto, más lento, como si el tiempo ahí dentro hubiera decidido quedarse quieto.

Pasé varios días en casa. No hice mucho, y tal vez por eso lo recuerdo tan bien. Despertábamos temprano, más por costumbre que por necesidad. Desayunábamos en silencio, cada uno leyendo cosas distintas: él, los recortes viejos de los periódicos; yo, cualquier cosa que encontrara sobre la mesa. Eran días que se estiraban sin esfuerzo, sin metas que cumplir ni relojes que mirar.

Una tarde fuimos al taller del garaje. Todo seguía ahí: las herramientas alineadas por tamaño, los estantes cubiertos de polvo, el olor a aceite viejo que nunca desaparecía. En un rincón, tapado con una lona, estaba el primer kart que manejé. El mismo con el que empezó todo. Levanté la tela y me quedé viéndolo un rato, sin tocarlo. No era nostalgia, era otra cosa... algo más cercano a entender que las cosas importantes no envejecen, solo esperan.

Mi padre no dijo nada, pero noté la manera en que su respiración se hizo más lenta, más pesada. Estaba cansado, y sin embargo, se le veía en paz. Esa calma suya —esa especie de serenidad que nunca supe si venía de la edad o de haber hecho las paces con el tiempo— me contagiaba. No sentí prisa por volver a ningún lado.

Al día siguiente lo encontré en el porche, sentado frente al jardín. Tenía el cronómetro en la mano, aunque no lo usaba. Solo lo sostenía, como si el peso del metal le recordara algo que no quería soltar del todo. No levantó la mirada cuando me oyó llegar; solo dijo, con esa voz que nunca perdió su firmeza:

—¿Veniste a revisar mis tiempos?

Sonreí.

—Solo quería ver si todavía reconoces a este piloto.

—Imposible olvidarse de lo que uno fabricó —dijo, con esa ironía que le caracterizó.

Me senté a su lado. Ninguno de los dos habló por un buen rato. El viento movía las hojas secas sobre el pasto.

—Charlie, ¿te quieres tomar una cerveza aquí conmigo?

La pregunta me sorprendió. No por la cerveza, sino por el «aquí conmigo».

—Por supuesto, papá —respondí, sonriendo—. Voy por ellas. ¿Clara u oscura?

—Clara. —Asintió—. Ya tengo suficiente oscuridad en la cabeza.

Me reí, y él también, aunque apenas un poco. Caminé hacia la cocina, abrí el refrigerador y saqué dos botellas. Cuando regresé, él seguía en el mismo lugar, mirando el horizonte como si lo estuviera midiendo.

Le pasé una.

—Salud —dije.

—Salud, hijo —respondió, golpeando suavemente el cuello de las botellas.

El sonido del vidrio fue limpio, breve, casi una pequeña ceremonia entre los dos. En su mirada había algo distinto. No era cansancio ni tristeza; era calma. Esa clase de serenidad que solo llega cuando uno ya no está compitiendo contra nada.

Pensé en decirle algo más, pero no quise romper el momento.

—Mamá estaría contenta —dijo, sin apartar la vista del jardín.

—¿Por qué?

—Porque al fin aprendiste a quedarte quieto.

No supe qué responder. Me reí, más por costumbre que por humor.

—Fue Chip quien me obligó.

—Entonces dale las gracias —respondió, con una media sonrisa que todavía tenía algo de su viejo orgullo.

El silencio volvió a instalarse entre nosotros, pero no era incómodo. A veces, con él, bastaba con estar. Después de un momento, habló otra vez, con esa claridad que siempre reservaba para lo importante:

—¿Sabes, hijo? Siempre creí que mi trabajo era enseñarte a no fallar. Pero me equivoqué.

Me giré para mirarlo.

—¿Ah, sí?

—Lo importante no era que no fallaras —dijo, bajando el tono—. Era que supieras disfrutar y ser feliz.

Me quedé en silencio. No había mucho más que agregar. El viento seguía soplando, arrastrando el olor de la tierra. Me fijé en el cronómetro: estaba detenido en 00:00, como si nunca hubiera corrido. Lo sostenía con las manos abiertas.

Lo miré. Y aunque todavía seguía ahí, una parte de mí supo que se estaba despidiendo. No con palabras, ni con gestos, sino con esa serenidad que solo tienen quienes ya encontraron su lugar.

Cenamos temprano, en silencio, como si ambos supiéramos que ya se había dicho todo. Regresó al porche, mirando hacia el jardín, con una manta sobre las piernas y el cronómetro todavía en las manos.

Cuando me levanté para darle las buenas noches, me dijo sin mirarme:

—Descansa, hijo. Mañana será un buen día.

Asentí, sin pensar demasiado en la frase. Le di una palmada en el hombro y subí las escaleras. Desde el pasillo, escuché el clic del encendedor y el crujido del tabaco al arder. Era su forma de cerrar el día.

A la mañana siguiente, el silencio fue distinto. El reloj del pasillo marcaba las ocho, pero el ruido de la cafetera no llegó.

Bajé despacio. El porche seguía abierto, y él estaba ahí, en la misma posición que la noche anterior, la manta sobre las piernas, el cronómetro en las manos.

El tiempo no corría. Me acerqué despacio, sin hacer ruido. No sentí miedo ni sorpresa.

Su rostro tenía esa misma calma de anoche, como si se hubiera quedado dormido mirando el amanecer. Todo estaba igual, menos él.

No lloré. No pude. Solo me senté junto a él y esperé. El sol empezaba a filtrarse entre las hojas, dibujando sombras sobre el porche. En algún momento, el viento hizo que la manta se moviera un poco, como si él todavía respirara.

Entonces miré el cronómetro. Seguía detenido en 00:00. Creo que de alguna manera, él había encontrado su línea de meta.

30

Kate levantó la copa y la giró entre los dedos. La segunda botella estaba por la mitad; el vino había tomado el mismo ritmo que la conversación.

Por un momento no dijo nada. Solo extendió una mano por encima de la mesa y la dejó sobre la mía, sin apretar, sin buscar consuelo. Fue un gesto leve, pero lleno de presencia.

—Debió ser muy difícil —murmuró—. Perderlos a los dos tan cerca... y seguir corriendo como si nada.

Asentí, sin poder sostenerle la mirada por mucho tiempo. Su voz no sonaba a compasión, sino a respeto.

—Me pregunto cómo lo hiciste —añadió.

—Te soy sincero, ni yo lo sé. —Dije al fin, con un hilo de voz—. Supongo que lo único que conocía era no detenerme.

Kate retiró la mano despacio. Tomó aire, y solo entonces volvió a hablar.

—¿Y después de eso? —preguntó, con voz tranquila.

—Volví a correr —dije, sin pensarlo mucho—. Pero algo en mí ya no era igual.

Ella esperó. Siempre espera.

—Esa semana, cuando regresé al paddock, todo parecía en orden. El ruido, los motores, la rutina... pero había algo distinto. Era el mismo mundo, solo que más silencioso por dentro. —Hice una pausa breve—. El equipo me recibió con respeto. No con palabras. Con miradas. Paul me apretó el hombro. Chip solo dijo: «Vamos a hacer esto por ellos.»

El fuego del restaurante crujía despacio. El reflejo del vino parecía encenderse con cada palabra.

—Llevé un casco nuevo —continué—. No quise anunciarlo, ni mostrarlo a nadie. Era un diseño especial, una forma de llevarlos conmigo sin hacer ruido. Cuando lo puse sobre el coche, el box se quedó quieto. No fue un homenaje, fue... una presencia.

—¿Y ganaste? —preguntó ella.

—Sí. —Sonreí, apenas—. Gané esa un par más. Siete en la temporada. Pero cada una fue distinta. No las recuerdo por los trofeos, sino por los silencios entre carrera y carrera. En esos silencios estaba todo lo que no dije.

Kate bajó la mirada un instante, como si procesara la idea.

—Supongo que ya no era solo correr —dijo.

—Exacto. —Asentí—. Era sostenerlos a ellos mientras seguía avanzando. Y, al mismo tiempo, aprender a hacerlo sin ellos.

—Cuando aseguramos el campeonato, no hubo gritos. Solo Chip acercándose, con esa forma suya de hablar sin dramatismos. Me abrazó y dijo: «Ellos te vieron, hijo.»

Me quedé mirando la copa.

—Ese gesto me dio mucha confianza, era un respeto que no había sentido por alguien más que por mi padre.

—¿Qué sentiste al escucharlo?

—Paz —dije—. No felicidad, ni alivio. Paz. Era como si el mundo, por fin, estuviera quieto el tiempo justo para respirar.

El vino sabía diferente, más redondo, más lento.

—Después de esa carrera todo cambió. Los medios, la prensa, los contratos. De un día para otro, ya no era un piloto. Era una historia. —Sonreí—. Y lo curioso es que cuanto más hablaban de mí, menos tenía para decir.

Kate sonrió, comprendiendo el subtexto.

—La fama es otro tipo de ruido —dijo.

—Sí. —Asentí—.

Kate apoyó la barbilla en una mano. No dijo nada al principio; solo me observó con esa mirada suya que escucha más de lo que pregunta.

—¿Y qué siguió? —preguntó al fin.

—El ruido otra vez —dije, soltando una leve sonrisa—. Pero esta vez no venía de los motores.

El campeonato hizo que todo subiera de tono. En cuestión de días, los teléfonos no paraban de sonar. Revistas, entrevistas, portadas. Mi nombre estaba en todas partes, incluso donde nunca había querido estar.

Había fotos, titulares. Me llamaban «el nuevo rostro del automovilismo americano», «el heredero», «el chico que corre sin mirar atrás».

Bebí un sorbo de vino.

—Y tal vez eso era lo que más me asustaba —añadí—. Porque sentía que hablaban más del personaje que del piloto.

—Supongo que fue inevitable —dijo.

—Sí. —Asentí—. Pero nada te prepara para ese tipo de ruido. En la pista todo depende de ti: el auto, el reflejo, el riesgo. Afuera... no controlas nada.

Hice una pausa.

—Recuerdo una rueda de prensa. Había luces, cámaras, una multitud que aplaudía antes de cada respuesta. Y de pronto, entre tantas voces, me encontré deseando volver al box, al olor del combustible, a las manos de Paul revisando el auto. Era como si toda esa fama estuviera construida sobre un eco que no me pertenecía.

El restaurante había bajado su volumen natural. Los pocos clientes que quedaban hablaban en murmullos dispersos, y la música sonaba tan tenue que parecía no existir.

—Chip me lo advirtió —continué—. Me dijo: «A partir de ahora, todo el mundo querrá algo de ti. Asegúrate de saber qué te queda cuando se lo lleven.»

Hizo una pausa corta, como si el recuerdo se acomodara solo.

—Y tenía razón. Ganar me dio muchas cosas... pero también me quitó otras. La calma, por ejemplo. Esa sensación de correr solo por el placer de hacerlo.

Kate se inclinó un poco hacia adelante, con una sonrisa leve.

—Y sin embargo, sigues hablando de eso con ternura.

—Porque, a pesar de todo, valió la pena —respondí—.

Nos quedamos un momento en silencio. Afuera, el reflejo de las luces del restaurante se mezclaba con la oscuridad del campo. Kate tomó el último trago de su copa y la dejó sobre el mantel con cuidado.

—Supongo que todos los triunfos tienen un precio —dijo.

—Sí. —Sonreí apenas—. Solo que a veces te das cuenta de eso cuando ya lo pagaste.

31

El aire parecía sostenerse entre nosotros, delgado, como si hasta el vino hubiera decidido quedarse quieto un segundo más. Me quedé mirando el fondo de la copa.

—Después vino el último. —Sonreí apenas—. El año donde todo parecía tan perfecto que daba miedo.

El tercer campeonato llegó sin aviso, como si el mundo entero me empujara hacia adelante. Desde la primera carrera supe que algo había cambiado. El equipo estaba afilado, sincronizado, cada movimiento encajaba sin esfuerzo. No había ansiedad ni dudas; era una orquesta perfectamente afinada, cada pieza sonando en el momento justo. Chip hablaba poco; ya no hacía falta explicar nada. Todo fluyó con una precisión casi inhumana.

Kate seguía cada palabra con la atención serena de quien escucha una melodía que no quiere interrumpir.

—¿Y tú? —preguntó—. ¿También te sentías distinto?

—Sí —dije, girando la copa entre mis dedos—. Era la primera vez que corría sin peso. No había miedo ni culpa. Solo claridad. Cada curva, cada frenada, cada decisión parecía venir de un lugar que no necesitaba pensar.

Recordé la primera victoria de esa temporada. La salida perfecta, el auto liviano, el ruido del público deshaciéndose detrás del casco. Pero más que alegría, sentí algo parecido a la paz. Esa calma que llega cuando el cuerpo y la mente dejan de pelear.

—Paul decía que no manejaba, que respiraba con el auto. Y tenía razón —añadí—. Todo estaba tan sincronizado que me asustaba pensar que algo tan perfecto pudiera romperse en cualquier momento.

Kate sonrió con ternura.

—A veces lo perfecto también cansa, ¿no?

—Para mí no. —Negué con una sonrisa leve—. Nunca me cansó ganar. Si algo me agotaba, era no hacerlo. Cada carrera que terminaba me dejaba pensando en la siguiente.

Kate arqueó una ceja, divertida.

—¿Ni siquiera cuando ya lo habías conseguido todo?

—Ahí es cuando más quería correr —respondí—. No por los trofeos ni por los titulares, sino por la sensación de control. Por ese instante donde todo responde: el motor, los reflejos, el cuerpo. Es adictivo. Si lo pruebas una vez, quieres volver siempre.

—Suena a vértigo.

—Lo es. —Tomé un trago de vino—. Pero es el tipo de vértigo que te hace sentir vivo.

—Ganamos once carreras ese año. —Hice una pausa—. ¡Once! Nadie lo había hecho antes. Rompimos el récord histórico de la categoría y, de paso, Ganassi rompió el récord de victorias por equipo en una temporada.

No lo vivimos como una hazaña, sino como una consecuencia. En los boxes una concentración tan absoluta que a veces asustaba. El taller se convirtió en un templo donde todo funcionaba con precisión quirúrgica. Los ingenieros revisaban las telemetrías hasta entrada la madrugada, Chip caminaba entre los autos con las manos cruzadas a la espalda, sin mirar a nadie, como si el simple hecho de estar ahí mantuviera el equilibrio del mundo. Y Paul me aconsejaba y me apoyaba en todo momento.

Cada domingo, cuando la bandera caía, el box se quedaba unos segundos en silencio antes de celebrar. Era una costumbre que empezó sin que nadie la ordenara. Un instante de respeto, de incredulidad quizá.

Después venían los abrazos, las risas, el sonido del aire comprimido soltando presión en los neumáticos. Pero ese silencio, justo antes, era lo que más recuerdo. Era la forma que teníamos de entender que lo imposible ya no lo era.

—Suena como un lugar donde todo funcionaba —dijo Kate.

—Exacto. —Sonreí—. Pero cuando todo funciona demasiado bien, empiezas a preguntarte qué pasará cuando deje de hacerlo.

—En la pista me sentía invencible —continué—. Pero fuera de ella, el ruido era otro. La prensa, los patrocinadores, las cámaras. Todos querían una historia nueva. Y yo... yo no sabía si tenía algo más que contar.

Kate apoyó los codos sobre la mesa.

—¿Y qué hiciste?

—Nada. Seguí corriendo. Era lo único que sabía hacer.

Me reí con suavidad.

—Chip decía que ganar cuatro veces seguidas no era solo un logro; era un problema logístico. «Demasiados trofeos, demasiada atención», bromeaba. Pero él sabía que lo que más me pesaba no era eso, sino lo que venía después.

Kate ladeó la cabeza.

—¿Ya sabías que algo iba a cambiar?

—Sí. —Miré la copa vacía—. Había una sensación en el aire, como si todos supiéramos que los ciclos no son eternos. Paul lo dijo una noche, en el taller: «Cuando todo funciona tan bien, lo único que hay que hacer es cuidarlo, no entenderlo.»

El camarero pasó cerca, rellenó las copas con cuidado y se alejó sin decir palabra. Afuera, el cielo se había oscurecido por completo.

—Recuerdo la última carrera —seguí—. Nashville. Ya teníamos el título en las manos. Paul me dijo por radio: «No arriesgues nada, ya está hecho.» Y, por primera vez, hice exactamente eso: no arriesgué. Solo manejé. Preciso, sin apuro, sin errores.

Cuando crucé la meta, el box estalló. Pero yo... solo levanté la cabeza y agradecí. Por la radio festejé y dije: «Esto fue por ustedes, mamá, papá.»

No necesitaba nada más.

Kate no apartaba la vista.

—¿Y qué significaba?

—Que ellos, mis padres, habían estado en cada curva. Que mi vida había encontrado un propósito, aunque fuera fugaz.

Ella giró la copa despacio.

—¿Y qué sentiste al bajar del coche?

—Euforia. Pero distinta. —Sonreí apenas—. No era gritar ni saltar, era sentir cómo todo el mundo se detenía un segundo, solo para respirar conmigo.

Cuando subí al podio, levanté el trofeo y miré al cielo. No fue un gesto planeado. Solo... sucedió. Chip me abrazó fuerte y me dijo al oído: «Tus viejos estarían orgullosos.»

Kate bajó la mirada, con una sonrisa leve.

—Seguro lo estaban.

Tomé aire, como si todavía oliera el caucho y el humo de aquel día.

—Fue el año más redondo que tuve como piloto. Todo encajó. Las victorias, el equipo, la gente, incluso el duelo. Todo estaba en su lugar. Pero al mismo tiempo... había una parte de mí que empezaba a mirar más lejos.

Kate levantó la vista, intrigada.

—¿Más lejos cómo?

—No sé. —Me quedé pensando—. Una parte de mí quería más. Ese era mi yo que nunca sabía conformarse. Cuando lo ganas todo, lo único que queda es el vacío de lo que todavía no existe.

—¿Y qué había más allá? —preguntó ella, con esa curiosidad suya que nunca invade.

—Una llamada. —Dije al fin, dejando la copa sobre la mesa—. Una voz con acento italiano y una promesa imposible.

La expresión de Kate cambió, apenas un matiz.

—Ferrari.

Asentí.

—Sí. Ferrari.

32

Kate giró la copa entre los dedos, dejando que el vino se meciera con la luz tenue del restaurante.

—¿Y qué pasó con Chip? —preguntó al fin—. ¿Cómo se lo tomó?

—Con calma, como siempre. —Sonreí—. Cuando le conté que Ferrari me había llamado, me miró sin decir nada durante un buen rato. Después, se levantó del escritorio, me miró y apoyó una mano sobre la silla.

—«¿Sabes? —dijo—, cuando te traje de AJ pensé que íbamos a construir algo que duraría una década. Vi en ti lo que otros no quisieron ver. Y funcionó. Lo hicimos. Tres títulos, once victorias en una temporada, muchos récords. Creí que todavía nos quedaban más por romper.»

Hizo una pausa larga.

—«Pero supongo que así es esto. Ganas tanto que un día el mundo se queda chico. Y si alguien merece probar qué hay más allá, eres tú.»

Me miró entonces, con esa mezcla de orgullo y resignación que solo tienen los hombres que han vivido muchas victorias.

—«Solo asegúrate de no olvidar de dónde vienes. Y no pierdas lo que te trajo hasta aquí.»

Esa fue su forma de darme permiso. Sin abrazos, sin despedidas. Solo la verdad.

Además, Ferrari pagó una fortuna por romper mi contrato con Chip, así que, al menos para el equipo, no fue tan mal negocio.

Kate asintió, despacio.

—¿Paul fue contigo?

—Quería que Paul viniera conmigo, pero Ferrari no lo permitió. —Suspiré—. Decían que sería mejor para mí tener a alguien de «la casa», que conociera su forma de trabajar, su idioma, su manera de moverse dentro del paddock. Querían facilitar mi adaptación a la Fórmula 1.

Pero Paul no era reemplazable. Era más que un ingeniero; era mi equilibrio. Me llamó la noche antes de que viajara. Dijo: «Vas a un lugar donde el corazón y la lógica se pelean todo el tiempo. No elijas un bando. Aprende a escuchar ambos.»

—Suena como algo que solo él diría.

—Sí. —Sonreí—. Era su manera de decirme que no olvidara quién era, incluso cuando el ruido cambiara de tono.

El vino ya era casi una sombra en las copas.

—Ferrari no era solo un equipo —continué—. Era una promesa. Una palabra que pesaba por sí sola. Cuando un campeón se retira y el asiento queda libre, sientes que el mundo te señala. Que hay una historia esperándote y tú tienes que escribirla.

Me buscaron porque sabían lo que hicimos en Indy: tres campeonatos, récords, un equipo que funcionaba como un reloj. Ellos veían eso y más: veían un piloto que no solo ganaba, sino que parecía entender lo que hay detrás del volante. Y eso en la Fórmula 1 vale tanto como la velocidad.

Tomar el asiento de un recién coronado era prácticamente imposible para cualquiera. Pero para mí se abrió la puerta. Era el equipo favorito para la próxima temporada, el coche más deseado, el nombre más venerado. Ir allí significaba que no solo llevaba mi historia, sino también la suya.

—¿Qué creíste que pasaría? —preguntó Kate.

—Creí que sería campeón. Pero las historias no se escriben con voluntad, se escriben con tiempo.

Hice girar el vino, observando el reflejo rojo sobre el mantel.

—Me acuerdo del día que llegó la llamada de confirmación, después de todas las negociaciones. Estaba en Indianápolis, en la oficina de Chip. Su teléfono sonó, y cuando colgó me dijo: «Tienes una cita en Maranello.» Lo dijo sin sorpresa, como si ya lo hubiera sabido.

—¿Qué sentiste?

—Yo sentí vértigo. Ni alegría, ni miedo. Solo esa sensación en el estómago que te dice que algo está a punto de cambiar para siempre.

Kate sonrió, con los ojos entrecerrados.

—Supongo que debió ser un honor.

—Lo fue. Pero también fue una carga. Cuando representas a un país, a un equipo, a una historia, te conviertes en algo más que un piloto. Te vuelves un símbolo, y los símbolos no pueden fallar.

El camarero pasó cerca y retiró los platos vacíos.

—Chip lo entendió antes que yo. Me dijo: «Si vas a hacerlo, hazlo sin miedo. Pero recuerda, los italianos no contratan pilotos, contratan creyentes.»

—¿Creías en eso? —preguntó ella.

—Quería creer. —Asentí—. Quería pensar que podía reinventarme otra vez.

—Después de ganar todo.

—Exacto. —Sonreí, con ironía—. El problema de llegar tan alto es que ya no hay más arriba. Solo hay otro comienzo.

Kate lo pensó un momento, girando el tallo de la copa.

—¿Qué te dijo Paul antes de irte?

—Que estaría ahí, esperándome cuando volviera.

—¿Y eso te dolió?

—Sí. —Hice una pausa—. Porque en el fondo, entendí que no podía llevarme todo conmigo. Ni a mi padre, ni a mi madre, ni a Paul. Había algo en esa decisión que implicaba soltar. Y soltar dolía más de lo que esperaba.

—¿Sabes qué fue lo más difícil? —pregunté.

—¿Qué?

—Decírselo al equipo.

—¿Cómo lo tomaron?

—Como se toma una noticia que duele pero se respeta. Nadie me reprochó nada. Paul fue el último en hablar. Dijo: «Esto no es un adiós. Es solo otra vuelta.»

—Eso le salió del corazón.

—Sí. —Sonreí—. Pero yo supe que era un adiós. Uno de los verdaderos.

Kate levantó la vista, como si ya supiera la respuesta.

—La despedida debió ser silenciosa.

—Sí, fue silenciosa. —Dije—. El último día en el taller, Chip me dio una caja pequeña. Dentro había una foto del equipo y una nota que decía: «Las victorias no miden el valor de las cosas.»

—¿Qué fue lo que sentiste?

—Gratitud... y miedo. Pero no el miedo a fallar, sino a no volver a sentirme parte de algo tan perfecto.

Ella asintió despacio.

—Supongo que dejar un lugar así siempre es una forma de duelo.

—Lo es. Pero también una declaración. —Suspiré—. Era mi manera de decir que todavía tenía algo más por descubrir. Nunca entendí si acepté por ambición o por miedo a quedarme quieto. A veces esas dos cosas se confunden. Lo único que sabía era que no podía seguir corriendo en la misma dirección esperando sentir algo nuevo.

El camarero regresó con el postre: dos cafés y un plato de crumble tibio con helado.

—Esto corre por la casa —dijo, con una sonrisa cómplice.

Kate le agradeció con la mirada.

—¿Ves? —dijo—. Hasta el restaurante sabe cuándo una conversación necesita algo dulce.

—Tal vez para endulzarla un poco. —Sonreí.

Kate apoyó la espalda en la silla y soltó un suspiro leve.

—Creo que ya hicimos suficiente por hoy —dijo, sonriendo apenas.

—Sí. —Asentí—. Hoy fue un día completo.

Hablamos un rato más, pero de cosas simples: del clima inglés que nunca decide, del ejercicio en el gimnasio, de un libro que ella había empezado y yo fingí conocer. Era extraño cómo, después de tanto peso, la ligereza apareció sin avisar.

El camarero se acercó y dejó la cuenta con discreción.

—¿Te das cuenta? —dijo Kate, mientras buscaba su bolso—. Casi cerramos el lugar.

—Parece que se nos está haciendo una costumbre cerrar lugares. —Sonreí.

—Aunque es una muy buena costumbre. —Rió, y su risa tuvo esa cadencia amable que parecía aliviarlo todo.

Pagamos. Ella insistió en hacerlo, cumpliendo su promesa. Al salir, el aire estaba más frío; el campo olía a pasto húmedo y madera. Las luces del restaurante quedaban atrás, cálidas, como un recuerdo reciente.

Caminamos hasta el coche sin prisa. El cielo era una mancha azul profundo, con apenas una línea plateada en el horizonte.

—Mañana vuelves al gimnasio, ¿no? —preguntó, abriendo la puerta del auto.

—Sí. Último día antes de volver al ruido.

—Entonces toca descansar. —Se detuvo un momento antes de subir—.

Mañana también será un buen día, ¿sabes?

—Lo sé —respondí—. Pero creo que lo diré después de tomar café.

Nos reímos los dos. El sonido se perdió en el aire quieto.

Cuando el motor arrancó, el reflejo del restaurante se desdibujó en el retrovisor. Pensé en lo que habíamos hablado y en cómo, por alguna razón, el mundo se sentía un poco más cálido al lado de ella.

33

Las pesas golpean el suelo con un sonido seco, medido. Cada repetición cae en el mismo punto exacto, como si el cuerpo marcara su propio reloj.

Mark observa desde el fondo, brazos cruzados, cronómetro en mano. No tenía su energía habitual, esa mezcla de exigencia y precisión que solía llenar el espacio. Hoy observaba más que corregía.

Yo terminaba la última serie del circuito. Las manos me ardían un poco, los músculos vibraban con ese cansancio que no pesa, sino el que avisa que ya no hace falta más.

Dejé las mancuernas sobre el suelo y me quedé quieto, escuchando el eco del golpe. Era distinto. Más hueco, más suave. Como si hasta el ruido hubiera entendido que las vacaciones se estaban acabando.

Kate estaba en su rincón de siempre. No escribía. La libreta seguía cerrada sobre sus piernas, y sus dedos jugueteaban con el bolígrafo sin intención de usarlo. No parecía venir a registrar algo, sino a acompañar. Había algo en su mirada, una mezcla de calma y melancolía que encajaba con la mañana.

Mark se acercó. Tenía el cronómetro en una mano, pero no lo miraba.

—Eso fue todo —dijo.

Su voz sonó diferente, sin la firmeza habitual. No una orden, sino una conclusión.

Me limpié el sudor con la toalla y lo miré.

—Pensé que por ser el último día, entrenaríamos más fuerte —le respondí.

—Todos los días se entrena al máximo, pero hoy teníamos que «enfriar el motor». Aunque parezca ser el final, hay que seguir dándolo todo —añadió.

Se quedó un momento observando el suelo, como si buscara algo que ya no estaba ahí.

Nadie habló durante un rato. Todo se empezó a desacelerar, como si el gimnasio mismo bajara las pulsaciones. Bebí un poco de agua y me quedé unos segundos mirando el suelo, esperando que el cuerpo terminara de entender que ya podía detenerse.

Estiré los brazos, las piernas, cada músculo que todavía vibraba. A unos metros, Mark y Kate conversaban en voz baja, con ese tono ligero que solo aparece cuando el trabajo ya está hecho. Ella asentía de vez en cuando, sonriendo por algo que no alcancé a escuchar. Afuera, la luz entraba pareja por los ventanales, sin sombras ni promesas.

Mark caminó hacia mí, con esa tranquilidad suya que no necesita imponerse. Kate lo siguió.

—Muchachos —dijo, con voz serena—. Quiero platicar un momento con ustedes.

Nos reunimos junto al banco de pesas, todavía con el eco del entrenamiento flotando en el aire. Se acomodó las manos detrás de la espalda; parecía más un gesto de costumbre que de autoridad.

—Bueno —empezó, con una leve sonrisa—. Me parece que hoy podemos decir que cerramos un buen ciclo.

Se giró hacia mí.

—Charlie, hiciste un gran trabajo estas semanas. Físicamente estás en otro nivel. —Hizo un gesto con la mano, como si dibujara una línea en el aire—. Estás más fuerte, más rápido, más constante. Pero lo que más me gusta es que no te has exigido desde la rabia, sino desde la claridad.

Asentí, sin saber muy bien qué responder. Mark no hablaba por halagar. Cuando lo decía, era porque lo creía.

Luego la miró a ella.

—Kate —dijo, con ese tono que usa cuando reconoce algo sin hacerlo demasiado evidente—. Has aprendido rápido cómo trabajamos aquí.

Kate sonrió, bajando un poco la mirada.

—No tanto como para correr —respondió.

—Por ahora con observar alcanza. —Mark soltó una risa breve, sincera—. Entender el ritmo ya es parte del trabajo.

Dejó pasar un momento antes de continuar.

—Lo que viene después de esto —añadió—, ya no depende solo del cuerpo.

Se cruzó de brazos, mirando por la ventana. Su voz no sonó como una advertencia, sino como quien recuerda que el mundo sigue moviéndose.

—A partir del lunes vas a volver al trabajo con el equipo —continuó—.

Será una etapa distinta: ya no habrá solo entrenamiento, ahora sigue la acción. Lo que hiciste aquí te va a servir, pero allá la exigencia no solo será física... también será de cabeza. Vas a tener que estar presente en cada detalle, incluso antes de subirte al coche.

Me quedé escuchando, con la toalla en la mano. Mark hablaba despacio, eligiendo cada palabra.

—Tienes fuerza, resistencia, equilibrio. Pero lo más importante no es eso: es que tu cabeza corre al mismo ritmo que tu cuerpo. Si mantienes eso, vas a estar listo para lo que venga.

Giró la mirada hacia Kate.

—Y tú Kate, quiero que lo acompañes. —Lo dijo sin rodeos—. Ya hablé con el equipo y todo está autorizado. Quiero que estés con él en la fábrica y durante el resto de la temporada.

Kate lo observó un momento, sorprendida.

—¿Estás seguro? —preguntó.

—Sí. —Asintió—. Me parece lo correcto. Es fundamental que veas cómo se comporta el silencio cuando vuelva el ruido.

Por un instante no hablamos. Afuera, el viento empujó una ráfaga de hojas contra los ventanales, y el sonido llenó el espacio sin romper la calma.

Mark se giró hacia mí.

—Vas a necesitar alguien que te escuche —dijo—. No solo cuando ganes. Sobre todo cuando no entiendas lo que pasa.

—¿Y tú? —pregunté.

—Yo estaré —respondió—. Quizá no tan cerca como ahora, pero seguiré acompañándote. —Hizo una pausa breve—. Mi trabajo no termina cuando te subes al coche.

Se acercó un poco más y me dio una palmada en el hombro, firme pero sin peso.

—Has hecho un gran trabajo, Charlie. Y lo que viene... es seguir empujando.

Yo me quedé en silencio, dejando que las palabras encontraran su sitio. Había algo en la forma en que las dijo, una certeza que no necesitaba explicación.

—Entonces... —dije al fin—, supongo que eso significa que hemos terminado.

—Por ahora —respondió Mark.

Sonrió con esa media sonrisa suya, casi imperceptible.

—Por lo pronto tienes hoy y mañana para descansar. Te lo ganaste.

Sentí el peso del cansancio bajar por los hombros, pero no de agotamiento, sino de cierre. De algo que había llegado justo hasta donde debía llegar. El reloj del gimnasio marcaba el mediodía. Kate guardó su libreta, aunque no había escrito una sola palabra. Me miró, luego a Mark.

—Creo que todos necesitamos algo que no tenga que ver con pesas ni cronómetros —dijo, con esa naturalidad que desarma cualquier formalidad.

Mark arqueó una ceja, intrigado.

—¿Algo como qué?

—Como comer juntos, los tres —respondió—. Buena comida.

—¿Comida? —repitió él, como si la idea le pareciera extraña después de tanto ejercicio.

—Sí —intervine—. No suena tan descabellado.

Kate sonrió, levantándose.

—Vamos, es sábado. El último día antes de que todo vuelva a girar.

Mark se quedó quieto unos segundos, mirando el suelo, como si evaluara la propuesta como un nuevo entrenamiento. Luego levantó la vista y negó con la cabeza.

—No, no, no —respondió—. Yo paso, pero vayan ustedes, diviértanse, descansen.

Kate cruzó los brazos, sonriendo apenas.

—¿Descansar? Justo eso es lo que te estoy proponiendo.

Mark negó con la cabeza, medio divertido, medio incómodo.

—No soy muy bueno con los planes después del entrenamiento.

—Entonces hoy es un buen día para cambiar un poco —respondió ella, sin moverse del sitio.

Hubo un segundo de silencio. Mark soltó un suspiro leve, el tipo de rendición que solo ocurre cuando sabe que ya perdió la discusión.

—Está bien —dijo al fin—, pero solo si yo elijo a dónde ir.

Kate alzó una ceja, triunfante.

—Estoy de acuerdo contigo.

Mark giró hacia mí, como buscando complicidad.

—¿Tú qué opinas?

—Opino que ustedes mandan —respondí, tomando la toalla del banco—. Yo soy materia dispuesta. ¿A dónde quieres ir, Mark?

Mark esbozó una media sonrisa.

—Conozco un sitio donde venden pizzas, a cinco minutos de aquí —dijo—. Buena comida, sin pretensiones.

Kate cruzó los brazos, satisfecha.

—Perfecto. Entonces tenemos plan.

Mark miró el reloj del gimnasio, soltó una risa leve y dio una palmada en el aire, como si sellara un acuerdo invisible.

—Entonces vámonos antes de que alguien cambie de opinión.

Cada quien empezó a recoger sus cosas. Las botellas de agua vacías, las toallas. El sonido de las mochilas cerrándose se mezcló con el zumbido suave del aire acondicionado, ese último rumor de un lugar que acababa de quedarse sin propósito por el día.

Salimos juntos al estacionamiento. El aire fresco de mediodía nos recibió con ese olor a pasto recién cortado que siempre tiene Croughton después de la lluvia. Mark iba adelante, caminando con el paso medido de quien no se permite la prisa ni siquiera fuera del trabajo. Kate, a su lado, hablaba de algo que no alcancé a escuchar; solo veía cómo su cabello se movía con el viento y cómo Mark asentía cada tanto, divertido. Yo los seguía unos pasos detrás, dejando que la conversación flotara sin intentar alcanzarla.

Nos despedimos del gimnasio sin grandes gestos. Mark abrió la puerta de su coche y acomodó su bolso con ese orden casi metódico que parecía acompañarlo siempre. Kate hizo lo mismo, encendiendo el motor y bajando la ventanilla.

—Síguenos —me dijo, con una sonrisa que parecía una orden amable.

Subí al mío, dejé caer la toalla y la maleta sobre el asiento del copiloto y encendí el motor. Nos alineamos detrás de él. Tres autos avanzando uno tras otro, dejando atrás el gimnasio y el esfuerzo de unas vacaciones que nunca tuvieron descanso. La carretera se abría frente a nosotros, flanqueada por árboles que filtraban la luz a intervalos, como si marcaran un nuevo ritmo.

34

La mesa era de madera gruesa, tibia por el sol. No habíamos dicho mucho desde que nos sentamos. Cada quien miraba algo distinto: Mark revisaba el menú como si fuera un mapa técnico, Kate dejaba que la luz pasara entre sus dedos, y yo solo veía la sombra del vaso proyectada sobre la superficie.

La camarera dejó la jarra de agua en el centro de la mesa. El cristal tocó la madera con un sonido limpio, redondo.

Mark levantó la vista un segundo. Kate sonrió apenas, como si ese sonido hubiera marcado el inicio de algo que los tres sabíamos que tarde o temprano tenía que contarse.

—¿Entonces? —preguntó Kate, sin levantar demasiado la voz—. ¿Cómo fue... llegar ahí?

Respiré despacio. La luz que entraba desde el jardín caía sobre la mesa como una sábana tibia. El olor a masa, a leña y a hojas frescas hacía que el lugar se sintiera más honesto que cualquier oficina donde hubiera hablado de Ferrari en los últimos años.

—Mi primer día —dije—. Supongo que ese es un buen lugar para empezar.

Kate levantó la mano y llamó a la camarera.

—Nos traes tres pizzas para compartir, por favor —pidió con una calma que parecía diseñada para sostenerme—. Y una botella de Cabernet. La que nos recomiendes para una plática amena.

La camarera asintió y se alejó. El mundo siguió su curso.

—La llegada fue como una película —continué—. Todavía no sabía nada del equipo, no había probado el auto, no había entrado al simulador... pero ya había cientos de personas afuera de la fábrica.

Me reí, no por gracia, sino por lo absurdo de recordarlo ahora, desde este lugar que no exigía nada.

—Había pancartas. Banderas. Camisetas rojas con mi nombre... algunas nuevas, recién impresas esa mañana. Otras con el apellido del campeón anterior.

Kate abrió un poco los ojos.

Mark negó con la cabeza, como si dijera: Así es ahí.

—Pensé que era un recibimiento —seguí—. Que era cariño. Que era apoyo. Pero no... era expectativa. Era presión. Y en algunos ojos... duda.

Tomé el vaso, dejé que la sombra del líquido se moviera un poco en la mesa antes de hablar.

—Los Tifosi son intensos. No apasionados: intensos de verdad. No te abrazan... te evalúan. Querían ver si podía llenar un traje que, sinceramente, ni ellos creían que alguien más pudiera usar.

Kate ladeó un poco la cabeza.

—¿Tifosi? —preguntó—. ¿Qué significa exactamente?

Me apoyé en el respaldo, dejando que la palabra tomara forma en la mesa antes de responder.

—Los fans de Ferrari —expliqué—. Pero no «fans». Más bien Devotos. Son como una secta antigua. Una familia enorme que ama la marca más de lo que ama a cualquier piloto.

—¿Y eso es bueno o malo? —preguntó ella, sincera, sin juicio.

—Es... bueno y malo. —Sonreí sin humor—. Si te quieren, te defienden como si fueras sangre. Si no... simplemente no existes. O peor: te toleran esperando que falles para sentir que tenían razón.

Kate asintió despacio, entendiendo.

Mark solo murmuró:

—Así es.

—Me hicieron posar frente al coche, con los brazos cruzados. Ya sabes, esa pose típica de piloto Ferrari. —Moví la cabeza, recordando—. Y mientras sonreía para las fotos, vi a un grupo de tifosi detrás de las vallas. Tres de ellos levantaron el pulgar. Dos me ignoraron. Y uno... uno negó con la cabeza, como decepcionado. No había dicho ni una palabra todavía. No había prendido el motor. No había dado una sola vuelta.

—Y ahí lo entendí —murmuré—. Yo llegaba con un gran cartel... pero era el único que lo creía suficiente.

Mark se echó un poco hacia atrás en la silla. Ese gesto suyo, pequeño, era de reconocimiento. Él sabía lo que era llegar a un lugar donde todos esperan que seas perfecto sin conocerte.

—Después vinieron las fotos oficiales. La sesión con el mono rojo, el casco nuevo, las manos en el volante. Todo perfecto. —Hice una pausa—. Demasiado perfecto. Como si yo solo fuera... un reemplazo bien envuelto.

La camarera volvió, esta vez con la botella. Dejó tres copas. No preguntó quién quería primero. Sirvió un poco en cada una.

—Salud —dijo Kate—. Por la verdad, aunque duela un poco.

Levanté la copa, no para brindar, sino para observar el color. Profundo. Fuerte. Tan similar al tono que había definido un año entero.

—Ese día —dije bajando la voz— fue la primera vez que pensé que algo... no encajaba.

Y no era Ferrari. Era yo.

—Después de las fotos, me hicieron entrar por un pasillo que parecía no tener fin. Era nuevo y viejo al mismo tiempo. Como si cada ladrillo dijera: «Aquí no vienes a aprender; vienes a honrar lo que ya existe».

Kate apoyó los codos en la mesa, atenta.

Mark inclinó ligeramente la cabeza.

—Lo primero que noté —continué— fue el olor. No al de un taller... al de una iglesia de metal. Aceite limpio, fibra de carbono recién cortada, pintura... pero todo bajo control. Nada fuera de lugar.

Kate inclinó la cabeza.

—Impresiona... pero no de la manera correcta, ¿verdad?

—Mucho. Sí. Pero no... como debería.

Acomodé la copa, girándola apenas.

—De un lado del pasillo estaban las fotos de todos los campeones. Enormes. Iluminadas. Cada una como un recordatorio de que entrar ahí no significaba nada todavía. Sentí que me estaban diciendo: «Estos son los verdaderos. Tú, veremos».

Kate frunció suavemente el ceño, como si pudiera ver las paredes conmigo.

—¿Y tu ingeniero? —preguntó Mark con una voz baja, meditada.

Solté aire.

—El primer día no me habló.

Creo que fue... más contundente que si me hubiera dicho algo malo. Lo vi al fondo de la sala, con su cuaderno, su laptop, su equipo. Yo entré y todos giraron la cabeza. Él no.

Kate arrugó ligeramente la servilleta entre los dedos.

—¿Ni siquiera para darte la bienvenida?

—Ni siquiera para decir «hola».

—¿Y qué hizo?

—Lo necesario para dejar claro que yo era un extraño.

—¿Cómo?

—Con un gesto. —Llevé la mano al cuello, recordándolo—. Una mirada rápida... de arriba abajo. No de evaluación técnica. De duda. Como si dijera: «Este no es uno de los nuestros».

La camarera dejó el pan en el centro de la mesa. El olor caliente, recién salido del horno, abrió un pequeño espacio de calma que contrastaba demasiado con lo que yo estaba diciendo.

—Me acerqué, extendí la mano y dije mi nombre, aunque no hacía falta —continué—. Y él... tardó dos segundos en levantar la suya. Dos segundos que en un equipo como Ferrari son toda una declaración.

Mark negó con la cabeza, apenas.

—Esos dos segundos te lo dicen todo —murmuró.

Asentí.

—Sí.

Ese fue el verdadero inicio. Ni las fotos, ni el casco nuevo, ni las pancartas afuera. Esos dos segundos.

Kate bebió un pequeño sorbo de vino. La forma en que lo hizo —despacio, como quien escucha más con el cuerpo que con la cabeza— me dio permiso para seguir.

—Después vino la primera reunión técnica.

La mesa larga, los monitores encendidos, el auto en el centro del taller como un animal durmiendo. Todos hablaban entre sí, en italiano, rápido, como si yo no estuviera.

—¿Y tú qué hiciste? —preguntó.

—Lo que cualquier piloto nuevo hace: observar, escuchar, esperar. Hasta que llegó el momento en el que me preguntaron por mis sensaciones del coche en el simulador.

Mark respiró hondo. Ya sabía lo que venía.

—Les dije exactamente lo que sentí: flotaba al frenar. Perdía carga en la entrada. Tenía un punto muerto en el medio de la curva.

Silencio.

Y la respuesta del ingeniero fue: «Los datos no muestran eso».

El aire pareció detenerse en la mesa. Ni el vino, ni el pan, ni el sol encima suavizaban eso.

—Ahí —dije despacio—, supe que algo estaba mal. No con el coche. No con el ingeniero.

Conmigo.

Sentí que tenía que demostrar lo que sentía... como si mis sensaciones fueran un problema en lugar de ser mi trabajo.

Kate apoyó una mano sobre la mesa. No me tocó. Pero estuvo cerca.

—Debió ser muy incómodo, ¿y qué hiciste?

—Lo intenté todo. —Tragué saliva—. Quise encajar. Quise hablar menos. Quise hablar más. Quise adaptarme al coche. Quise que el coche se adaptara a mí.

Nada funcionó.

—Ese primer día —continué— terminó con todos saliendo rápido, hablando entre ellos, riendo, planeando. Yo me quedé ahí parado, sin saber a dónde se suponía que tenía que ir.

Kate susurró, apenas:

—Estabas solo.

Me reí suavemente, sin humor.

—Solo en Ferrari no es soledad.

Es ruido sin dirección. Es estar en un lugar que te exige todo... pero no te ofrece nada para darte sentido.

Mark bajó la mirada. Sabía de sobra lo que significaba eso.

—Ese día —dije finalmente—, cuando llegué al hotel, entendí la frase que nadie te dice antes de firmar: Ser piloto de Ferrari no es un sueño. Es un filtro.

Kate parpadeó despacio, sin prisa.

—¿Un filtro? —preguntó—. ¿A qué te refieres con eso?

Apoyé los codos en la mesa. Junté las manos. A veces hablar de Ferrari era como desmontar una pieza del motor: había que aflojarla con cuidado, despacio, sin forzar.

—A que ahí no te celebran por llegar —dije—. Te observan. Te clasifican. Te miden. Un filtro no te da nada... solo separa lo que sirve de lo que no. Y Ferrari funciona así. Entras creyendo que es un sueño, pero lo primero que hace es mostrarte quién eres bajo una luz que no perdona nada.

Kate no desvió la mirada. Tampoco intervino. Era buena para eso: para no romper el hilo cuando yo aún estaba caminando sobre él.

—En otros equipos te ayudan a adaptarte —seguí—. Te enseñan el sistema, te explican cómo trabajan, te integran... aunque sea un poco. Ferrari no hace eso. Si encajas, perfecto. Si no... simplemente lo saben. Y no pierden tiempo en ocultarlo.

El viento movió una de las servilletas del centro. Mark la acomodó con un gesto automático, pero seguía escuchando.

—Un filtro también te revela —dije—. Te deja claro qué parte de ti es suficiente... y cuál no lo es. Ahí adentro, no eres un piloto nuevo: eres una incógnita. Una prueba. Y cada mirada, cada comentario, cada silencio... responde esa pregunta antes de que tú puedas hacerlo.

—Desde el primer día —continué— supe que no era una cuestión de talento. Tampoco de velocidad. Ni del motor, ni del coche, ni de los tiempos. Era... esencia. Personalidad. Vibración. Ferrari es como una religión con mil años de historia —murmuré—. Y tú entras esperando ser un creyente más... pero ellos no necesitan creyentes. Necesitan profetas. Necesitan herederos de su legado. Necesitan a alguien que nazca hablando su idioma... aunque no lo diga en voz alta.

Kate respiró, casi imperceptible.

—Y tú no hablaste ese idioma —dijo, sin juicio.

—No. Y lo peor es que tardé meses en entenderlo. Yo pensaba que me faltaba velocidad, adaptación, agresividad en frenada, algo técnico... Pero no. Lo que me faltaba... era «ser uno de ellos».

Hice una pausa.

—Por eso digo que es un filtro. Porque ahí adentro entiendes muy rápido si eres parte de la familia... o si solo estás de visita. Y yo... desde el primer día... ya estaba del lado equivocado del filtro.

35

La primera pizza llegó cortada en triángulos perfectamente iguales, todavía respirando vapor. El olor a masa tostada y albahaca se mezcló con el aroma del vino que seguía abriéndose en las copas. Por un momento, ninguno habló. Era un silencio distinto: no era tensión, era... pausa. Un pequeño permiso para existir sin historias pesadas entre nosotros.

Mark tomó la espátula y sirvió una rebanada en cada plato con una precisión casi quirúrgica.

Kate sonrió, divertida.

—No sabía que eras tan bueno dividiendo cosas —dijo.

—Es mi trabajo —respondió él, dejando la espátula a un lado—. Dividir cargas, ritmos... y comida, al parecer.

Los tres reímos suave.

El primer bocado calentó el ánimo de la mesa. La vida normal, esa que pocas veces tenía espacio en mi calendario, se coló entre nosotros como aire fresco. Casi agradecí ese minuto sin Ferrari en la boca.

Kate tomó una servilleta, limpió un borde del plato y luego me miró con esa atención suya que siempre sabe cuándo volver al centro de la historia.

—Charlie —dijo, sin presión—. ¿Después qué pasó, cómo fue la temporada?

Mark bebió un sorbo de vino y dejó la copa en la mesa con un sonido seco, como quien marca un nuevo inicio.

Yo dejé el resto de la rebanada. Respiré.

—Después... —dije— vino el año en el que dejé de existir.

La luz se movió un poco sobre la mesa. Era como si el lugar mismo supiera que estábamos entrando a otro tono.

—¿Así de fuerte? —preguntó Kate, sin incredulidad, solo con cuidado.

Asentí.

—Sí. Así de fuerte.

Me recargué ligeramente en la silla, no para descansar, sino para sostener el peso de lo que venía.

—En Ferrari, cuando no encajas... el equipo lo nota. Los rivales lo notan. La prensa lo nota. Todos lo notan. Y ese primer año... cada error mío fue visto como una confirmación de que yo no debía estar ahí.

Sabía que esto era más duro que el primer día.

—Ese año fue una combinación perfecta de errores, accidentes y silencios. Y no todos fueron culpa mía. Pero todos... me los cargaron a mí.

—La primera carrera —empecé, moviendo el vino en la copa— fue donde entendí que ese año iba a ser distinto a cualquiera que había vivido.

Kate apoyó un codo en la mesa. Mark cruzó los brazos, pero no con tensión; con ese gesto suyo de «estoy aquí, sigue».

—No fue un desastre. Por eso dolió más.

Kate frunció ligeramente el ceño, sin interrumpir.

—Clasifiqué noveno. No era brillante, pero era decente para un debut. Tenía ritmo... o eso creía. En la vuelta diez cometí un error estúpido en la curva lenta.

No perdí el coche. No toqué el muro. Solo... me fui un poco largo.

—¿Y qué pasó? —preguntó ella.

—Nada —respondí—. Absolutamente nada. Perdí algunas décimas de segundo. Pero cuando regresé al garaje, la mirada del ingeniero fue como si hubiera destruido dos motores y atropellado al mismísimo Enzo.

Mark sopló aire por la nariz, como quien dice «clásico».

—Me dijo: «Esto no puede pasar en Ferrari». Yo asentí, como cualquier piloto. Pero al final del día... ni siquiera revisaron mis comentarios del coche. Se enfocaron únicamente en ese error. Uno. Pequeño.

Tomé un trozo de pizza, pero no lo comí. Lo dejé sobre el plato, sin hambre.

—El problema no fueron esas décimas de más —seguí—. El problema fue lo que vino después.

Kate inclinó la cabeza.

—¿La prensa?

Asentí.

—Titulares al día siguiente:

«El americano no está listo.»

«Ferrari apostó mal.»

«No se puede repetir un campeonato con un piloto que viene de otro mundo.»

Ella abrió un poco los ojos, no sorprendida... pero sí por la herida en mí.

—En la segunda carrera —continué— tuve un trompo en clasificación. No grande. Ni siquiera dañó el coche. Pero lo transmitieron en cámara lenta, como si fuera un accidente de IndyCar en el óvalo.

Mark se rió sin humor.

—Porque eras americano —dijo.

—Exacto.

«Esto es Europa.» Ese era el subtexto. Aunque nadie lo decía, todos lo pensaban.

Tomé un sorbo de vino.

—Los europeos se equivocan y es mala suerte.

Yo me equivocaba... y era mi ADN.

Kate se quedó quieta. Era la primera vez desde que la conocí que parecía contener un impulso de decir algo... pero no lo hizo. Y eso me ayudó a seguir.

—En la cuarta carrera, tuve un abandono por falla mecánica. Ni siquiera toqué el auto. Pero ¿sabes qué dijeron los titulares?

«White vuelve a fallar.» Como si yo hubiera diseñado la pieza.

Silencio. El viento movió ligeramente la cortina de lino detrás de Mark.

—A mitad de temporada —dije— el equipo ya no confiaba en mis comentarios.

Hice una pausa, dejé caer una sonrisa breve, seca, sin alegría.

—Bueno... en realidad nunca lo hicieron. Solo que a esas alturas ya ni intentaban fingirlo. Yo decía: «La tracción sale golpeada». Ellos respondían: «Eso lo sientes tú. Los datos dicen otra cosa.»

Kate ladeó el rostro.

—¿Y tú... qué sentías?

—Que manejaba un coche que nunca quiso ser mío. Y que yo estaba tratando de hablar con un idioma que nadie más escuchaba.

Mark bajó la mirada.

—Una vez —seguí—, después de un viernes de prácticas horrible, entré a la sala del ingeniero para revisar telemetría. Y él... ni siquiera giró la pantalla hacia mí. La vio él. La analizó él. Me dijo que «no había nada raro».

A la semana siguiente, el otro piloto reportó lo mismo y ahí sí... ahí sí había algo raro. Ahí sí se revisó. Ahí sí se solucionó.

Kate respiró hondo.

—No te escuchaban —susurró.

—No —respondí—. Nunca me escucharon.

Ese hilo de aire que dijo salió de mi boca como si hubiera estado retenido todo un año.

—Ese fue el verdadero desastre —murmuré—. No los errores en pista. No los trompos. No los abandonos. El desastre fue... desaparecer. Convertirme en una sombra dentro del equipo. No poder influir en nada. No existir.

El restaurante seguía lleno, pero nuestra mesa se sentía como un pequeño cuarto privado donde el pasado sonaba más fuerte que los platos, que la música suave, que las conversaciones de alrededor.

Kate habló apenas.

—¿Y los Tifosi?

—Para ellos no existía, parecía que solo esperaban a que terminara la temporada.

Cada carrera sentía que era una prueba de algo que no debería tener que probar: que yo merecía estar ahí... aunque ya me hubieran contratado.

Pasé la mano por el borde del vaso.

—En la décima carrera conseguí un tercer lugar. Buen resultado. Muy bueno. ¿Sabes qué dijo la prensa?

Kate negó suavemente.

—«White sorprende al no fallar.»

Ni siquiera un elogio. Solo... incredulidad de que hiciera algo bien.

—Ese año —dije finalmente— fue así: Una colección interminable de momentos en los que yo hacía todo para existir... y aun así... nadie parecía verme.

Me quedé mirando la mesa, como si el recuerdo aún tuviera bordes.

—Y luego —dije, con la voz más baja—... vino la carrera que marcó el principio del final.

Kate jugueteó con el borde de su servilleta por un segundo, como si dudara si decirlo o no. Luego levantó la mirada y preguntó:

—¿Mónaco?

El nombre cayó sobre la mesa como una moneda fría. No chocó con nada... pero cambió el aire.

Tomé la copa con la mano, no para beber, sino para sostenerme.

—Sí —respondí—. Mónaco.

No dije más durante unos segundos. El ruido del restaurante siguió ahí: platos, conversaciones, una risa lejana... pero todo se filtraba como si yo estuviera detrás de un vidrio grueso. No necesitaba repetir la carrera. Ni el impacto. Ni el roce con el muro. Ni el silencio. Ellos ya conocían esa parte.

—Lo que pasó después... —dije finalmente— fue peor que el accidente.

Kate no parpadeó. No se movió. Me dejó el espacio.

—Cuando regresé al garaje —continué—, no había nadie esperándome. Ni una mano en el hombro. Ni una palabra. Nada.

Mark apretó la mandíbula.

—El ingeniero ni siquiera me miró. Se quedó viendo la pantalla, moviendo el mouse, como si yo fuera un error en el sistema y él tuviera que encontrar dónde borrarme.

Kate abrió los labios, pero no dijo nada. Y eso... lo agradecí.

—En otros equipos —seguí—, cuando un piloto choca, alguien te recibe. Te preguntan si estás bien. Te ayudan a sentarte. Te explican qué pasó. En Ferrari... en Ferrari te juzgan antes de que abras la boca.

Tomé aire. No temblé. Solo respiré como quien lleva rato hablándolo por dentro.

—El jefe de pits entró a la sala. No preguntó si me dolía algo. No preguntó qué sentí. Me dijo... —imité el tono seco, casi burocrático—: «Has comprometido la temporada del equipo».

Kate cerró los ojos un segundo. No de cansancio. De rabia ajena.

—Yo intenté explicarle. Le dije que no había sido un error de cálculo, que todo venía bajo control hasta esa última vuelta. Entré a Tabac apenas un suspiro tarde y que el coche dudó en obedecerme. Que corregí, pero que llegué a Chiron ya pasado, sin margen, y que ese roce con el muro fue... inevitable. Pero él... no quería razones. Quería culpables.

Mark asintió, muy despacio. Sabía que esa frase pesa más que un impacto a 280 km/h.

—Después de eso —continué—, vinieron las cámaras. Las preguntas.

«¿Fallaste tú o falló el coche?»

«¿Estás sobrepasado por la presión?»

«¿Crees que Ferrari se equivocó contigo?»

Kate arrugó la servilleta con los dedos.

—Y yo... —seguí— solo quería sentarme. Solo eso. Sentarme cinco segundos sin oír mi nombre como un cuestionamiento.

Hice un gesto leve con los dedos, como si aún pudiera sentir el casco en la mano.

—Cuando salí del circuito —dije—, no es que los Tifosi hubieran cambiado. En realidad... nunca estuvieron conmigo. En la mañana levantaban pancartas porque tocaba hacerlo, porque era el protocolo del equipo. Por la tarde... solo confirmaron lo que ya creían. Me volteaban la cara. Y algunos... —tragué saliva— gritaban:

«Non sei Ferrari!»

Como si quisieran recordarme que nunca me habían aceptado.

—Ese día supe —dije suavemente— que ya no había vuelta atrás. Mónaco no me rompió. Lo que vino después... sí.

Kate habló por fin, con esa voz que parece que se cuida sola.

—¿Qué fue lo peor?

—Lo peor —respondí— fue sentir que nadie iba a defenderme. Ni adentro... ni afuera.

Mark cerró los ojos con fuerza.

Kate bajó la mirada hacia la mesa.

—Esa carrera —dije finalmente— marcó el principio del final. Porque sentí... que Ferrari estaba esperando que fallara. Y cuando eso pasa... cuando un equipo ya no te quiere ver ganar... estás muerto.

36

—Después de Mónaco —dije, apoyando los dedos sobre el borde del plato— todo siguió igual. Ese fue el problema. Nada cambió. Nadie me dijo nada. Nadie me preguntó nada.

La segunda mitad de la temporada no empezó: se arrastró. No hubo un momento claro donde algo se rompiera. No hubo una reunión. No hubo un anuncio. Solo... una sensación. Como cuando un motor pierde aceite y no lo notas hasta que ya es demasiado tarde.

Kate no habló.

Mark tampoco.

En la carrera siguiente terminé quinto. Un buen resultado después de un accidente así. Pero el equipo lo trató como si hubiera terminado quince... o treinta.

Tomé la copa. El Cabernet sabía distinto ahora. Más pesado.

En la reunión post-carrera, el ingeniero habló veinte minutos sobre el otro piloto. Sus sectores, sus tiempos, sus sensaciones. Cuando llegó mi turno... —solté una risa seca— duró menos de treinta segundos. Literalmente. Imité el tono: «Charlie tiene que mejorar la consistencia. Siguiente.»

Kate abrió un poco los ojos.

Mark negó con la cabeza, lento, como quien confirma algo que siempre supo.

Después vinieron Italia, España, Austria. —Suspiré—. Y cada fin de semana era igual. Yo decía lo que sentía. Ellos me decían que los datos decían otra cosa.

Y claro... los datos nunca se equivocan.

Los pilotos sí.

La camarera dejó una nueva jarra de agua. Ni uno de los tres se movió para tocarla.

—Había fines de semana donde pensaba que podía recuperarme —admití—. Una práctica buena. Una vuelta limpia. Una tanda donde sentía que finalmente el coche respiraba conmigo. Pero siempre había algo. Una estrategia absurda. Una parada lenta. Un neumático duro cuando todos iban con medios. Un comentario del ingeniero que me dejaba helado.

Me incliné hacia atrás, no para descansar, sino para mantenerme entero.

—¿Saben qué es lo peor? Que yo creía que estaba luchando para demostrar quién era. Pero ellos... ellos ya habían decidido quién era yo.

Una tensión fina cruzó el rostro de Mark.

Llegó una carrera donde quedé cuarto. Buen ritmo. Buenas vueltas. Estrategia funcionó. Y aun así... un periodista italiano se me acercó en el paddock y me dijo: «Niente male... per un americano.»

Kate soltó el aire despacio, como si la frase le hubiera caído encima.

No fue solo él. Fue todo. Miradas. Susurros. Pequeños gestos. El tipo de cosas que nadie pone en un reporte, pero que te matan igual.

Tomé un trozo de pan, lo rompí entre los dedos sin intención de comerlo.

Hubo un momento que nunca salió en ningún lado. Ni en prensa, ni en televisión. Solo... pasó.

Kate levantó un poco el rostro, como si sintiera que ahí venía algo más personal.

Fue en una carrera en Asia. No recuerdo cuál. Estaba caminando hacia el hospitality y vi que estaban reuniendo a todos para una foto del equipo. Mecánicos, ingenieros, el jefe de pista... todos. La típica foto del final de carrera.

Me acerqué... por inercia. Como cualquier piloto. Yo era parte del equipo, ¿no? Pero cuando llegué, ya estaban acomodados. Y alguien —no sé quién— dijo: «Perfecto, así estamos bien. Sonrían.»

Kate frunció ligeramente el ceño.

No hubo espacio donde ponerme. No porque no hubiera lugar físico... sino porque nadie se movió para abrirlo. Me quedé en silencio unos segundos. Me di la vuelta sin que nadie lo notara. Y mientras caminaba, escuché la cámara disparar.

Mark apretó la mandíbula.

No fue maldad. Simplemente... ya no contaba. El otro piloto tuvo dos errores bastante graves en dos carreras seguidas. ¿Saben qué dijeron de él? «Ferrari debe protegerlo.» Cuando yo fallaba... «Ferrari debe reconsiderarlo.»

Silencio. Un silencio que parecía tejido con todo lo que no se dijo ese año.

Y así fueron los últimos meses: Yo corriendo como si todavía tuviera algo que salvar. Y ellos mirándome como si yo fuera un capítulo que querían terminar rápido.

Kate, muy suave, preguntó:

—¿Y tú... cuándo lo supiste?

—¿El final?

Bajé la mirada hacia mi plato frío.

Al final de la temporada. Cuando ya estaban haciendo cuentas, cerrando números, calculando puntos... ahí entendí quién era yo para ellos. No por lo que dijeron. Por lo que no dijeron.

Kate inclinó la cabeza.

—¿Cómo terminó el campeonato?

—Quinto —respondí—. Quinto en mi primera temporada con Ferrari. Varios podios. Buenos puntos. Fui constante cuando pude... pero eso no importó.

Sacudí la cabeza, como quien aún trata de entenderlo.

Mi compañero, el que «se suponía que era el segundo piloto», terminó subcampeón del mundo. Y ahí... ahí quedó claro. No iba a importar lo que hiciera. Él era el heredero del legado. Yo era... un puente.

Kate abrió los ojos, pero no por sorpresa, sino por tristeza.

La prensa europea me destruyó. Decían que Ferrari había apostado al piloto equivocado. Que tenían al lienzo perfecto... y habían elegido al boceto.

En Estados Unidos fue peor —dije en voz baja—. Ni siquiera me defendieron por ser americano. Me llamaron fracaso. «No defraudó a Ferrari, defraudó a América». Eso decían.

Así terminé el año. Quinto. Golpeado. Vacío. Intentando convencerme de que todavía podía salvar algo... si tan solo me dieran otra temporada.

Me recliné en la silla.

Y a pesar de todo... aún no sabía que estaba fuera. No sabía nada. Seguía pensando que todo podía arreglarse. Que quizá necesitaba un año más. O un nuevo ingeniero. O un coche que sí fuera mío.

Me reí, sin humor.

Pero cuando entré a la fábrica... entendí. No porque alguien me lo dijera. Sino porque... ya nadie me miró.

Me quedé unos segundos en silencio, sosteniendo esa imagen.

Ese día, caminé por los pasillos como un fantasma que solo yo podía ver. Entré a la fábrica como cualquier otro día. Con mi maleta, la que siempre llevaba en temporadas largas. El guardia de la puerta me saludó igual que siempre, pero... no sonó igual. Como si la sonrisa no hubiera terminado de salirle.

Pasé por el pasillo de las fotos. Las de los campeones. Las que siempre iluminan demasiado, incluso cuando está nublado. Esa mañana parecían más rojas que nunca, más brillantes. Yo... no.

Tomé un sorbo de agua, no de vino.

Fui directo al simulador. Teníamos programada una sesión corta. Cuando llegué... mi lugar no estaba. Literalmente. Un piloto de la academia estaba sentado ahí. Entré, él me vio, y siguió manejando, aunque con esa rigidez nerviosa de quien sabe que algo no está bien.

Pero el ingeniero —dije con voz más baja— no se inmutó.

—¿Ni te saludó? —preguntó Kate.

—No. Me miró apenas un segundo por encima de la pantalla y dijo: «Estamos trabajando en la planificación de la próxima temporada ». Solo eso. Nada de «siéntate». Nada de «hablemos». Nada.

Me llevé la mano a la nuca.

Quizá fue ahí cuando lo supe —admití—. No por las palabras. Por el espacio vacío. Por saber que ese simulador, ese coche... ya no eran para mí.

Mark apretó los labios y no dijo nada.

Luego tuve una reunión con el jefe técnico. Cinco minutos. Ni uno más. Entré, él estaba revisando gráficas, me dijo «gracias por esta temporada» sin levantar la vista. Yo no sabía si eso era despedida... o cortesía. La reunión terminó sin preguntas. Sin planes. Sin propuesta para el futuro. Solo... esa frase suelta.

Kate bajó la mirada.

Salí de la sala y recuerdo que me quedé parado en medio del pasillo, sin saber si debía volver a mi oficina, o al simulador, o a ningún lado. Nadie me habló. Nadie me pidió nada. Nadie me necesitaba. Y la sensación fue tan fuerte que tuve que apoyarme en la pared.

Tomé aire, suave.

Ese día... fue mi último día en Ferrari. Aunque yo todavía no lo sabía.

Me quedé unos segundos en silencio antes de continuar.

Unos días después llegó la llamada. Corta. Fría. Un comunicado disfrazado de conversación. Y al final: «Nuestra gente se pondrá en contacto con tu agente». Eso fue todo.

Kate respiró hondo, como si hubiera contenido el aire sin darse cuenta.

—¿Y después de eso? —preguntó.

—Después vino lo peor: volver a la fábrica... pero ya no como piloto.

Mark levantó la mirada, atento.

Tuve que ir a recoger mis cosas. El guardia me dejó entrar con una sonrisa incómoda. Un «suerte, Charlie» que no sabía dónde colocar.

Llegué a la que fue mi oficina. Tenía mi nombre todavía pegado. Y adentro... una caja que alguien más había armado por mí: mis monos doblados. Mis guantes. Las notas técnicas que yo había escrito. Una foto de un evento que ni recordaba. Todo en silencio. Todo... terminado.

Caminé hacia la zona de administración para firmar los papeles. Una sala pequeña. Una mesa blanca. Un apretón de manos sin mirada. «Nuestro equipo te desea lo mejor.» Eso dijeron. Casi automático.

Cuando salí por la puerta, esa puerta que un año antes se abrió como un templo... esta vez se cerró detrás de mí sin hacer ruido. Como si Ferrari quisiera que mi salida pasara desapercibida. Sin aplausos. Sin reclamos. Sin enojo. Como si nunca hubiera estado ahí.

37

El silencio llegó sin pedir permiso. No fue incómodo. Fue... necesario.

La luz del atardecer caía oblicua sobre la mesa, teñida de un naranja que hacía parecer el vino más oscuro, casi granate. La tercera pizza había quedado fría, olvidada en el centro. Ninguno de los tres tenía ya hambre.

Me recargué en el respaldo, no para descansar, sino para dejar que todo lo que había dicho encontrara dónde caer. Era extraño: hablar de Ferrari siempre había sido como abrir un motor caliente... pero esta vez no. Esta vez fue como dejarlo enfriarse después de mucho tiempo de correr sin parar.

Kate tenía las manos entrelazadas sobre el regazo. No escribía. No hablaba. Solo estaba ahí, mirándome con un tipo de atención que no pedía nada, que no exigía nada. Una atención que sostenía.

Mark, por su parte, tenía la mirada perdida en algún punto del jardín. La mandíbula relajada. Los brazos cruzados sin tensión. Como si procesara no solo lo que escuchó, sino lo que aún no dije.

Nadie habló por un largo momento. Y eso... estuvo bien.

El viento movió las hojas de los árboles, arrastrando el olor leve de la madera de los hornos. Se escuchó una risa de alguna mesa lejana. El sonido de un vaso al ser colocado sobre otra mesa. El mundo siguió, suave, como si el restaurante supiera que nuestra mesa necesitaba respirar.

—Gracias por contarlo —dijo Kate al fin, en voz baja. No era agradecimiento profesional. Era algo más íntimo, más humano.

Asentí, sin mirar a nadie en particular.

—A veces —añadió ella— quedarse en silencio es una forma de acompañar.

Sonreí apenas. Una sonrisa cansada. Verdadera.

Mark tomó la botella y sirvió un poco más en las tres copas, sin decir palabra. No brindó. No hizo gesto alguno. Solo dejó el vino ahí, como si supiera que el siguiente sorbo no era brindis.

—¿Estás bien? —preguntó finalmente, sin mirarme, como si supiera que las preguntas directas a veces pesan más.

Me quedé viendo mi mano sobre la mesa. El movimiento leve del pulgar. El temblor casi inexistente.

—Sí —respondí—. O... algo que se parece bastante a estar bien.

Kate bajó la mirada hacia su copa, como si intentara entender esa frase.

—Hay finales que no se sienten como finales —dijo ella—. Se sienten como un vacío.

—Sí —susurré—. Ferrari fue así.

Otro silencio. Pero este ya no era pesado. Era... claro. Como si lo más difícil ya hubiera sido dicho, y lo que quedaba era solo la respiración después de soltar un peso.

El sol bajó un poco más, tiñendo de ámbar los bordes de la mesa. La tarde se estaba volviendo noche. Y la noche traía otro tipo de historia. Otra parte. Otro fondo.

Kate levantó la vista. Sus ojos tenían una suavidad que no daba lástima; daba espacio.

Tomé aire despacio, sintiendo que el cuerpo se soltaba, centímetro a centímetro. El ruido de la tarde se había convertido en un murmullo bajo, un eco amable que acompañaba. Podía escuchar el crujido suave de las hojas al moverse, el tintineo de un cubierto en otra mesa, el zumbido leve de una conversación que no nos pertenecía. Hasta mis hombros parecían recordar cómo caer, cómo dejar de sostener cosas que pesaban demasiado.

No pensé en Ferrari. No pensé en carreras. No pensé en lo que venía. Solo... dejé que la escena se quedara quieta.

El sol terminó de hundirse detrás de las colinas. La sombra de los árboles se alargó sobre el pavimento y la temperatura bajó un poco, la suficiente para que el aire se volviera más limpio, más respirable.

No hablamos. No hacía falta.

Mark terminó su última copa con un gesto que parecía más un cierre que un hábito. Kate apoyó la mano sobre el borde de la mesa, como si confirmara que todo estaba en su sitio. Yo observé cómo una jarra de agua quedaba a la mitad, sin propósito ya.

A veces, después de contar una historia larga, lo único que queda es existir. Sin prisa. Sin explicaciones. Sin sostener nada.

Nos levantamos casi al mismo tiempo, sin coordinarnos, como si el cuerpo de cada uno hubiera aprendido el ritmo del otro. Las sillas rozaron suavemente el piso. La mesa quedó atrás, con sus restos de tarde, con su peso ya depositado.

Caminamos hacia la salida. El aire de la noche nos recibió con un frescor distinto, como si el mundo respirara por nosotros. El jardín tenía un brillo tenue bajo las luces bajas, y el camino hacia los autos era una mezcla de grava y silencio.

No hubo despedidas formales. No hubo frases finales. Solo un asentimiento leve, una mirada compartida, un acuerdo tácito de que el día había terminado... y de que mañana, de alguna forma, la vida continua.

Cuando abrí la puerta del coche, sentí que algo dentro de mí había hecho un espacio nuevo. No grande. No milagroso. Pero espacio. El tipo de espacio que dejan las verdades cuando por fin se dicen en voz alta.

38

El camino hacia la casa de Kate no tenía nada de especial. Una calle tranquila, árboles alineados como si intentaran dar sombra a quien no la había pedido. El sol estaba bajando, pero no lo suficiente para llamar la atención. Era uno de esos días que parecen suspendidos, donde nada empuja y nada tira.

El último día antes de volver al circo.

Apreté un poco el volante mientras conducía despacio. Era extraño... Habíamos pasado semanas en gimnasios, en salas de simulador, en cafés improvisados en aeropuertos, en The Loggia apenas ayer... pero esa invitación había sonado distinta.

Más suave. Más personal.

«Ven a...» había dicho ella.

No «ven al hotel», no «ven a un café», no «te veo en el gimnasio».

A casa.

Aunque, en realidad, no era su casa. Era un Airbnb discreto, una de esas casas elegantes que parecen pertenecer a todos y a nadie al mismo tiempo. Un lugar prestado que llevaba unas semanas habitando, lo justo para hacerla sentir cómoda... pero no tanto como para que todo estuviera en su sitio.

Había algo en esa idea que me tranquilizaba. Era un espacio que no pertenecía a ninguno de los dos.

Aparqué fuera. Respiré hondo antes de salir.

No por nervios, sino porque algo en el aire me decía que esta conversación iba a caer más abajo que las anteriores. Que este domingo, el último antes de volver a los horarios, radios, ingenieros y vuelos, merecía un lugar donde nadie mirara. Donde nadie escuchara.

Kate abrió la puerta antes de que tocara. Como si hubiera estado esperando el sonido del motor. Su cabello estaba recogido, su ropa era más sencilla que cualquier vez, y había algo en su postura... una calma suave, nada impostada.

—Hola —dijo, con una sonrisa pequeña.

Una de esas que no anuncian nada, pero dejan pasar luz.

—Hola Kate, gracias por invitarme —le respondí con una sonrisa.

No sabía qué iba a pasar ahí dentro, pero sabía que... era el lugar correcto para que pasara. Ella se hizo a un lado para dejarme entrar. Y lo primero que me golpeó fue el silencio. No el silencio tenso del paddock. No el silencio incómodo del simulador. No el silencio pesado después de una carrera.

Un silencio de hogar ajeno. De privacidad prestada. De espacio seguro.

La sala estaba iluminada apenas por la luz natural que entraba por una ventana amplia. Un sillón gris, una mesa de madera clara, un par de libros que no parecían ser suyos, y una vela sin encender sobre el mueble de la televisión. Era un lugar ordenado... pero no habitado. Como ella: presente, pero sin quedarse demasiado en ningún sitio.

—Pensé que sería mejor estar aquí —dijo, cerrando la puerta con cuidado—. Es el último día. Mañana regresa todo. Y... no quería que este domingo fuera parte del ruido.

Asentí. Tenía razón.

Mañana regresaba el ruido, las radios, los horarios, el circo entero. Hoy... había espacio. Espacio para caer. O para decir por fin lo que nunca había dicho.

Respiré hondo.

Ella notó el gesto, no lo interpretó, no lo presionó. Solo señaló la mesa de la cocina, donde había dos platos sencillos y un par de servilletas dobladas.

—No cocino muy bien —advirtió con una risa leve—, pero prometo que lo intenté.

Miré el plato, la luz en la mesa, el espacio. Y sentí que ese domingo iba a ser diferente. Que ahí, en una casa que no era de nadie, por fin había lugar para abrir lo que siempre había mantenido apretado.

—Toma asiento —dijo.

Su voz no sonaba como una orden ni como un favor. Era... hospitalidad. Una hospitalidad tranquila, de esas que no preguntan porque ya conocen la respuesta.

Me senté.

La silla cedió debajo de mí como si entendiera el peso que traía encima. Kate se movió con una naturalidad que no había visto en ella en los días anteriores. Era su forma de ocupar un espacio, incluso uno que no era suyo.

La tetera eléctrica estaba lista. El vapor escapaba por la boquilla con un sonido conocido: suave, constante, casi doméstico.

Abrió un cajón buscando algo y encontró cualquier cosa menos lo que quería: un sacacorchos, tres servilletas sueltas, un tenedor aislado. Sonrió con una mezcla de paciencia y resignación.

—Perdón —murmuró—. Todavía no descubro dónde guardaron nada.

Encontró las cucharas en el último cajón. Vertió el agua caliente sobre las tazas y movió el té con ese cuidado delicado, casi ceremonial, que tienen los británicos cuando preparan algo que importa.

El aroma cálido llenó la cocina. Ese olor... dios, ese olor. Como si alguien hubiera decidido que por un segundo todo iba a estar bien. Luego puso una taza frente a mí, sin hacer ruido, sin invadir, sin preguntar nada.

Mientras lo hacía, empezó a hablar de cosas que no tenían peso, pero que llenaban el espacio con algo parecido a calidez:

—El clima cambió hoy, ¿lo notaste?

—Dicen que mañana puede volver a llover.

—Había un perro en la entrada del pueblo esta mañana... parecía perdido.

—El anfitrión del Airbnb dejó este vino... no sé si esté bueno, pero podemos probarlo.

No era charla vacía.

Era... suave. Como si ella supiera exactamente que antes de entrar al fondo del domingo, necesitábamos caminar un poco por la superficie.

Kate trajo también dos platos con algo sencillo: un poco de pasta, pan tibio, algo que evidentemente había improvisado con lo disponible.

—No es gourmet —dijo—, pero pensé que sería bueno comer algo aquí, tranquilos... lejos de todo lo demás.

Me quedé mirando el plato.

Luego a ella.

Había algo en la forma en que se movía, en cómo llenaba los silencios sin ahogarlos, en la manera en que colocaba la taza justo donde mis manos podían alcanzarla... algo que hacía que este lugar —que no era de ninguno— se sintiera más seguro que cualquier otro.

No habló de Ferrari. No habló de carreras. No habló del pasado. Solo llenó la habitación con normalidad, como si estuviéramos regresando a la superficie después de estar mucho tiempo bajo el agua.

Tomé un sorbo de té.

Cálido. Suave.

Tierra húmeda, algo floral... como si el sabor también estuviera diciendo: estás aquí ahora; respira.

Kate se sentó frente a mí, dobló la servilleta en dos, luego en cuatro, como si necesitara ese gesto para empezar. No me miró con prisa. Ni con expectativa. Solo... con calma. La clase de calma que hace que uno se atreva a abrir la herida.

Durante unos segundos solo nos quedamos así, cada uno en su sitio, dejando que el té hiciera su trabajo. El calor se asentó en el pecho y en el aire entró una quietud distinta, como si la cocina se hubiera acomodado alrededor de nosotros.

Después, se levantó con ese movimiento silencioso suyo y abrió el horno pequeño de la cocina. Sacó la fuente con la pasta caliente, cuidándola como si fuera algo más importante de lo que realmente era. No hizo ningún comentario; simplemente la colocó sobre la mesa entre los dos.

El olor a pasta era sencillo pero honesto, llenó la cocina. Ella buscó una servilleta más en otro cajón, la dobló sin prisa, y la dejó a mi lado. Ese gesto... no sé por qué, pero me aflojó algo por dentro.

Yo miré el plato, luego la luz en la mesa, después a ella. Había una quietud entre nosotros que no pesaba; sostenía. Un silencio tan suave que parecía decir: «cuando quieras».

Sentí el calor del té todavía en mis manos. Respiré. Y entonces lo dije.

—Sé que quieres escuchar lo que siguió después de Ferrari —murmuré—. No porque seas periodista... sino porque estabas ahí ayer. Porque escuchaste todo. Y porque... mereces saberlo.

Kate no se movió. Ni un parpadeo rápido. Ni una línea de tensión en la mandíbula. Solo esa calma suya que no empuja, que no exige. Que invita.

Ella no dijo «sí».

No dijo «cuéntame».

Solo sostuvo mi mirada con una suavidad que se volvió permiso.

Tomé un pequeño trozo de pan. Ni siquiera lo llevé a la boca. Solo lo tuve ahí, como si mis manos necesitaran algo para no temblar.

—Después de Ferrari... —exhalé, despacio— vino algo peor. Algo que... ni siquiera sé cómo llamar.

—Creo que... —tragué saliva— tengo que empezar por Miami.

Kate bajó la mirada solo un instante. Una aceptación silenciosa. Un «estoy aquí».

39

No sé en qué momento Miami empezó a sentirse como un refugio. O como una huida. A veces esas dos cosas se parecen demasiado.

Cuando llegué, el penthouse tenía un brillo que casi lastimaba. Una vista perfecta al mar, espejos por todas partes, ventanales de piso a techo, muebles nuevos que parecían sacados de una revista. Era un lugar sin historia. Sin alma. Como yo en ese momento.

El primer mes fue... ruido.

Ruido en todas sus formas: Música alta en terrazas gigantes. Risas que no escuchaba de verdad. Vasos chocando, luces moviéndose como si le hablaran a un público invisible. Autos caros bajando por Ocean Drive. Nombres que no recordaba al día siguiente.

Todo era brillante y suave por fuera. Todo era hueco por dentro. Dormía poco. Comía peor. Y cada mañana, al despertar, había un instante —uno muy pequeño— donde no recordaba quién era. Ni dónde estaba. Ni por qué.

Ese instante se volvía más largo con cada semana. Como si la vida real se resistiera a volver a encenderse.

El penthouse siempre olía a perfume caro y a algo rancio, un olor que nunca lograba identificar. Las botellas vacías se acumulaban en la barra de la cocina como recuerdos que yo no había pedido.

Incluso así... seguía.

Fui a fiestas. Muchas. Algunas en áticos privados, otras en clubes donde no se distinguía el día de la noche. Todas iguales.

A veces había mujeres a mi lado. A veces desaparecían sin que yo me diera cuenta. No recuerdo sus caras. No recuerdo sus nombres. No recuerdo si alguna vez intenté hablar con ellas de algo que no fuera el presente inmediato.

Yo no vivía. Me distraía. Y distraerse... se volvió mi forma de no sentir.

Había fotos mías en tabloides. Siempre entrando a algún lugar o saliendo de otro. Ropa cara, gafas oscuras, sonrisa que no era sonrisa. Nadie sabía que detrás de esas fotos había horas enteras del mismo pensamiento: «No quiero estar aquí. Pero no sé dónde más estar.»

Un día —creo que fue febrero, pero la verdad no lo sé— me di cuenta de que había pasado tres noches seguidas sin dormir en la misma cama. Todas en hoteles distintos. Todas rodeado de gente. Todas sintiéndome completamente solo.

Miami es peligrosa para los que están rotos. Te da todo lo que no necesitas. Y te quita todo lo que sí.

Había momentos en que me sentaba en la terraza del penthouse a ver el mar. Y aunque parecía inmenso, yo solo veía una línea negra que no llevaba a ningún lado. Un horizonte muerto.

Y ahí... en ese silencio disfrazado de ruido, empezó la caída real.

A veces me despertaba sin saber en qué parte del penthouse estaba. La luz entraba por una ventana distinta, o el ruido del mar sonaba más lejos, o el aire acondicionado tenía otro tono.

Me tomó tiempo entender que no era el lugar lo que cambiaba.

Era yo.

El penthouse tenía espacios que nunca usaba: un estudio con una vista perfecta, una sala enorme llena de sillones blancos, una cocina que jamás aprendí a encender. Era como vivir en un showroom. Todo impecable. Todo ordenado. Todo muerto. Yo entraba y salía sin tocar nada, sin dejar huella, sin pertenecer.

Había noches donde llegaba con el cuerpo encendido por el alcohol y el ruido, y me quedaba de pie en medio de la sala, mirando mi reflejo en un espejo que no había pedido.

Parecía que había dos personas ahí: el que llegaba, y el que esperaba que llegara. Y ninguno de los dos sabía quién era.

Las llamadas dejaron de llegar. Los mensajes también. No estaba listo para que alguien me hablara como si yo siguiera siendo yo. Como si algo en mí no se hubiera roto.

En Miami todo es brillante. Y nadie te pregunta si estás bien. Ahí todos fingen que sí lo están.

Yo también fingí.

Salía con grupos que no conocía, que cambiaban cada semana, que me decían «hermano» como si eso significara algo. No tenían idea de quién era yo en realidad. Y yo tampoco sabía quién quería ser.

A veces, en medio de una fiesta, me sorprendía buscando la salida. Las luces parpadeaban, la música golpeaba, las risas se mezclaban con el humo, y había un instante —solo uno— en que sentía que mi corazón se detenía.

Un segundo donde el mundo se volvía borroso y yo entendía que tenía que irme. Pero no me iba. No sabía irme. Porque irme implicaba quedarme conmigo mismo. Y eso era lo que más me aterraba.

Hubo una mañana especialmente dura. Una de esas donde el sol entra demasiado claro y te recuerda que la noche no fue tan buena como creías. Me encontré sentado en la terraza, con una botella vacía a mis pies, el cabello pegado a la frente, la camisa abierta, y ese vacío en el pecho que nadie quiere nombrar.

Miré el mar. Miré la ciudad. Miré mis manos. Y pensé: «No sé qué estoy haciendo.» No lo dije en voz alta. No lo lloré. No lo grité. Solo lo pensé. Y ese pensamiento se quedó ahí, como una grieta que empezaba a ensancharse.

Creo que el fondo no llega de golpe. A veces empieza así: con un pensamiento pequeño que crece en silencio. Miami no me destruyó. Solo me mostró lo fácil que era perderme.

Kate respiró lento, lo suficiente para que yo notara que había dejado de hacerlo mientras hablaba. No dijo nada de inmediato. A veces parecía que ella sabía exactamente cuándo una palabra podía romper algo... y cuándo podía sostenerlo.

Se inclinó apenas hacia adelante, sin invadir, con esa delicadeza suya que no pedía permiso ni perdón.

—Charlie... —dijo en voz baja— eso suena... muy solo.

No era una pregunta. No era una conclusión. Era una verdad dicha con cuidado. Una frase que no tocaba la herida, solo la reconocía. No sé por qué, pero sentí que esa simple oración me aflojó algo en el pecho. Como si alguien hubiera puesto un nombre exacto a lo que había vivido... sin empujarlo, sin romantizarlo, sin explicarlo. Solo eso.

Soledad.

Y lo dijo de una forma que no me hizo sentir roto, sino humano.

—¿Qué era lo que más te dolía? —preguntó, suave.

La pregunta era una mano extendida. Una invitación a poner en palabras algo que yo todavía no tenía claro.

Respiré, sin responder aún.

Kate apoyó los antebrazos en la mesa, sin acercarse demasiado.

—¿Era la soledad? —continuó, con cautela— ¿o era... darte cuenta de que nadie estaba realmente por ti?

Sus ojos no tenían prisa. Solo querían comprender. Un espacio para decir la verdad sin miedo.

Me quedé mirando la taza de té entre mis manos.

Ella esperó. Sin llenar el silencio. Sin suavizarlo.

—¿Los que estaban ahí... —agregó, eligiendo con cuidado cada palabra— estaban por ti, o por lo que eras? ¿Por lo que representabas? ¿Por lo que podían ganar contigo?

Sentí cómo esas preguntas caían exactamente donde debían. No me obligaban a responder. Pero abrieron puertas dentro de mí que llevaba meses evitando.

Kate inclinó un poco la cabeza.

—¿En qué momento... —su voz bajó un tono— dejaste de saber quién eras cuando nadie te necesitaba?

Ahí estaba. La pregunta real. La que desmontaba todo el ruido. La que atravesaba Miami entera.

No levanté la vista.

No podía.

Kate no se movió. No intentó tocarme. No interrumpió lo que estaba pasando en mi pecho. Solo permaneció ahí, sosteniendo un espacio donde alguien quería entender al hombre, no al piloto, no al producto, no al campeón, no al fracaso.

Me quedé en silencio un momento, sin levantar la mirada de la taza.

Había preguntas que no se responden con rapidez; tienen que abrirse despacio, como una puerta que lleva demasiado tiempo atorada.

—No era la soledad —dije al fin, con la voz baja, sin drama—. Era... era darme cuenta de que nadie estaba ahí por mí.

Kate no habló. Solo respiró, como si dejara espacio para que siguiera.

—Cuando estás arriba —continué— todos te buscan. Todos quieren algo de ti. Tiempo, presencia, acceso, brillo... algo. Y uno se engaña pensando que eso es cariño, o importancia, o pertenencia. Pero cuando caes... lo que desaparece no es el ruido. Es la gente.

Apreté un poco la taza entre las manos.

Mis patrocinadores fueron los primeros. No hubo despedidas, ni explicaciones. Solo... silencio. De un día para otro. Como si nunca hubiéramos trabajado juntos, como si no hubieran celebrado conmigo en cada podio. Solo dejaron de contestar. Después mi manager. Y después... todos los demás.

Kate bajó un poco la mirada, no para evitarme, sino para escuchar mejor.

—Ese fue el dolor real —admití—. No Ferrari, ni los accidentes, ni los titulares. El silencio. Ese tipo de silencio que no viene de la calma, sino del desinterés. Ese silencio que te dice, sin decir nada: ya no sirves.

Me recargué apenas en la silla, como si necesitara un poco más de aire.

En Miami me di cuenta de que nunca fui alguien para ellos. Fui... algo. Una apuesta. Un nombre que podía generar dinero, titulares, contratos. Un activo. Una posibilidad. Y cuando dejé de ser rentable... simplemente dejé de existir en sus agendas.

La pasta seguía tibia en el plato, pero sentía como si mis dedos estuvieran fríos. Apenas la había probado. El vapor que antes subía en hilos delgados ya casi no existía.

—Las fiestas no eran diversión —seguí—. Eran distracción. Porque distraerme era la única manera de no pensar en lo que había perdido. En quién había dejado de ser. En cuánto valía... cuando nadie necesitaba nada de mí.

Respiré hondo.

—Lo peor no fue sentir que estaba solo —dije por fin—. Fue darme cuenta de que, si desaparecía un día, nadie lo notaría. Ni en Miami. Ni en el paddock. Ni en los que antes decían confiar en mí.

Cerré los ojos un segundo, apenas.

—Eso fue Miami, Kate. El descubrimiento lento... de que yo no era el piloto que había fracasado. Era el hombre que nadie veía cuando dejaba de ser útil.

40

Comimos en silencio. No el silencio tenso de momentos incómodos, sino ese silencio tranquilo que aparece cuando dos personas entienden que lo importante no es lo que está en el plato, sino lo que está a punto de decirse.

La pasta, que ya se había enfriado, la movía con el tenedor más por tener algo entre los dedos que por apetito.

Kate comía despacio, sin mirarme demasiado, como si supiera que cualquier contacto visual podría desbordar lo que quedaba contenido en mi pecho.

Cuando terminé el último bocado, dejé el tenedor con cuidado sobre el borde del plato.

—Gracias por la comida —dije, apenas por encima del murmullo que entraba desde la ventana.

Miré el plato vacío.

—Y perdón por comerla un poco fría... estuve hablando demasiado.

Kate sonrió, pero no esa sonrisa grande que interrumpe, sino una muy pequeña, de esas que se entregan con intención.

—No te disculpes —respondió con suavidad—. La comida está bien. Y tú... también.

Había una honestidad extraña en sus palabras. No una afirmación vacía, no un consuelo automático. Era como si estuviera nombrando algo real: que mi voz, incluso temblada, era más importante que cualquier plato tibio.

Tomé un sorbo de té: El sabor había cambiado: menos floral, más plano. Pero aún así me sostuvo un segundo más.

Kate recogió nuestros platos con movimientos lentos, sin apurarse. Yo me levanté también, casi por inercia, extendiendo la mano para ayudarla.

—Déjame —alcancé a decir.

Ella negó con una pequeña sonrisa, esa que usa cuando quiere que uno entienda sin discutirlo.

—No, Charlie —respondió—. Hoy eres mi invitado. Y además... —alzó los platos apenas— mañana alguien viene a limpiar. Solo voy a enjuagarlos.

No lo dijo como corrección ni como orden. Lo dijo con esa suavidad suya que acomodaba todo sin que doliera.

—Está bien —murmuré, volviendo a mi silla.

Kate caminó hacia la encimera. Abrió la llave, dejó correr un hilo de agua tibia, pasó los platos bajo el chorro como si lavarlos fuera apenas un gesto, nada más. No hizo ruido. Ningún movimiento parecía tener prisa. Secó sus manos en un paño, lo dobló por costumbre, casi por cariño, y regresó a sentarse frente a mí.

La cocina quedó en silencio otra vez, como si solo hubiéramos suspendido el mundo un momento.

Yo respiré hondo. Sentí el pecho abrirse y cerrarse, como si preparara el cuerpo para algo que ya sabía que dolería.

—Hay una parte que no te he contado —dije al fin—. La parte donde dejé de perderme en Miami... y empecé a destruirme de verdad.

Kate entrelazó las manos. No preguntó. Solo hizo ese gesto suyo, de inclinar apenas la cabeza, que era como decir: estoy aquí, puedes seguir.

Miré un punto en la mesa. Un pequeño reflejo de la luz que se estiraba hacia mí como si trazara una línea directa al pasado.

—Fue en Las Vegas —dije, con la voz casi en un hilo—.

Kate no se movió.

Solo esperó.

Respiré una vez más, sintiendo que el aire bajaba distinto, como si lo estuviera preparando para algo que prefiero no volver a mirar.

No tenía ninguna razón para ir. Ninguna que tuviera sentido, al menos. Fue una invitación fuera de lugar, en el momento exacto en el que yo estaba demasiado roto para decir que no.

Un tipo que conocí en Miami, uno de esos que te llaman hermano aunque no recuerdes su nombre al día siguiente, me habló de un evento grande, de una fiesta. Un «te va a hacer bien» dicho con demasiada ligereza. Y yo... quería sentir cualquier cosa que no fuera el vacío que llevaba semanas creciendo.

Vegas te absorbe rápido. Te promete olvidos que duran minutos y vacíos que duran días.

Aposté. Bebí. Me dejé llevar por luces que parecían parpadear al ritmo de un corazón que no era el mío. Me moví por clubes donde la música golpeaba tan fuerte que te hacía creer que estabas vivo, aunque en realidad solo estabas evitando escucharte. Las caras cambiaban cada noche. Los nombres no importaban. Las risas sonaban todas iguales.

No sé cuánto dormí en esa semana. O si dormí. Era como estar suspendido en un flujo constante de ruido y neón, como si cada noche fuera la misma y cada mañana un eco pálido de la anterior.

Me ofrecieron cosas. De todo tipo. En Vegas nadie pretende esconder lo que pasa. Todo está ahí, sobre la mesa, como si fuera normal.

Kate parpadeó despacio, inclinando apenas la cabeza. No era curiosidad. Era preocupación. Preocupación real.

—¿Y tú...? —preguntó con la voz más baja que antes, como si temiera empujar algo que ya era frágil—

¿Probaste... algo?

No había juicio en su tono, ni alarma, ni asombro. Solo la necesidad honesta de saber cuánto había dolido todo.

Sacudí la cabeza.

—No —dije—. Nunca.

Lo dije sin orgullo, sin pose. Solo como una verdad que aún me sostenía.

—Hubo un momento —continué, apoyando los antebrazos en la mesa— uno solo, en el que pensé que si apagaba mi mente un poco más... tal vez todo sería más fácil.

Pero no lo hice.

No fue valentía. Ni disciplina. No sé... fue como si algo muy pequeño dentro de mí se negara a cruzar esa línea. Un hilo delgado que aún me sostenía, aunque yo ya no sabía para qué.

Kate asintió apenas.

No dijo «qué bueno». No dijo «me alegra». Solo entendió.

—La verdad —seguí, bajando la voz— es que ahí no me estaba distrayendo. Me estaba... deshaciendo. Palabra por palabra. Día tras día. Hasta que ya no supe distinguir si quería huir... o desaparecer.

El penthouse del hotel en Las Vegas era aún más grande que el de Miami. Ventanas interminables, un bar que no dejaba de llenarse de botellas, gente entrando y saliendo sin saber de quién era ese lugar. A veces yo tampoco lo sabía. Había noches en las que la fiesta parecía seguir sin mí, como si mi presencia fuera un detalle irrelevante. Y quizá lo era.

Fue en una de esas mañanas, después de una noche que no sabría describir ni aunque quisiera, cuando desperté sin entender cómo había llegado al sillón donde estaba.

Había cuerpos dormidos en el piso, ropa tirada en rincones que no me pertenecían, un olor espeso a alcohol y perfume viejo.

La luz que entraba por los ventanales iluminaba todo con una crudeza casi dolorosa.

Y ahí, sentado en medio del desastre, con la camisa abierta, el cabello húmedo de sudor, la garganta seca y un vacío que parecía abrirse desde el esternón, lo supe.

No había nadie ahí por mí.

Nadie.

Ni una sola mirada que me reconociera. Ni un gesto que me buscara. Ni un nombre que se pronunciara con intención real.

Me di cuenta de que no era parte de esa vida. Ni siquiera era un invitado. Era... un accesorio. Un nombre útil en una noche. Un símbolo más del exceso ajeno.

Y lo más duro fue entender que tampoco yo estaba ahí por mí. No me estaba cuidando. No me estaba sosteniendo. No estaba siendo nadie para mí mismo.

Las Vegas fue cuando alcancé el fondo. No un tropiezo más. No un desvío. Fue el punto exacto en el que entendí que no podía seguir así.

Las luces ya no me distraían. El ruido ya no me protegía. Y por primera vez en meses... el silencio me alcanzó.

Sin hacerlo grande. Sin derrumbarme en público. Sin decirle a nadie. Simplemente me levanté. Fui a la recepción del hotel y pagué la cuenta. Ni siquiera subí al penthouse por mis cosas. Sabía que ese no era un lugar para mi.

Sin pensarlo demasiado, sin plan, sin dirección clara, solo... me fui. Compré un boleto, el primero que encontré, y regresé a Miami.

No sabía para qué volvía. No sabía qué iba a hacer ahí. Pero sí sabía una cosa: No podía seguir cayendo.

41

El silencio no se movió ni un centímetro. Era un silencio distinto al que había cargado durante meses: no era vacío, ni ruido apagado, ni una pausa incómoda entre frases. Era un silencio profundo, que esperaba.

La luz de la cocina, tibia, casi dorada, caía sobre la mesa en un ángulo suave. El vapor del té ya no subía. Era como si todo el cuarto estuviera detenido justo en el punto donde una verdad está a punto de salir... pero todavía no lo hace.

Kate seguía ahí, sentada frente a mí. No había cambiado de postura. No había movido las manos. Pero algo en ella estaba más cerca, como si su atención real se hubiera acercado unos milímetros a mi pecho.

Y yo lo sentí.

Sentí esa cercanía sin movimiento. Esa forma que tenía de escuchar sin hacer ruido. Ese modo suyo de decir «estoy aquí» sin decir absolutamente nada. A veces —solo a veces— alguien te mira de una manera tan exacta que te desarma sin tocarte.

Kate tenía esa mirada.

Me quedé un momento mirando la textura de la mesa. La madera tenía pequeñas líneas, marcas casi invisibles que parecían caminos. Me aferré a ellas con los ojos, como si celebrar detalles minúsculos pudiera retrasar lo inevitable.

Pero no sirvió.

—No tienes idea —dije, apenas, con una voz que no se parecía del todo a la mía— de lo que es sentir... que has dejado de valer.

No lo dije con rabia. Ni con tristeza. Lo dije con algo más hondo, más viejo. Como si la frase hubiera vivido meses dentro de mí, esperando salir.

Kate no respondió. No parpadeó rápido. No llenó el aire con palabras. Solo me vio. Me vio de verdad. Y eso fue demasiado.

Me apoyé en el respaldo, buscando espacio para ese nudo que había estado guardando desde Ferrari, desde Miami, desde Vegas... desde antes, incluso.

—Todos se fueron —continué, más bajo—. ¡Todos!

—Los patrocinadores, mi equipo, la gente que me decía que creía en mí, los que me buscaban cuando ganaba... todos desaparecieron en cuanto dejé de servirles.

Mi mandíbula se tensó sin querer.

—No sabes lo que es ver cómo tu teléfono deja de sonar —seguí, con las palabras saliendo más rápido de lo que podía controlarlas—, cómo los que te decían «campeón» ni siquiera responden un mensaje, cómo la gente que celebró contigo tus triunfos, ni siquiera pregunta si estás vivo cuando caes.

Sentí el pecho apretarse, literal.

Una presión, no física, sino emocional, que llevaba demasiado tiempo conteniendo.

—No sabes... —repetí— lo que es ver a todos alejarse un paso, dos, tres... hasta que quedas en un punto donde si gritaras, nadie voltearía.

Kate movió apenas los labios, pero no habló. Su silencio era refugio.

—Lo intenté —dije, como si confesara algo que nunca había dicho—. Intenté no sentirlo. Intenté ignorarlo. Intenté llenar el hueco con ruido, con fiestas, con gente que no me importaba... con lo que fuera. Pero todo... todo se me escapaba de las manos.

Mis dedos temblaron un poco sobre la mesa. Lo noté demasiado tarde.

—¿Y sabes qué fue lo peor? —pregunté, sin esperar respuesta.— Que llegó un punto en el que ya no sabía si quería que alguien se quedara... o si quería desaparecer para no seguir sintiendo eso.

Kate inhaló despacio. Muy despacio. Como si ese aire fuera también para mí.

—Porque... —seguí, y ahí la voz sí me tembló— sentirme descartable... no era lo peor. Lo peor era creer que yo solo era un objeto, y ahora no servía para nada.

Ella bajó la mirada solo un segundo. Un gesto pequeño. Cuidadoso. Como si estuviera recibiendo una pieza rota con las manos abiertas.

Su voz llegó casi como un pensamiento.

—Charlie...

Y ese «Charlie»

fue el punto donde dejé de contener todo. No exploté. No grité. No golpeé nada. Pero algo dentro de mí cedió.

Una represa que había sostenido con músculo, con necedad, con ruido, con kilómetros, con cámaras, con victorias que ya no recordaba.

La grieta se abrió completa.

Me incliné hacia adelante, apoyando los codos en la mesa, las manos cubriéndome el rostro por un instante demasiado largo para llamarlo un simple gesto. Sentí la respiración entrar a medias, como si tuviera que convencer al cuerpo de hacerlo.

Y entonces me levanté.

No fue un impulso brusco, ni un estallido. Fue... un movimiento inevitable. Como si mi propia silla ya no pudiera sostener lo que estaba por salir.

Di un par de pasos dentro de la cocina, sin realmente ir a ningún lado. Solo necesitaba moverme, escapar de mi propio cuerpo por un segundo, sentir mis pies tocar el suelo, confirmar que todavía estaba ahí.

Que existía. Que podía estar de pie, aunque por dentro se estuviera hundiendo todo.

Apoyé una mano en la encimera para no temblar. La otra quedó suspendida en el aire, como si el cuerpo buscara algo que no sabía nombrar.

Respiré.

Respiré como quien llevará meses sin hacerlo de verdad.

La cocina seguía siendo la misma. Pero el aire... el aire ya no era el mismo.

Kate no se levantó inmediatamente. No dio un paso hacia atrás ni hacia adelante. Solo permaneció ahí, presente, atenta, sin intentar llenar el espacio. Sus ojos me siguieron con una calma que no buscaba calmarme... solo estar.

Fue entonces cuando Kate habló.

—Charlie... —su voz era casi un pensamiento— no tienes que seguir cargando esto solo.

No era una instrucción. Ni un pedido. Ni un juicio. Era una verdad. Su verdad. Su forma de decir: te veo. Pero esa frase... esa frase me atravesó como si el cuerpo hubiera estado esperando años para escuchar algo así... y al mismo tiempo no supiera qué hacer con ello.

Me giré hacia ella, con una intensidad que no había buscado. Sentía el pulso en la garganta. Las manos tensas. Los músculos en una postura que no sabía si era defensa o desmoronamiento.

—¿Y qué... —dije, la voz quebrándose a la mitad— qué se supone que haga con eso, Kate?

Las palabras salieron antes de que pudiera detenerlas.

—¿Qué hago con algo que... nadie quiso ver? ¿Con algo que nadie preguntó? ¿Con algo que cargué porque... porque no había nadie más?

Mi voz subió apenas. Un borde. Un filo contenido.

—Tú me dices que no tengo que hacerlo solo... —apreté la mandíbula— pero ¿dónde estaban todos cuando se suponía que no debía hacerlo solo?

El aire se tensó.

—¿Dónde estaban cuando perdí Ferrari? ¿Cuando nadie contestó el teléfono? ¿Cuando los patrocinadores desaparecieron? ¿Cuando me estaba deshaciendo? ¿Dónde...? —sentí el temblor en mi propia garganta— ¿Dónde estaba toda esa gente que decía quererme?

La frase salió como un golpe, no hacia ella... sino hacia algo que llevaba meses acumulándose bajo la piel.

Kate no retrocedió. No se encogió. No desvió la mirada. Simplemente... sostuvo. Y eso, ese sostén silencioso, esa presencia sin palabras, me rompió más que cualquier abandono.

Mi pecho subía y bajaba demasiado rápido, como si hubiera corrido más de lo que mi cuerpo recordaba. El silencio después del reclamo fue distinto. Más duro. Más desnudo.

Kate seguía ahí, frente a mi, mirándome con una suavidad que no hacía el momento más fácil... sino más honesto.

Me llevé una mano al cabello, la otra a la cintura, sin saber dónde ponerlas. Caminé un par de pasos dentro de la cocina como un animal buscando aire en un cuarto que ya no lo tenía.

—No entiendo... —dije, y la voz salió rota, no por volumen, sino por verdad—. No entiendo cómo llegué ahí. Cómo dejé... que me destruyeran tan fácil.

Mi mano golpeó suavemente la encimera sin que yo lo planeara. Un gesto pequeño, pero lleno.

—Yo pensé... —mi garganta se tensó— que era fuerte. Que podía con todo. Que el ruido me hacía invencible. Que si corría más rápido, si ganaba más, si hacía más... nadie me iba a arrancar lo que yo era.

Cerré los ojos. No para llorar sino para no ver la imagen de mí mismo que estaba describiendo.

Pero no era fuerte. No era invencible. No era nada de eso. Solo era un tipo que no sabía cómo pedir ayuda. Que confundió cariño con utilidad. Que pensó... que si dejaba de servir, dejaba de ser alguien.

Sentí el temblor en los dedos. No intenté ocultarlo.

—Y ¿sabes qué es lo peor? —mi voz bajó, casi un susurro dolido— Que cuando todos desaparecieron... lo único que quedó fue la voz dentro de mi cabeza diciéndome que tenían razón.

Kate inhaló, suave, apenas audible, como si ese gesto fuera una forma de sostener el aire que yo no podía retener.

Yo seguí. Era imposible detenerme ya.

—Yo me decía que era mi culpa. Que si no me querían... era porque no había sido suficiente. Que si me abandonaron... era porque no valía nada sin un coche, sin un equipo, sin un podio. Que yo... yo no era nadie fuera de un traje y un casco.

Las palabras temblaron en mi boca, como si cada una llevara meses empujando para salir.

—Yo me lo creí, Kate. Me creí esa mentira. Me creí que era... descartable. Y por eso seguí huyendo. Porque si me detenía... me encontraba conmigo. Y yo... no quería encontrarme.

La cocina parecía haberse encogido. La luz se había vuelto más baja, más íntima, más cruel.

Yo estaba de pie, respirando como si el aire quemara.

Kate seguía sentada, mirándome como si estuviera viendo a un hombre que nadie había visto antes.

Y entonces ella se levantó. No rápido. No para detenerme. No para abrazarme. Solo... se levantó. Como si ponerse de pie fuera la manera más respetuosa de compartir el peso de lo que acababa de caer entre los dos.

Se acercó apenas un paso. Un solo paso. Y ese paso... fue más que cualquier palabra. No porque me incomodara su cercanía. Sino porque esa cercanía —tan suave, tan medida— tiró del hilo exacto que por meses había evitado jalar.

Sentí un ardor en la garganta. Uno de esos que no avisan antes de llegar.

—¿Sabes qué es lo peor de todo esto? —dije, sin tener ya control del volumen— Que nadie... nadie me dijo que estaba mal.

Kate no se movió. Ni un parpadeo de más.

—Nadie me detuvo —seguí, la frase rozando un borde que yo mismo no sabía que tenía—. Nadie me dijo «Charlie, basta». Nadie preguntó si estaba bien. Nadie... nadie me cuidó.

Esa última frase salió como un golpe seco. No hacia ella. Hacia ese recuerdo oscuro que había intentado olvidar.

Y yo... —sentí el pulso en los oídos— yo tampoco sabía cómo cuidarme. No tenía idea de cómo hacerlo. Todo lo que sabía era correr. Ir hacia adelante. Ser rápido. Ser fuerte. Ser... suficiente para alguien. Para quien fuera.

La voz se me quebró en medio de esa última palabra.

Y cuando dejé de serlo... —apreté los dientes— cuando dejé de ser suficiente para todos... ni siquiera supe cómo ser suficiente para mí.

Me llevé ambas manos a la cabeza, no para taparme la cara, sino como quien intenta que los pensamientos no se salgan de donde están.

El aire se hizo espeso, como si cada respiración fuera más difícil que la anterior.

¿Por qué nadie me lo dijo? —solté, con algo que ya no era enojo, sino dolor puro— ¿Por qué nadie me dijo que me estaba perdiendo? ¿Por qué nadie...? —mi voz bajó hasta romper— nadie volteó a verme antes de que cayera.

Una lágrima —una sola— me ardió detrás del párpado, sin llegar a caer. Ese borde de agua que nunca había permitido llegar tan lejos delante de nadie.

Kate dio otro paso. Lentísimo. Como si pusiera la rodilla en un terreno sagrado que no quería invadir.

—Charlie... —susurró— alguien te está viendo ahora.

No hubo dramatismo en su voz. No hubo intento de rescate. Solo realidad. Una realidad que dolía, pero también sostenía.

Me quedé ahí, de pie, respirando como si todo el oxígeno del mundo no fuera suficiente, con el pecho abriéndose de una forma que no sabía si era alivio... o ruptura.

Kate extendió la mano, no para tomarme, sino para dejarla cerca. Lo suficientemente cerca como para que yo pudiera decidir.

Me quedé mirando su mano como si fuera un objeto extraño, como algo que no había visto en mucho tiempo. Una invitación que no pedía nada. Un gesto tan simple... y tan devastador.

Mis dedos se movieron apenas, un reflejo mínimo, como si quisieran avanzar y retroceder al mismo tiempo. Esa distancia diminuta, ese espacio suspendido entre los dos, pesaba más que todo lo que había dicho esa noche.

El aire cambió.

No porque hubiera viento, ni porque alguien respirara diferente. Cambió porque yo cambié dentro de él.

Kate dio un paso más. No para cerrar la distancia, sino para que yo no tuviera que seguir sosteniéndome solo.

Su voz llegó como si viniera desde muy cerca y muy lejos a la vez:

—Estoy aquí.

Solo eso. No una promesa. No una solución. No un rescate.

Presencia.

Sentí algo moverse en mi garganta... como si la palabra atrapada quisiera salir por fin. No era enojo, ni tristeza, ni alivio. Era algo más primitivo: una necesidad vieja, casi olvidada, de ser sostenido por alguien que me viera sin tener que explicarme.

Mis hombros cedieron apenas. Un milímetro. Pero fue suficiente para que la coraza completa empezara a fracturarse.

Me descubrí temblando.

Kate levantó su mano un poco más, apenas unos centímetros, y la acercó a mi cara. No me tocó de inmediato. Esperó. Como si necesitara que yo lo permitiera sin decirlo.

Yo cerré los ojos. Solo un instante. Lo suficiente para decir sin palabras: No me alejes.

Y entonces sucedió. Kate posó su mano en mi mejilla con una delicadeza que no esperaba. Una mano cálida. Humana. Real. Una mano que no pedía explicaciones ni hacía promesas.

Mi respiración se quebró como si algo muy viejo finalmente hubiera encontrado una salida.

Kate acercó su frente a la mía. No pegada. Apenas rozándome.

Un gesto tan íntimo que todo el ruido de mi pasado pareció apagarse por completo.

No hablé. No podía.

Ella sí.

—Lo que venga —susurró— no tienes que enfrentarlo solo.

Y en ese instante, ahí, tan cerca, tan frágil, tan humano... supe que si ella se alejaba un milímetro, me partiría en dos.

Y no se alejó.

Me quedé así, respirando contra su respiración, sintiéndola presente, sintiéndome visto, por primera vez en mucho, mucho tiempo.

La cocina ya no era una cocina. Era... refugio.

Y el beso que todavía no ocurría ya existía en el aire.

Suspendido.

Inminente.

Perfecto.

42

No supe cuánto tiempo estuvimos así, respirando uno frente al otro, con las frentes casi tocándose y ese silencio tibio que parecía sostenernos más que cualquier palabra.

El mundo afuera era otro. Dentro de esa cocina... todo era distinto. No había ruido, ni luces, ni expectativas, ni sombras del pasado.

Solo nosotros dos.

La respiración compartida. La piel encendida por contacto que nunca había imaginado. Kate mantenía su mano en mi mejilla, como si la hubiera encontrado ahí por accidente y no se atreviera a retirarla: no apretaba, no guiaba. Solo... estaba.

Sentí el pulso en mis labios antes que en el pecho. Un temblor pequeño, casi imperceptible, que subió como un eco desde un lugar que llevaba demasiado tiempo apagado. Y algo en mí —algo suave, algo humano— entendió que no era momento de huir.

Kate abrió los ojos primero. Despacio. Como si temiera romper el aire entre nosotros.

Yo los abrí después.

Y ahí, en ese segundo mínimo, lo supe: no íbamos hacia un beso.

Ya estábamos en él, como si la distancia que quedaba no fuera física, sino apenas un suspiro que todavía no terminaba de caer.

Ella acercó la frente un poquito más, apenas lo suficiente para que el puente se cerrara. Su nariz rozó la mía. Un roce tan leve que dolió por lo mucho que significaba.

No hablamos. No hacía falta. El silencio dijo lo que yo nunca habría podido decir con palabras.

Mis manos —esas mismas que temblaban hace un momento— encontraron su cintura. No para atraerla, no para reclamar nada. Para sentir algo real. Para no desarmarme del todo mientras ella me miraba de esa forma tan imposible.

Kate respiró hondo, un susurro de aire que rozó mi boca. Ese fue el punto exacto donde el mundo hizo un breve clic. Una pausa. Un «sí».

La besé primero.

No porque fuera valiente. Ni porque estuviera listo. Sino porque fue inevitable. Un beso suave, lento, apenas un toque. Un beso que no buscaba avanzar, ni quemar, ni poseer. Un beso que simplemente... descansó. Un beso que dijo: Estoy aquí. Estoy contigo. No tienes que ser fuerte ahora.

Kate respondió con la misma suavidad con la que me había visto toda la noche. Apoyó su mano en mi cuello, sin prisa. Me recibió. Me sostuvo. No duró más de unos segundos. Pero fueron los segundos más silenciosos y más sinceros que había vivido en mucho tiempo.

Cuando nos separamos, no hubo sobresalto. No hubo vergüenza. No hubo pregunta. Solo quedamos ahí, respirando uno frente al otro, como si ese beso no hubiera sido un comienzo, ni un final, sino una verdad que por fin encontraba aire.

Kate apoyó su frente en la mía otra vez.

Cerré los ojos.

Y supe que ese instante, ese roce, ese silencio compartido... había sido mi primer respiro real después de la caída.

No sé cuánto tiempo pasamos así, con los labios suspendidos en ese punto intermedio entre el beso y la respiración. Fue un instante tan pequeño... y al mismo tiempo tan inmenso, que por un momento creí que el tiempo había dejado de moverse.

Cuando nos separamos, no fue un gesto brusco. Fue más bien como si nuestras almas soltaran el aire al mismo tiempo, y ese mismo aire decidiera quedarse entre nosotros unos segundos más.

Mis ojos tardaron en abrirse. Los de ella también. Era como si los dos necesitáramos asegurarnos de que lo que acababa de pasar no había sido un espejismo.

Su frente quedó apoyada en la mía. No apretada. No pegada. Solo... ahí. Un punto cálido, mínimo, perfecto, que sostenía algo que todavía no sabía nombrar.

Sentí la mano de Kate en mi mejilla, pero no como un roce. Como una presencia. Un contacto que no pedía nada. Que no reclamaba nada. Que simplemente decía: estoy aquí.

No recordaba cuándo había sido la última vez que alguien me había tocado así. No con deseo. Ni lástima. Ni urgencia. Sino con esa suavidad que se reserva para las cosas que uno ve de verdad.

Respiré hondo. No porque quisiera. Porque lo necesitaba. El aire entró distinto. Más despacio. Más profundo. Como si el cuerpo, después de años de contener, por fin hubiera encontrado un ritmo más humano.

Mis manos, que hasta hace poco temblaban, se movieron solas. Se apoyaron en sus hombros. Sutil. Sin apretar. Solo para comprobar que ella estaba ahí, que no era un recuerdo, que no era otra de esas ilusiones que se desvanecían cuando encendían las luces.

Kate acercó un poco más su mano a mi mandíbula, y esa caricia —ese movimiento tan pequeño que un espectador jamás notaría— me recorrió entero.

No lloré. No podía. Pero si hubiese podido... habría sido ahí. En ese punto entre su piel y la mía donde, por un segundo, dejé de ser un hombre roto, y me convertí simplemente en alguien... que necesitaba ser sostenido.

—Está bien —susurró ella, tan bajito que casi no fue sonido, sino temperatura.

Y no había nada que explicar. Nada que responder. Nada que justificar. Solo me quedé ahí, con la cabeza sobre su hombro, sintiendo cómo su respiración calmaba la mía, cómo mi pecho encontraba espacio, cómo mi cuerpo dejaba de batallar consigo mismo.

Nos quedamos así un rato que no supe medir. Cuando me aparté apenas —no por distancia, sino por respirar mejor— ella se quedó frente a mí, con la suavidad de alguien que sabe exactamente cuánto espacio dar y cuánto espacio guardar.

—Charlie... —dijo por fin, con esa voz que cae como una manta ligera— gracias por confiarme todo esto.

La frase no venía con expectativa. Ni con exigencia. Ni con esa curiosidad disfrazada que tanta gente usa. Era simple. Era real.

—No confiaba en nadie —respondí, todavía con el pulso revuelto—. Desde hace años... no confiaba en nadie.

Ella bajó un poco la mirada, no por timidez, sino porque había algo en esa confesión que también la tocaba a ella.

—A veces —dijo— no confiamos porque nadie supo quedarse cuando importaba. Y a veces... dejamos de confiar porque olvidamos cómo pedir que alguien se quede.

Sentí ese tipo de verdad que no duele, pero sí abre una ventana.

—No sé cómo se hace —admití—. No sé cómo... dejar que alguien esté.

Kate levantó la vista. Y ahí estaba: esa expresión suya que nunca me exigía nada, pero siempre dejaba espacio para lo que yo aún no sabía decir.

—No tienes que saberlo hoy —respondió—. Ni mañana. Ni pronto.

Soltó un pequeño suspiro, no de cansancio, sino de alivio suave.

—Solo... deja que alguien esté cuando lo necesites —añadió—. Incluso si ese alguien soy yo.

Dijo «yo» sin apropiarse de nada. Sin pretender ser más de lo que era. Sin abrir puertas que ninguno de los dos estaba listo para nombrar. Era un «yo» humano. Presente. Pequeño. Real.

Me apoyé en la encimera, dejando que ese «yo» se acomodara dentro de mí, ahí donde antes había solo ruido y vacío.

—Kate... —dije, sin terminar la frase.

No había una frase. Solo el deseo extraño y nuevo de no romper la cercanía que nos rodeaba. Ella entendió. Siempre entendía.

—Descansa un poco —susurró—. Ha sido un día largo. Un día... importante.

La palabra quedó suspendida entre nosotros. Me quedé mirándola. Ese rostro calmo, esa fuerza silenciosa, esa presencia que no había buscado pero que ahora no quería soltar.

Ella sonrió apenas. Una sonrisa tranquila, sin prisa, sin intención de empujar el momento hacia ningún lado.

—Mañana... ya es lunes —dijo.

No como recordatorio. Como quien cierra suavemente una historia para que otra pueda empezar.

Asentí. Sentí el peso de ese lunes... pero también algo más. Un tipo de aire nuevo. Un espacio distinto dentro del pecho.

Ella apagó la tetera, como si ese gesto fuera suficiente para bajar las luces del día. Yo me quedé de pie un segundo más, dejándome sentir la calma que todavía no alcanzaba a comprender.

Kate me miró una última vez antes de caminar hacia la sala.

—Y, Charlie... —dijo, suavemente— aunque no lo parezca, hoy respiraste.

No pude responder. No con palabras. Solo la seguí con la mirada, y dejé que esa frase se quedara conmigo, como un hilo cálido que conectaba la caída... con algo que todavía no sabía cómo nombrar.

43

Llegué a la fábrica más temprano de lo habitual. Ni Mark ni el equipo me habían pedido que fuera a esa hora; fue algo mío. Una necesidad rara de estar ahí antes que todos, de ver el lugar despierto desde el principio, como si eso me ayudara a entender en qué punto estaba yo.

El camino hacia Mercedes era casi automático a esas alturas de la temporada. Media campaña ya se había ido. No iba primero en el campeonato, pero tampoco lejos: lo suficiente para que cada punto contara, lo suficiente para que el parón de verano se hubiera sentido más como una pausa contenida que como vacaciones. Hoy empezaba la segunda mitad. Otra vez.

El cielo estaba nublado, de ese gris suave que no amenaza lluvia, solo acompaña. Aparqué en el mismo sitio de siempre, junto a la hilera de coches de los ingenieros que llegaban temprano. El aire estaba frío, limpio.

Respiré hondo antes de bajar. No pensaba en la noche anterior de forma directa, pero había algo de ella en la forma en que el pecho se movía más suelto.

La entrada principal de la fábrica de Mercedes siempre me había parecido extraña: demasiado pulida para creer que ahí dentro se construían máquinas que iban a más de 300 kilómetros por hora. El lobby tenía esa luz amplia que entraba por los ventanales curvos, las sillas negras perfectamente alineadas sobre círculos de alfombra beige, y, al fondo, dos monoplazas de años anteriores que parecían esculturas expuestas en un museo.

Pasé junto a uno de ellos y deslicé la yema de los dedos por la superficie del halo, casi por costumbre. El carbono estaba frío.

Apoyé la tarjeta en el lector, escuché el pitido corto, y la puerta interior cedió con suavidad. Adentro, la fábrica olía a café recién hecho, a metal y a algo limpio, preciso, que nunca supe describir del todo. Era como si el propio aire estuviera calibrado.

A esa hora los pasillos todavía estaban medio vacíos.

Algún ingeniero con la sudadera del equipo llevaba un portátil bajo el brazo. Un mecánico empujaba un carrito con herramientas, todavía cubiertas. Una chica de aerodinámica cruzaba con una carpeta transparente llena de trazos que reconocí como curvas de carga. Todos se movían con un ritmo tranquilo, pero determinado. Nadie corría. Nadie gritaba.

—Morning, Charlie.

—Buenos días.

—¿Qué tal, Charlie?

Las voces llegaban sueltas, naturales, sin exageración. Un gesto de cabeza, una sonrisa breve, una mano levantada desde el fondo del corredor. No eran saludos de fan. Tampoco de compromiso. Tenían algo más sencillo: reconocimiento. Como si, para ellos, yo fuera parte del paisaje normal del lunes.

Caminé hacia el área principal de montaje. El piso se volvía más industrial, más ancho, más alto. En una de las naves, una fila de coches de años anteriores descansaba junto a estanterías interminables llenas de cajas grises etiquetadas con precisión. A un lado, neumáticos perfectamente apilados, sin un solo ángulo fuera de lugar.

Más adelante, el atrio de montaje se abría como una especie de corazón blanco de dos pisos. Allí, en el centro, sobre plataformas hundidas, los monoplazas de la temporada esperaban, desnudos de carrocería en algunas zonas, cubiertos en otras. Desde arriba, las barandillas de cristal dejaban ver oficinas, salas de ingeniería, ventanas llenas de pantallas. Algunas ya encendidas, otras aún a oscuras.

Me detuve al borde del barandal. Abajo, uno de los coches estaba completamente armado. Mi coche. El 21. Quieto, pero lejos de estar muerto.

No bajé inmediatamente. Me quedé mirando la forma del chasis, el corte del alerón delantero, el brillo casi metálico del número en el morro. Había algo en esa vista en perspectiva que me hacía recordar por qué seguía aquí, después de todo.

En Ferrari, el auto había sido un lugar ajeno. Aquí, en cambio, aunque todavía hubiera cosas que ajustar, podía sentir algo distinto: diálogo.

Bajé las escaleras sin darme cuenta de en qué momento había decidido hacerlo. La nave era más silenciosa abajo. El eco de los pasos se mezclaba con el sonido suave de herramientas remotas encendiéndose a lo lejos.

—Buen día, Charlie —dijo uno de los mecánicos, revisando una de las suspensiones traseras.

—Buen día —respondí.

Me agaché cerca del coche, apoyé la mano en el borde del cockpit. Era una costumbre que Mark consideraba casi un ritual. Para mí lo era, aunque nunca lo dijera en voz alta.

Pasé la palma con cuidado por el interior del habitáculo, rozando apenas el acolchado negro. No había superstición, sólo respeto.

—Buenos días —escuché detrás de mí.

Era uno de los ingenieros de pista. Tenía una tablet en la mano y círculos leves bajo los ojos, como cualquier persona que vive a la mitad entre aeropuertos y simuladores.

—Estuvimos revisando los datos de la primera mitad del año —comentó, mostrándome la pantalla sin rodeos—. Tus entradas en curva alta... hay algo interesante ahí. Tu estilo nos está abriendo un margen que no habíamos explorado.

No había condescendencia en su voz. No había un «aunque venías de Indy» ni un «para ser americano». Solo datos. Respiraba como si yo fuese parte del trabajo, no un problema que ajustar.

Me preguntó qué había sentido en Austria, dónde exactamente notaba el límite del tren trasero en las curvas largas, qué necesitaría para sentirse más conectado en los cambios rápidos de dirección.

Y, lo más importante, lo escuché decir tres veces una palabra que nunca había escuchado en Maranello: «probemos».

Probemos este setup.

Probemos este balance.

Probemos tu idea.

Por un momento sólo asentí, respondiendo a sus preguntas una por una, describiendo sensaciones, no justificando nada. Noté que, mientras hablaba, mis manos dejaban de buscar un lugar donde esconderse. Estaban ahí, abiertas, apoyadas en mi propia cadera.

—Gracias, Charlie. Te mando el resumen al rato —dijo el ingeniero, y se alejó para perderse entre pantallas.

Me quedé un instante más junto al coche. Era fácil olvidar que veníamos de mitad de temporada y no de un inicio absoluto. Había puntos ganados, curvas mal negociadas, domingos impecables y otros imborrablemente grises. Ferrari, Miami, Vegas... todo estaba detrás. Pero no se sentía como una historia ajena. Se sentía como si cada paso me hubiera dejado justo aquí, en ese lunes... en esa fábrica.

El sonido del elevador de la nave central me sacó del trance.

Levanté la vista.

En la pasarela de cristal del piso superior, caminando al lado de Mark, estaba Kate. No llevaba ropa de periodista. No parecía alguien que viniera a hacer preguntas y desaparecer.

Llevaba una credencial de visitante colgando del cuello, el pelo recogido de forma práctica, un cuaderno en la mano y esa expresión suya de observar sin apresurarse.

Mark hablaba con alguien a su lado, un hombre alto, de hombros rectos, traje oscuro sin corbata:

Viktor Weiss.

Tardaron unos minutos en bajar. Yo no me moví de donde estaba. No huí. No me acerqué. Me quedé junto al coche, como si ese lugar fuera suficiente ancla mientras el mundo volvía a girar.

Mark llegó primero.

—Te adelantaste, ¿eh? —dijo, con esa media sonrisa suya—. No me sorprende.

—Quería ver el coche antes de que el día agarre velocidad —respondí.

Fue entonces cuando Viktor se acercó. Tenía esa calma de gente que ha visto demasiadas temporadas como para dramatizar cualquier lunes, pero en su mirada había un brillo atento, cuidadoso. Estiró la mano.

—Charlie —dijo con un acento marcado, preciso—. Bueno verte de vuelta.

—Igualmente, Viktor.

Su apretón de manos fue firme, breve. Suficiente.

—Tenemos mucho trabajo por delante —añadió, sin tono de presión, sólo constatando un hecho—. Pero me gusta donde estamos. Y me gusta que estés aquí.

No fue un discurso. No necesitaba serlo.

Viktor giró un poco el cuerpo. Miró a Kate.

—Y tú debes ser Kate.

Ella asintió, dando un paso al frente.

—Kate Nolan —dijo—. Un gusto conocerlo.

—Viktor Weiss —respondió él, aunque no hacía falta que se presentara—. Mark me habló de ti. Y Charlie también.

Sentí un pequeño eco en el pecho al escuchar eso. No supe si era pudor, o algo más suave.

Viktor le extendió una credencial con el logo del equipo.

—A partir de hoy —explicó— estarás autorizada para moverte por la mayoría de las áreas de la fábrica. Quiero que veas cómo trabajamos, no sólo cómo corremos. Eres parte de este proyecto en tu propia forma.

Hablaremos con comunicación para coordinar lo que necesites, pero mientras tanto... —hizo un gesto amplio con la mano, abarcando la nave— considera este lugar como tuyo para observar.

Kate sostuvo el gafete entre sus dedos como si pesara un poco más de lo que aparentaba. No de miedo. De responsabilidad.

—Gracias —dijo, sencilla.

Viktor la miró un segundo más, con esa agudeza suya que parecía leer entre líneas sin hacer ruido.

—Confío en Mark —añadió—. Y si Mark confía en ti, yo también.

Después se volvió hacia mí—. Te quiero en el simulador antes de la comida. Afinaremos cosas de Zandvoort.

Asentí.

Cuando Viktor se alejó, Mark dejó salir el aire en un suspiro breve.

—Eso, de él, es prácticamente un abrazo —comentó, medio en broma.

Sonreí apenas.

Kate no dijo nada. Sólo recorrió con la mirada el taller, los coches, las pantallas, la altura de la nave. Me miró fugazmente, como quien recuerda algo que todavía no sabe dónde colocar.

Yo devolví la mirada por un segundo. Lo suficiente. Ni más ni menos. Por primera vez desde que había tocado fondo, estaba en un lugar que pedía de mí lo que yo sí sabía dar: trabajo, sensibilidad al coche, atención al detalle.

Lo demás —lo que había empezado en su cocina la noche anterior— no tenía nombre aún. No lo necesitaba.

—Entonces —dijo Mark, cortando el silencio con ligereza—, ¿listo para empezar la segunda mitad del año?

Miré el coche frente a mí.

El 21.

Mi nombre en el costado.

El reflejo blanco del techo en el halo.

—Por supuesto Mark —respondí.

Él asintió, como quien confirma algo que ya sabía.

—Hoy no habrá sesión —dijo, acomodándose la correa de la mochila—. Pero mañana empezamos a las nueve en el gimnasio de la fábrica. Nada extremo... sólo para recordar que el cuerpo necesita estar siempre afinado.

Soltó una media sonrisa—esa que usaba cuando quería ser estricto sin parecerlo.

—No te confíes —añadió—. Las vacaciones ya terminaron.

Y con eso, Mark se alejó hacia la oficina de ingeniería, revisando algo en su tablet mientras caminaba. La nave volvió a quedarse en ese silencio pulido que siempre tiene cuando el equipo aún está despertando.

Kate no dijo nada. Solo observaba. Sus ojos recorrían las plataformas, las herramientas ordenadas, los autos desarmados, las pantallas dormidas en el segundo piso. Era la mirada de alguien que está aprendiendo un idioma nuevo con los ojos.

Yo la miré sin que se diera cuenta. Había algo extraño, casi cálido, en verla ahí, en un lugar que había sido mío durante meses y que ahora se abría para ella también.

Bajó la vista hacia mí, como si hubiera sentido ese pensamiento. Sonrió apenas, con esa calma suave que tenía desde la noche anterior.

—¿Quieres que te muestre la fábrica? —pregunté, sin pensarlo demasiado.

No era una invitación formal. Ni un intento de evitar silencios incómodos. Era... natural. Simple. Un reflejo que no sabía que tenía.

Kate alzó un poco las cejas, sorprendida de la propuesta, pero no por el gesto... sino por lo que significaba entrar a ese mundo desde mi mano.

—¿Ahora? —preguntó, con una sonrisa que apenas rozó los labios.

—Si quieres —respondí—. Hay cosas que vale la pena ver cuando todavía está así... en silencio.

Ella asintió despacio.

—Ok —dijo. Casi en un susurro.

Caminamos unos pasos hacia el pasillo principal. El sonido leve de una herramienta eléctrica encendiéndose llegó desde algún rincón. Una pantalla en el segundo nivel se iluminó.

Y así, sin prisa, sin explicaciones, mientras Mercedes se ponía en marcha a su propio ritmo, seguimos avanzando juntos por la fábrica, entre metal, silencio y aire nuevo.

44

Kate caminaba a mi lado sin prisa, con esa manera suya de mirar como si todo lo registrara y nada la abrumara. Tenía la credencial colgando del cuello, pero parecía más una invitada que alguien del equipo. Se detenía a ver los detalles: una puerta automática que se abría sin anuncio, el reflejo del techo blanco sobre el piso de epoxi, el ritmo casi musical del personal moviéndose con discretas coordenadas.

—Es... tranquilo —susurró, casi para sí misma.

Asentí, guiando el paso hacia el pasillo principal.

La luz natural entraba por paneles altos de cristal, cayendo sobre paredes impecables de un blanco que no intimidaba, sino que invitaba. No había caos, ni voces alzadas, ni órdenes lanzadas por encima del hombro. Solo un orden silencioso, como si todos supieran que cada minuto del día tenía una función distinta.

La gente pasaba y saludaba sin detenerse demasiado.

—Qué gusto verte, Charlie.

—Hola, buen día.

—¿Listo para la segunda mitad del campeonato?

—A tope, ¿eh?

No eran saludos forzados. Tampoco eran reverencias. Era... normalidad. Esa normalidad que había olvidado que existía.

Ella los observaba uno por uno. No con curiosidad de escritora, sino con un tipo de respeto que entendí sin que tuviera que decir nada.

Veía cómo me miraban. Cómo me hablaban. Cómo me integraban. Veía lo que yo no había notado: que aquí no tenía que demostrar que era parte del equipo.

Entramos al área donde colgaban las fotografías de temporadas pasadas. No eran enormes, ni estaban ahí como monumentos. Eran parte del pasillo. Momentos congelados: victorias, podios, mecánicos abrazándose bajo la lluvia, pilotos riendo con casco en mano.

Kate las recorrió con la mirada, deteniéndose en detalles mínimos, como si buscara la historia entre las sombras.

—Aquí es donde... —dijo suavemente, sin terminar la frase.

—Aquí es donde trabajamos todos —completé yo, casi en un murmullo.

El pasillo desembocó en la primera nave de montaje. El aire cambió. Más fresco, más técnico, con ese olor limpio del metal trabajado con precisión.

El piso reflejaba las lámparas como si fueran líneas dibujadas a regla. Había un coche desarmado sobre una plataforma baja, rodeado de brazos de carbono, herramientas alineadas como instrumentos quirúrgicos.

Descendimos por la rampa que bordeaba la nave, y cada paso hacia abajo parecía quitarle algo de ruido al mundo. Cuando llegamos al nivel del suelo, lo vi completo: el auto, abierto sobre la plataforma, expuesto como una verdad sin maquillaje.

Los brazos de carbono colgaban a los costados, el monocasco brillante bajo la luz blanca, los cables agrupados con una pulcritud quirúrgica. Parecía menos un coche... y más un corazón abierto en plena cirugía.

Kate se acercó despacio. No tocó nada; solo se inclinó un poco, como si observara un animal que dormía.

—Nunca había visto un auto de carreras así —murmuró.

—Casi nadie los ve así —dije con una sonrisa—. Todos ven la superficie. El color. La velocidad. Pero esto... esto es el auto de verdad.

Me agaché junto al tren delantero. El carbono tenía ese olor tibio de material que ha sido trabajado hace poco.

—Mira —señalé la suspensión—.

Esto es lo que te dice la verdad de un coche. Aquí sienten las curvas. Aquí deciden si confían en ti o no.

Kate ladeó un poco la cabeza.

—¿El auto... confía en ti?

Solté una pequeña risa.

—Digamos que... me permite trabajar con él.

Esto de aquí —toqué suavemente el push-rod— es lo que sostiene el auto cuando frenas a 4G. Si está muy rígido, eres rápido... pero el coche te trata como a un desconocido. Si está muy blando, te escucha... pero te deja sin armas.

Ella observó la pieza como si intentara comprender su lenguaje.

—Y esto —seguí, moviendo la mano hacia un módulo negro, compacto, justo detrás del cockpit— es la batería principal. La parte eléctrica.

Cuando empuja, no lo oyes. Pero lo sientes. Como si alguien te golpeara el pecho desde dentro.

—¿Y el motor? —preguntó.

Me moví hacia la parte trasera, donde la estructura abría un hueco exacto, casi quirúrgico, esperando la unidad de potencia.

—Aquí va todo —dije—. El motor térmico, el turbo, el MGU-K, las baterías... todo vive comprimido en un espacio ridículo. Es como meter un huracán y un generador eléctrico dentro de una caja de zapatos. Si lo ves armado desde afuera parece ordenado, elegante... pero aquí dentro es una guerra de temperatura, presión y energía peleando por no explotar.

Kate mantuvo la mirada fija en ese hueco estrecho, como si pudiera imaginar el huracán comprimido ahí dentro.

—¿Me lo enseñarías luego... ? Quiero decir... no solo verlo en pista. Ver cómo es de verdad. Por dentro.

Su tono no era el de alguien buscando información. Era otra cosa. Más ligera. Más cercana. Como si entre todo ese metal y fibra hubiera encontrado una historia que quería entender desde el origen.

Me quedé un instante observándola.

La forma en que se inclinaba sin miedo. La forma en que hablaba bajo, como si respetara el silencio del auto. La forma en que sus ojos parecían seguir las líneas del chasis como si fueran cicatrices.

—Claro —respondí—. Cuando quieras.

Ella asintió, sin necesidad de sonreír.

—Aunque... —añadió— creo que ver todo esto me hace entender un poco más... por qué haces lo que haces.

—¿Y qué entiendes? —pregunté.

Kate soltó un pequeño suspiro, suave, casi tímido.

—Que no manejas una máquina. Manejas algo que... si respira contigo, te salva. Y si no... te castiga.

No supe qué decir. No porque no tuviera palabras, sino porque alguien había dicho algo que no sonaba a observación... sino a comprensión.

Ella recorrió el chasis con la mirada completa, sin perder detalle.

—Es... más frágil de lo que pensaba —dijo al fin.

Negué suavemente.

—No, es honesto. El auto siempre te dice la verdad. Si lo fuerzas, te lo avisa. Si lo escuchas, te protege. Si lo ignoras... —miré un punto que ya no estaba ahí, un recuerdo en rojo— te deja en el muro.

Kate no dijo nada. Solo respiró cerca de mí, mirando los brazos de suspensión, los discos de freno, los sensores expuestos, la maraña precisa de cables y fibra de carbono.

—Gracias por mostrarme esto —susurró.

—De nada... aunque no te estoy mostrando nada —respondí—. Solo... lo estoy recordando.

Nos quedamos un momento frente al auto abierto, como si estuviéramos viendo algo que no era una máquina ni un objeto: era un espejo. Uno que ya no me devolvía una versión rota.

Kate no se acercó de golpe. No tocó nada. No interrumpió a nadie. Solo miró.

Sus ojos pasaban del chasis desnudo a las pantallas del fondo, luego a mis manos, como si comparara la máquina con la persona que la iba a manejar. Como si intentara entender cómo se une un hombre a algo tan exacto.

—Jamás lo imaginé así... —dijo al fin.

—¿Así cómo?

—Dormido —respondió, sin levantar demasiado la voz—. Como si el auto fuera... parte del equipo también. No un objeto. No una herramienta.

Sonreí. Una sonrisa pequeña, casi agradecida. Mercedes tenía esa forma de hacer que todo pareciera parte del mismo sistema: personas y máquinas respirando al mismo ritmo.

Sus ojos, que habían estado fijos en el auto, se deslizaron hacia la barandilla de arriba, donde la luz cambiaba de tono.

—¿Te gusta? —pregunté.

Kate tardó un segundo en responder.

—¡Me encanta! Es... —buscó la palabra—. Es como ver el interior de una mente. Todo ordenado, todo con propósito.

Caminamos hacia una zona más estrecha, donde las paredes estaban cubiertas con pantallas apagadas. Era el corredor que llevaba al simulador.

—Por aquí —dije, sin pensarlo demasiado.

Kate giró ligeramente la cabeza, como si entendiera que estábamos entrando a algo más técnico, más íntimo para mí. Sus pasos bajaron de ritmo. No hablaba. No preguntaba. Solo acompañaba.

45

Atrás quedaban el blanco luminoso de la fábrica, las voces tranquilas, el olor a metal recién pulido. Aquí la luz cambiaba. El aire también. Era más frío, más denso. Como si el edificio guardara un sótano secreto que solo se abría los lunes.

Kate caminaba detrás de mí, un par de pasos más lenta.

A la derecha, una puerta gris sin letrero vibró apenas al detectar mi credencial. El panel emitió un pitido sordo. El seguro se liberó.

La alfombra fue lo primero que sentí al cruzar el umbral. No era como el piso perfecto del taller. Aquí no había epoxi brillante ni líneas de luz reflejadas. Era una alfombra gruesa, oscura, silenciosa, que absorbía cada paso. El tipo de alfombra que uno encuentra en estudios de grabación o en cuartos donde un suspiro de más puede estropear mediciones sensibles.

El sonido del mundo se apagó detrás. Frente a nosotros, la sala se abría como el cerebro de la operación.

Tres filas de estaciones técnicas, cada una con monitores dobles o triples, trazos que se movían como cardiogramas frenéticos, cámaras de pista virtual, mapas de curvas, parámetros en rojo, verde, amarillo.

Tonos fríos. Teclados golpeados con precisión quirúrgica. Ingenieros inclinados hacia el frente como si estuvieran escuchando algo que nadie más podía oír.

En la pared del fondo, seis pantallas gigantes formaban una sola superficie continua. En una se veía la pista de Zandvoort renderizada al amanecer. En otra, el volante virtual mostrando modos, cargas y flujos de energía. En otra, líneas de telemetría bailaban sobre un fondo negro, como si estuvieran vigilando el pulso de una criatura viva.

La sala no respiraba como el resto de la fábrica. Aquí respiraba otra cosa. El silencio tenía peso. Y la luz, esa luz plana, blanca, homogénea, hacía que todo se sintiera como el interior de una nave espacial.

Viktor estaba de pie junto a la primera fila. De brazos cruzados. Hombros rectos. Sin prisa. No tenía esa autoridad ruidosa de los jefes que necesitan recordarte quiénes son. La suya era otra cosa: calma comprimida.

Miraba la pantalla central, luego la pista virtual. Me miró a mí como si estuviera verificando un dato que ya conocía.

—Charlie —dijo, sin necesidad de levantar la voz.

Asentí.

Kate se detuvo detrás de mí, cerca del marco de la puerta. Sus ojos recorrían todo: las pantallas, los ingenieros, las luces frías, el silencio cargado. Era la primera vez que la veía impresionarse de verdad. Pero no por la tecnología. Por el ambiente.

—Bienvenido al lunes de carreras —dijo Viktor, con esa media sonrisa que nunca llegaba a los ojos—. Los chicos ya cargaron los modelos de Zandvoort. Queremos probar tres filosofías de balance. La curva tres será crítica.

Sus palabras flotaron como instrucciones que ya entendía. Sentí el cuerpo entrar en el ritmo sin pensarlo. Este lugar tenía esa capacidad: devolvía a uno a su función más pura.

Viktor hizo un gesto leve hacia el fondo de la sala.

—El auto te espera.

Me giré. Ahí estaba. Un monocasco negro, casi mate, apoyado sobre un pedestal hidráulico. Sin ruedas. Sin carrocería completa. Apenas la forma esencial del cockpit, el halo, los sensores, el volante ya montado.

Dos enormes cámaras de proyección envolvían el frontal como si fuera un visor gigante. El resto de la habitación estaba a oscuras detrás de él, como si el mundo se desvaneciera al cruzar el halo.

No era un simulador común. Era un híbrido entre laboratorio, cabina de avión y confesionario.

Kate no avanzó.

Se quedó en la sombra suave de la pared, observándolo como si viera algo sagrado... o algo peligroso.

Cada paso en esa alfombra silenciosa era como si me acercara a otra versión de mí. Una más técnica. Más respirada. Más exacta.

Viktor caminó a mi lado, la voz baja.

—Hoy no necesitamos heroísmo —dijo—. Solo claridad.

Asentí una vez más. La respiración encontró un ritmo que conocía desde antes que todo se rompiera. Señalé con la cabeza hacia un pequeño cuarto lateral, una puerta angosta con una luz tenue encima.

—Vuelvo en un minuto —le dije a Kate.

No preguntó nada. Solo asintió, como si entendiera que había cosas que un piloto hacía solo.

Entré al vestidor. El silencio era distinto ahí dentro, más íntimo, más cerrado. Sobre el banco esperaba mi kit: el traje ignífugo doblado con precisión, las botas, los guantes ligeros, el casco.

Me cambié sin prisa. Cada prenda tenía un peso propio, una memoria: el tejido del mono ajustándose al pecho, las botas apretándose como si recordaran la forma de mis pies, los guantes cerrándose alrededor de mis dedos como una segunda piel.

Tomé el casco.

Lo sostuve un segundo extra, respirando contra la fibra como si pudiera escuchar quién había sido y quién necesitaba volver a ser.

Cuando salí, Kate seguía ahí, en el mismo punto, sin haber avanzado un solo paso. Me miró. No dijo nada. Pero vi algo en sus ojos: no sorpresa... sino reconocimiento.

Viktor asintió apenas.

—Bien —dijo—. Vamos al cockpit.

Subí como siempre: un movimiento que el cuerpo conoce mejor que la cabeza. El asiento me envolvió de inmediato, como una memoria que no se había ido. Ajusté los pies en los pedales. El freno era una pared. El acelerador, un resorte tenso. Todo estaba donde debía estar.

El ingeniero ajustó los cinturones sin decir nada. Cada banda tensándose hasta hacerme parte del cockpit. Apoyó la mano sobre el lateral del cockpit. No dijo la típica frase de manual. Solo:

—Cuando estés listo.

Seguí respirando unos segundos. La transición siempre ocurre sin aviso: el ruido interior baja, los pensamientos se ordenan, y uno deja de ser persona para ser función.

El simulador cobró vida sin música, sin anuncio. Apenas una vibración bajo mis botas, un zumbido técnico que no buscaba impresionar, solo avisar que todo estaba listo.

Una línea de luz se extendió frente a mí, proyectada en la pantalla envolvente. Zandvoort apareció despacio, como si el circuito se estuviera armando en tiempo real a partir de mi respiración.

La radio se activó con un chasquido leve dentro del casco.

—Charlie, te cargo el primer mapa.

Pausa ligera.

—Es el de persecución. Quiero que revisemos sensaciones antes de tocar el balance.

Sonreí con un gesto que nadie vio.

—Adelante, Paul —respondí—. Lánzame a la pista.

El asiento vibró con un golpe seco. La plataforma se inclinó hacia atrás mientras el motor virtual subía de revoluciones. El volante endureció la dirección como si se tensara un músculo.

La pista comenzó. No era un movimiento lineal. Era como si el simulador me tragara por completo: asfalto virtual bajo el casco, curvas ciegas en la pantalla, la plataforma imitando cada irregularidad como si la hubiera memorizado.

La curva uno llegó sin aviso. Entré suave. El volante me devolvió el peso correcto. Un leve subviraje. Nada extraño.

Paul comentó:

—Te noto un poco ligero al entrar. No toqué nada aún. Haz otra.

Di un par de vueltas más. La curva tres, me empujó hacia la izquierda con un movimiento lateral que la plataforma replicó con precisión quirúrgica. Mi cuerpo conocía esa sensación desde antes de conocer este edificio.

—Siento la trasera un poco suelta a mitad —dije.

—Ok. Recibido. Ajusto diferencial en entrada. Vuelve a tomarla.

La sala tipo NASA permanecía en silencio detrás de mí, con los ingenieros mirando pantallas, anotando, comparando trazos. Kate seguía de pie en la barandilla, quieta, observando sin intentar entender cada parámetro, sino la forma en que yo me volvía parte del auto, incluso sin auto.

Volví a tomar la curva tres. El ajuste se sentía. Leve, pero claro.

—Eso es. Mantén esa línea. Cambio a mapa dos. Avísame si la delantera empieza a morder demasiado.

—Copiado.

Tres curvas después, noté un sobreviraje repentino al tocar el borde. Nada grave, pero lo suficiente para sentir el latido cambiar.

—Está mordiendo de más —dije.

—Lo vi. Déjame abrir un punto el balance. Haz una vuelta limpia. Sin presionar.

Cuando terminé la tanda, solté el volante y dejé que las pantallas perdieran la iluminación gradual de la pista. La plataforma todavía vibraba un segundo más antes de detenerse por completo.

Levanté el visor. El aire fresco del cuarto entró como un golpe limpio. Viktor no hizo un discurso. Solo dio un asentimiento firme, ese que no se entrega por cortesía.

Kate no se movió hasta que me quité el casco. Después sí. Caminó hacia nosotros con calma. Paul salió de la sala técnica. Se quitó los audífonos de telemetría y sonrió apenas al verme.

—Buen trabajo —dijo, del mismo modo en que uno dice «hoy sí dormiste bien».

—Kate —dije, haciéndole un gesto—, te presento a Paul.

Ella extendió la mano.

Paul la estrechó con una cortesía tranquila.

Ella sonrió apenas, como quien reconoce por fin a alguien de quien ha escuchado demasiado.

—Ya te había mencionado a Paul —dije, acomodando los guantes en una mesa—. Él estuvo conmigo cuando volví a correr... después de todo aquello. —Hice una pausa breve, la justa—. Y desde entonces no se ha ido.

Paul bajó un poco la mirada, no por modestia, sino porque así era él: presencia sin ruido.

—Es un gusto ser parte del equipo —dijo simplemente.

Ella respondió con la misma calma, como si reconociera algo familiar en él.

—Un gusto conocerte por fin, Paul —dijo—. Charlie me ha hablado mucho de ti. Y... —lo dijo con una honestidad suave, sin cargar la frase— me alegra saber que volvieron a trabajar juntos.

Paul asintió. No sonrió, pero había un gesto mínimo en la comisura de su boca, como si guardara la emoción en un bolsillo interno para no interrumpir el ambiente técnico de la sala.

—Volver a trabajar juntos nos ha hecho bien a los dos —murmuró, casi como un aparte.

Kate lo miró un segundo más, luego bajó la vista hacia el simulador apagado.

—Me alegra verlos así —dijo suave.

Paul regresó a su consola con esa eficiencia casi silenciosa que siempre lo había caracterizado. Ella se quedó a mi lado, mirando el cockpit ya inmóvil, como si aún pudiera escuchar lo que había pasado ahí dentro.

46

Había terminado la sesión de gimnasio con Mark un poco antes de lo habitual. Nada especial: estiramientos, respiración, precisión en los movimientos. Rutina de semana de carrera. El cuerpo ya sabía que el jueves volaríamos a Países Bajos.

Cuando salí al pasillo, Kate estaba ahí. Apoyada en una columna de acero, con una taza de té entre las manos. El vapor subía en un hilo fino, como si el edificio entero estuviera más frío que el lunes. Su postura tenía algo distinto hoy... una tranquilidad más reposada, menos alerta.

—¿Listo? —preguntó.

—Sí —respondí—. Creo que sí. ¿Dormiste bien?

—Dormí bien —contestó, alzando apenas los hombros.

Luego levantó la vista hacia mí.

—Tú te ves... más descansado hoy.

Caminamos juntos por el corredor principal. Las luces altas bañaban el piso pulido con un tono suave, casi blanco. Era una hora en la que la fábrica parecía aflojar los hombros: ingenieros entrando a reuniones, otros saliendo, el murmullo constante de teclas, puertas automáticas, pasos sin prisa.

El comedor estaba más lleno de lo que imaginaba. Aún así, el ambiente tenía algo cálido, doméstico, como si cada mesa tuviera su propio pequeño clima. Escogimos una junto a los ventanales. Afuera, un rectángulo de pasto impecable y estructuras metálicas que capturaban el sol como espejos.

Me senté primero. Kate dejó su taza enfrente de ella y, sin querer o quizá queriendo, sus dedos rozaron los míos al empujarme una servilleta.

No lo mencionó. Yo tampoco. Pero el contacto quedó ahí, suspendido, como una nota que la sala silenciosa no absorbió del todo.

—¿Cómo estuvo el entrenamiento? —preguntó, acomodándose el cabello detrás de la oreja.

—Bien —respondí—. Lo de siempre.

Ella sonrió un poco. Una sonrisa pequeña, pero que decía «ya te conozco»: lo de siempre para Mark siempre era mucho.

Por un momento solo escuchamos el sonido del comedor: platos, sillas, voces bajas. Todo tenía un ritmo suave, como si Mercedes también supiera cuándo dejar que el día respirara.

Kate tomó un sorbo de su té, apoyó el codo en la mesa y me miró con una expresión que no había usado antes conmigo. No era profesional. No era distante. No era curiosa. Era... atenta.

—Charlie... —dijo, con una suavidad que no pedía permiso— ¿cómo fue que volviste a correr... después de todo?

La pregunta cayó entre nosotros sin hacer ruido. Natural. Inevitable.

Me quedé mirando mis manos un segundo. Tenían todavía el leve temblor post-gimnasio, esa vibración sutil que Mark siempre decía que era «señal de que estás vivo».

Respiré. No para prepararme, sino para recordar.

—No fue una decisión —dije al fin, con un tono más bajo de lo que esperaba—. Fue... un regreso. Sin plan. Sin fecha. Sin intención de convertirme en nada. Solo... un día me di cuenta de que extrañaba correr.

Kate no desvió la mirada.

Después de Vegas... pasaron meses en los que no pensaba en carreras. No quería pensarlo. No podía. Me levantaba... iba al gimnasio con Mark... comía... dormía —continué—. Eso era todo. Días tan iguales que parecían renglones repetidos en un cuaderno.

Ella ladeó un poco la cabeza, como si pudiera ver esos días en cámara lenta.

—Y durante un tiempo —seguí— creí que eso era suficiente. Que con no caer más... ya estaba bien.

Kate apoyó los codos en la mesa, acercándose apenas. Ese gesto suyo hacía que sintiera que lo que estaba diciendo tenía un lugar donde caer.

—Pero un día... —solté el aire, sin apresurarme— algo regresó. No sé en qué momento exactamente. No fue adrenalina. Ni nostalgia. Fue más pequeño. Más silencioso.

Ella entrecerró los ojos suavemente, prestando atención.

—Fue... —busqué palabras que no sonaran grandes— una inquietud. Una cosquilla en el pecho. Como si el cuerpo... se hubiera acordado antes que yo.

Kate sonrió apenas, un gesto discreto, como si entendiera perfectamente lo que quería decir.

—No quería volver a competir —aclaré, moviendo los dedos sobre el mantel—. No estaba pensando en Fórmula 1 ni en Indy. Eso estaba muerto para mí. Por completo.

Ella no se sorprendió. Creo que ya lo sabía.

—Pero sí... quería correr. Solo correr. Nada más.

Hubo un silencio pequeño entre nosotros, pero no vacío.

—Una noche —continué— cenando con Mark, se lo dije. No lo planeé. Solo salió. «Creo que extraño el volante», le dije. Ni siquiera sabía qué significaba eso. Pero él sí. Me miró como si... hubiera estado esperando escuchar esa frase desde hacía meses.

Kate bajó la mirada un instante, casi con ternura.

—Pero no tenía agente —dije, sin rencor—.

Ni equipos interesados. Ni patrocinadores. Nadie quería tener a un expiloto de Ferrari, recién caído del abismo, en ninguna parte del paddock. Y... lo entiendo. Yo tampoco me habría buscado.

Kate abrió los labios como si fuera a decir algo, pero decidió no interrumpir.

—Así que pensé: «si nadie me quiere en un auto... compraré uno yo.»

Dije la frase sin dramatismo, como si fuera obvia ahora que la veía desde lejos. Ella levantó la vista, sorprendida de esa simplicidad que escondía un mundo.

—Y eso hice —añadí, sin mirar arriba todavía—. Compré un auto de turismos.

La frase quedó entre nosotros como un golpe suave. Kate lo dejó reposar. Luego susurró:

—¿Cómo fue que pasó?

Respiré despacio.

—Al principio no sabía ni por dónde empezar —dije—. Tenía el impulso... pero no tenía un camino. Así que llamé a un viejo conocido de Houston, alguien que tenía contactos en categorías regionales.

Le dije que quería correr. Que no importaba dónde. Que no importaba cómo. Solo quería... subirme a un auto otra vez. Hizo una pausa larga al teléfono. Creo que no esperaba escuchar eso de mí. Al final me dio el nombre de un tipo que tenía un taller pequeño, de esos que viven entre el olor a gasolina, neumáticos viejos y herramientas que nunca están donde deberían.

Fui sin avisar. El taller estaba en las afueras, pegado a una carretera secundaria donde no pasaba gran cosa. Cuando abrí la puerta, el sonido del metal golpeando metal me recibió como un perro viejo.

Y ahí estaba: un auto de turismos usado, pintura gastada, el número borrado a medias, el asiento un poco roto. No era bonito. Pero tenía algo... vivo.

El dueño salió limpiándose las manos con un trapo lleno de aceite. Me miró sin reconocerme. Fue la primera vez en años que alguien me veía como persona y no como piloto. Y eso... fue más extraño de lo que debería.

—¿Quieres correr con eso? —me preguntó. Asentí. Ni siquiera negocié. Solo «Sí».

Lo compré. Sin pensar demasiado. Sin plan. Sin nostalgia. Con la misma simplicidad con la que uno compra una bicicleta cuando es niño.

La primera vez que lo manejé fue en un circuito pequeño, perdido entre árboles y hangares abandonados. No había gradas. No había cámaras. No había nadie esperando nada de mí. Solo un par de aficionados con gorras viejas, un perro amarrado a una sombra y tres autos más que parecían sobrevivientes de otras temporadas.

Me subí. Me acomodé en el asiento. Las manos me temblaban un poco, no por miedo, sino por... no sé. Por nervios, por memoria, por algo que todavía no tenía nombre.

Solté el embrague. El auto se movió como si hubiera estado dormido demasiado tiempo. En la primera vuelta frené tarde. Después frené demasiado pronto. La caja crujía. El volante vibraba. El motor olía a calor viejo. Y aun así... en la segunda vuelta algo cambió.

No fue una epifanía. No fue un milagro. Fue... un ajuste. Un clic interno. La sensación de recordar un idioma que creías olvidado, pero del que aún puedes pronunciar palabras sueltas.

Y en la tercera vuelta... sonreí. Me sorprendí a mí mismo. Fue una sonrisa pequeña, torpe, como si el cuerpo hubiera hablado antes que la cabeza.

Terminé la tanda y me bajé del auto. El dueño del taller estaba a un lado, apoyado en la barra de protección, mirándome con los ojos entrecerrados, como si necesitara ajustar el foco para estar seguro de lo que veía.

—Oiga... —dijo despacio— ¿usted es... Charlie White?

Me reí, un poco avergonzado.

—Lo era —contesté.

Él soltó una carcajada breve. —Pues todavía maneja como si lo fuera. Hizo un gesto hacia el auto, divertido.

—Lástima que vino a resucitarlo con nosotros y no con un equipo serio.

Me reí también. Fue la primera risa sincera que me salió en mucho tiempo. Ahí supe que iba a seguir haciéndolo. Que iba a correr cada fin de semana que pudiera, aunque fuera en circuitos olvidados, aunque nadie supiera mi nombre, aunque no hubiera podios ni himnos ni cámaras.

Y así empezó. Tandas pequeñas. Carreras baratas. Inscripciones que pagaba yo mismo... Al principio, incluso me anotaba con el apellido de mi madre, para que nadie levantara una ceja al ver mi nombre.

No fue de golpe. Fue en susurros, en detalles mínimos, en esas vueltas que parecían no significar nada... hasta que un día, simplemente volví a sentirme piloto.

Kate escuchaba sin parpadear, como si cada palabra tuviera un peso específico.

—Y... —dije— fue ahí donde Paul volvió.

No levanté la vista. Solo dejé que la frase cayera por su propio peso.

—Un fin de semana, en un circuito pequeño cerca de Austin, estaba revisando la presión de las llantas cuando escuché su voz detrás de mí. No me había avisado. No sabía que yo corría otra vez. Solo apareció.

«Si vas a manejar ese trasto», dijo, «al menos déjame ayudarte para que no te mates». Y... se quedó.

Kate sostuvo mi mirada un segundo más.

—Se nota que algo despertó ahí... ¿qué hiciste con eso?

A veces las palabras necesitan un segundo para asentarse. Las dejé caer despacio, como si estuviera escuchándolas al mismo tiempo que ella.

—Después... empecé a correr en serio. No en categorías grandes. No en pistas famosas. No con público ni cámaras ni ingenieros con radios en la oreja.

En un campeonato nacional de diez carreras, de esos que existen a mitad del mapa, donde la gente corre porque ama correr, no porque haya un futuro esperándolos al otro lado de la meta.

Al principio lo tomé con calma. Llegaba temprano a los circuitos, revisaba el auto, ajustaba la presión, limpiaba el parabrisas yo mismo. Era un ritual que nadie me había enseñado y que nadie esperaba que hiciera. Lo hacía porque... no sé. Me recordaba que estaba empezando desde cero, y por alguna razón eso me hacía bien.

El auto no era gran cosa, pero Paul lo trataba como si bajo esa carrocería sin nombre hubiera una bestia esperando que la despertaran. A partir de ahí... se volvió nuestro proyecto.

Le cambiamos el asiento. Adaptamos la pedalera. Ajustamos la altura. Alineó el tren delantero con un láser portátil que todavía olía a caja nueva. Pintamos la carrocería de un negro brillante que hacía que el auto pareciera... serio. Silencioso. Como si también él quisiera empezar otra vez.

No teníamos patrocinadores. Ni logos. Ni uniformes. Éramos Paul, yo, un par de mecánicos... y un coche que tenía más voluntad que tecnología.

La primera carrera la gané sin saber cómo. Fue una mezcla de inercia, instinto y pura necesidad de sentir que todavía podía hacer algo bien.

Cuando crucé la meta, nadie gritó. Nadie se levantó. No hubo himno, ni podio, ni entrevistas. Solo dos mecánicos de otro equipo levantaron la mano para saludarme. Ese gesto... significó más que cualquier trofeo.

La segunda carrera la gané por claridad. Me bajé del auto con el pulso firme, el cuerpo en su sitio, la mente limpia. El piloto que había sido... empezaba a despertarse.

La tercera la gané por convicción. Ya no estaba probando suerte. Ya no estaba averiguando si todavía podía. Ya sabía que sí.

A mitad del campeonato, Paul me dijo una frase que aún llevo grabada: «Estás manejando como si no tuvieras nada que perder. Y por eso... lo estás ganando todo.»

Las siguientes carreras las gané casi sin pensar en la victoria. No corría contra ellos. Corría para encontrarme.

Cada curva era un recordatorio de que el cuerpo sabía hablar un idioma que la mente había olvidado.

La octava carrera tuvo lluvia. No mucha. La justa para hacerme sonreír dentro del casco. Había pasado meses evitando sentir nada... y ahí estaba yo, sonriendo bajo el agua como un niño que corre por primera vez en un charco.

La novena la gané con una ventaja que ni yo entendí. Paul tampoco.

Solo se encogió de hombros y dijo: «El auto confía en ti otra vez. Déjalo ir.»

Y la décima... la décima fue diferente. Cruzamos la meta solos, sin nadie cerca, sin nadie persiguiéndonos. Pero no fue el triunfo lo que recordé. Fue lo que pasó después.

Me bajé del auto. Me quité el casco. El aire olía a tierra mojada y gasolina caliente. El circuito era pequeño, casi vacío. No había ruido. Había muy poco público, casi nada. No había nadie que dijera que eso importaba.

Y sin embargo... importaba todo.

Me quedé ahí, de pie junto al coche negro sin logos, sintiendo algo que no había sentido en años: paz. Una paz sin euforia, sin glamour, sin cámaras. Una paz... de pertenecer en un lugar sin tener que demostrar nada.

—Esa temporada no sumé podios —dije mirando a Kate—. Sumé victorias. Diez de diez.

Ella no habló. Pero su mirada... su mirada tenía la suavidad de alguien que entiende exactamente qué significa renacer donde nadie estaba mirando.

—Y por primera vez desde niño... —añadí, bajando la voz— sentí que correr era mío otra vez. Solo mío.

Kate apoyó su mano cerca de la mía, sin tocarla. Un gesto mínimo. Casi invisible. El aire entre nuestras manos cambió. Apenas un grado. Apenas un silencio. Pero fue suficiente para que el pecho se me aflojara un poco... como si algo estuviera empezando sin decirlo.

47

El vuelo a Países Bajos fue silencioso, más de lo que esperaba. No un silencio cargado ni tenso, sino ese tipo de silencio que aparece cuando todo está en orden alrededor, pero uno todavía está encontrando el orden por dentro.

Habíamos salido temprano de Brackley, con las maletas ya cargadas desde la noche anterior, y aunque el trayecto fue corto, sentí el aire cambiar apenas tocamos tierra: húmedo, salado, casi metálico. El tipo de aire que anuncia un circuito cerca del mar. El tipo de aire donde Zandvoort respira.

Mientras caminábamos por la terminal privada —ese FBO silencioso donde solo se escuchan ruedas de maletas caras y conversaciones en susurro—, rodeados de pasajeros que no tenían idea de que esa semana podría definir tres carreras, once destinos y un campeonato entero, me di cuenta de que había olvidado la sensación de comenzar una segunda mitad de temporada.

De niño, siempre me gustaba cuando los álbumes tenían un intermedio, un cambio de ritmo, una pausa antes de la canción que rompía todo. Zandvoort se sentía como eso. Como el primer compás después de un silencio estructurado.

Mark iba unos pasos adelante, revisando algo en su teléfono, probablemente los horarios de los eventos del Gran Premio, o alguna nota sobre mi recuperación muscular de la semana. Viktor caminaba más atrás, con esa calma tensa suya que siempre me ha recordado a un director de orquesta antes de levantar la batuta. No dice mucho, pero cuando respira más profundo, uno sabe que algo importante está por empezar. Y Kate... Kate estaba a mi lado. No hablaba. No preguntaba. Miraba los ventanales enormes y el movimiento de la gente como si todo fuera parte de una misma escena, de esas que se guardan sin saber por qué, pero que vuelven después, cuando algo hace clic.

Tomamos la camioneta del equipo rumbo al hotel, y desde la ventana vi cómo el paisaje iba cambiando: primero carreteras limpias, luego zonas residenciales tan ordenadas que parecían maquetas, después dunas onduladas que parecían moverse con el viento y, al final, una línea del mar que aparecía por momentos entre edificios bajos, como si también quisiera ver quién llegaba esa semana.

No hablamos del campeonato. Ni de puntos. Ni de cálculos. No hacía falta. El silencio decía lo suficiente. Yo sabía exactamente dónde estaba parado. Tercero. No muy lejos. Pero lo suficientemente lejos para que cada detalle importara. Bearini venía adelante con números que impresionaban, sí, pero no por talento puro; Ferrari había encontrado estabilidad este año, una estabilidad que a veces se siente más peligrosa que la velocidad.

Bennett estaba segundo, y lo suyo sí era velocidad cruda, una que venía acompañada de esa confianza casi insolente que tienen los pilotos que no creen en fantasmas.

Yo venía detrás de ambos, cerca pero no encima, como si el campeonato me dejara sentir el olor del podio sin dejarme tocarlo todavía. La primera mitad había sido una mezcla de momentos brillantes y vacíos incómodos.

Pero lo más extraño de ese pensamiento fue darme cuenta de que no me molestaba. No había amargura. No había prisa. Solo una especie de claridad que no conocía cuando tenía diecisiete, o veinte, o incluso cuando firmé con Ferrari. Ahora era distinto. Ahora sabía cómo se siente correr desde dentro, no desde afuera. Sabía cómo se siente perderse. Y sabía, por fin, cómo se siente volver.

El hotel estaba tan cerca del circuito que podíamos escuchar el viento golpeando contra las vallas metálicas de Zandvoort. Ese ruido siempre ha sido particular: no es viento común. Es viento acelerado. Viento que pasa como si imitara autos invisibles.

Dejé la maleta en la habitación y bajé al lobby. Kate ya estaba ahí, sentada en uno de esos sillones que parecen más decoración que asiento. Tenía un cuaderno abierto, pero no estaba escribiendo; solo pasaba los dedos por el borde de la página, como quien siente una idea dando vueltas pero no fuerza que salga.

—Es diferente —dijo, apenas al verme.

—¿Zandvoort? —pregunté.

Negó con la cabeza.

—Tú.

No supe qué responder. No porque no entendiera, sino porque sí entendía demasiado. Había algo en mí que se había movido desde el domingo en su cocina, desde el lunes en la fábrica, desde el miércoles en el comedor. No era un movimiento brusco. No era una sacudida. Era algo mínimo, casi microscópico, como una respiración que por fin se vuelve natural después de días retenida.

Salimos caminando hacia el circuito. No teníamos que estar ahí aún; era jueves. Nadie esperaba vernos. Pero Zandvoort tiene ese magnetismo extraño: uno llega antes aunque no lo necesite, como si el circuito tuviera algo que decir antes de llenarse de gente.

El acceso estaba medio vacío. Equipos montando estructuras. Camiones de logística acomodados con precisión de ajedrez. Ingenieros con gafas de sol revisando sensores que iban a remover horas después. El paddock estaba en ese estado intermedio entre el caos y el nacimiento.

Me apoyé en la barandilla que daba hacia la recta principal. La pista se extendía frente a mí, desnuda, sin público, sin motores, sin vibración. Era otro tipo de silencio. Un silencio que no se encuentra en fábricas ni en simuladores. Un silencio que pertenece a la pista únicamente cuando está a punto de despertar.

—Nunca había visto un circuito así —dijo Kate, suave, como si temiera romper algo.

—¿Así cómo?

—Como si... estuviera listo antes que todos nosotros.

Me quedé un momento viendo la curva uno, imaginando la primera frenada, el agarre frío, la vibración del volante en las manos, ese milisegundo en que el auto decide si confía o no en ti después del parón. Siempre hay una curva que te dice cómo viene la segunda mitad del año. Para algunos es la primera vuelta. Para otros, la carrera entera. Para mí... siempre ha sido el jueves, cuando el circuito está vacío y el viento suena distinto.

—¿Estás nervioso? —preguntó Kate.

—No.

—¿Seguro?

—Estoy... listo. Y eso es nuevo.

Ella sonrió. Una pequeña, leve y honesta sonrisa. Como si entendiera más de lo que yo estaba dispuesto a decir.

Nos acercamos al garaje de Mercedes. No entramos, pero desde afuera podía ver el brillo de las herramientas, los mecánicos moviéndose con esa fluidez que solo aparece cuando un equipo confía en su ritmo.

No había prisa. No había pánico. Era un orden que respiraba. Igual que la fábrica. Igual que Viktor. Igual que Mark. Igual que yo.

—Ya no eres el único americano en la pista —dijo de pronto, mirando una caja enorme con el logo de Cadillac.

—No —respondí con una sonrisa suave—. Y eso... me gusta.

Nunca pensé decir algo así. En mis primeros años, ese detalle habría sido una carga. Una competencia absurda. Un «tengo que demostrar que yo soy el representante». Ahora no. Ahora era distinto. Gerry Peralta estaba aquí porque se lo había ganado. Yo también, y no necesitábamos ocupar el mismo lugar. El automovilismo no se vive por banderas. Se vive por curvas.

Los mecánicos de Cadillac pasaron frente a nosotros con un saludo breve. Yo levanté la mano. Uno de ellos hizo lo mismo. Sin superioridad. Sin distancia. Solo camaradería silenciosa entre personas que se han roto y recompuesto dentro del mismo deporte.

Nos quedamos ahí un rato más, sin hablar. Viendo cómo la pista cambiaba de color con la luz. Zandvoort siempre tiene un tono dorado al caer la tarde, como si las dunas le prestaran un fragmento de arena a la pista. Es un color que uno no olvida. Un color que anuncia guerra.

—Charlie... —susurró Kate, apenas inclinando la cabeza— ¿Cómo te sientes?

—Fuerte —respondí sin pensarlo—. Más que antes del parón. Más que en la primera mitad.

—¿Y por dentro?

La pregunta era suave. No empujaba. Solo abría espacio.

—Por dentro... estoy en paz. Y eso también es nuevo.

Kate bajó la mirada un segundo, como si esa respuesta le hubiera movido algo a ella también. Y entonces, sin buscarlo, sin planearlo, sin intención de decir nada más grande que un suspiro, me di cuenta de que no era solo la segunda mitad del campeonato lo que estaba empezando.

Era otra cosa. Algo más pequeño. Algo más humano. Algo que empezaba en el silencio, igual que Zandvoort. Una pausa. Un pulso. Una respiración.

—Mañana —dije, mirando la recta— empieza todo otra vez.

Kate no respondió. No tenía que hacerlo. Su presencia a mi lado decía lo necesario.

Y la pista frente a nosotros también.

48

Las prácticas no fueron un trámite. Fueron un mapa. Un mapa que parecía dibujarse conmigo y no contra mí.

El viernes amaneció con ese aire húmedo que Zandvoort guarda entre las dunas, un aire que pesa en los brazos cuando giras rápido y que enfría la pista justo cuando más necesitas temperatura. Aun así, desde la primera vuelta de la práctica uno supe que el auto tenía algo... distinto. No espectacular. No perfecto. Pero vivo. El tipo de vida que solo aparece cuando la puesta a punto cae cerca del pulso del piloto.

Curva tres —esa parábola inclinada que se traga cualquier duda— fue mi termómetro. Entré con cautela la primera vez: el auto flotó apenas, como tanteando el agarre.

En la segunda vuelta, sentí la trasera deslizar lo justo, ese desliz controlado que no da miedo, sino confianza.

En la tercera... dejé que el coche decidiera la línea. Y la eligió bien. Paul lo dijo por radio con una calma que ya le conocía:

—Bien, Charlie. Está respirando contigo.

Y eso era todo lo que necesitaba escuchar.

La práctica dos fue más seria. Ritmos largos. Combustible pesado. Weissmann se mostró en tandas de diez vueltas como si el circuito hubiera sido diseñado por él mismo. Bearini apareció sólido, Ferrari eficiente en curva rápida. Bennett guardó su última simulación, cosa que siempre hace cuando quiere intimidar sin hablar. Yo no buscaba tiempos. Buscaba sensaciones y las encontré.

La práctica tres cerró la mañana del sábado con un auto estable, honesto. No perfecto —nunca perfecto— pero honesto. Y eso, justo antes de una quali, es más valioso que una vuelta rápida. Paul me lo dijo antes de volver al garaje:

—Con este auto puedes calificar arriba. No regales nada en curva ocho.

La preparación para la qualy siempre tiene un silencio particular. Uno que incluso dentro del garaje se escucha distinto al ruido de herramientas, ventiladores y radios que nunca paran. Es un silencio interno, el que se siente en la piel, como una vibración mínima que precede a la concentración.

Me senté en el borde del box mientras los mecánicos hacían sus comprobaciones finales. El olor a frenos calientes, el brillo del alerón delantero bajo las luces, la sombra del halo proyectada sobre el piso de concreto... todo parecía alinearse en un mismo ritmo. Un ritmo que reconocía.

Kate estaba ahí, justo detrás de la línea amarilla, con su credencial oficial colgando como si hubiera pertenecido siempre al lugar. No parecía fuera de sitio. Observaba cada movimiento como quien escucha un idioma que empieza a entender por fonética, no por vocabulario.

—¿Es normal que estén tan callados? —me susurró en un momento, inclinándose hacia mí sin cruzar ninguna frontera.

—Sí —respondí—. Es... concentración.

Asintió, sin saber aún si debía quedarse quieta o simplemente dejar que el garaje siguiera su propio ritmo.

Viktor apareció desde el fondo, revisó las pantallas, intercambió pocas palabras, como siempre. No necesitaba hablar para que todos supieran que era hora.

Me senté en el cockpit con la familiaridad de quien sabe exactamente dónde encaja cada parte del cuerpo, pero con un temblor sutil en los dedos que no aparecía desde hacía tiempo. No era miedo. Era anticipación. El tipo de anticipación que sólo aparece en Q3, justo antes de que el mundo se haga pequeño.

Los mecánicos trabajaban alrededor como si coreografiaban un ritual silencioso. Luz fría sobre el halo. El olor a frenos tibios flotando todavía. Una gota de sudor bajando por la sien por pura tensión, no por calor.

La segunda mitad del año empezaba a sentirse en el cuerpo. Sentí cómo el cinturón se apretaba un milímetro más y mi pecho quedaba fijo, como si el mundo entero dependiera de esa única exhalación contenida.

Siempre me sorprende cómo el cuerpo recuerda. Recordaba esa vibración tenue bajo mis talones. Recordaba el ronquido grave del generador del simulador. Recordaba cómo la adrenalina llega primero a la boca del estómago, no a la cabeza. Recordaba... que este momento es el último instante donde todavía existe el «antes».

Una Q3 no empieza cuando abres la vuelta. Empieza cuando cierras los ojos detrás del visor por medio segundo y sientes el pulso del auto alinearse con el tuyo.

El casco amplifica todo: el eco de la propia respiración, el roce del nomex contra el cuello, el latido detrás de las orejas que ya no sabes si es tuyo o del motor apagado ahí detrás.

Apreté el volante. Sentí cómo se ajustaba a mis manos como si me hablara en un idioma que sólo se comprende por contacto. Ese instante es el único donde los nervios no son un enemigo. Son... aviso. Son... vida.

Oí por radio la voz de Paul, calmada, precisa:

—Salimos en cinco. Prepara el auto. Prepara la mente.

Y entonces, sentí algo moverse dentro del pecho. Un nudo que no era dolor ni duda. Era... nervios buenos. Los nervios que anuncian que el cuerpo está exactamente donde quiere estar.

Un pequeño escalofrío me subió por la espalda. Q3 estaba ahí. Esperando.

Me lancé a pista antes de pensarlo demasiado. A veces es mejor así: dejar que el auto salga primero y que la mente lo alcance unos metros después.

Las primeras curvas no eran para atacar; eran para escuchar. Solté el volante apenas, dejé que me hablara en vibraciones, en microcorrecciones, en ese lenguaje que sólo se entiende con las palmas de las manos. El motor tomó temperatura. Los neumáticos respiraron. El cuerpo también. Y en la recta previa a abrir vuelta, justo cuando el mundo se alineó en una línea delgada frente a mí, sentí ese silencio seco que antecede a lo inevitable: la vuelta que importa. La vuelta que dice quién eres hoy.

La vuelta rápida nunca se siente como una vuelta rápida. Se siente como un intento de hablar sin tartamudear. Como si el auto y tú intentaran decir la misma frase al mismo tiempo, sin pisarse.

Salí con neumáticos suaves nuevos. El agarre llegó como una promesa tenue: no inmediata, no evidente, pero viva.

La pista estaba en ese punto exacto donde deja de resistirse y empieza a colaborar; un minuto antes es nerviosa, un minuto después es pesada. Q3 siempre cae en el centro perfecto.

Curva uno: limpia. No brillante, no heroica. Limpia. Que es, a veces, lo que más cuesta.

Curva tres... Entré más arriba, apenas un metro, dejando que la inclinación hiciera el trabajo sucio. La pista me sostuvo. El auto se acomodó como si hubiera estado esperando exactamente ese trazo. Paul no dijo nada por radio. El silencio de Paul es el mejor elogio.

Cuatro y cinco aparecieron rápido. El coche mordió un poco más de lo esperado, ese mordisco que vibra en los antebrazos, pero mantuvo la línea sin exigirme nada extra. Una especie de pacto: yo lo cuidaba en la entrada; él me devolvía estabilidad en la salida.

Respiré profundo.

Siete llegó como un suspiro controlado. No toqué el piano. Confié en lo que habíamos visto en telemetría. El auto respiró parejo.

Ocho... Ocho siempre ha sido una curva que se toma más con el pecho que con las manos. La respiré completa. Dejé que el auto flotara microsegundos antes de volver al asfalto grueso. Sentí el neumático trasero deslizar un milímetro y recuperarse. Un baile breve. De esos que solo disfrutas cuando todo está bajo control.

Diez llegó de golpe. Frené donde el instinto dijo «aquí». Ni antes, ni después. Cuando uno está en forma, lo sabe. Cuando no... también.

Once, doce... trece y catorce... pasaron rápidas, tensas, exactas. Como si la pista hubiera decidido no discutir conmigo esa vez.

Y entonces... la recta.

La recta siempre es silencio. En el casco, en el pecho, en la mente. El motor ruge para afuera, pero por dentro todo se acomoda. Es el segundo más honesto de toda la vuelta.

Crucé la meta.

P4.

No era la vuelta más rápida de mi vida. Pero era una vuelta mía, limpia, sin ruido adentro.

Sin estallido. Sin alivio. Sin frustración. Fue... correcto. Real. Una vuelta que no quería impresionar a nadie.

La radio crepitó apenas dentro del casco.

—P4, Charlie. Buena vuelta. Muy limpia. Segunda fila, lado de Bennett. Estamos en posición para mañana.

Detuve el auto en el box. Los mecánicos reaccionaron con ese aplauso contenido que se escucha más en los ojos que en las manos. No celebraban una pole. Celebraban un mensaje: Estamos aquí. En la pelea correcta.

Viktor no sonrió. Él nunca sonreía por una clasificación. Pero inclinó la cabeza un centímetro, como quien dice: bien. Y eso, viniendo de él, era casi euforia.

Kate lo sintió antes de entenderlo.

—¿Eso es bueno? —preguntó a uno de los ingenieros, con un brillo genuino en los ojos—. ¿P4... es bueno?

El mecánico sonrió sin quitar la vista de la pantalla.

—Para mañana —dijo— es muy bueno.

Ella bajó la mirada un instante, como si guardara esa respuesta en un lugar importante.

—¿Entonces...? —insistió— ¿está en posición para ganar?

No hubo duda en la respuesta.

—Si la carrera viene hacia nosotros... sí. Charlie puede pelearla.

Me quité el casco. Vi a Kate mirarme con un orgullo extraño, suave, casi íntimo. Como si P4 no fuera una posición. Sino un punto de partida.

La tarde cayó sobre Zandvoort con ese dorado pesado de las dunas. El viento empezó a soplar más fuerte. La pista se quedó en silencio.

49

El viento pegaba de lado, insistente, como si quisiera entrar también a la parrilla. Lo sentía empujar el coche incluso parado, una presión suave contra los pontones, un recordatorio de que aquí nada estaba completamente quieto. Ni siquiera antes de la salida.

Los autos estaban alineados como piezas de un tablero recién puesto. Weissmann, adelante, con el naranja de las tribunas casi devorándole el casco. Bearini segundo a la derecha, Ferrari enclavado en rojo. Bennett, tercero, a la izquierda, mirada fija, expresión de bisturí. Yo, cuarto, segunda fila, lado interno.

El mundo afuera era ruido: motores, claxon de la grúa, gritos de los fans holandeses que parecían cantar un solo nombre. Pero adentro del casco, el silencio era casi cómodo. El latido de mi corazón marcaba el ritmo del procedimiento de salida mejor que cualquier luz del semáforo.

—Energía en posición —dijo Paul por radio, con esa calma quirúrgica suya—. Mapa de arranque cinco, embrague listo. Recuerda: viento lateral en curva uno.

—Copiado —respondí.

Desde el pit Kate estaba detrás de Viktor, unos centímetros retirada de la barandilla, con los brazos cruzados y el rostro tenso, no por miedo, sino por concentración. No parecía alguien que hubiera venido a «ver una carrera»; parecía alguien que estaba a punto de escuchar una verdad.

Las luces rojas empezaron a encenderse, una a una. Cinco pulsos suspendidos sobre nuestras cabezas.

Respiré. Una vez. Profundo.

Se apagaron.

Solté el embrague y el auto se lanzó hacia adelante con una sacudida limpia. No hubo patinaje excesivo, no hubo drama. Sentí a Bennett a mi lado, cargando por afuera. Weissmann defendió hacia dentro como si la pista le perteneciera, y en cierta forma, lo hacía. Bearini se colocó justo donde tenía que colocarse: bloqueando el paso, jugando con ese instinto de supervivencia que todos tenemos en la primera curva.

Curva uno se acercó rápida, un embudo verde y gris cayendo hacia la izquierda. Frené tarde, pero no demasiado.

Los neumáticos delanteros hicieron esa queja seca que conozco bien, un chirrido breve antes de aceptar el giro. Mantuve el auto pegado al vértice. Vi el alerón de Bennett aparecer por el espejo un instante y luego desaparecer. Aguanté la posición. P4.

Primer objetivo, cumplido: salir vivo y en el tren correcto.

El primer stint fue una coreografía de gestión. Combustible alto, neumáticos medios, pista soltando polvo mientras los autos lo recogían. Zandvoort no perdona un descuido temprano.

Weissmann empezó a marcar el ritmo. Su delta caía vuelta a vuelta, un metrónomo exacto. 1:15, 1:15, 1:14 alto, 1:14 medio. Era como verlo tocar un instrumento que lleva años estudiando.

Paul hablaba lo justo.

—Ritmo bueno. Mantén presión sobre Bennett. No quemes neumático trasero en tres.

—Entendido.

La presencia de Bennett delante de mí era una constante. No cometía errores. No dejaba huecos. Su trazada era tan limpia que por momentos parecía que el auto se movía sobre rieles invisibles. Pero había algo que la telemetría no muestra: el desgaste interior.

La forma en que bloqueaba una pizca de más en la cinco. La manera en que corregía tres veces el volante al salir de la ocho, donde el viento pegaba con más fuerza.

Yo lo sentía. Lo veía antes de que los números lo dijeran.

Weissmann se fugó. No en drama, sino en constancia. Un segundo más rápido aquí. Medio segundo allá. Cuando quisimos darnos cuenta, estaba dos segundos y medio por delante de Bearini.

Otra carrera. La nuestra estaba atrás.

—Estamos en la ventana Charlie —dijo Paul pasada la vuelta veinte—. Box, box.

—Entendido.

Entré a pits. El equipo estaba listo, impecable, como siempre. El coche se detuvo. Sentí cómo levantaban el auto, quitaron los neumáticos usados, montaron duros nuevos.

2.2 segundos.

Ni un segundo más. Ni uno menos.

Volví a pista justo detrás de tráfico ligero. Dos coches que no estaban en nuestra pelea.

No luché con ellos. Solo los dejé atrás en los lugares correctos: uno en la frenada de once, otro en salida de catorce. Cuando el ciclo de paradas se estabilizó, Paul confirmó lo que yo ya intuía:

—Posición actual: P4.

Gaps: Weissmann adelante con margen cómodo. Bearini a 2.1. Bennett a 0.6.

Casi podía ver el casco rojo y blanco de Bennett vibrar delante de mí en la curva tres. Su coche patinaba lo justo al salir de la parabólica. El viento lateral lo empujaba igual que a mí, pero su auto parecía menos estable.

—Tiene más problemas que tú en rebufo —añadió Paul—. Te acercas bien en diez.

—Lo siento —respondí—. El coche quiere ir.

—Deja que vaya —dijo él.

Fue a partir de la vuelta treinta cuando entendí que el segundo puesto era posible. No porque de pronto me volviera más rápido, sino porque la carrera empezó a venirme encima en lugar de escaparse.

En cuatro vueltas, recorté tres décimas. En siete, ya estaba en la caja de cambios de Bennett.

Curva diez se convirtió en el lugar donde mejor lo sentía. La frenada ahí es engañosa: no es tan fuerte como parece, pero si te pasas medio metro, sales sin tracción y pierdes todo por lo que trabajaste en el sector anterior.

Bennett estaba frenando un pelín tarde, tratando de compensar lo que perdía en la salida.

Yo lo frené antes. Más suave. Más redondo. Paul lo vio en datos y lo confirmó:

—Buena entrada en diez. Lo estás cargando en salida. Prepara el movimiento.

—Copiado.

El viento empezó a golpear más fuerte en el sector tres. Lo sentí pegar contra el costado cuando encarábamos trece. La dirección se volvía más ligera justo antes del vértice.

Decidí que ahí no iba a adelantar. Decidí que el movimiento sería en la recta hacia la curva uno.

Era la mejor manera de construir el rebase: salir mejor de catorce, morder menos neumático, dejar que el auto respirara y empujar con todo.

—Mapa de potencia dos para la vuelta siguiente —indicó Paul—. Ataque permitido.

—Entendido.

Respiré profundo.

En la vuelta siguiente, pegué el coche a Bennett en diez, como tantas veces había hecho en simulador. No forzando por dentro, sino abrazando su línea, copiando sus puntos de frenado solo para corregirlos medio metro antes.

En once, dejé que el auto flotara más abierto para ganar radio. En doce, fui más paciente con el acelerador. Lo vi patinar apenas al salir. En catorce, abrí un poco más el volante y sacrifiqué el apex por salida.

El auto empujó, como si también hubiera decidido que ya era suficiente seguir detrás. La recta se abrió.

Me lancé hacia la derecha, cambiando de carril con decisión. No fue un movimiento heroico. Fue un movimiento exacto.

Bennett se mantuvo en su línea, sabía que no valía la pena pelear en una curva que solo te destruye neumáticos si te pones terco.

Frené tarde, pero dentro de mi margen. Solté el pedal con suavidad. Metí el coche por dentro. Curva uno se volvió mía.

Cuando volví a acelerar, ya no lo tenía en frente, sino en los laterales. Y luego... desapareció. P3.

—¡Atención porque White viene fuerte! ¡Muy fuerte! —la voz del comentarista entró sobre el sonido del viento, casi montada en el rugido del motor—. Lo estuvo preparando desde el sector dos. Fíjense en la salida de curva diez... mínima corrección, el auto se planta y gana tracción. Eso no es casualidad. Eso es lectura pura de carrera.

El segundo comentarista tomó el relevo, más analítico, más quirúrgico:

—Bennett está defendiendo con la cabeza, no con el instinto.

Sabe que no vale la pena destrozar neumáticos aquí. Pero White... White viene con paciencia de cirujano. No ataca por impulso.

Las cámaras seguían a los dos autos como si fueran un solo trazo.

—Ahí está... ¡White se pega! ¡Se pega muchísimo en trece! Deja respirar al auto en catorce... ¡y sale mejor! Señores, esto es sin rebufo exagerado. Esto es puro balance, pura confianza. ¡Se lanza por la derecha!

Un suspiro del público.

—Bennett no cierra. ¡No puede cerrarlo! White ya está ahí, frenando tarde, firme, decidido... ¡y completa el adelantamiento! Qué movimiento... qué adelantamiento... limpio, valiente y preciso.

Una vuelta después, el siguiente objetivo estaba claro: Bearini. Ferrari, con aire limpio, no era sencillo. Tenía velocidad en curva alta, aprovechaba cada centímetro de grip que la pista ofrecía. Pero el desgaste empezaba a cobrarse su deuda.

—Está sufriendo en sector dos —notó Paul—. Problemas para girar en nueve y diez.

—Lo veo —respondí.

Lo alcancé vuelta a vuelta, sin desesperación. Quería ir hacia adelante con la cabeza clara.

En la vuelta cuarenta y dos, estaba encima. En la salida de diez, su auto se abrió un poco más de la cuenta, como si hubiera pedido ayuda y no la hubiera encontrado. Yo mantuve la línea cerrada, cuidando cada milímetro.

La lucha fue más corta que la de Bennett. Bearini defendió una vuelta. En la siguiente, se protegió mal en curva once, esperando un ataque por dentro. Yo me quedé afuera, estiré la trazada, crucé mejor la trayectoria y salí con el coche mejor plantado.

Lo pasé en la frenada de la doce.

P2.

Weissmann, mientras tanto, estaba lejos. No inalcanzable en sueños, pero sí en matemática. Cinco segundos. Luego seis. Luego siete.

No lo perseguí como obsesión. Lo seguí como referencia.

El resto de la carrera fue gestión. Neumáticos, frenadas, viento. Paul marcaba las vueltas con el mismo tono de siempre.

Viktor, desde el muro, no se movía más de lo necesario. Mark vigilaba mi respiración en el monitor.

Kate los miraba a todos, y luego me miraba a mí, como si tratara de entender qué es exactamente lo que se llamaba «trabajo en equipo» en este mundo.

Las últimas tres vueltas fueron una mezcla de concentración y algo muy parecido a calma. No eran fáciles. Ninguna lo es. Pero no tenían ese filo de «todo o nada».

El viento seguía golpeando. Curva tres seguía empujando hacia afuera. Once y doce seguían siendo un hilo tenso. Pero había algo distinto. El ruido adentro... estaba en silencio.

Crucé la meta.

El naranja explotó en las tribunas por Weissmann. Su victoria era inevitable, merecida, esperada. Los altavoces decían su nombre. Las cámaras lo buscaban a él.

Yo solté el volante despacio. No sentí derrota. No sentí victoria absoluta. Sentí... alineación.

Paul habló por radio:

—P2, Charlie. Gran carrera. Muy grande.

Viktor añadió solo una frase:

—Bien hecho, manejaste como solo tú sabes.

Solté el aire que llevaba reteniendo sin darme cuenta y apreté el botón del volante.

—Gracias, equipo —dije, con la voz aún golpeando contra el casco—. El auto estuvo ahí conmigo todo el tiempo. Ustedes también.

P2 es de todos. Mañana seguimos empujando.

—¡Y ahí está! Charlie White cruza la meta en segundo lugar en Zandvoort! Un podio enorme, importante, preciso... pero sobre todo, un podio que dice algo más que una posición.

—Fíjate en esto... —responde el comentarista más analítico—. No es solo el resultado. Es cómo lo consiguió. Esto no es el mismo piloto que vimos a inicio de año: hoy manejó con una madurez quirúrgica. Cuidó neumáticos, eligió dónde atacar, dónde esperar... y ese adelantamiento a Bennett en la curva uno fue simplemente perfecto.

De manual.

—Defendió cuando tocaba, empujó cuando había que empujar... y cuando fue momento de aceptar que Weissmann era intocable hoy, no se desarmó. No persiguió lo imposible. Se quedó con lo suyo.

—Exacto. Y hay algo más: este resultado, aquí, después del parón, dice que Mercedes ha vuelto a la pelea grande. Este auto va bien. Y White... White está corriendo como un hombre que no necesita demostrar nada.

—Totalmente. Si había dudas sobre su lugar en este campeonato... hoy quedaron disipadas. No ganó la carrera. Pero ganó otra cosa: momentum. Ese impulso silencioso que define campeonatos.

—Y míralo ahora... ni siquiera festeja con exageración.

—Sí. A veces, en Fórmula 1, el segundo lugar es más que una victoria. Hoy... es uno de esos días.

En el parque cerrado, mientras Weissmann celebraba con el público y Bearini respiraba hondo detrás de su casco, vi a Kate detrás de la barrera, a unos metros, sin intentar cruzar ningún límite.

El día se cerró con la luz dorada apoyándose sobre las dunas y la pista vacía. Weissmann se llevó la victoria; yo, unos segundos detrás. Zandvoort volvió a quedarse en silencio.

50

El cielo sobre Lombardía siempre tiene un color distinto cuando uno viene a correr. No sé si es la humedad, la luz o la historia, pero mientras el avión descendía y las montañas se insinuaban al fondo, sentí ese viejo temblor en el estómago que hace años confundía con emoción. Ahora sabía que no lo era: Era memoria.

El aterrizaje fue suave. Más suave de lo que esperaba. Casi una caricia sobre la pista. Mark dormía con los brazos cruzados. Viktor revisaba correos como si estuviera en un lunes cualquiera. Kate... estaba despierta. Y no leyendo, ni escribiendo, ni pensando en voz alta. Solo mirando por la ventana.

Cuando nos levantamos para bajar, ella habló por primera vez desde que habíamos entrado al espacio aéreo italiano.

—Se siente distinto —dijo—. El aire.

Me tomó un segundo entender a qué se refería. Otro segundo aceptarlo. Sí. Monza tiene aire propio. Aire que ha visto demasiados campeones, demasiados choques, demasiadas rupturas. Aire que huele a gasolina vieja incluso antes de llegar al circuito.

Caminamos por el pasillo del aeropuerto de Milán. Era temprano, demasiado temprano para turistas, demasiado tarde para negocios. El sonido de las ruedas sobre el piso pulido resonaba en un eco suave que se mezclaba con las voces italianas que siempre parecen cantar incluso cuando solo están dando instrucciones.

No dije nada. Kate tampoco. No era silencio incómodo; era... respeto. Como si ambos supiéramos que entraríamos a un territorio que no pertenecía del todo al presente. Que aquí, en este país, había una versión mía que todavía habitaba algunos rincones.

Cuando salimos al aire libre, me golpeó de inmediato: un olor tibio a pasto húmedo, café fuerte y motores antiguos. Ferrari está a cuarenta minutos de aquí, pero su sombra siempre llega primero.

Kate volvió a hablar, muy suave:

—¿Estás bien?

La pregunta no fue para cuidarme. Fue para abrir espacio.

Respiré hondo, dejando que el aire italiano entrara sin filtros.

—Sí —respondí—. Solo... es extraño volver.

Ella asintió como si hubiera esperado exactamente esas palabras.

Tomamos la camioneta del equipo rumbo a Monza. El camino era una sucesión de árboles, ciclistas matutinos, cafés abiertos desde el amanecer y ese tipo de autopistas que parecen dibujadas con regla. A medida que avanzábamos, la tensión que no quise admitir empezó a hacerse visible en mis manos: ese pequeño gesto involuntario de mover los dedos como si buscaran un volante.

Kate lo notó. No dijo nada. Abrió un poco la ventana para dejar entrar el aire. Fue suficiente.

Cuando llegamos a las inmediaciones del circuito, el ambiente cambió. No por los fans —aún no llegaban— sino por la historia invisible que flota sobre este lugar. Las vallas, las torres viejas, los pinos altísimos... todo parecía testigo. Todo parecía memoria.

Y al entrar a la vía interna del paddock, sentí el golpe exacto: el rojo. No un rojo cualquiera. El rojo Ferrari. El rojo que una vez significó llegada, luego presión, después caída... y finalmente, silencio.

Vi la hospitality de Ferrari desde lejos: ese edificio temporal que, en Monza, siempre parece permanente. No había cambiado un centímetro. Tampoco necesitaba hacerlo. Kate siguió mi mirada. No preguntó. No analizó. No escribió. Solo caminó a mi ritmo, que de pronto se había vuelto un poco más lento.

El paddock estaba medio vacío, lo justo para reconocer cada sonido sin ruido encima. Cada martillazo, cada risa de mecánico, cada motor de generador arrancando en frío. Cada uno de esos sonidos me perteneció alguna vez. Cada uno también me expulsó cuando dejé de servir.

Nos detuvimos frente al box de Mercedes. No entré todavía. No podía. Quise mirar alrededor antes de cruzar ese umbral. Quise... volver a entrar aquí desde un lugar más limpio que el pasado.

Kate se acercó un paso más.

—¿Quieres... caminar un poco antes de empezar el día?

Era exactamente lo que necesitaba aunque no hubiera sabido decirlo.

Asentí.

Kate dio un paso más cerca. No dijo nada. Solo dejó que su mano tomara la mía mientras empezábamos a caminar. Fue suficiente para que el camino hacia la recta principal dejara de sentirse... solo.

Las hojas de los árboles —los mismos que han visto cincuenta años de carreras, de campeones y caídas, de banderas y euforias rojas— se movían con un sonido que reconocí demasiado rápido. Era como escuchar un idioma que quise olvidar pero que aún sabía pronunciar.

Caminamos por el lado derecho del paddock, donde el cemento tiene esa textura áspera que te recuerda que miles de neumáticos han pasado por ahí dejando marcas invisibles.

Cada paso hacia la recta hacía que el pecho se me apretara... pero no con dolor. Con reconocimiento. La primera vez que vine aquí, hace años, pensé que Monza era un templo y una sentencia. Ahora... Ahora no se qué pensar.

Kate no soltó mi mano. No la apretó. Solo la sostuvo como quien dice sin palabras: no vuelvas solo a donde te rompiste.

La recta se abrió frente a nosotros, vacía, inmensa, brillante en la luz de la mañana. Afuera, antes de entrar, siempre parece pequeña. Pero cuando estás dentro... Cuando estás dentro, te das cuenta de que Monza no es una pista: Es una confesión.

Me detuve a unos metros del muro blanco, ese que divide el mundo en dos: lo que pasa en la pista, y lo que te pasa a ti adentro. Ese que aparece justo después de la chicana, donde la pista se estrecha y te obliga a confiar ciegamente en el auto.

No fue un accidente grande —no como Mónaco—, pero sí uno que me quebró por dentro. Un toque seco, una corrección tardía y el coche deslizándose hacia el concreto mientras yo intentaba convencerme de que todo seguía bajo control. Fue la primera vez que entendí que Ferrari ya no tenía paciencia para mis errores.

Kate se detuvo conmigo.

—¿Es aquí? —preguntó, sin mirar a Ferrari, sin mirar a la tribuna, sin mirar mi cara.

Como si supiera que cada cosa que señalara sería un dedo puesto sobre una herida.

—Sí —respondí.

Una palabra tan corta, tan simple, pero tan cargada, que sentí cómo el aire entre ambos se tensaba apenas. No era el «sí» de una ubicación. Era otro «sí»: el que uno da cuando reconoce que está frente al lugar donde algo se quebró.

Kate bajó la mirada a la pista. No al pasado. A la pista. Como si entendiera que el presente necesita un punto fijo para sostenerse.

Yo respiré hondo.

El olor del asfalto de Monza no es como el de otros circuitos. Tiene un toque de goma vieja, gasolina que se evaporó hace años, humedad de árboles centenarios... y algo más. Algo de historia. Algo de peso.

El viento se movió entre las gradas vacías y parecía decir mi nombre con acento italiano.

Recordé la caída. La llamada. El silencio. El vacío.

Pero esta vez... esta vez no me arrastró hacia abajo. Era solo eso: un recuerdo. Una fotografía que ya no dolía como una herida abierta, sino como una cicatriz que por fin entendí.

—¿Duele? —preguntó Kate, suave, apenas audible.

Pensé en mentir. Pensé en decir que no. Pensé en decir que sí. Pero la verdad fue otra.

—No —respondí—. Ya no.

Ella levantó la vista hacia mí. Sus ojos tenían ese tipo de luz que no encandila, pero ilumina exactamente donde tiene que hacerlo.

Nos quedamos ahí, en medio de la recta más emblemática del mundo, en un silencio que no pedía explicación. Un silencio que no apretaba. Un silencio que, de alguna manera, me dejaba ir.

Kate soltó mi mano despacio, solo para que pudiera acercarme un paso más al muro. Toqué el concreto con la punta de los dedos. Frío. Rugoso. Real.

—Estoy de vuelta —murmuré.

No para el circuito. No para Ferrari. Para mí.

51

El bar del Hotel de la Ville tenía esa luz que no ilumina: acaricia. Después de un día como Monza, era exactamente lo que necesitaba.

La madera oscura parecía absorber el ruido que todavía vibraba en mi cuerpo: el motor, el viento, los radios, la respiración entrecortada del último stint. Afuera, Italia seguía girando con su caos elegante. Adentro... todo bajaba el volumen.

Kate ya estaba sentada en un sillón bajo, con las piernas cruzadas y una copa de vino tinto que parecía recién servida. No estaba escribiendo. No estaba observando. Estaba... presente. Ese tipo de presencia que no exige nada pero sostiene todo.

Me acerqué y ella levantó la mirada, como si hubiera sentido que llegaba antes de verme.

Cuando me senté, el cuerpo todavía tenía ese temblor leve que queda después de correr. No un temblor de miedo. Ni de adrenalina. Era el temblor de haber sobrevivido a algo que exige más de lo que uno admite.

—¡Estuviste en el podio! —exclamó Kate con esa sonrisa que solo aparece cuando algo le alegra de verdad.

Me quedé en silencio un segundo, porque Monza siempre obliga a pensar. No fue una victoria. No fue una derrota. Fue... otra cosa.

—Tercero —dije al fin, dejando que la palabra encontrara su sitio—. Pero no se sintió como antes.

Ella inclinó apenas la cabeza, invitándome a seguir.

—Fue una carrera dura —continué—. Ferrari estaba fuerte, Bennett impecable. Yo tenía ritmo... pero no el suficiente para pelear por algo más grande hoy. Y aun así... no terminó con ese vacío de antes.

Kate bajó la mirada un instante, como si entendiera el peso real de esa frase.

—No dolió volver —añadí—. No como pensé que dolería. La recta... el rojo... las voces... todo estuvo ahí. Pero no me rompió.

Respiré hondo.

—Fue... correcto. Y en Monza, «correcto» puede sentirse como una montaña.

La sonrisa que apareció en su rostro no celebraba el podio. Celebraba otra cosa.

—¿Y cómo te sientes? —preguntó con un tono tan suave que parecía parte de la luz.

—Cansado —dije—. Pero... bien. Hoy corrí bien.

Kate asintió, girando la copa por el tallo. No era un gesto elegante. Era... íntimo.

—Hoy te vi correr distinto —dijo, sin prisa—. Distinto incluso a Zandvoort.

Como si esa calma viniera de otro lugar. Hizo una pausa, tomando un sorbo pequeño, casi meditativo.

—¿Cuándo empezó ese «nuevo tú»?

La pregunta no fue invasiva. Fue una puerta. Y algo en mí decidió cruzarla.

Respiré despacio. El vino, la luz, el silencio, la forma en que ella me miraba... todo parecía alineado para que dijera la verdad sin disfrazarla de técnica o estrategia.

—Hubo un momento —dije— un momento exacto... en que el mundo dejó de pedirme algo, y yo volví a correr por mí.

Kate dejó la copa en la mesa. Y con ese gesto —tan simple, tan quieto— me dio permiso para seguir.

Un mesero se acercó sin prisa, como si entendiera que no debía interrumpir nada importante. Dejó una copa de vino frente a mí, idéntica a la de Kate. Ella no lo miró siquiera; solo comentó en un murmullo suave, casi tímido:

—La pedí antes de que llegaras.

El vino, de pronto, se sintió como parte de la conversación.

Kate no habló. No movió las manos. No sacó su cuaderno. Solo estaba ahí, conmigo, como si el silencio fuera una cuerda que sostenía lo que venía.

—Ese momento... —continué— no fue en una pista grande. Ni en una carrera famosa. Ni con cámaras.

Solté un pequeño suspiro, uno que tenía semanas escondido.

—Fue en un lugar donde nadie me esperaba.

Kate apoyó el antebrazo en la mesa, pero no se inclinó. Era su forma de acercarse sin invadir.

—Cuando terminé el campeonato de turismos —seguí— pensé que eso había sido suficiente. Había recuperado el cuerpo. La confianza. La calma. Y pensé... ya está. Esto era lo que necesitaba.

Ella asintió, suavemente.

—Pero entonces —dije— llegó una llamada.

No hice pausa dramática. No levanté la voz. Solo dejé que la frase cayera con naturalidad, como si fuera una piedra pequeña que altera el agua en círculos lentos.

—Un equipo cliente de Mercedes-AMG —dije—. Un GT3. Categoría IMSA. Sin sueldo. Sin promesas. Sin nada más que un asiento... si yo aceptaba.

Kate entreabrió un poco los labios, pero no para hablar. Sino para escuchar mejor.

—Daytona —añadí—. Sebring. Petit Le Mans. Tres nombres que todavía hoy me tocan la piel como si fueran lugares donde uno aprende a respirar distinto.

El murmullo del bar parecía alejarse, como si la noche misma quisiera escuchar.

Cuando colgué la llamada me quedé en silencio mucho tiempo. Yo... no sabía si estaba listo para volver al mundo. Al ruido. A la presión.

Bajé la mirada hacia la copa de vino. El líquido estaba quieto.

Pero sí sabía algo: no quería quedarme con la pregunta de «¿y si...?»

Kate sostuvo mi mirada. Y no fue para empujarme a seguir. Fue para acompañarme mientras lo hacía.

—Así que fui —dije—. Fui sin contrato. Sin expectativas. Sin un plan real.

Solté una pequeña risa, casi muda.

—Creo que fue la decisión más libre que he tomado en mi vida.

—¿Cómo fue? —susurró, no con curiosidad técnica, sino con ese tono que uno usa cuando pregunta dónde volvió a nacer alguien.

Me recargué un poco en la silla. No para alejarme de ella. Para entrar mejor en esa memoria.

Fue de madrugada. En Daytona. La pista todavía estaba a oscuras. Y cuando encendieron el auto, sentí algo que no había sentido desde niño: que el mundo no me pedía nada... excepto conducir.

Cerré los ojos un instante. El sonido estaba ahí, detrás de mis párpados: grave, limpio, honesto.

—IMSA no quería una estrella —añadí—. Quería un piloto. Yo también quería ser solo eso.

Kate exhaló muy despacio. Ese tipo de exhalación que no juzga, que no celebra: que comprende.

—Ahí —murmuré, apenas audible— fue donde empezó este «nuevo yo» que viste hoy.

Continué, dejando que el vino suavizara la memoria.

Ese año... dejé de correr contra fantasmas y volví a correr contra gente real.

Hice una pausa.

Y ahí... ahí encajé sin tener que justificar nada.

Kate acercó la copa un poco hacia mí, como si ese gesto silencioso sostuviera la narración.

—Cuando llegué al primer fin de semana —seguí— nadie me miró raro. Nadie me buscó para entrevistarme. Nadie se preguntó «¿qué hace aquí el fracasado de Ferrari?».

De hecho... la mayoría ni siquiera sabía quién era. Me veían como un tipo más en un overol negro, preparando un GT3 en un paddock sin alfombra roja.

La expresión de Kate se suavizó, como si esa idea le pareciera tan triste como hermosa.

—Y fue extraño —admití—. Porque después de años siendo visto por todos... me sentí libre siendo invisible. En IMSA corría con dos compañeros. Ninguno era famoso. Ninguno tenía millones de seguidores. Pero los dos... los dos amaban el deporte.

Y el equipo... —sonreí un poco— era pequeño. Clientes de Mercedes, sí, pero sin presupuesto para lujos. Una carpa donde el viento entraba por los huecos. Una mesa plegable que hacía de oficina de ingenieros. Un motor al que no había manera de llevar al límite.

Kate sonrió.

—Suena... real —susurró.

—Lo era —respondí—. Brutalmente real.

—Y en ese ambiente sin pretensiones... el coche habló conmigo de una forma que hacía años no escuchaba.

Sus ojos se iluminaron con un brillo discreto. Conocía ese brillo. Era cuando una frase le abría una idea.

Empecé a ser rápido otra vez. Pero no el rápido que quiere impresionar. El rápido que fluye. Que escucha el coche. Que siente a los rivales en la nuca y no se agota... se enciende.

Moví la mano en un gesto leve, como dibujando una curva en el aire.

—Gané carreras —continué—. Conseguí vueltas rápidas.

Ese campeonato me enseñó eso: que el rendimiento llega cuando dejas de intentar demostrar algo. Cuando el ruido se apaga. Cuando el cuerpo vuelve a recordar el camino sin obligarlo.

La luz cálida del bar caía sobre el borde de la mesa. El ambiente tenía esa quietud que se siente justo antes de que alguien diga algo importante.

—Mercedes empezó a mirar —dije finalmente—. No como quien busca un milagro, sino como quien reconoce una señal.

Levanté la copa un milímetro.

—En esa temporada sentí... que, tal vez, mi historia no había terminado.

Kate dejó escapar una exhalación suave. De esas que no son suspiro ni alivio. Era... comprensión.

—Ahora entiendo —dijo, con una voz que se quedó entre nosotros dos— por qué corres así.

—¿Así cómo? —pregunté, aunque ya sabía la respuesta.

Kate sonrió con ternura. No romántica. No explosiva. Una ternura profunda, humana.

—Como alguien que volvió —dijo—. Y que no piensa perderse otra vez.

52

La bandera a cuadros apareció flotando a lo lejos, vibrando en el aire caliente de Texas como si no quisiera escoger un lado: victoria o alivio. La vi ondear sin sentir todavía lo que significaba. Crucé la meta en Austin... y tardé en creerlo.

El auto siguió derecho, como si no supiera que ya podía descansar. Mis manos aflojaron el volante de forma involuntaria. Los brazos me pesaban, pero no por cansancio: por alivio. Un alivio que no recordaba desde antes de Ferrari. Un alivio que no tenía nada que ver con gritar dentro del casco. Era un alivio... quieto. Un alivio que, si no lo escuchas bien, se confunde con silencio.

El silencio después de cruzar la meta que siempre llega tarde. Unos segundos después de la bandera, unos metros después de la línea blanca, unos latidos después del rugido final del motor. Nunca coincide con el instante en que ganas. Llega cuando el cuerpo por fin lo cree.

Paul entró por radio, pero su voz parecía venir desde un lugar más suave que otras veces.

—P1, Charlie... lo lograste. ¡Ganaste en Casa!

Sentí la emoción subir antes de poder agarrarla. Y entonces me escuché gritar antes de sentirlo.

—¡SÍ, PAUL! ¡SÍ! —me salió antes de pensarlo, entre risa y temblor—

¡Lo hicimos, carajo! ¡Lo hicimos! Gracias... gracias, equipo. El auto fue un sueño hoy. —Respiré hondo, la voz quebrándose sin vergüenza—

Y entonces escuché otra voz entrar en la radio. La de Viktor. Siempre calma. Siempre contenida. Pero esta vez... esta vez había algo distinto en ella.

—Victoria en Austin. Bien hecho, Charlie. Corriste con cabeza... y con corazón.

—Gracias, Viktor... —cerré los ojos de nuevo, dejando que la frase se asentara— Gracias por confiar en mí. Vamos por lo que sigue.

Reduje velocidad en la vuelta de desaceleración. El motor bajó de tono como si también necesitara creerlo. Cada curva que tomé camino al parque cerrado se sintió distinta: más amplia, más blanda, como si la pista se hubiera relajado conmigo.

El público... dios. Ese público. Texas rugía. No gritaba mi nombre. Rugía. Un sonido tan grave que se metía por las costillas y se quedaba ahí, vibrando. Ese sonido no era para un piloto. Era para un hijo que volvía a la casa que alguna vez lo vio soñar desde un kart en Texas.

—Respira, Charlie —dijo Paul por radio, con una calidez que pocas veces dejaba asomar—. Disfrútalo. Te lo ganaste.

Apreté el volante con una mano. Con la otra me limpié el sudor bajo el casco, aunque no sirviera de nada.

Parque cerrado apareció al fondo como un cuadro que alguien pintó demasiado rápido. Los colores vibraban: el naranja de Weissmann —siempre presente—, el rojo de Ferrari, y el plateado que llevaba semanas queriendo brillar así.

Me detuve en el cajón reservado para el ganador. El cartel del 1 estaba ahí, clavado en el asfalto como una verdad que aún no alcanzaba a sentir mía.

Quité el volante de la columna y lo dejé sobre el auto. Por un instante no supe si debía respirar hondo o simplemente quedarme quieto para no romper el momento. El casco pesaba más por dentro que por fuera. El pulso seguía golpeando, pero ahora lo hacía sin prisa, como si por fin estuviera de acuerdo con el mundo.

Empujé la tapa del cockpit, me incorporé... y el rugido llegó como una ola: Austin entero explotando en azul, rojo, blanco, plateado, con gritos que parecían empujarme hacia arriba.

Me puse de pie sobre el auto.

Las luces del circuito, el calor del motor subiendo por mis botas, los brazos levantándose solos, antes incluso de que yo entendiera la magnitud de lo que estaba pasando.

Grité algo que ni siquiera recuerdo. Un grito que no era de victoria. Era de regreso. De pertenencia. De niño que vuelve a correr donde siempre soñó.

Las cámaras parecían acercarse. La tribuna tembló. Y yo... yo dejé que el cuerpo sintiera lo que la mente aún no podía nombrar.

Salté del auto.

Caí firme.

El equipo entero estaba del otro lado de las vallas coreando mi nombre. Corrí lo más rápido que pude hacia ellos. Me impulsé sobre la valla... y me dejé caer en un abrazo enorme, uno que nos envolvió a todos.

Mecánicos, ingenieros, analistas, gente que rara vez se ve en televisión pero que sostiene cada milímetro del auto. Brazos extendidos, sonrisas que nunca había visto tan abiertas, gritos en idiomas mezclados.

Paul me abrazó con ese golpe en la espalda que se da cuando uno dice sin palabras: «Te lo merecías desde antes.»

Luego Viktor, con su gesto preciso, breve... pero esta vez, con una mano firme sobre mi hombro. No necesitó hablar. Esa mano era su podio.

Y entonces la vi.

Parada ahí, junto con todos, sin empujar, sin llamar la atención, sin hacer nada que rompiera la escena. Solo... esperando. Como si todo este ruido no la intimidara, pero tampoco quisiera apropiárselo.

Acercarme hacia ella se sintió como salir del vértice perfecto de una curva: inevitable. Ella me miró justo cuando yo llegaba y, sin decir mi nombre, sin preguntar nada, sin pedir permiso...

Me abrazó.

Un abrazo sin prisa. Sin espectáculo. Sin gritos. Un abrazo que no celebraba la victoria. Celebraba lo que me había costado llegar hasta aquí.

Yo apoyé el casco en su hombro y por un instante —solo uno— el ruido del Circuito de las Américas desapareció. No había público. No había cámaras. No había carrera. Solo Kate, respirando cerca de mí, como si dijera: «Hoy estás aquí. Completo.»

—Lo hiciste —me dijo, tomándome por el casco, apenas audible incluso para mí.

Me separé de ella despacio, todavía con el pulso acelerado y el ruido del público filtrándose por los bordes del casco. Me quité el HANS, solté el broche del casco y lo levanté. El aire de Texas me golpeó la cara como si también celebrara.

Las cámaras seguían cada paso. El equipo me rodeó otra vez, pero Paul tocó mi codo y señaló hacia el weigh bridge. Asentí.

Procedimientos. Incluso en los días que parecen irreales, la Fórmula 1 tiene rituales que sostienen el mundo.

Pasé el pesaje. Sonreí a un comisario que me guiñó un ojo.

Las entrevistas rápidas fueron un borrón: palabras sobre ritmo, estrategia, energía... pero en el fondo, todavía sentía en las manos el volante que hacía minutos me había devuelto algo más que una victoria.

Luego nos llevaron a la Driver Room. Bearini estaba sentado, exhausto. Bennett bebía agua en silencio. Los tres compartimos algo que no se dice, pero existe: respeto. Competencia limpia. El tipo de respeto que sólo nace cuando cada uno dejó todo en la pista.

Y mientras los veía —uno apoyado sobre las rodillas, el otro respirando hondo— sentí algo que no había sentido en años: quietud. No euforia. No orgullo inflamado. No alivio apresurado. Quietud. Esa sensación que llega cuando el cuerpo termina de hacer algo grande y el alma, por fin, lo alcanza.

Me apoyé en la pared por un instante. Noté el latido en mis muñecas, no en el pecho. Noté cómo el sudor se secaba en mi cuello. Noté que mis dedos... no temblaban. No buscaban un volante. No querían volver a la pista ni escapar de ella. Estaban en reposo. Estaban aquí, conmigo.

Bearini se acomodaba la gorra. Bennett dejaba el vaso vacío en la mesa. Y yo me descubrí respirando distinto. Más hondo. Más lento. Como si el aire no tuviera que empujar nada para entrar. Así se siente cuando ya no estás corriendo contra fantasmas.

Entonces, la voz del presentador retumbó desde afuera:

—En tercer lugar... Matteo Bearini!

—En segundo lugar... Arlo Bennett!

Pequeña pausa. Un nudo en el pecho.

—y el GANADOR... de los Estados Unidos de América... CHARLIE WHITE!

Mi nombre cayó como un trueno.

Caminé hacia la salida. La luz del podio me cegó un instante. Luego lo vi todo: las tribunas vibrando, una lluvia de confeti rojo, azul y blanco cayendo como una tormenta suave, y el trofeo con forma de cuernos brillando al borde.

Cuando pisé el escalón más alto, el ruido cambió. No era un rugido. Era una multitud entera diciendo bienvenido sin palabras.

Levanté el trofeo. Pesaba menos de lo que imaginé.

Y entonces... explotó todo el autódromo. Las cámaras temblaron, las tribunas se movieron como un solo cuerpo, y por encima de todo, un rugido grave, profundo, casi animal, llenó el Circuito de las Américas: un americano había ganado en casa.

Era imposible no sentirlo en la piel: el país entero parecía respirar conmigo, como si este podio no fuera mío, sino de todos los que alguna vez soñaron con un volante desde este lado del mundo.

El himno empezó a sonar, lo escuché sin sentirme ajeno a él. El champagne explotó alrededor: Bearini me empapó desde la izquierda, Bennett desde la derecha. Reí, cerré los ojos, sentí el frío del líquido mezclarse con el calor del sol texano.

53

El garaje estaba casi vacío cuando encontré un rincón y me dejé caer ahí, todavía con el mono mojado pegado a la piel. No pensé en sentarme en una silla, ni en volver al hospitality, ni en buscar sombra. Solo... me dejé caer. Como si el cuerpo hubiera estado esperando un lugar donde, por fin, pudiera aflojarse.

El concreto estaba frio. La tela del buzo raspaba un poco. El olor a champaña vieja se mezclaba con el de caucho quemado.

El sonido del circuito ya no rugía. No explotaba. No empujaba. Era un sonido que se retiraba despacio, como olas que se alejan sin prisa después de una tormenta. Gritos que se volvieron murmullo. Bocinas que se apagaron de golpe. Motores que ahora eran eco. Todo se iba quedando atrás... menos el latido que todavía sentía en mi cuerpo.

Me incliné hacia adelante, apoyando los codos en las rodillas, dejando que la cabeza bajara un poco. No por cansancio extremo. Por... asimilación. Porque a veces el cuerpo tarda más que la mente en aceptar que algo enorme acaba de pasar.

El olor a Texas —polvo caliente, gasolina que se evapora rápido, aire seco que raspa la garganta— seguía en mi nariz. Aún sentía el volante en las manos, incluso sin tenerlo. Es una sensación extraña... como si los dedos siguieran cerrándose por reflejo alrededor de algo que ya no está ahí.

Pensé en la largada. En la curva uno. En la voz de Paul. En el rebase. En el viento empujando el auto en la curva 16. En la línea blanca acercándose. En el momento exacto donde la bandera dejó de ser un símbolo.

Pero después de recordar eso...vino otra ola de sensaciones, más profundas, menos ruidosas. Sentí alivio. Sentí gratitud. Y algo nuevo: una paz rara, casi desconocida. Una paz que no pesa. Una paz que no exige. Una que simplemente... sostiene.

Me apoyé contra la pared. Mi respiración se alineó. Mis hombros bajaron un poco. Mi mandíbula dejó de estar apretada. El pecho... abrió espacio. Como si hubiera más aire del que realmente había.

Miré el piso frente a mí, brillante por las luces del pit lane, húmedo por el champagne que se había escurrido desde mi mono. El ruido del público en la distancia era una vibración más que un sonido. Un eco amable, lejano, casi fantasma. Y entonces escuché pasos detrás de mí.

No eran pasos rápidos, ni decididos, ni de alguien que viene a felicitar. Eran... suaves. Cuidados. Pasos de alguien que no quiere romper un momento, pero tampoco quiere dejarte solo dentro de él.

No levanté la vista de inmediato. La presencia se acercó despacio, deteniéndose a mi derecha, a una distancia que no invadía nada... pero decía todo.

—¿Puedo acompañarte? —preguntó Kate, con una voz tan baja que casi se confundía con el eco lejano del público desvaneciéndose en las gradas.

Asentí, pero no con cansancio: con una especie de alivio, de alegría.

—Claro —dije, moviendo un poco la mano hacia el piso de mi lado—. Siéntate conmigo.

Ella sonrió apenas, como si entendiera que «conmigo» era mucho más grande de lo que sonaba.

Kate se sentó junto a mí, sin tocarme, sin hablar, sin intentar llenar ningún espacio. Solo... se sentó. Como si su presencia supiera que lo que yo necesitaba no era conversación, sino compañía que respira al mismo ritmo.

Por unos segundos —o minutos, o años, no sé— solo escuchamos lo mismo: mi respiración, el pit lane enfriándose, el olor de Texas quedándose entre nosotros dos.

Y entonces, muy despacio, sentí su mano acercarse a la mía. Solo... se acercó. Lo suficiente para que entendiera que no estaba celebrando solo.

54

La mano de Kate seguía cerca de la mía —no tocándola, solo existiendo ahí— cuando, sin querer, solté un suspiro que no buscaba decir nada... pero dijo mucho.

Ella volvió la mirada hacia mí, expectante, como si creyera que iba a confesar algo importante. Y tal vez por eso, tal vez porque la tensión de Austin aún me recorría el cuerpo y el pit lane se sentía demasiado grande para tantas emociones, lo que dije fue lo menos solemne del mundo: —Tengo un antojo brutal... de costillas BBQ —murmuré, casi como si fuera un secreto vergonzoso—. De esas que solo hacen aquí. Con salsa ridículamente dulce. Y papas. Muchas papas.

Kate parpadeó una vez. Y luego sonrió. No una sonrisa elegante. No una sonrisa pensada. Una sonrisa auténtica, inesperada... hermosa.

—¿Costillas? —susurró, como si la palabra le diera risa por dentro.

—Sí —reí también, encogiéndome apenas de hombros—. Si te digo la verdad... creo que llevo soñando con ellas desde la vuelta treinta.

Kate soltó una risa suave, cálida, y movió la cabeza con esa incredulidad tierna que nació hace apenas unos capítulos entre los dos.

—Está bien —dijo—. Cuando termine la temporada... iremos por unas. Promesa formal.

—Promesa formal —repetí.

Y entonces ocurrió algo tan simple que casi me rompió por dentro: Kate apoyó la cabeza en mi hombro. No con peso. No con intención. Solo... dejándola caer. Como si ese fuera el lugar natural al que pertenecía después de esta carrera.

Sentí el olor de su cabello mezclarse con el sudor frío del mono. Sentí cómo mi respiración se acomodaba a la suya. Sentí... calma. Una calma que no tenía nada que ver con podios ni victorias.

Ella habló sin moverse.

—Charlie...

—¿Hmm?

—¿Cuándo supiste que querías volver de verdad? No solo a correr... a luchar por esto otra vez.

La pregunta cayó suave. Suave como una manta. Suave como ella. Pero abrió justo la puerta que había estado esperando abrir desde hacía días. La respuesta no estaba en Austin. Ni en Zandvoort. Ni en esta temporada. Estaba más atrás. Mucho más atrás. En lugares donde el mundo no miraba —pero donde yo había vuelto a nacer.

—Fue antes de volver a la Fórmula 1 —dije, dejando que las palabras se colocaran en su sitio. —Antes de todo esto.

Kate no parpadeó. Solo esperó. Esperó con esa atención suya que hace que uno diga la verdad sin darse cuenta.

—Fue en el WEC —continué, sintiendo cómo la memoria empezaba a asomarse lentamente—. En un auto que casi nadie veía. En pistas donde aprendí a competir otra vez.

Kate frunció ligeramente el ceño, no por confusión, sino por interés real.

—¿Qué es... exactamente el WEC? —preguntó en voz baja, como quien sabe que está pisando terreno importante y no quiere arruinarlo con una pregunta torpe.

Sonreí apenas.

—El Campeonato Mundial de Resistencia —dije—. Pero no te imagines algo glamuroso. Es... otra vida. Ahí compiten las marcas —continué—. No para ver quién corre más rápido... sino para ver quién puede soportarlo. Cuál es el auto y el equipo que aguanta más.

Hice una pausa, buscando la palabra exacta.

—No es velocidad. Es... resistencia en el sentido más humano que conozco: mantenerte funcionando cuando la mente se fractura, cuando el cuerpo quiere dormir, cuando el auto parece pedirte que lo dejes ir. Son carreras largas. Muy largas. A veces seis horas. A veces doce. A veces... veinticuatro.

Kate tragó saliva muy despacio, como si esa imagen le hubiera llegado más hondo de lo que esperaba. Me escuchaba como si cada palabra le fuera revelando una pieza nueva de quién era yo antes de volver a ser «Charlie White, piloto de Fórmula».

—En el WEC —seguí— el ego no te sirve de nada. Ahí no puedes ganar solo. No puedes pelear contra tus compañeros. Tienes que confiar en ellos. Entregarles el auto... confiar en que te lo regresen vivo. Es... —busqué la palabra— una lección de humildad. Pero también una lección de libertad.

La mirada de Kate se suavizó. —Suena... diferente —murmuró.

—Lo es —asentí—. Ahí empecé a correr para sentir algo.

Ella apretó apenas mi mano. No como pregunta. Como permiso para seguir contando.

—¿Y cómo llegaste ahí? —susurró, inclinando apenas la cabeza—. Al WEC, digo. ¿Cómo... sucedió eso?

Solté el aire muy despacio, casi como si la respuesta viniera desde un lugar que todavía olía a gasolina fría y amaneceres sin público.

—Fue Mercedes —dije al fin—. Otra vez Mercedes... pero no esta Mercedes. Otra versión. Una más pequeña.

Kate ladeó la cabeza, escuchando.

—Después de IMSA, empezaron a llegar correos sueltos. Preguntas tímidas. Invitaciones a probarme sin compromiso. Y un día... apareció el mensaje que cambió el rumbo:

«Queremos que vengas a Europa una semana. Iron Lynx. Programa de fábrica. Sin presión.»

Me reí apenas, recordándolo.

—Nada en el automovilismo viene «sin presión». Pero esa vez... esa vez sí se sintió así.

Llegué a Italia, me dieron un GT3 negro y amarillo que rugía como un animal inquieto, y antes de que pudiera pensar, ya estaba entrando en una curva a fondo en Misano, confiando en un coche que no conocía y en un equipo que tampoco me conocía a mí.

Miré el suelo del pit lane, como si aún pudiera ver esa primera frenada grabada ahí.

—Y funcionó —continué—. El auto me recibió. Yo lo escuché. Ellos me creyeron. Así empezó todo.

Kate no habló. Siguió atenta.

—Con Iron Lynx corrimos la categoría LMGT3. —Hice una pausa, saboreando lo que significaba decirlo en voz alta—. Volví a sentir que pertenecía a algo grande... sin sentir que me ahogaba en ello.

Los recuerdos llegaron no como escenas completas, sino como destellos sensoriales: Los guantes húmedos. Los ojos ardiendo por no dormir. La radio diciendo «push» cuando todo el cuerpo gritaba «ya no puedo».

—Ganamos en Spa —dije casi en un susurro—. No porque yo fuera más rápido... sino porque escuché. A mis compañeros, al auto, al cuerpo.

En Fuji... fue como bailar bajo el agua. El coche se movía como si flotara y, por primera vez, no me dio miedo confiar en ese movimiento.

—En Le Mans hicimos podio —continué—. Y no entendí el peso de eso hasta que bajé del auto después del último stint. Habíamos corrido doce horas bajo lluvia, bajo sol, bajo sombras que parecían morder la pista. Y cuando crucé la meta... sentí algo que no había sentido desde niño.

—¿Qué sentiste? —preguntó ella, suave, pero con emoción de saberlo.

—Emoción —respondí—.

Una emoción que no venía del resultado... sino de mí. No estaba tratando de demostrar que merecía estar ahí. Estaba ahí. Y era suficiente.

Kate respiró hondo, como si esa palabra —emoción— le hiciera algo por dentro también.

—Ese año terminamos campeones del mundo —añadí, sin adornos—. Fue el año donde dejé de ser el piloto roto —dije—. Y me convertí en un hombre que podía volver a construir algo.

Kate bajó la mirada un segundo. Cuando volvió a levantarla, había algo distinto ahí: no admiración... sino comprensión profunda.

—Ahora lo entiendo —susurró—. No regresaste a la Fórmula 1 por lo que habías perdido... regresaste por lo que encontraste ahí.

No pude responder. No porque me faltaran palabras. Sino porque, ella había puesto en una frase exactamente lo que yo llevaba años intentando descifrar.

55

México todavía me vibraba en el cuerpo. Dos victorias seguidas. Dos himnos. Dos veces el trofeo en las manos con esa ligereza que solo aparece cuando todo encaja.

En Austin me encontré.

En México confirmé que no había sido casualidad.

Por primera vez en toda la temporada sentí el campeonato respirando cerca. Tan cerca... que casi podía tocarlo si estiraba la mano.

Pero Brasil... Brasil tuvo otra historia. No fue tragedia. No fue desastre. Fue... un recordatorio. Un recordatorio de que a veces el auto no despierta a tiempo, de que el viento pega distinto, de que el set-up te habla en otro idioma aunque jures que lo conoces. Un recordatorio de que P4 puede sentirse como quedarse afuera de una conversación importante.

Y ahora, sentado en la cama de un hotel demasiado silencioso, con la ciudad respirando del otro lado del vidrio y ese olor a lluvia vieja que parece colarse incluso donde no debería... tuve que aceptarlo: De México pasé a Brasil como quien pasa del sol al agua helada sin aviso. Remojado. Despierto. Y muy consciente.

La tabla de puntos todavía estaba fresca en mi cabeza, memorizada sin querer:

Bearini 329.

White 320.

Bennett 319.

Tres pilotos. Tres carreras. Un margen que podría romperse con una sola curva mal tomada. No debería haber pesado tanto. Cuarto es cuarto. Sumé puntos. No perdí la carrera. No perdí el rumbo. Pero Brasil dejó una grieta fina. Una inquietud pequeña, insistente, de esas que aparecen en el estómago antes que en la cabeza. Un piloto sabe cuándo algo lo movió por dentro. Y Brasil... me movió.

Me senté en la alfombra, justo ahí, apoyando la espalda contra la cama, como si necesitara sentir algo firme detrás de mí para que todo lo que estaba procesando no se desbordara.

Afuera los autos pasaban como susurros metálicos. Adentro el silencio era demasiado grande para una noche después de carrera. México había sido vértigo. Brasil era eco. Y yo me sentía justo en medio.

Escuché un golpe suave en la puerta. No era urgente. No era formal...

—¿Charlie? —la voz de Kate entró como un hilo de luz, sin querer romper nada —. ¿Puedo pasar?

No me moví de la cama. No tenía energía para postureos ni discursos. Solo dije:

—Sí, pasa Kate, está abierto.

Ella entró despacio, como si el cuarto fuera una especie de territorio sagrado después de una carrera. Traía el pelo suelto, un suéter demasiado grande para ella y un té en las manos. Ni una libreta. Ni una pregunta.

Se sentó en el piso, a mi lado, sin tocarme.

—Hoy... —dijo, sin mirar la tabla de puntos que yo veía sin verla— hoy fue difícil, ¿verdad?

No preguntaba por números. No hablaba de la lucha por el campeonato. Hablaba de mí.

Respiré hondo. El aire entró áspero, como si hubiera atravesado todavía los restos del día.

—México fue... vértigo —dije al fin, sin buscar elegancia—. Una ola que me levantó.

—¿Y Brasil? —susurró ella.

Tragué saliva.

—Brasil fue... realidad.

Una pausa.

—No fallé —añadí—. Pero algo... se me movió. Como si el campeonato hubiera dejado de sentirse cerca y se hubiera vuelto... frágil.

Kate apoyó los codos en las rodillas, inclinándose apenas hacia mí, lo justo para entrar en mi campo visual sin interrumpir mi cuerpo inclinado contra la cama.

—No te vi mal —dijo con una honestidad que dolía por lo limpia—. Te vi... humano.

Me reí por la nariz, un sonido mínimo, cansado.

—Eso no siempre ayuda en un campeonato.

—A veces sí —respondió—. A veces es lo único que importa.

La miré por fin. Kate tenía esa expresión... la que usa cuando me ve más de lo que digo. La que no invade, pero tampoco retrocede.

—Charlie —continuó, más suave—, ¿qué te movió exactamente... hoy?

Esa pregunta... esa sí atravesó todo. Me quedé viendo mis manos sobre la alfombra, abiertas, quietas, sin tensión. Ése había sido el primer indicio.

—Supongo que... —dije lento, como si la frase se construyera mientras hablaba— hoy sentí miedo. No de perder. De no estar a la altura de lo que construí.

Kate no parpadeó. Se quedó conmigo en esa frase,

—Pero también —añadí, más bajo— sentí algo que no esperaba.

—¿Qué? —preguntó, sin urgencia.

—Que no estoy solo en esto.

Y ahí, sin drama, sin movimiento grande, sin música, Kate acercó su mano hasta que los dedos rozaron el dorso de la mía. Dejó que el roce durara apenas un instante antes de apoyar su mano completa. No apretó. No buscó sostenerme. Solo... se quedó ahí. Como si ese contacto fuera una respuesta más honesta que cualquier frase que hubiera podido decirme.

Sentí el calor de su palma mezclarse con el frío que todavía guardaba mi piel después de la carrera. Un contraste pequeño, casi imperceptible... pero suficiente para que algo en mi pecho cediera.

No un colapso. No un desbordamiento. Algo más sutil: una apertura. —Pequeña, silenciosa.— La sentí en el pecho como si hubiera encontrado un lugar donde quedarse. Y entonces, quizá porque ese espacio se volvió seguro, quizá porque necesitaba dejar de hablar de mí un momento, dejé que la pregunta saliera sin pensarlo demasiado.

—Kate... —mi voz sonó tranquila, más de lo que esperaba— ¿cómo va el libro?

Ella levantó apenas la mirada, como si no creyera del todo haber escuchado eso. No era una pregunta profesional. No era formal. Era... mía. Un interés que no pedía nada a cambio.

—¿El libro? —repitió suave, casi sonriendo.

Asentí.

—Sí. Lo que estás escribiendo... ¿Cómo... va?

Me escuché decirlo y entendí que quería saberlo de verdad. Porque era suyo. Porque era parte de lo que ella era antes de conocerme... y después también.

Kate tomó un pequeño respiro, de esos que acomodan las palabras antes de salir.

—Va... —empezó, mirándose las manos un segundo— va tomando forma. Más de la que pensé que tendría tan pronto.

—¿Te está costando? —pregunté, genuinamente curioso. No era una pregunta para romper tensión. Era para conocer su mundo, no el mío.

Ella se encogió de hombros, con un gesto leve, honesto.

—No es difícil... pero tampoco es fácil. Es como... —buscó la palabra con una expresión que nunca había visto de ella— unir trozos de alguien que existe en varios tiempos al mismo tiempo.

Me apoyé mejor contra la cama, escuchándola como si estuviera describiendo algo sagrado.

—¿Trozos míos? —pregunté.

—No solo tuyos —respondió—. De lo que eras. De lo que eres. De lo que estás empezando a ser. Y también... —su voz bajó apenas— de lo que yo veo cuando estás frente a mí.

La frase cayó entre nosotros con una calma que me atravesó por dentro, despacio.

—¿Y cómo unes todo eso? —pregunté, casi en un susurro.

Kate sonrió, no con los labios, sino con los ojos.

—Escuchando —dijo simplemente—. No tus palabras... sino lo que hay debajo. Lo que no dices en voz alta.

Me quedé mirándola, dejándome sentir la forma en que su mundo tocaba el mío sin invadirlo.

—Debe ser complicado —murmuré, aún viéndola.

—A veces —concedió—. Pero también es... hermoso. Porque no estoy escribiendo sobre un piloto. Estoy escribiendo sobre alguien que está aprendiendo a verse. Y eso... eso no se escribe rápido. Se escribe con paciencia. Con... presencia.

Esa última palabra se quedó suspendida entre nosotros como si fuera una caricia. Sentí que no solo me hablaba del libro. Me hablaba de nosotros. Del espacio que estábamos construyendo sin haberlo planeado.

Brasil seguía dentro de mí, pero ahora no era un peso. Era un contraste.

Como si todo lo que había dolido unas horas antes se hubiera reacomodado para dejar paso a algo que recién empezaba a sentirse verdadero.

—Kate… —murmuré, más bajo de lo que pretendía.

Ella levantó la mirada, primero a mis manos, luego a mis ojos. No tenía prisa. Nunca la tiene. Hay algo en su manera de esperar que hace que uno quiera decir más de lo que pensó que iba a decir.

—Cuando empezamos esto… —continué, tocando el borde de la alfombra con los dedos— pensé que solo ibas a escribir un libro. Nada más.

Me incorporé un poco, dejando que la espalda se despegara de la cama, y giré hacia ella. Solo lo suficiente para que mis hombros apuntaran a los suyos y mis ojos encontraran los de ella sin tener que buscarlos. Era un movimiento pequeño… pero sentí que el cuarto entero se acomodaba con él.

—No sé qué es lo que estoy sintiendo exactamente —admití, dejando que la honestidad llegara primero—. Pero sé que… no esperaba sentir algo así. Y menos ahora. Contigo aquí. Y… y no estaba planeando decirte todo esto.

Me reí apenas, sin fuerza.

Era absurdo. Era inesperado. Pero era real.

Kate bajó la mirada por un instante, como quien recoge un hilo invisible del suelo antes de responder.

—A mí también… me pasa algo —dijo finalmente, despacio, como si probara la forma de cada palabra antes de soltarla—. Y tampoco sé nombrarlo. Pero sé que existe.

Alzó la vista otra vez.

—Por ahora, solo… quedémonos aquí. Con lo que sentimos. Con lo que somos. Por ahora eso… ya es suficiente.

Me quedé mirándola un momento, no para buscar una respuesta en sus ojos, sino para permitirme sentir lo que estaba pasando sin esconderlo detrás de la tensión del campeonato.

Sin pensarlo demasiado, me deslicé un poco hacia atrás hasta quedar recargado otra vez en la cama. Kate se movió conmigo, casi al mismo ritmo, como si su cuerpo hubiera entendido la transición antes que su mente. No hubo duda. No hubo torpeza. Ella solo… apoyó su cabeza en mi hombro. Natural. Suave. Como si ese sitio hubiera estado reservado para ella desde antes de que yo lo supiera.

El silencio cambió. No era el mismo silencio pesado que me recibió al entrar a este cuarto. Era un silencio lleno. Un silencio acompañado.

Sentí su respiración contra mi brazo, regular, tranquila. Sentí su cabello rozar la tela de mi camiseta. Sentí... presencia. Una presencia que no exigía, no empujaba, no corregía. Solo estaba. Y estar, en ese momento, lo era todo.

No hablamos. No necesitábamos hacerlo.

El tiempo quedó suspendido de una forma que nunca ocurre después de una carrera. Normalmente, mi cabeza sigue girando: estrategia, puntos, ritmo de los rivales, fantasmas del día. Pero ahí, con Kate apoyada en mí, sentí que mi mente se apagaba sin miedo. Sin obligación. Sin esfuerzo.

No sé cuánto tiempo pasó. Minutos. Tal vez una hora. Tal vez un instante largo disfrazado de eternidad. Solo sé que, por un momento, el campeonato dejó de existir y la noche dejó de pesar.

Cuando finalmente ella se movió ligeramente para levantar la cabeza, fue tan sutil que parecía una respiración más. Lo hizo despacio. Con cuidado.

Me miró. Yo la miré. Sin prisa. Había algo nuevo entre nosotros. Fragante. Delicado. Innegable.

Se levantó lentamente, apoyándose con una mano en la cama. Yo hice lo mismo. Ninguno habló. Ninguno necesitó hacerlo.

La acompañé hasta la puerta. Kate puso la mano en el picaporte, pero no lo giró. Se quedó ahí, mirándome con esa forma suya de mirar que no empuja, solo invita.

—Buenas noches, Charlie —susurró.

La forma en que dijo mi nombre... era distinta. Suave. Íntima. Como si lo hubiera encontrado, no repetido.

No tuve que acercarme. Ya estábamos cerca.

Un movimiento mínimo —ni siquiera un paso— bastó para que el espacio entre nosotros dejara de existir. No fue un impulso. No fue un atrevimiento. Fue... algo que simplemente sucedió, como si ya hubiera estado escrito en el aire del cuarto desde que ella entró.

Kate levantó apenas la barbilla, una inclinación tan leve que podría haber sido una sombra. Nuestras respiraciones se alinearon sin pedir permiso.

El beso fue... pequeño. Tan pequeño que solo existió en la respiración. Un roce. Un susurro. Una verdad dicha sin voz. No pedía nada. No prometía nada. Solo... decía que algo había empezado.

Cuando nos separamos, sus labios aún rozaban los míos como un eco que no quería irse. Ella abrió la puerta despacio, sin romper el silencio, sin mirar atrás. No necesitaba hacerlo.

—Buenas noches, Kate.

La puerta se cerró. El cuarto quedó en penumbra.

Y yo me quedé ahí, con el pulso quieto y el pecho abierto, sabiendo que habíamos dado un paso adelante sin planearlo.

56

Las Vegas siempre tiene un olor particular cuando cae la noche: una mezcla improbable de aire acondicionado, perfume caro, electricidad y un resto de calor que se aferra al pavimento como si no quisiera irse.

Caminábamos por el Strip como si no tuviéramos prisa, aunque el brillo de las luces hiciera parecer que el mundo sí la tenía. Kate, a mi lado, miraba todo con esa mezcla suya de curiosidad y cautela; como si disfrutara del espectáculo sin entregarse del todo. Yo caminaba un poco más lento de lo habitual. Las Vegas te obliga a mirarla dos veces: una por fuera, otra por dentro.

—Nunca había venido con... esta versión de mí —dije, sin pensarlo demasiado.

Kate ladeó la cabeza, una sonrisa apenas insinuada.

—¿Y cómo es venir con esta versión?

—Más barato —bromeé—. Y sin resaca.

Ella rió, suave, pero con esa risa que deja ver que algo le brilló por dentro.

Cruzamos frente al Caesars Palace. Las columnas brillaban como si intentaran impresionar incluso a quienes no pedían espectáculo. Un grupo de turistas frente a la fuente nos saludó con entusiasmo, ese saludo mitad inocente, mitad «¿será él?». Las Vegas tiene esa costumbre: convertir cualquier paso frente a sus luces en una escena.

Kate sonrió y levantó la mano; yo hice lo mismo, sintiendo por un segundo el eco de otras noches, cuando la gente también me saludaba... pero por razones muy distintas.

—¿Solías venir mucho? —preguntó Kate, sin juicio, sin morbo.

—Digamos que... —hice una mueca— tenía algo así como un doctorado en malas decisiones con máquinas tragamonedas, bares que no deberían abrir antes de las tres de la tarde y centros nocturnos que no tenían final.

Kate rió otra vez, pero esta vez se acercó medio paso, como si mis sombras no la asustaran.

Llegamos al cruce frente al Hotel Paris. La Torre Eiffel recortada contra el cielo parecía un recuerdo falso, uno de esos que uno sabe que no existieron, pero igual se sienten familiares. Las luces del casino parpadeaban en tonos dorados y azul oscuro. Un grupo de turistas posaba frente a la fuente. Desde aquí ya se escuchaba el rumor de las aguas del Bellagio, como si ensayaran una canción que pronto se convertiría en escena.

—Es aquí —le dije, apuntando a la entrada del hotel.

Kate me siguió entre el bullicio del casino. El sonido de las tragamonedas nos rodeó como un enjambre brillante: campanitas, notas electrónicas, voces emocionadas... y el tintineo constante de monedas que en realidad ya no existen.

—¿Seguimos caminando como si nada? —preguntó ella, medio divertida, medio incrédula.

—Si dejamos que Las Vegas nos coma, no salimos —respondí riendo—. Confía en mí. He escapado de esta jungla antes.

—¿Sobrio? —preguntó ella, arqueando una ceja.

—Nunca —admití.

Seguimos caminando. Entre luces que parpadeaban demasiado rápido y máquinas que celebraban demasiado por poco, cruzamos el casino como quien cruza un recuerdo que ya no duele.

Llegamos al ascensor que subía al restaurante «Eiffel Tower». Las puertas se abrieron, y al entrar, el ruido del casino quedó abajo... como si hubiéramos cruzado a otro nivel del mundo.

La altura cambió el aire. La luz también. La ciudad desde arriba siempre se porta mejor.

El maître nos guió a una mesa junto al ventanal. Desde ahí, el Strip era una lengua luminosa que no terminaba nunca. Y frente a nosotros, como si esperaran la señal, las fuentes del Bellagio comenzaron a moverse en un ritmo lento, casi íntimo, como si también quisieran formar parte de la conversación.

Kate apoyó los codos en la mesa y miró hacia afuera con un brillo nuevo en los ojos.

—Es... increíble —susurró.

Yo asentí, pero no estaba mirando la vista.

—Sí —dije—. Lo es.

Ella volteó. Me encontró viéndola. Y no se alejó. No desvió la mirada. No hizo ningún chiste para suavizarlo.

La fuente estalló en un chorro alto, un golpe de agua que sonó como un latido contra el aire. Ese estruendo suave —mitad explosión, mitad suspiro— pareció darnos permiso para hablar de cosas que no siempre encuentran sonido propio.

—¿Y entonces? —dijo Kate, sin romper el tono suave— ¿Era aquí donde... te perdiste?

—Aquí —respondí, apoyándome en la mesa— y en todos los lugares que me miraban como si fueran espejos torcidos.

El mesero llegó con una discreción casi quirúrgica. Dejé que Kate pidiera primero. Señaló una pasta con trufa y parmesano envejecido —tagliatelle— con una suavidad que me hizo pensar en la forma en que escribe: sin prisa, sin ruido, pero con precisión absoluta. Yo pedí un New York Strip. Sin pretender impresionar a nadie. Un corte simple, bien marmoleado, término «medium rare»; algo que pudiera sostener el cuerpo después de semanas viviendo entre simuladores, aviones y podios que pesan más de lo que aparentan.

—¿Alguna botella en especial? —preguntó el mesero.

Lo pensé un segundo. No por indecisión. Por intención.

—Un Cabernet Sauvignon de Napa —dije—. 2018 si lo tienen.

Asintió. Y cuando se fue, la mesa quedó rodeada por un silencio cálido, casi un respiro.

El aroma del pan recién horneado llegó primero, empujado por el aire acondicionado. Después, el reflejo del strip en el cristal: luces blancas, azules, rojas, agua estallando en las fuentes como si el mundo respirara a nuestro ritmo. Kate sonrió cuando la copa tocó la mesa. Yo también. No brindamos por nada en particular. Solo... por estar ahí. Por compartir una comida que, sin decirlo, sabía a pausa, a tregua, a dos vidas que por un instante se alineaban sin forzar nada.

Kate tomó un trozo de pan, y le puso un poco de mantequilla. Era un gesto simple, pero había algo delicado en la manera en que lo hacía, como si cualquier acción pequeña guardara una intención que solo ella conocía. Yo la observé sin prisa. Sin querer esconder el hecho de que observarla... me estaba empezando a gustar.

—Nunca pensé que cenaríamos aquí —dijo al fin, mirando por la ventana donde las fuentes estallaban en columnas de agua que parecían tocar el cielo—. Y menos que sería... así.

—¿Así cómo? —pregunté, apoyando los antebrazos en la mesa.

Ella sonrió un poco, bajando la mirada hacia su copa.

—Calmo —dijo—. Íntimo. Como si esta ciudad no pudiera tocarnos.

Me quedé con esa frase suspendida un segundo. Las Vegas es ruido, exceso, luz, dos mil historias sucediendo justo detrás de cada puerta... y sin embargo ahí, en ese pequeño rectángulo de luz cálida mientras la ciudad rugía abajo, todo se sentía contenido. Ordenado. Seguro.

—Creo que nunca la había visto así —confesé—. Ni siquiera cuando vivía aquí sin vivir realmente.

Kate ladeó la cabeza.

—¿Y qué ves ahora?

—Una ciudad que... —tomé aire— no me debe nada.

Ella soltó una leve sonrisa, como si esa respuesta dijera más de lo que yo pretendía.

—Charlie... —dijo, apoyando el mentón en una mano— ¿sabes qué es lo que más me sorprende de ti?

—¿Qué te sorprende? —pregunté, esperando cualquier cosa menos lo que dijo.

—Que hablas del pasado sin esconderlo... pero tampoco sin glorificarlo. Solo lo pones ahí. Como parte de ti. Y no mucha gente sabe hacer eso.

La frase me tocó sin aviso. Porque era verdad. Porque costó llegar ahí.

—Aprendí a la mala —respondí—. Antes quería borrar muchas cosas. Después quise justificarlas. Ahora... solo están. Son parte del camino.

Kate asintió despacio.

—Ese... camino —dijo, girando el tenedor entre sus dedos—. ¿En qué momento dejó de doler?

La pregunta no era técnica. No era literaria. Era humana. Y vino en el tono exacto para abrir una puerta que había estado esperando ser abierta.

—Cuando dejé de correr solo —dije sin pensarlo.

Ella respiró más hondo, como si esa respuesta la hubiera movido también. No dijo nada. Y en su silencio entendí que era el momento de continuar la historia que aún no le había contado.

La historia de cómo volví. De verdad.

—¿Sabes? —dije, dejando la copa en la mesa— a veces pienso que mi vida se divide en dos líneas: antes del WEC... y después del WEC.

Kate levantó la vista. Muy despacio. Como si acabara de reconocer que estábamos cruzando hacia un territorio nuevo.

—Entonces eso —dijo con suavidad— es lo que me gustaría escuchar ahora.

Su respuesta no pedía historia. Pedía verdad. El restaurante se volvió más cálido. La ciudad más distante. El vino más profundo. Sentí que estaba a punto de contarle no solo un recuerdo... sino la pieza que faltaba para entender por qué yo era quien era ahora.

—Fue en mi segundo año —comencé, sin bajar la voz, pero también sin elevarla —. Cuando... todo empezó a alinearse.

Kate apoyó los codos en la mesa. Abrió completamente su atención hacia mí. El mundo afuera se volvió solo una vibración.

—Ahí... fue cuando dejé de renacer.

Y empecé a permanecer.

57

Mercedes no llegó como una sorpresa. Llegó como llegan las cosas inevitables: primero en señales pequeñas que uno no reconoce... y luego, de pronto, en un silencio que se acomoda en el pecho hasta volverse evidente.

Durante ese segundo año en el WEC, empecé a notar cambios que no venían del auto, sino de mí. No eran gestos heroicos ni tiempos extraordinarios. Eran... sutilezas. Detalles que cualquier otro habría ignorado, pero que un piloto siente en los huesos:

Mis stints nocturnos se volvían más estables vuelta tras vuelta, aun con la fatiga mordiéndome los párpados; La precisión con la que podía describir un cambio mínimo en la suspensión trasera, no porque buscara impresionar a nadie, sino porque el coche y yo hablábamos el mismo idioma; incluso cuando las cosas se complicaban, mi voz en la radio salía más calmada de lo que recordaba haberla tenido nunca.

Al bajarme del coche, mi cabeza estaba tan clara como mis manos. No fue un salto. Fue... alineación. Una especie de madurez que no se gana a gritos, sino en silencio, dentro de un casco empañado a las tres de la mañana.

Recuerdo una sesión en Portimão, donde la pista estaba tan caliente que parecía derretirse bajo el auto. Yo manejaba un stint largo con el neumático derritiéndose vivo, adelantando tráfico lento mientras cuidaba cada milímetro del compuesto.

Algo se volvió evidente: el auto confiaba en mí... porque yo confiaba en mí. Ese tipo de confianza no aparece en hojas de tiempos. No se mide. No se presume. Pero se nota. En el cuerpo. En la voz. En las decisiones que uno toma sin pensar.

Empecé a ver a los ingenieros de Mercedes acercarse más seguido. No para evaluar ni para juzgar, para observar. Con esa mirada suya que siempre parece buscar líneas invisibles entre lo que haces y lo que aún podrías hacer.

Empezaron a pedirme pequeñas cosas: «Cuéntanos cómo sientes la transferencia en curva rápida...» «¿Notas algo en la entrada de frenada con tanque medio?» «Si fueras tú... ¿qué mapa usarías en lluvia ligera?»

Sin darme cuenta, mis respuestas dejaron de ser tímidas. No eran perfectas. Eran... claras. Exactas. Honestas. Como si después de tanto tiempo tratando de sobrevivir al ruido, finalmente pudiera escucharme pensar sin interferencias. Algo había cambiado de verdad: no necesitaba demostrar nada. Y por eso, paradójicamente, demostraba más.

Había mañanas en las que, revisando telemetría, notaba a un par de ingenieros de Mercedes intercambiar miradas rápidas entre sí, como si vieran una pieza encajando en un rompecabezas que llevaban tiempo armando.

Había tardes en las que mi nombre aparecía en conversaciones que no eran exactamente sobre el WEC... sino sobre lo que había aprendido ahí.

Había algo más, algo que no se discute pero se siente: la puerta se estaba abriendo. Y, sobre todo, había una sensación nueva al terminar cada fin de semana: ya no estaba volviendo. Ya había vuelto.

Así llegó el primer mensaje. No fue épico. No fue dramático. Ni siquiera fue largo. Apenas una línea, escrita como si no supieran que me iba a cambiar la respiración.

«Queremos que pruebes el auto de Fórmula 1.

Tres sesiones privadas con el coche del año pasado.

Si todo se alinea, podrías incorporarte como piloto de pruebas esta misma temporada.

Sin presión.»

Sonreí cuando lo leí. No porque fuera un sueño cumplido —eso había muerto muchos años atrás. Sonreí porque... tenía sentido. Porque era coherente. Porque ya no parecía un milagro ni un regalo: parecía la continuación natural de algo que había estado creciendo en silencio.

Las pruebas no se sintieron como un examen. Se sintieron como una confirmación.

El primer frenazo me devolvió un impacto en el pecho que no había sentido en años; el tipo de golpe que te recuerda que un Fórmula 1 no solo gira: muerde. La dirección —más viva que cualquier GT3— me habló con una sinceridad brutal: cada vibración, cada corrección mínima, cada cambio de modo en el volante llegaba más rápido de lo que antes habría podido procesar... pero ese año, no. Ese año, mis manos no dudaron. Ese año yo estaba listo para escuchar. Y, más importante aún, estaba listo para responder.

Cuando salí del auto en la tercera prueba, con el motor aún caliente detrás de mí, sentí una certeza tan fina que casi dolió: había espacio para mí otra vez en la Fórmula 1.

No por mi nombre. Ni por marketing. Ni siquiera por lo que fui. Sino por lo que era ahora. Por lo que había aprendido en la oscuridad. Por lo que había construido sin cámaras. Por lo que había sobrevivido.

Me pidieron quedarme. No como titular ni como promesa: solo quedarme cerca. Estar disponible. Ser ese tercer piloto que todos los equipos tienen aunque nadie mire: alguien listo por si algo se rompe, por si alguien no puede, por si el plan cambia. No era un asiento, pero tampoco era un gesto simbólico. Era una forma silenciosa de decir: confiamos en ti lo suficiente como para no soltarte.

Empecé a aparecer algunos fines de semana. A subirme al auto en prácticas cuando hacía falta. A probar configuraciones que otros no podían tocar. A hablar menos y escuchar más. Yo no iba a demostrar nada; iba a ayudar. A decir lo que sentía del eje trasero, del balance en entrada, de cómo el auto reaccionaba cuando dejabas de empujarlo. No buscaba ser protagonista. Buscaba ser útil. Y en ese lugar —sin cámaras, sin presión, sin la obligación de ganar— entendí algo importante: ya no estaba intentando volver a la Fórmula 1. Ya formaba parte de ella.

Pero el segundo año del WEC no se definió por esas pruebas. Se definió por algo más silencioso: la sensación de que mi vida no estaba dividida en «lo que perdí» y «lo que quería recuperar», sino «lo que ya soy» y «lo que viene después».

Ese equipo —Iron Lynx— tenía algo que nunca había sentido en otros lugares: familia. No era perfecto, pero era real.

En Ferrari, cada error se sentía como una sentencia. En Iron Lynx, cada error era una conversación, una oportunidad de aprender, una mano en el hombro, un «estamos contigo».

Ese segundo año ya no era el chico que renacía. Era el líder. No porque lo pidiera, sino porque el equipo empezó a sentirlo así.

Recuerdo un momento —uno solo— durante la madrugada de Le Mans: el parabrisas empañado, la lluvia golpeando como si quisiera arrancarme el casco, la radio con interferencias. Y aun así, una claridad absoluta dentro de mí. No necesito correr contra nadie, solo necesito correr conmigo.

Ese año fuimos campeones otra vez. Bicampeones del mundo. Solo un equipo pequeño abrazándose debajo de una carpa húmeda, riendo como si el mundo se hubiera detenido ahí mismo.

Fue en esa misma carpa, todavía oliendo a gasolina y victoria, cuando uno de los ingenieros de Mercedes —un tipo que siempre hablaba poco— se me acercó con un gesto que parecía más personal que profesional.

—White —dijo, sin rodeos—. Lo que hiciste aquí... lo que llevas haciendo dos años... queremos verlo arriba.

«Arriba».

En la Fórmula 1. Lo dijo como quien menciona algo inevitable.

No hubo anuncio oficial. No hubo fiesta. Ni siquiera hubo promesa. Solo una frase más, dicha con la precisión de quien ya tomó una decisión:

—Ross no seguirá con nosotros el próximo año. El asiento se abrirá. Queremos considerarte... de verdad.

Esa noche no dormí. No por ansiedad. Por paz. La paz de saber que no estaba regresando a la Fórmula 1 como el chico de Indy, ni como el piloto que se rompió en Mónaco. Volvía como un hombre. Uno entero. Completo. Uno que había aprendido a perder, a caer, a romperse, a renacer... y finalmente: a permanecer.

Cuando finalmente me dieron la llamada formal —esa que empieza con «¿tienes un minuto?» y termina con «queremos que seas parte del proyecto»— no lloré. No grité. No temblé. Solo sentí una alineación profunda, casi física. Una sensación que no venía de la ambición ni del ego... sino de algo mucho más simple: había vuelto a casa. No a la de Ferrari. No a del paddock. A la casa del piloto que siempre quise ser.

Y mientras el eco del motor todavía vibraba en mis costillas, supe que el camino de regreso ya no era un salto... era una consecuencia.

Cuando terminé de hablar, no escuché enseguida la música del restaurante, ni el murmullo del salón, ni el golpe del agua en las fuentes del Bellagio. Solo escuché... a Kate respirando frente a mí.

Levanté la mirada. Ella no estaba tomando notas. No estaba pensando en estructura, ni en capítulos, ni en metáforas.

Estaba... sintiéndolo.

Sus ojos tenían ese brillo que aparece cuando algo te toca más profundo de lo que esperabas —suave, limpio, vulnerable— como si lo que acababa de contarle no fuera solo historia... sino una pieza que necesitaba para terminar de verme entero.

—Charlie... —susurró, y su voz tenía un temblor casi imperceptible— cuando hablas de eso... tu cara cambia.

No dije nada. Esperé.

—Hay algo ahí —continuó— en cómo lo cuentas, en cómo lo recuerdas... como si ese año hubiera sido más que un regreso.

La ciudad explotó en otro estallido de agua y luz contra el cristal.

—¿Qué sentías? —preguntó al fin, con una delicadeza que casi dolía— De verdad, ¿qué sentías adentro... cuando supiste que estabas volviendo?

Tomé aire, lento. Sentí el vino en la lengua, el latido sin prisa, la presencia tranquila de ella frente a mí.

—Sentí... —busqué la palabra, no en la memoria, sino en el cuerpo— que por primera vez no estaba tratando de ser nadie. Solo... era yo.

Kate no apartó la mirada. No intentó completar la frase. Solo dejó que existiera.

—Y sentí algo más —añadí, apenas audible— que ya no tenía que correr para sentirme parte de algo o de alguien.

Ella apoyó una mano sobre la copa sin levantarla. Era un gesto pequeño, íntimo, como si necesitara sostener algo que estaba sintiendo por dentro.

—Charlie... —dijo, en un murmullo que parecía un abrazo— eso... eso cambia todo.

No habló más. Y no hizo falta.

Las fuentes explotaron una última vez afuera, dibujando un arco de agua sobre el casino. El reflejo iluminó su rostro. Un segundo perfecto, suspendido.

58

Los días volaron, y Qatar llegó como llegan las cosas que no pueden esperar. El circuito de Lusail siempre ha tenido un tipo extraño de silencio. No es un silencio que calma... es un silencio que afila. Como si la noche del desierto escuchara antes de juzgar.

Llegamos un jueves ya muy tarde, con el aire tibio pegándose a la piel y la pista brillando bajo los reflectores como una página recién abierta. No había viento. No había humedad. Solo una quietud precisa, casi quirúrgica, que hacía que cada ruido —una pistola neumática, un motor de generador, un freno que chirriaba en el garaje de al lado— sonara más nítido de lo normal.

Paul fue el primero en hablar en el garaje.

—Este circuito... —dijo mientras revisaba la tablet— no perdona las cosas a medias. Si el auto respira contigo, es perfecto. Si no... te desarma.

Asentí. No porque necesitara que me lo recordara, sino porque mi cuerpo ya lo sabía. Qatar tenía ese tipo de curvas que no admiten dudas: tres, nueve, once. Puntos donde un piloto no se esconde. Donde la telemetría no miente. Donde la mente decide si confía o titubea.

Práctica uno fue una conversación; la dos, una confirmación; la tres, una alineación. No hubo drama. No hubo gritos por radio. No hubo correcciones desesperadas. Había... claridad. Desde la primera vuelta Paul lo notó:

—Charlie... tu input está limpio hoy. Muy limpio.

Y Viktor, que rara vez entregaba elogios en día viernes, añadió solo:

—El coche está exactamente donde lo quieres. No lo sueltes.

En la pantalla grande del garaje las líneas de telemetría parecían bailar con una intención distinta. No perfectas. No superiores. Conectadas. Como si las curvas y yo hubiéramos pactado algo sin decirlo. En Qatar, cuando eso sucede... sabes que tienes fin de semana.

Kate estaba al fondo del box, sin cruzar ninguna línea amarilla, observando con una quietud que no interfería en nada, pero sostenía todo. Cuando nuestras miradas se encontraron un segundo, no levantó el pulgar, no sonrió. Solo asintió. Como si entendiera que aquí no hacía falta ánimo.

La mañana de clasificación llegó sin anunciarse. No desperté: simplemente abrí los ojos y ya estaba ahí, como si la noche hubiera sido una capa fina sobre algo que seguía trabajando por dentro.

En el camino rumbo al circuito nadie habló mucho. Mark revisaba notas. Paul miraba al frente como si ya estuviera dando la vuelta con la mente. Viktor tenía ese gesto suyo de estatua en movimiento, donde cada silencio es una instrucción que aún no llega.

Y Kate... Kate tenía las manos sobre sus piernas, quietas, pero con una concentración tan profunda que, por un instante, pensé que estaba respirando exactamente como yo. O tal vez era yo quien había empezado a respirar como ella.

El paddock de Qatar respira distinto. Se siente más como la antesala de un concierto que como el caos previo a una carrera. Es un lugar donde los pensamientos se escuchan demasiado bien.

Cuando crucé la cortina del box, el mundo se volvió más pequeño. Más exacto. Más mío. El auto estaba ahí, sobre los soportes, con las mantas térmicas brillando como brasas contenidas. Los mecánicos trabajaban alrededor como si fueran parte del mismo organismo: un movimiento a la vez, todos en sincronía.

Viktor habló primero:

—Hoy no atacas el tiempo. Hoy lo encuentras.

Tenía razón. Ya lo había sentido desde la práctica 3: ese tipo de fin de semana donde no estás peleando contra la pista... sino alineándote con ella.

Me metí en el cockpit. Las manos encontraron el volante con la naturalidad de quien vuelve a tocar algo que siempre ha sido suyo. Un clic del arnés. La visera bajó. Y el mundo cambió de sonido.

Q1 fue lo que tenía que ser: limpieza. Vueltas que no buscaban gloria, solo ritmo. El auto se movía como si supiera dónde quería estar antes de que yo lo pensara.

Q2 recortó aún más el mundo. Las luces parecían más blancas. El aire, más delgado. El pulso, más lento.

Y entonces llegó Q3. El garaje quedó en una quietud casi sagrada. Los mecánicos ya no hablaban; apenas se movían. Paul ajustó su auricular como si templara un instrumento. Viktor cruzó los brazos, la mirada fija en un punto del piso que solo él veía. Y Kate estaba detrás de todos, pero su presencia no estaba atrás: estaba conmigo. Ella no necesitó decir nada. Ni siquiera sonreír. Su silencio bastaba. Su presencia era un ancla. Una certeza.

Salí del garaje para el último stint. El aire caliente del desierto me golpeó por dentro del casco. La pista se estiró frente a mí como una línea que estaba esperando esta vuelta y ninguna otra.

El motor respiró profundo. Los neumáticos mordieron el asfalto. La curva 3 llegó como una invitación. La 9 como un espejo. La 11 como una confesión.

No recuerdo haber frenado. No recuerdo haber cambiado marchas. Solo recuerdo esa sensación —esa exactitud tan rara— de que mi cuerpo no estaba reaccionando: estaba anticipando. De que la vuelta no la estaba haciendo yo… la estaba recibiendo.

Cuando crucé la meta, no levanté la voz. No apreté los puños. No celebré. Solo inhalé. Y entonces Paul habló, con una emoción contenida que rara vez dejaba escapar

—Charlie… es Pole.

Pole limpia. Pole absoluta.

El box se movió antes de que yo pudiera procesarlo: aplausos suaves, sonrisas contenidas, la vibración de un equipo que sabe lo que significa estar donde había que estar.

Pero lo que me hizo temblar —solo un segundo, solo por dentro— no fue la voz de Paul ni el asentimiento solemne de Viktor. Fue ver a Kate llevarse una mano al pecho, sin darse cuenta. Un gesto pequeño. Íntimo. Como si la vuelta también hubiera pasado por ella.

En el box no hubo esa euforia eléctrica que suele acompañar una Pole. Era como si todos —Paul, Viktor, los mecánicos, los ingenieros— hubieran decidido guardar un pedazo de emoción en el bolsillo, a propósito. No por miedo. No por superstición. Por… claridad. Porque esa vuelta, por perfecta que hubiera sido, no era el objetivo. Era apenas la llave.

Sentí esa contención en el aire. La respeté. La compartí. Yo mismo, todavía con las manos en el volante, entendí que si dejaba que la adrenalina me llevara demasiado alto ahora… mañana no tendría dónde subir.

Qatar no había terminado conmigo.

No todavía.

La carrera era muy importante. La penúltima del año. La que nos ponía —a todos— a un suspiro del título mundial.

Y en esa línea delgada entre celebración y concentración, se hizo un pacto silencioso dentro del garaje: no adelantarnos al destino. Ni Paul soltó un comentario festivo. Ni Viktor permitió que la línea de su boca se curvara más de dos milímetros. Ni siquiera los mecánicos abrieron demasiado los hombros.

Todos estaban... recogidos. Afinados. Sostenidos en ese estado exacto donde el cuerpo vibra, pero la mente no se mueve.

Porque mañana, en ese mismo asfalto caliente, en esas curvas que hoy me habían dejado entrar sin resistencia, no se decidiría todo... pero sí podría ponernos en la mejor posición para pelear.

Y si queríamos conseguir el título —conseguirlo de verdad— la Pole no era un trofeo. Era una promesa. Una oportunidad que solo valdría si la sosteníamos juntos un día más.

La noche de carrera llegó sin anunciarse. No entró como un golpe, ni como una corriente de adrenalina; llegó como llegan algunas verdades: despacio, inevitable, con la calma peligrosa de un lobo que sabe que está a punto de cazar.

No estaba ansioso ni eufórico. Estaba... alineado. Había algo en el aire de Qatar —ese calor que no quema, esa quietud que no perdona— que hacía que cada pensamiento se afilara un poco más.

Caminé hacia el garaje sin prisa. Cada paso tenía el peso exacto del momento: La penúltima carrera del año. La más importante hasta ahora. No tenía que atacar. Tenía que esperar. Tenía que llegar al punto exacto donde la calma se vuelve filo.

Paul me esperaba en la entrada del box, con los brazos cruzados. Viktor estaba un poco más atrás, revisando algo en la pantalla que, estoy seguro, ya había revisado diez veces. Su forma de cuidar al equipo siempre ha sido esa: protegernos del ruido, incluso del que no existe todavía.

Y Kate... Kate estaba a unos metros del auto, en un punto donde la luz del garaje se mezcla con la sombra de pit lane. Dio un paso, lo justo para entrar en mi campo de visión.

—Estoy aquí —dijo, tan suave que solo el casco abierto permitió escucharlo.

No explicó nada. Pero cuando la vi, algo dentro de mí se alineó un milímetro más. Había algo en su postura —en la forma en que sus hombros descansaban, en cómo sostenía la mirada— que decía: pase lo que pase allá afuera, aquí estoy contigo.

Me acerqué al auto. Los mecánicos se apartaron con la precisión de un ritual. Las mantas térmicas brillaban. El olor a frenos tibios flotaba en el aire. Era como entrar en una iglesia donde el dios es la velocidad y el rezo es la concentración.

Apoyé la mano sobre el halo. Sentí el calor del carbono, como una respiración contenida. Ese auto... había sido tantas cosas esta temporada. Pero hoy no era solo un vehículo. Era la herramienta que podría acercarme a la victoria.

Paul rompió el silencio:

—Recuerda... la carrera no se gana en la vuelta uno.

—Lo sé —respondí, sin apartar la vista del auto—. Hoy no voy a atacar. Hoy tendré más paciencia de la que hemos tenido todo el año.

Él sonrió apenas. Uno de esos gestos tan pequeños que solo los ves si estás buscándolos.

Me subí al cockpit despacio. Cada punto de apoyo del auto contra mi cuerpo se sentía... exacto.

La carrera no la recuerdo en fragmentos. Ni en curvas sueltas, ni en frenadas exactas, ni en microdecisiones del volante. La recuerdo... como un solo movimiento. Un pulso continuo. Una línea que empezó en el semáforo y terminó en la bandera, sin romperse nunca.

La arrancada no explotó dentro del casco. Fue un desliz limpio, un cuerpo cayendo en su propio ritmo. Había un tipo de claridad que solo aparece cuando un piloto deja de correr para defenderse... y empieza a correr para expresarse.

El desierto, iluminado como un escenario que no necesita público, parecía abrirse delante de mí en capas. Curva tres llegó como si estuviera escrita. Nueve se sintió más ancha de lo que era. Once... once fue pura calma.

El auto me seguía sin preguntas. Yo lo guiaba sin dudas. La parada en pits no fue heroica. Fue exacta. Paul dijo lo justo. El equipo se movió con una armonía que uno no celebra... sino reconoce. Como si Qatar hubiera alineado a cada persona, cada herramienta, cada decisión.

A veces ganar no es atacar. A veces ganar es acompañar una sensación que ya venía desde antes. Desde la práctica uno. Desde la vuelta a la pista. Desde la forma en que mi cuerpo había entendido este lugar antes que mi mente.

Luca llegó sexto. Un resultado firme, limpio. Levantó el puño desde su cockpit: ese gesto corto que no busca cámaras, sino compartir un ritmo.

Y entonces, mientras aflojaba las manos del volante y el mundo volvía a entrar por los bordes del casco, me golpeó una emoción distinta a cualquiera de la temporada: claridad. La claridad de saber que había hecho lo que tenía que hacer. Lo justo. Lo preciso. Lo suficiente para que el campeonato dejara de ser una persecución... y se volviera algo que podía tocar.

Sentí cómo la distancia se reacomodaba en mi cabeza: dos puntos detrás de Bennett. Dos puntos. En un deporte donde una tuerca, una décima, una curva mal respirada puede cambiarlo todo... dos puntos no son una desventaja. Son una oportunidad.

Abu Dhabi ya no era un misterio.

Llegará como una puerta. Una que se había abierto hoy, exactamente en este punto de la noche del desierto. Y yo estaba listo para cruzarla.

59

El avión descendió sobre Abu Dhabi como si cayera dentro de un espejismo. Desde la ventana, la ciudad parecía una maqueta de luz: torres que reflejaban el sol del golfo, caminos que brillaban como metal pulido, y un mar que no se movía, como si supiera que hoy no era día de olas sino de expectación.

Apenas bajé la escalerilla del avión, el aire me envolvió con ese calor seco que no quema, pero te recuerda que aquí todo exige un poco más de ti. Paul inhaló como si ya estuviera analizando datos. Viktor entrecerró los ojos, ese gesto suyo con el que parece escuchar lo que otros solo ven.

Y yo... sentí algo que no había sentido en toda la temporada: pertenencia. Pura, limpia, exacta. Como si cada paso que dábamos rumbo al circuito me recordara una sola verdad: había llegado al lugar correcto en el momento correcto.

El camino hacia Yas Marina era casi irreal. El circuito aparecía a lo lejos como una criatura luminosa, con su techo blanco y curvo respirando a la orilla del mar. A medida que nos acercábamos, los colores cambiaban: del azul brillante del agua al dorado suave del asfalto, del blanco del paddock al azul aqua de la pista.

Un fin de temporada tiene un tipo particular de atmósfera. No es fiesta. No es duelo. Es... ceremonia. Todos están en modo ritual, incluso cuando no lo saben.

Cuando llegamos a la entrada del paddock, el mundo cambió de golpe. No hubo transición, no hubo aviso. Un solo paso bastó para que el sonido entrara como una ola: el disparo constante de las cámaras, el golpeteo rápido de los zapatos sobre el pavimento caliente, las voces de distintos idiomas entrelazándose en un murmullo vivo, la vibración sutil de la prensa moviéndose de un punto a otro, y, encima de todo, el viento leve que agitaba las banderas como si afinara el escenario. Era el circo entero respirando al mismo tiempo.

Y ahí, en ese ruido perfectamente orquestado... el silencio dentro de mi pecho se expandió. Caminé los primeros metros como quien entra a un escenario donde no busca ser admirado. Alguien me saludó desde la izquierda —un actor famoso, creo— y levanté la mano sin detenerme. Una presentadora me deseó suerte. Un fotógrafo gritó mi nombre. El ruido se movía, pero yo no.

Y entonces la vi. Kate caminaba hacia mí desde la zona de acreditaciones, vestida con una simplicidad que hacía que la mitad del glamour alrededor pareciera exagerado. No brillaba más que las luces. No llamaba la atención más que nadie.

Porque en ella la belleza no era un destello: era calma. Un ritmo. Una forma de estar en el mundo que no buscaba ocupar espacio, pero lo llenaba. Había algo en su presencia —algo leve, casi aéreo— que hacía que el ruido alrededor perdiera filo. Como si la calma y la belleza fueran la misma cosa en ella. Inseparables, naturales e inevitablemente sinceras.

Cuando llegó a mi lado, su sonrisa apareció antes que su voz, leve pero brillante, como si intentara guardar una emoción que igual se le escapaba. Solo dijo:

—Hola, Charlie.

Y fue absurdo... lo sé. Pero en medio del ruido, del glamour, del final más grande de mi carrera, ese «hola» nació como si fuera un ancla cayendo al fondo del mar.

—Hola, Kate —respondí. Y fue suficiente.

Caminamos juntos hacia el interior del paddock. Con la distancia exacta que usan las personas que ya se entienden sin decidirlo.

Varias miradas se giraron hacia ella. La reconocían —unos como la escritora, otros como «la mujer que siempre está cerca del piloto de Mercedes»— pero no por el morbo del paddock, sino con una especie de respeto discreto. Yo sentí algo inesperado: orgullo. Orgullo de que ella estuviera ahí, conmigo, caminando este momento.

Abu Dhabi nos recibía como se reciben las cosas importantes: sin hacer ruido, pero iluminándolo todo. Y en ese primer tramo, bajo el sol que ya empezaba a caer, entendí algo que se sintió como un presagio: Esta vez no entraba a una carrera. Entraba al momento donde todo lo que fui, todo lo que perdí, todo lo que aprendí... finalmente iba a encontrarse en un solo punto. Y yo... estaba listo.

Apenas dimos unos pasos más dentro del paddock, lo vi venir desde el otro extremo: Mack Weissmann.

El múltiple campeón. El hombre que había marcado una era. El piloto cuya presencia hace que todos —incluso los veteranos— enderecen la espalda.

No sonreía. No suele hacerlo. Pero cuando me vio, su mirada bajó un tono. No de dureza. De reconocimiento.

—White —dijo con voz grave.

—Señor Weissmann —respondí, porque con él nunca se sabe si uno debe tutearlo o agradecerle la existencia.

Se acercó un paso, lento, medido. Como si evaluara algo que no estaba en la superficie.

—He visto tus últimas carreras —dijo—. Y he visto algo más importante que eso.

Me quedé quieto. Porque cuando un rey habla, uno escucha.

—Has dejado de correr contra fantasmas —añadió—. Ahora corres... con intención.

No pude responder de inmediato. Esa frase era más que un elogio. Era una absolución.

—Gracias —alcancé a decir.

Mack no asintió. Simplemente sostuvo mi mirada un segundo más.

—Mañana —dijo al fin— corre como si ya no te debieras nada.

Y se fue. Sin esperar respuesta. Sin dejar perfume de grandeza. Solo una verdad que se quedó flotando sobre el paddock como una bendición silenciosa: «Corre para ser quien eres, no quien fuiste.»

Kate se acercó un poco más.

—Charlie... —susurró— ¿te das cuenta de lo que significó eso?

Lo pensé. Lo sentí.

—Sí —respondí—. Creo que sí.

Y seguimos caminando.

Vi Arlo Bennett antes de que él me viera: caminaba frente al hospitality de McLaren como si la pista le perteneciera incluso cuando estaba vestido de calle. Traje ligero, postura impecable, ojos afilados. Era el tipo de piloto que no necesita ruido para imponer presencia. Su simple andar tensaba el aire.

Cuando nuestros caminos se cruzaron, no hubo tropiezo. No hubo pausa. Hubo... reconocimiento. El tipo de reconocimiento que se da solo entre quienes saben que están a punto de pelear a muerte... pero sin perder el respeto.

—White —dijo él, con esa media sonrisa que no llega a los ojos.

—Bennett —respondí, igualando el tono sin proponérmelo.

Se detuvo. Los fotógrafos, que nunca pierden el olfato, empezaron a arremolinarse a unos metros. La tensión entre dos contendientes al título siempre vende.

Bennett ladeó un poco la cabeza, estudiándome. No como rival. Como calculadora.

—Dos puntos —murmuró, más para sí que para mí.

—Sí —respondí—. Solo dos.

Sus ojos buscaron algo en mi expresión. Quizá nervios. Quizá exceso de confianza. Quizá grietas. No encontró ninguna. Su sonrisa cambió. Se volvió... real. Pequeña. Honesta.

—Pase lo que pase mañana... —dijo— que sea limpio.

—Que sea nuestro mejor día —corregí.

Él asintió una sola vez, profundo.—Nos vemos en la pista.

Y se alejó con esa forma suya de caminar que parece prever cada paso cinco metros antes.

Kate, que lo había observado en silencio, dijo:

—Es... elegante.

—Y peligroso —respondí.

Ella no dudó:

—No tanto como tú.

Seguimos caminando. Bearini estaba de espaldas cuando lo encontré. Revisaba algo en una tablet, apoyado contra una baranda, con la postura tensa de quien carga un equipo entero en los hombros y aun así respira como si no debiera mostrarlo.

No volteó al escucharme. No hizo el amague de fingir cortesía. Solo dijo:

—White.

Una palabra afilada, sí. Pero no hostil. Me puse a su lado, dejando exactamente un metro de distancia. En el paddock, esa distancia significa respeto.

—Matteo —respondí.

Tardó un par de segundos en mirarme. Sus ojos, siempre cargados, tenían hoy un matiz distinto: cansancio honesto. El tipo de cansancio que solo nace cuando has peleado toda la temporada contra tus propios límites más que contra tus rivales.

—Buena carrera en Qatar —dijo, sin adornos.

—La tuya también —respondí—. Fuiste consistente.

Bearini soltó una exhalación breve. No era risa. No era burla. Era... aceptación.

—No es suficiente —murmuró, revisando algo en su pantalla—. No este año.

Esa frase, en él, era una confesión. Una enorme. Lo miré un segundo. No para estudiarlo, sino para reconocerlo.

—Matteo... —dije— no estás fuera de esto.

Se encogió ligeramente de hombros. No para despreciar mis palabras. Para admitir lo evidente:

—Tres pilotos. Un título. Y ninguno puede permitirse un error.

Lo entendí demasiado bien.

Asintió hacia Kate con un gesto respetuoso. Ella lo devolvió con la misma elegancia tranquila. Y entonces caminó hacia la zona de Ferrari sin mirar atrás, como hacen los hombres que llevan un duelo propio que no comparten con nadie.

Y luego, como si Abu Dhabi hubiera querido darme una última pieza del rompecabezas, apareció él: Gerry Peralta, caminando con ese andar suyo que parece mezclar dos mundos —la paciencia de quien ha visto demasiado, y la energía de quien todavía quiere más.

Traía la gorra del equipo, unas gafas de sol colgando del cuello y una camisa ligera que dejaba ver la comodidad de quien conoce este lugar mejor que su propia casa. No venía vestido para impresionar a nadie, pero aun así tenía esa presencia que solo tienen los pilotos que llevan años sobreviviendo —y brillando— en este circo. Siempre con esa sonrisa honesta —cálida, humana— que hace que todos a su alrededor bajen la guardia... incluso cuando saben que en la pista será exactamente lo contrario.

Cuando me vio, levantó la mano.

—Mira nada más al hombre del momento —dijo al acercarse, con esa voz cálida y medio bromista que usa siempre que está en confianza.

Sonreí sin pensar.

—Mira quién lo dice —respondí, chocando su mano con la mía.

Peralta se rió, esa risa suya sincera que empuja aire y no necesita cámaras.

—No voy a decirte nada que no sepas, White —dijo, apoyando un dedo en mi pecho—. Pero lo voy a decir igual: estás corriendo cabrón.

Fue directo, sin adorno, sin metáfora. Y por eso... pegó más.

—Gracias, Gerry —alcancé a decir.

Él me observó un segundo.

—No todos vuelven después de caerse como tú te caíste —añadió—. Y menos así... enteros.

Sentí que Kate, a mi lado, respiraba más lento.

Peralta la miró entonces, con una expresión amable, sin el menor rastro del circo.

—Tú debes ser Kate —dijo.

Ella extendió la mano con esa suavidad suya que siempre parece una invitación.

—Un gusto conocerte, Gerry. Charlie me ha contado mucho de ti. Eres un gran piloto, pero sobre todo un gran amigo.

Él soltó una carcajada breve.

—Ojalá hayan sido cosas buenas —repuso—. Aunque con este de aquí... nunca sabes qué versión está contando.

Me guiñó el ojo.

—Todas buenas —respondió Kate, sin quitar esa sonrisa que nace, no se actúa.

Peralta volvió a verme, esta vez más serio.

—Escucha, hermano... el fin de semana será una guerra —dijo, bajando la voz como si el paddock pudiera oír demasiado—. Pero no te pierdas en la guerra. Córrela como corriste Qatar. Con calma de asesino.

Levanté la mirada hacia él. No hubo discurso. Ni necesidad.

—Nos vemos allá adentro —dijo, golpeando mi hombro.

Y se fue. Sin mirar atrás. Como hacen los pilotos que respetan a otro piloto. Me quedé quieto un segundo, viendo cómo desaparecía entre cámaras y estructuras del paddock.

Kate habló apenas:

—Él... te quiere bien.

—Sí —respondí—. Y yo a él. Eso… en este mundo… es raro.

Ella asintió.

Caminamos unos pasos más, y el ruido del paddock cambió. No se hizo más fuerte… se hizo más definido. Era como pasar de una sala llena de voces a un pasillo donde cada sonido tiene bordes propios: las pistolas eléctricas del garaje de Red Bull, las risas controladas del hospitality de Aston Martin, el golpeteo de un contenedor de utilería al cerrarse, el murmullo grave de las cámaras que nunca descansan.

60

El hospitality de Mercedes apareció frente a nosotros como un bloque de luz fría, preciso, casi clínico en comparación con el brillo cálido de los equipos alrededor. Siempre ha sido así. No seduce. No exhibe. Se impone por estructura.

Paul estaba sentado con dos ingenieros, revisando un set de gráficos que parecían moverse solos. No me vio de inmediato; estaba demasiado concentrado. La concentración de Paul no se nota en la cara, se nota en el silencio que hace alrededor suyo. Viktor sí levantó la vista cuando entré. Solo un gesto mínimo, apenas un desplazamiento de aire en su postura.

—Llegaste —dijo, como si yo hubiera podido no hacerlo.

No había elogio. No había presión. Era un «estamos aquí», simple, directo.

Kate se quedó un poco atrás. Era el espacio donde el equipo afinaba la mente antes de la última carrera. Y ella lo entendió sin que nadie tuviera que explicárselo.

Me acerqué a la mesa principal. Telemetrías, proyecciones, consumo, tendencias del viento, degradación comparada con el año pasado. Todo estaba ahí. Y en medio de ese mar de números, la voz de uno de los ingenieros rompió la línea:

—La simulación de stint largo te da margen en las vueltas nueve a doce. Si controlas el delta de apertura, Bennett no podrá usar la tracción como arma.

Asentí.

Era técnico. Era práctico.

Paul habló sin levantar la cabeza:

—El auto está contigo. No es necesario forzarlo. Si empujas antes de que los neumáticos lo pidan, lo vas a perder. Deja que la carrera venga hacia ti. Es un circuito que premia la paciencia.

—Lo sé —respondí—. Qatar nos lo recordó.

Viktor cruzó los brazos, movió apenas la mandíbula, y dijo:

—Mañana no hablamos de puntos. Hablamos de ejecución. Si ejecutas bien, los puntos se acomodan solos.

Una verdad sin adorno.

Me apoyé en la mesa, las manos aún tibias del calor del día, y respiré el ambiente: olor a café reciente, a fibra de carbono recién traída del box, a perfume discreto del staff, a aire acondicionado filtrado. El tipo de mezcla que solo existe en Mercedes. El tipo de mezcla que, por alguna razón, siempre hace que mi cabeza entre en un modo más nítido.

Viktor señaló la pantalla central.

—Esa es tu carrera —dijo—. No la que esperas. No la que imaginas. La que es.

Me quedé mirando las líneas por un momento. No eran poesía. No eran destino. Eran... datos. Números que describían lo que mi cuerpo ya había sentido en la pista: ritmo, desgaste, balance. Lo que podía controlar. Lo que no. Y lo que dependería únicamente de mi capacidad de permanecer dentro de mí mismo.

Fui a recorrer el garaje como parte de un organismo que llevaba todo el año respirando al mismo ritmo. Visto así —en silencio, sin motores, sin prisa— parecía un reloj abierto. Cada pieza estaba donde debía estar. Cada persona también.

Caminé entre los mecánicos y ellos hicieron algo que nunca se ensaya, pero que siempre sucede cuando un equipo funciona: abrieron espacio sin romper el flujo. No dejaron de trabajar. No dejaron de ajustar. Pero cada uno hizo un gesto mínimo —una inclinación, una mirada rápida, un «aquí estamos»— que decía más que cualquier discurso de motivación.

—Charlie —me saludó Sam, con apenas un levantamiento de cejas.

—Sam —respondí, tocando su hombro un segundo.

Más adelante, Ron, el mecánico joven de suspensiones —con manos que parecían temblar solo fuera de la pista— alzó el pulgar sin mirarme directamente.

—Será un buen fin de semana —murmuró.

—Gracias. Lo es por ustedes —le dije.

No levanté la voz. No di un discurso. No tenía que hacerlo. En Mercedes, las palabras no empujan.

Paul se unió al paso por un momento, solo para apuntar con la barbilla hacia dos ingenieros que revisaban la temperatura de las llantas.

—Te escuchan en cada vuelta —dijo—. Haces su trabajo más fácil.

Yo asentí. Sin falsa modestia.

—Ellos hacen el mío posible —respondí.

Sentí un leve movimiento a mi derecha: Kate observaba todo en absoluto silencio, con esa atención limpia que tiene cuando algo le importa de verdad. Podía ver en sus ojos que estaba entendiendo algo que no podía escribirse todavía, pero que estaba aprendiendo a sentir: un equipo no es un concepto. Es este lugar. Estas personas. Este ritmo.

Pasamos junto al auto. Brillaba bajo la luz blanca como si respirara. Un ingeniero acarició la superficie de la nariz del monoplaza con la misma delicadeza con la que otros limpian un instrumento musical. Yo apoyé dos dedos sobre el halo. Nada más.

El garaje no hizo ruido para responder. Nunca responde así. Respondió de la única manera que importa: Con precisión. Con orden. Con respeto que no se anuncia. Con la sensación nítida de que todos estábamos entrando juntos al final de temporada.

61

El fin de semana no empezó el viernes. Ni con la primera reunión del equipo. Ni con el rugido de los motores durante prácticas.

Para mí, empezó mucho antes: en la oscuridad azul de la habitación del hotel, cuando aún no amanecía y, sin embargo, ya estaba despierto. Tenía esa sensación rara que aparece cuando algo importante está por suceder y el cuerpo lo entiende antes que la mente.

Me quedé sentado en el borde de la cama, permitiendo que el silencio se asentara a mi alrededor. Un silencio denso, lleno, pero no pesado. Un silencio que llevaba semanas formándose y que, por alguna razón, hoy no exigía nada. Solo invitaba.

Siempre imaginé que un fin de semana como este se sentiría como fuego, como vértigo, como una ola imposible de contener. Pero no. Lo que sentí fue algo más profundo. Una especie de orden interno, como si todas mis versiones —el niño de karts, el campeón de Indy, el caído de Ferrari, el piloto de resistencia, el hombre que volvió— se hubieran alineado sin que tuviera que pedirlo.

Respiré hondo. Nada dentro de mí temblaba. No necesitaba fabricarme valor ni esconder miedo. Todo lo que alguna vez necesité para este momento ya estaba ahí: las caídas, los aciertos, las noches sin público, el primer podio con Mercedes, las palabras de Viktor, la calma que encontré en Qatar, la presencia silenciosa de Kate en cada giro que importó.

Este fin de semana no era un examen. No era un castigo. No era una revancha. Era un final. Y un comienzo.

Me puse de pie lentamente, sintiendo cómo cada paso se asentaba con un peso distinto, como si el suelo también entendiera lo que estaba a punto de suceder. Caminé hacia la ventana. Aún no amanecía, pero Abu Dhabi ya tenía ese brillo previo, esa luz que no se ve, pero se intuye. Una ciudad que respira antes que el sol.

Era la última carrera del año. El punto donde todo lo que había sido y todo lo que podría ser se encontraría en la misma línea blanca del circuito.

Apagué la luz. Abrí la puerta. Y dejé que el día empezara.

En cuanto puse un pie en el garaje, todo el brillo del paddock se extinguió. Aquí dentro no había celebridades, no había cámaras, no había vestidos de gala. Solo el eco grave de un impacto de pistola, el olor a frenos fríos, las voces bajas del equipo afinando cada detalle. Aquí —en este rectángulo blanco de luz— empezaba la batalla.

Paul me pasó la tableta sin necesidad de preámbulos.

—Mira esto —dijo—. Yas Marina cambió de nuevo la temperatura de asfalto. Caerá más rápido de lo normal.

Viktor añadió:

—La clave es la curva nueve y la doce. Si dominas esas dos... dominas el fin de semana.

Mi cuerpo respondió antes que mi voz. Sentí la precisión en los hombros, el foco detrás de los ojos. No había ruido interno. No había nervio. Solo ese estado que aparece cuando todo se reduce a un punto, al lugar exacto donde el volante se encuentra con tu respiración.

En la práctica 1 salí sin buscar tiempo. Salí a escuchar: el auto vibraba de otra manera aquí. Yas Marina no es Qatar; no te entrega confianza, te la cobra. Cada curva pide una prueba, una confesión, un compromiso.

Curva cinco fue la primera en hablarme, exigiendo paciencia. Curva nueve pidió un giro más limpio. Curva doce... la sentí como un examen.

Volví al box sin decir nada. No hacía falta. Paul ya había leído mi silencio.

—Lo tenemos —dijo.

La tarde empezó a caer cuando llegó la segunda práctica. Ese azul púrpura que hace que el circuito parezca una ciudad submarina. Los reflectores encendieron una línea blanca en el halo y sentí mi corazón ponerse al mismo ritmo de la pista.

Ahora sí empujé un poco más. El auto respondió como si también hubiera esperado esto toda la temporada.

—Balance estable —dijo Paul por radio.

—Estás respirando con el auto —añadió Viktor.

Y era verdad. Había fines de semana donde uno corrige. Otros donde uno lucha. Y había estos: donde el auto y el piloto son la misma cosa.

Al día siguiente estábamos listos para la práctica 3, último momento para ajustar lo necesario antes de calificar.

La tarde se sentía distinta. No fría. No caliente. Exacta. Ese tipo de exactitud que solo existe cuando la goma del viernes ya está asentada y los ingenieros han pasado la noche entera viendo gráficos que nadie fuera de este deporte entendería.

Desde la primera vuelta supe que P3 no era para descubrir nada nuevo, sino para afinar lo que ya sabíamos.

Curva 3:

—Entrada estable, pero un poco larga —dije por radio.

Paul respondió de inmediato:

—Copiado. Ajustamos el diferencial para la quali.

Curva 5:

Sentí una vibración mínima al soltar freno. Nada grave, pero suficiente para hacerme levantar una ceja.

—Elan, revisa presión delantera derecha —ordenó Viktor antes de que yo terminara la vuelta.

Elan ya lo había visto. La telemetría y yo estábamos de acuerdo.

Curva 9:

El auto mordió el vértice de una forma limpia, firme.

—Balance neutro —informé.

—Así lo queremos —dijo Paul—. No toquen nada ahí.

Curva 12:

Ese era el punto crítico del fin de semana: tracción, estabilidad y temperatura. La salida pedía una aceleración progresiva. Ni brusca ni tímida. Precisa.

—Un poco suelta atrás al final —comenté.

Paul habló con calma quirúrgica:

—Map B3 para quali. Mantendrá el eje vivo, pero controlado.

Viktor añadió:

—Y si respetas la línea de práctica, estás en la ventana ideal.

Volví al box. No con dudas. Con tareas claras. Los mecánicos desmontaron, ajustaron, midieron. Los ingenieros compararon mis sensaciones con la telemetría. Cada uno trabajó como si el auto estuviera afinándose por dentro y no por fuera.

Me quedé observando. No para supervisar. Para recordar que una vuelta rápida no la hace un piloto: la hace un equipo que llega a ella juntos.

Cuando el auto volvió a bajar de los soportes, Paul solo dijo:

—Así entra a la quali.

—Exacto —confirmó Viktor.

Y lo sentí. Era verdad. El auto estaba listo. El equipo estaba listo. Yo también.

La noche cayó sobre Lusail como si alguien hubiera apagado el mundo alrededor y dejado encendida únicamente la pista. El aire tibio se volvió más denso, más eléctrico. No había viento. No había margen. Era la clase de noche donde sabes que cualquier movimiento, cualquier duda, cualquier respiración fuera de ritmo... te saca del camino.

Cuando los reflectores encendieron la recta principal, sentí que el cuerpo cambiaba de modo. No era ansiedad ni nervios. Era... enfoque. Esa línea fina que separa al piloto del hombre.

Los autos empezaron a alinearse en la salida del pit lane.

Veintidós máquinas respirando a la vez. Un animal colectivo.

Yo estaba dentro de una de ellas, escuchando cómo el motor se acomodaba, cómo el volante vibraba lo justo, cómo las llantas alcanzaban la temperatura ideal bajo las mantas.

La puesta del sol empezó a verse cuando llegó la Q1.

Solo la voz de Paul:

—Trabaja limpio. No fuerces. Esta sesión no es tu pelea.

Salí a pista. El neumático se sintió vivo desde la curva 1. El auto flotaba sin perder agarre, como si hubiera encontrado la presión perfecta para esta hora.

Fue... un trámite afinado. La vuelta salió sola. Nada chirrió. Nada pidió correcciones.

Entré quinto. Más que suficiente.

De vuelta al box, los mecánicos no celebraron. Solo cambiaron a compuesto nuevo con la eficiencia de un rito religioso. Paul se inclinó sobre mi cockpit:

—Bien. Ahora empieza la clasificación de verdad.

Y tenía razón.

La Q2 llegó más rápido de lo que esperaba. La pista había ganado un filo distinto. La luz de día ya se había ido y junto a la noche llegaron las luces artificiales. Con cada minuto bajaba la temperatura, y con cada grado que perdía el asfalto, la ventana de agarre era diferente. Los pilotos buenos lo sienten. Los grandes... lo anticipan.

Yo lo anticipé.

Curva 5 se volvió un abrazo.

Curva 9, una línea exacta entre dos verdades.

Curva 16... la respiré entera antes de frenarla.

Cuando la vuelta terminó, Paul no habló enseguida. Solo después de dos segundos:

—Estamos en Q3. Todo limpio. Eres rápido... sin esforzarlo.

Ese «sin esforzarlo» me dijo más que cualquier elogio.

Entré al box. Viktor me miró como si estuviera evaluando una ecuación que por fin dio el resultado correcto.

—No necesitas más velocidad —dijo—. Necesitas repetir esto... una vez más. Solo una.

Respiré. No profundo. Preciso.

Los mecánicos tiraron de las mantas térmicas. Los neumáticos suaves brillaron bajo la luz. El motor detrás de mí ronroneó una vez más, como una bestia que reconoce a su jinete.

La Q3 se sintió diferente desde el pit lane. Había algo más denso en el aire. Más pesado. No era presión externa. Era... responsabilidad interna. La clase de responsabilidad que se siente cuando sabes que lo que estás a punto de hacer puede cambiar el año entero.

Paul habló:

—Cuando el tiempo esté listo, tú también lo vas a estar. Suelta la vuelta... no la ataques.

Salí. Y el mundo se estrechó. No quedaban 22 autos. Ni 16. Solo quedaban 10, los que tenían algo que perder... o algo que demostrar.

La pista estaba en su punto más peligroso y más perfecto: oscura, caliente por abajo, fría por arriba, nítida como un bisturí.

Los neumáticos mordieron en la curva 1 con una tracción que hizo que mi pecho se aflojara. La curva 3 me sostuvo. La 9 me devolvió la confianza. La 16... fue la confesión.

No pensé. Mi cuerpo se adelantó medio segundo a todo. Cada frenada llegó sola. Cada giro salió exacto. Cada milímetro se sintió inevitable.

Cuando crucé la meta, hubo un segundo de vacío. Silencio absoluto.

Y luego Paul:

—Charlie... es Pole. Pole limpia. Pole absoluta.

El box explotó sin explotar: aplausos y sonrisas que apenas se dejaban ver, cabezas inclinadas como quien reconoce que algo importante acaba de alinearse.

Pero lo que me atravesó no fue Paul. Ni Viktor. Fue Kate. Llevándose una mano al pecho. Respirando como si la vuelta hubiera pasado por ella primero y por mí después.

Nadie festejó de verdad. La Pole no era una victoria. Era la llave. La llave que abría el día siguiente. El día donde todo —todo— podía cambiar.

Así llegó el momento más importante. La noche del domingo. La última carrera del año. Para tres pilotos: la final.

El vestidor tenía ese frío artificial que sólo existe en días importantes. No congelaba; ordenaba. La luz era blanca, exacta, sin sombras innecesarias.

Me quedé de pie un instante frente al casillero, mirando el nomex doblado con esa precisión casi quirúrgica que tienen los utileros de Mercedes. El silencio era tan completo que podía escuchar el leve zumbido del aire acondicionado, el roce de mi propia respiración contra la tela.

Solo me puse el nomex, como si cada costura tuviera memoria. Primero las piernas, luego el pecho y por último los brazos. El tejido se acomodó sobre la piel como una segunda respiración. Me incliné para ajustar los botines, sintiendo cómo la presión exacta se distribuía sobre mis pies que hoy lo iban a dar todo.

Cuando levanté la vista, no estaba solo. Kate estaba en la puerta. Justo en ese umbral donde empieza el ritual del piloto y termina el ruido del mundo.

No llevaba vestido. No llevaba glamour. Llevaba sencillez. Presencia. Y algo más... esa serenidad suya que se siente como si el aire se ordenara alrededor de ella.

—¿Puedo? —preguntó, aunque ya estaba entrando.

—Pasa, Kate —respondí.

Ella caminó hacia mí con pasos que no sonaban, como si el vestidor reconociera que no debía romper este momento. Se acercó hasta quedar justo frente a mí.

No dijo nada al principio. Solo me miró a los ojos con esa atención suya que nunca pesa, pero siempre sostiene. Su mirada tenía algo... una especie de suavidad alerta, como si estuviera revisando no el traje, sino mi respiración.

—Déjame —murmuró.

Tomó el cierre del mono, ese último tramo que siempre queda suelto antes de caminar hacia el garaje, y lo subió despacio. Sin prisa. Sin torpeza.

El metal avanzó suave, como si supiera que ese centímetro final es el que realmente separa el mundo exterior del piloto que uno tiene que ser. Sus dedos rozaron mi pecho a través de la tela gruesa. Un contacto mínimo... pero exacto. El tipo de gesto que no empuja, solo acomoda. Como si, al cerrar el traje, también me centrara.

Cuando terminó, no retiró la mano de inmediato. La dejó ahí un segundo, como si estuviera confirmando algo que no se dice en voz alta.

—Ahora sí —susurró.

No era un «ya estás». Era un te veo. Un estoy aquí. Un no estás entrando solo a esta carrera.

Yo respiré. Más hondo de lo esperado. Ella sonrió apenas, esa sonrisa pequeña que parece un secreto compartido. Como si quisiera recordarme el punto exacto donde empieza la calma en una carrera.

—Voy a estar contigo toda la carrera, Charlie —dijo—. Pase lo que pase.

La miré.

Ella sostuvo la mirada con esa firmeza tranquila que tiene quien no corre, pero entiende lo que pesa correr.

—Vamos Charlie, este es tu momento. —dijo al fin, retrocediendo un paso.

Kate salió del vestidor sin girarse. El cierre del traje estaba perfectamente ajustado y mi respiración también.

El momento de la carrera había llegado. La salida del garaje fue un túnel de luz. El sonido del motor rebotó en las paredes como si reconociera el camino antes que yo. El aire olía a mezcla de frenos calientes y mar tenue.

Cuando doblé la última curva para entrar a la parrilla, el mundo se abrió como un escenario. Las luces del circuito iluminaban cada auto con un brillo distinto: el rojo más rojo, el azul más eléctrico, el naranja casi líquido. Todo vibraba. Todo respiraba.

Me guiaron a la casilla del número uno. Pole position.

El auto se detuvo con un clic seco, preciso. Ni un centímetro más, ni uno menos. Los mecánicos llegaron de inmediato, rodeándome como un ballet perfectamente ensayado.

Uno ajustó las presiones. Otro revisó el alerón. Otro aseguró el sensor del freno. Todas manos distintas. Un solo cuerpo.

El casco amplificaba cada pequeña vibración: El público expectante, coreando el nombre de sus pilotos favoritos, el golpe de una pistola neumática lejano, el chasquido hidráulico de un equipo rival, el crujido de los guantes cuando Paul revisó mi cinturón por última vez.

Sentí el auto caliente bajo mis piernas. Vivo. Listo.

Paul se inclinó hacia mí. No habló todavía. Viktor estaba al otro lado, brazos cruzados, observando todo como si pudiera detener el tiempo si algo salía mal.

El paddock detrás de las vallas se movía como un océano de luces y murmullos. Periodistas, invitados, celebridades, cámaras... pero desde aquí todo era un eco suave. Un rumor. Una vibración.

Yo solo veía el asfalto. La recta. Las luces apagadas sobre mi casco.

—Presiones correctas —dijo uno de los mecánicos.

—Temperatura ideal —respondió otro.

—Cinco minutos —avisó dirección de carrera por los altavoces.

El auto respiró. Yo también.

Entre todos los movimientos, aun distante, uno se volvió nítido: Kate, en el garaje del equipo, a la distancia justa. Solo estaba ahí, con las manos juntas frente al pecho, como si me sostuviera desde afuera del casco.

Entonces Paul habló, con esa voz que no vibra aunque el mundo se esté cayendo:

—Charlie... ahora sí. Este es el momento.

Asentí sin hablar. No había palabras suficientes para entrar a este silencio.

Los mecánicos se retiraron un paso al mismo tiempo. Retirando todo lo innecesario, como si fuera una coreografía perfectamente ensayada.

Y quedé solo. Solo con el auto, con la noche. Yo y la línea que estaba a punto de dividir mi vida en un antes y un después.

Dirección de carrera anunció:

—Formación en tres minutos.

Mis manos se cerraron sobre el volante. Sentí mis pulsaciones bajar, no subir. Sentí el mundo acomodarse alrededor del cockpit.

La señal llegó por radio, seca, reconocible, inevitable:

—Vuelta de formación.

Solté el embrague con suavidad y el auto se movió como si despertara conmigo. El mundo dejó de estar quieto. Los neumáticos, aún fríos, vibraron contra el asfalto. Sentí el compuesto pedir temperatura, pedir vida, pedir ritmo.

Las luces del circuito se estiraban sobre la pista como un reflejo. Ningún espectador lo nota, pero aquí —en esta vuelta que nadie cuenta— empieza la verdad.

Balanceo el auto de lado a lado. Siento la goma agarrarse un poco más en cada curva lenta. Freno fuerte para calentar discos. Acelero apenas para sentir cómo el motor respira. Todo funciona. Todo responde.

Por los espejos, las posiciones se acomodan como piezas de un tablero que quedará hecho añicos. Yo en la Pole. Bennett detrás, exacto, peligroso, clínico. Matteo Bearini tercero, cargando su propio juicio. Ross cuarto, listo para pelear. Weissmann quinto, quieto por fuera y afilado por dentro. Moretti sexto, sólido. Y Peralta séptimo, con ese estilo suyo de cazador paciente que sabe esperar la grieta.

Veintiún autos detrás de mí, todos cargando destinos distintos... todos listos para caer sobre la carrera desde el primer metro. El desierto guarda silencio. La pista ya eligió su historia.

Mi respiración entró más lenta. No para calmarme: para concentrarme. Ese tipo de calma no se fabrica. Se reconoce. Las manos sobre el volante ya no eran manos: eran memoria. El latido en el pecho ya no era ansiedad: era propósito. El calor del motor detrás era un recordatorio: somos uno.

Sentí el silencio que solo existe antes del caos. Sentí que nada me faltaba.

El semáforo de arranque expectante. Las luces listas para encenderse una por una, todas en rojo. Y el momento preciso, cuando todas se apaguen y la batalla inicie.

Una.

Dos.

Tres.

Cuatro.

Cinco.

Mi respiración se detuvo. Mi mundo se sostuvo en un hilo. Mi universo completo, reducido a un instante suspendido.

Y entonces... Las luces se apagaron.

Epílogo

Cuando me hablaron por primera vez para escribir sobre un corredor de autos, mi respuesta fue no. No fue una negativa impulsiva. No por soberbia ni por desinterés, sino porque ya sabía lo que este tipo de encargos suelen significar.

Conozco bien ese tipo de libros. Historias que confunden velocidad con profundidad, ruido con verdad. Relatos donde el casco se vuelve personaje y el hombre desaparece detrás de los resultados. Otra biografía escrita desde afuera, sin tocar nada que de verdad importe. No era algo que me interesara escribir.

Mark fue quien insistió.

No me llamó para convencerme. Me llamó para explicarme por qué este libro no podía escribirse de la forma habitual. Me habló de Charlie sin urgencia, sin heroísmos. Me habló de silencios. De caídas que no salieron en cámara. De un hombre que había aprendido a sobrevivir mucho antes de volver a ganar.

No me pidió que contara una carrera. Me pidió que escuchara una vida.

Acepté conocerlo con escepticismo. Con distancia. Convencida de que, como tantas otras veces, encontraría a alguien acostumbrado a ser visto, pero no a ser mirado.

Me equivoqué.

Charlie no llegó a esa primera conversación como un campeón. Llegó como alguien que había pasado demasiado tiempo huyendo de su propia historia y que, por primera vez, estaba dispuesto a sentarse frente a ella sin armadura.

Entendí muy pronto que el casco había sido su protección, no su identidad. Que los podios habían sido consecuencias, no respuestas. Y que el verdadero regreso no ocurrió cuando volvió a ganar, sino mucho antes, cuando dejó de correr para demostrar algo y empezó a correr para sostenerse.

Este libro no trata de Fórmula 1. Es solo el escenario final.

Trata de lo que ocurre cuando el ruido se apaga. De lo que queda cuando el cuerpo deja de moverse y la mente ya no tiene dónde esconderse. De un hombre que aprendió que el silencio también puede ser un lugar seguro.

Escribí este libro no para explicar a Charlie White como piloto, sino para acompañarlo mientras se veía a sí mismo con honestidad. No hay juicios aquí. No hay épica forzada. Solo hechos, pausas y decisiones que, vistas en conjunto, revelan algo más profundo que una carrera.

Al final, entendí por qué Mark dijo que tenía que ser yo. No porque supiera más de automovilismo. Sino porque su historia no necesitaba a alguien que hablara fuerte, sino a alguien que supiera quedarse en silencio cuando hacía falta... alguien que quisiera escuchar.

A lo largo de la temporada caminé a su lado por circuitos donde todo brilla demasiado. Estuve en garajes donde el ruido es constante y el silencio es un lujo. Vi cómo los pilotos se transforman frente a las cámaras... y cómo vuelven a ser personas cuando nadie los mira.

Y vi algo que rara vez se ve. A Charlie llegar temprano y sentarse sin hablar. Cómo escuchaba a su equipo antes de opinar. Cómo perdía sin dramatizar y cómo ganaba sin cambiar. Vi cómo el resultado no definía su estado de ánimo, pero la manera de correr sí.

Fue ahí donde entendí que este no era un libro sobre velocidad, sino sobre alguien que había aprendido a no reaccionar de inmediato al mundo, a no defenderse de cada mirada, a no explicarse todo el tiempo. Charlie no buscaba ser entendido. Buscaba ser honesto.

Mientras la temporada avanzaba, empecé a notar algo más. No solo en él, sino en quienes lo rodeaban. Ingenieros que bajaban la voz cuando hablaban con él. Mecánicos que confiaban sin preguntar. Directores que escuchaban antes de decidir. No era admiración ciega. Era respeto. Ese respeto silencioso que no se exige y no se anuncia.

Comprendí entonces que el verdadero liderazgo no estaba en sus palabras, sino en su presencia. En la forma en que ocupaba el espacio sin invadirlo. En cómo asumía los errores sin cargar a otros con ellos. En cómo entendía que correr rápido no siempre significa correr mejor.

Esta historia nació ahí. No en una victoria. No en un contrato. No en un título. Nació en esos momentos intermedios que casi nadie ve: una silla vacía antes de una reunión, una mirada fija en la telemetría sin decir nada, una respiración profunda antes de ponerse el casco.

Escribí estas páginas porque vi a un hombre reconciliarse con su propia historia sin necesidad de reescribirla. Porque vi a alguien aceptar que no todo lo que duele necesita explicación, y que no todo lo que brilla es destino.

No quise contar quién es Charlie White para el mundo. Quise contar quién es cuando el mundo deja de mirarlo.

Y si este libro existe, no es para celebrar su regreso, sino para dejar constancia de algo más raro: el momento exacto en que dejó de huir de sí mismo.

Kate Foster

www.ingramcontent.com/pod-product-compliance
Lightning Source LLC
La Vergne TN
LVHW100508110826
845146LV00002B/555

* 9 7 9 8 9 9 5 7 8 5 0 3 3 *